VAPORPUNK

RELATOS *STEAMPUNK* PUBLICADOS SOB
AS ORDENS DE SUAS MAJESTADES

Organizado por

GERSON LODI-RIBEIRO

LUÍS FILIPE SILVA

1ª EDIÇÃO

Editora
Draco

SÃO PAULO
2010

© 2010 by Octavio Aragão, Jorge Candeias, Gerson Lodi-Ribeiro, Flávio Medeiros Jr., Eric Novello, Carlos Orsi, Yves Robert, Luís Filipe Silva e João Ventura

Todos os direitos reservados à Editora Draco

Edição: Erick Santos Cardoso
Produção editorial: Janaina Chervezan
Organização: Gerson Lodi-Ribeiro e Luís Filipe Silva
Revisão: Andréia Szcypula e Karlo Gabriel
Ilustração de capa: Ericksama

Dados Internacionais de Catalogação na Publicação (CIP)
Silvia Marques CRB-8/7377

L823

Lodi-Ribeiro, Gerson (organizador)
    Vaporpunk: relatos steampunk publicados sob as ordens de Suas Majestades / Gerson Lodi-Ribeiro, Luís Filipe Silva; organizadores.
— São Paulo: Draco, 2010

    ISBN 978-85-62942-12-9

    1. Ficção científica 2. Literatura Brasileira I. Silva, Luis Filipe (organizador) II. Título

CDD 808.3

Índices para catálogo sistemático:
1. Ficção : Literatura brasileira 869.93

1ª edição, 2010

Editora Draco
R. Carlos Honório, 190 - 13
Jd. Esther Yolanda - São Paulo - SP
CEP 05372-070
draco@editoradraco.com
www.editoradraco.com

Sumário

Prefácio   6

Octavio Aragão   12
A fazenda-relógio

Yves Robert   26
Os oito nomes do Deus sem nome

Flávio Medeiros Jr.   62
Os primeiros astecas na lua

Gerson Lodi-Ribeiro   106
Consciência de ébano

Jorge Candeias   154
Unidade em chamas

Carlos Orsi   206
A extinção das espécies

Eric Novello   242
Os dias da besta

João Ventura   270
O sol é que alegra o dia...

Organizadores & Autores   308

Prefácio

Ao conceber a antologia que você agora tem em mãos, partimos do princípio básico de que o *steampunk* é uma temática do gênero literário a que nos referimos comumente por "história alternativa", isto é, o ramo de literatura fantástica que não se propõe a narrar o que poderá acontecer no futuro, mas o que poderia ter acontecido num passado alternativo – ou até mesmo num presente alternativo – se determinado incidente histórico pretérito tivesse ocorrido de forma diversa da maneira como sabemos que de fato aconteceu. O exemplo mais canônico existente no *corpus* do gênero é a vitória nazista na Segunda Guerra Mundial, tal como Philip K. Dick nos mostrou em seu romance *O Homem do Castelo Alto*.

Em termos de ficção curta, ao contrário do que ocorre na ficção científica, na história alternativa o conto não constitui a forma narrativa por excelência. Em seu lugar, temos a noveleta, uma peça mais extensa, de modo a possibilitar tanto o desenvolvimento do enredo e da trama quanto o delineamento do cenário histórico alternativo. Por este motivo, ao convocar autores para submeter trabalhos para a *Vaporpunk*, deixamos claro nosso anseio de receber textos mais encorpados em tamanho e conteúdo.

Desde o início, julgamos por bem trabalhar com uma definição *lato sensu* da temática *steampunk*. Aqui, as narrativas não precisam obrigatoriamente se passar na Londres Vitoriana da segunda metade do século XIX. Tampouco se faz necessário que o vapor seja a única tecnologia de advento precoce presente nos enredos dos trabalhos que desejamos compartilhar.

Por outro lado, desejamos mostrar noveletas cujos enredos digam respeito, direta ou indiretamente, às culturas brasileira e/ou portuguesa, exibindo o impacto social do avanço tecnológico precoce nas histórias dessas culturas. Daí a opção pelo título *Vaporpunk*, em vez de *Steampunk*. À medida do possível, almejamos para nossas histórias uma lusofonia de corpo e espírito, ou seja, trabalhos escritos por autores portugueses e brasileiros, com enredos, personagens e ambientação lusófonos.

Isto posto, deixemos de lado a carpintaria da *Vaporpunk – Relatos steampunk publicados sob as ordens de Suas Majestades* para falar do que realmente importa: as histórias.

Em "A fazenda-relógio", único conto da antologia, Octavio Aragão nos brinda com as consequências funestas da introdução de autômatos a vapor nas fazendas de café no Império do Brasil da penúltima década do século XIX.

Do outro lado do Atlântico, em "Os oito nomes do Deus sem nome", Yves Robert mostra o que acontece quando a monarquia portuguesa invoca poderes africanos ancestrais a fim de transformar o Reino em potência mundial, atraindo contra si a cobiça dos Impérios Francês e Britânico, numa linha histórica alternativa em que as ciências físicas e mentais avançaram mais rápido do que em nosso mundo.

Na noveleta de ficção alternativa "Os primeiros aztecas na lua", Flávio Medeiros narra as agruras de um agente duplo britânico que espiona para o Império Francês, numa linha histórica em que o ministro de ciências francês Jules Verne e seu análogo inglês H.G. Wells esgrimem suas engenhosidades prodigiosas um contra o outro em prol da vitória numa guerra fria franco-britânica, um passado alternativo onde a civilização asteca floresceu sob domínio anglófono.

Em "Consciência de ébano", de Gerson Lodi-Ribeiro, durante a construção de uma grande represa hidrelétrica em Palmares da quarta década do século XIX, um operativo da agência mais secreta da Primeira República decide trair a pátria para livrá-la de um conluio hediondo com o Mal.

Na novela "Unidade em chamas", Jorge Candeias retrata de forma realista e desglamorizada o duro cotidiano da preparação dos corpos de passarolistas militares portugueses para a guerra iminente contra o invasor francês, em meio à tensão racial provocada pela fusão inopinada do corpo aéreo metropolitano com um outro, arregimentado e treinado em segredo nas colônias.

Em "A extinção das espécies", Carlos Orsi nos mostra pelos olhos do jovem naturalista inglês Charles Darwin a guerra sem quartel travada pelas forças argentinas do General Rosas contra os índios da Patagônia, eventos que também ocorreram em nossa própria linha histórica, ainda que sem o emprego de uma tecnologia biológica avançada, a ponto de empregar como arma criaturas artificiais cujos tecidos vivos e não-vivos se encontram impregnados de uma energia vital irresistível.

Em "O dia da besta", de Eric Novello, um agente de elite do Império investiga a presença de uma criatura metamorfa no Rio de Janeiro, num Brasil alternativo para o qual as tecnologias do vapor e aeronáutica chegaram mais cedo e onde, às vésperas da Guerra contra o Paraguai de Solano López, a Princesa Isabel se tornou a primeira aviadora do país.

O ponto de divergência proposto por João Ventura na noveleta de história alternativa "O Sol é que alegra o dia..." reside justamente no êxito do cientista português Padre Himalaya – em nosso mundo um pioneiro do emprego da energia solar e inventor do "pirelióforo", grande atração da Exposição Universal de St. Louis em 1904 – em concretizar seu ideal de incrementar uma revolução tecnológica e industrial alimentada pela luz do Sol.

Eis aqui oito histórias escritas dentro da temática *vaporpunk*.

Contudo, já nos estendemos demais sobre elas. Afinal, cremos que o leitor deva ter coisa melhor a fazer do que meramente ouvir falar dessas *vaporpunks* lusófonas.

Portanto, ficamos por aqui, com o desejo de uma boa leitura!

Gerson Lodi-Ribeiro e Luís Filipe Silva.
Maio de 2010.

A fazenda-relógio
Octavio Aragão

A EXPLOSÃO DA CALDEIRA principal da fazenda-relógio Nossa Senhora da Conceição iluminou a noite de Jundiaí. Ambrósia correu para longe, o calor nas costas. Buscou um ponto onde pudesse enxergar os estragos produzidos pelo fogo. Não queria perder o espetáculo, quando os bonecos começassem a queimar.

Na colina estavam Tinoco e Barnabé, ainda cheirando a querosene, deliciados com a travessura.

– O Alcebíades não queria que a gente fizesse isso.

– Então o Bide não devia ter atirado a primeira pedra. Ele é muito inteligente, mas não manda em nós.

– Será que demora?

– Não sei. Tem precisão do fogo chegar aos trilhos. Aí vira um corrupio e logo ateia em tudo o mais.

A cobra azulada rabeou e bolas de fogo consumiram o celeiro, a horta e a casa das máquinas. Os técnicos lutavam contra o incêndio, evitando usar água por causa da natureza elétrica das chamas. Jogavam baldes de areia no fogaréu, mas percebia-se, mesmo de longe, que não havia jeito. Os libertos exultavam.

– Agora aprendam o que acontece com quem nos abandona – gritou Tinoco para a coluna de fumaça negra. – Não somos cachorros.

– Trocados sem mais aquela. E por uma tranqueira.

– Não, não, não. Sem comida, com frio. Eles têm de pagar.

Ainda com os dentes a mostra, Tinoco desabou atingido pela bala de um rifle que lhe varou o pescoço. Barnabé e Ambrósia saltaram para a proteção do capim alto, na esperança de escapar dos antigos donos, que vinham em seu encalço montados em cavalos e na máquina do diabo. Os fazendeiros resolveram dividir as forças e, ao mesmo tempo em que combatiam o fogo, caçavam os responsáveis. Foi serviço simples, bastava seguir os gritos e lá estavam eles, visíveis sob a lua cheia.

Não demorou muito para que os dois libertos fossem capturados pelo grupo motorizado. Ambrósia, agarrada pelos cabelos, foi arrastada para uma clareira e acabou machucada, mas não tanto quanto Barnabé, que feriu o rosto num espinheiro a ponto de rasgar os beiços. Os negros podiam estar oficialmente livres, mas seus antigos proprietários não os consideravam dignos de maiores cuidados. Os veículos e as máquinas em geral recebiam mais atenção, talvez até mais amor, que os ex-escravos.

Tudo era culpa do Visconde. Mauá trouxe o vapor e a eletricidade. Mauá construiu as ferrovias. Mauá semeou as fazendas-relógio, que debulhavam sozinhas. Mauá deu a luz aos homens de ferro, aos espantalhos mecânicos que corriam sobre a malha de trilhos, exalando vapor de suas caldeiras individuais ao som do apito da central, enquanto semeavam e colhiam o café. Mauá libertou os escravos e por um tempo foi bom. Depois a fome cobrou seu preço e os libertos culparam as máquinas por seu sofrimento, pela falta de rumo, pela miséria. Pois morrer livre e faminto é morrer do mesmo jeito.

Logo os negros organizaram grupos de ataque às fazendas-relógio e, depois de queimarem duas, finalmente receberam a atenção que desejavam. Os cafeicultores festejaram a carta branca do Imperador para responder com chumbo ao fogo. O sangue correu junto ao óleo derramado, mas sem misturar, e logo o prazer da caça passou a frente da necessidade, enfatizando as diferenças de caráter e de pele.

Ambrósia nasceu e foi criada com todo conforto na casa grande dos Castilho. Não tinha do que reclamar, pois era tratada como irmã de criação de Adelaide, filha mais velha do Sinhô. Era invejada pelas escravas da senzala e mais de uma vez foi vítima de ataques verbais que terminavam em sopapos. Defendida por Abelardo, irmão de Adelaide, moço de cabelos negros penteados pelo vento e face corada pelas cavalgadas diárias, Ambrósia aprendeu a provocar as rivais quando o rapaz se aproximava. A intervenção também era pretexto para toques eventuais. Uma vez, até um abraço inadvertido, ao evitar uma rusga.

Esses eram os dias de Ambrósia, até que Abelardo viajou à Corte para estudar e deixou-a sem proteção por um ano. Foram tempos de reclusão, nos quais Adelaide e a Sinhá faziam o possível para apaziguar os ânimos das serviçais, cercando Ambrósia como anjos da guarda. Até Nhô Castilho, uma vez, mandou distribuir umas chibatadas por conta de um tapa que teria arrancado sangue do rosto de Ambrósia.

Nas férias de dezembro de 1886, quando Ambrósia já sentia certa dificuldade em recordar sua voz, Abelardo voltou acompanhado por cavalheiros vestidos com roupas estranhas, carregando caixas enormes e falando coisas ininteligíveis, o olhar perdido e a boca mastigando palavras.

— Meu pai, — dizia Abelardo, apontando para as ferragens que eram retiradas das caixas — este é o futuro, o ingresso para a modernidade. O fim da escravidão sem comprometer nossos rendimentos.

O velho Nhô Castilho não atinava como a traquitana poderia melhorar a situação da fazenda, que sustentava a família muito bem com uma produção constante de café. Tratava-se de uma "residência-terreno de café", com depósitos, cocheiras e casas de escravos dispostos de maneira a aproveitar ao máximo a condição topográfica, levando em conta os acidentes do terreno e mantendo a Casa Grande ligada à parte destinada ao trabalho. Era, acima de tudo, um belo conjunto arquitetônico, funcional e agradável para quem estivesse dentro da Casa Grande, não por acaso o local onde Ambrósia passava todo o tempo entretida com os romances lidos em voz alta por Adelaide e as aulas de piano ministradas por Sinhá.

Mas no reino das máquinas não há lugar para escravos, mesmo aqueles que não cumprem função específica, meros enfeites de toucador. Quando os bonecos — Abelardo os chamava "mecanoides" — foram retirados de seus casulos de palha e acondicionados nos trilhos que cruzavam a plantação, todos entenderam que a colheita do café sofreria uma revolução.

— Deus queira que não seja igual à francesa — disse Nhô Castilho, com desconfiança, mas cheio de orgulho pela audácia e os conhecimentos do filho. — Ainda sou o rei desta fazenda e prezo minha cabeça.

— Não se preocupe, meu pai. Os mecanoides não são ameaça, apenas instrumentos com aparência humana. Note que são dois modelos diferentes, um para plantio, outro para colheita, com braços articulados e pernas fixas sobre as rodas. São adaptáveis a outras funções, como irrigação ou transporte de cargas pesadas, e podem cruzar todo o terreno de maneira ordenada em menos tempo que um homem a cavalo. As caldeiras individuais permitem uma autonomia que rivaliza com a humana e uma liberdade de movimentos ímpar. São artefatos funcionais, como espantalhos de ferro.

– Espantalhos não fazem mal algum, é verdade, mas assustam, principalmente com essas carantonhas pintadas no topo.

– Meu pai, a alma desses bonecos não reside em sua parecença, mas no fogo que alimenta a caldeira. Asseguro que em um mês o senhor não apenas deixará o susto de lado, como apadrinhará cada um deles como fez com tantas crianças nascidas na senzala.

Os trilhos formaram uma rede que cobria os quase três mil alqueires da fazenda Nossa Senhora da Conceição e os mecanoides montados sobre carrinhos percorriam incessantemente toda a área, revolvendo a terra, retirando ervas daninhas, reformando o que precisava de conserto. De suas costas saíam tubos conectados a minicaldeiras, que potencializavam a pressão do vapor advindo do monstruoso artefato que fervia a água, sentado como uma aranha no centro da teia de ferro. Os movimentos eram duros, mas precisos e infalíveis, incansáveis. Mesmo num dia de chuva torrencial eles trabalhavam sem medo da ferrugem que, graças à intervenção da equipe técnica e a uma pintura especial sobre os chassis, foi banida. Nas cabeças, a representação simplificada de um rosto sorridente. A Nossa Senhora da Conceição entrou no grupo das dez fazendas-relógio que mereciam atenção total do Imperador Pedro II e do Visconde de Mauá, intermediário do capital inglês no empreendimento. Se a tecnologia a vapor ajudasse a produção agrícola, o Brasil poderia dar o salto final para cruzar o fosso que o impedia de juntar-se às nações modernas: abolir a escravidão.

– Partir as correntes – gritou Abelardo, agitando o chapéu de palha que usava quando supervisionava a colheita montado no baio que ele mesmo ajudou a nascer, no dia em que a fazenda-relógio NSC (pois assim ela passou a aparecer nos relatórios dos técnicos) provou que era capaz de trabalhar sozinha.

Enquanto os feitores deixaram de lado os chicotes e foram em grande número aproveitados como aprendizes de técnicos, com uma ou duas exceções, todos os escravos receberam alforria antes do anoitecer do dia da inauguração dos bonecos. Trezentos homens e mulheres foram libertados e saíram em festa pelos campos com alguns cobres nas mãos, que logo voaram para a caixa do taberneiro Elias, satisfeito em vender aguardente como flores em dia de finados.

Dizem que os pombos, quando soltos do cativeiro, voam durante dias, percorrendo um circuito que só faz sentido para eles mesmos, apenas para voltar, cansados e feridos, para o ponto de origem. Pois foi o que ocorreu com os homens-pombo. Uma semana depois da alforria geral, migraram de volta à fazenda, o único lugar que conheciam, famintos e exaustos, pernas e braços arranhados, vítimas de acidentes com arames e cercas. Alguns sofriam com ferimentos à bala, presentes de outros fazendeiros, apavorados com a horda que surgia no horizonte de suas propriedades.

Abelardo tentou remediar a situação, mas era impossível. Muitas bocas, muitos ais. Nhô Castilho interveio e, depois de afastar o filho com mão carinhosa e firme, postou-se de pé na soleira da fazenda, diante da turba de esfolados. Com os punhos à cintura, conclamou os libertos a aproveitarem a oportunidades de suas vidas, não quiseram tanto a liberdade? Pois que fizessem bom uso dela, de preferência longe da fazenda.

Melhor teria sido apontar um revólver na têmpora e apertar o gatilho. Uma pedra esmagou a vidraça atrás da cabeça branca do patriarca dos Motta Castilho e, antes que alguém corresse em busca das armas esquecidas no galpão, outro petardo atingiu o velho na testa. Um atrevido subiu ao encontro dos seis homens que despontaram na soleira em busca do ancião, mas foi derrubado por um disparo da pistola de um dos técnicos, que não eram apenas sujeitos com as cabeças nas nuvens, mas homens treinados para as situações mais adversas.

A coragem dos números desapareceu e a turba, empurrada pela detonação de outros dois cartuchos, afastou-se desarvorada. O corpo do liberto foi arremessado ao solo e os outros evitaram contato como se a morte fosse contagiosa, subindo uns sobre os outros, imagem que parecia indecente a Ambrósia, protegida dentro da casa.

Na sala, as mulheres tentavam despertar Nhô Castilho, desmaiado sobre o sofá, mas o sangue que brotava da testa machucada evidenciou a inutilidade dos esforços. Abelardo, chorando como fazia

quando se machucava aos sete anos de idade, parecia um santo para Ambrósia, lindo como a imagem de Jesus que adornava o altar no quarto da Sinhá, mesmo quando, levantando os olhos marejados em sua direção, rosnou:
— Sai daqui, raça do demônio. Vai com os teus e morre.

❦

A água fria acordou Ambrósia, mas não espantou a dor nos dedos cujas unhas haviam sido arrancadas com alicates.
— Onde estão os outros?
— Pelo amor de Deus, juro que não sei dos outros. Éramos apenas nós três.
Um tapa no rosto provocou um gemido.
— Conversa. Teu companheiro já disse que os outros estão acampados aqui perto, negrinha. Só queremos saber se tu és digna de confiança ou se merece mais alguns carinhos especiais.
— Não sei de ninguééé... — a última palavra, esgarçada num grito que fez tremer até o torturador que lhe arrancava outra unha, foi ouvida do lado de fora do galpão, mas Abelardo não moveu um fio do cabelo cuidadosamente desalinhado. Limitou-se a olhar as próprias unhas e limpá-las com a ponta do facão.

❦

— Isso não é possível, doutor Bento — o Visconde deu um tapa na mesa de pau-brasil que reinava no centro da sala de despachos — Trata-se de um crime. Ninguém é mais a favor da abolição do que eu, mas há que se impor a ordem.
— O senhor já pensou que tudo isso é um paradoxo? — Bento, secretário do Ministério da Saúde, um homem taciturno, tinha suas próprias ideias a respeito de tudo, mesmo que entendesse pouco. — Não concorda que, se temos um compromisso com o progresso, deveríamos acatar as teorias darwinistas e eliminar os mais fracos em prol dos mais fortes?
— Essa me parece uma conversa perigosa.
— Talvez, mas necessária.
— Sugere um extermínio dos negros insurrectos, por acaso?
— Não seriam insurrectos, senhor, já que foram libertos. Nesse caso,

são apenas bandidos da pior espécie. Genocidas em potencial, que colocam em risco a saúde agrária da nação.

– Inadvertidamente, inadvertidamente.

– Isso não diminui a importância ou o impacto dos atos perpetrados por eles, Visconde. A cada fazenda-relógio que destroem, ameaçam as finanças do país. A continuar assim, em breve retornaremos à época do extrativismo puro e simples. Devemos podar o mal.

– O mal são os negros, é isso? Colocando as coisas em pratos limpos...

– Ao Visconde, as metáforas.

– Doutor Bento, é claro para todos que não gosto de você, de sua pose, da maneira como pensa e de como se veste, mas reconheço o problema e peço um dia para estudar as opções. Tenho cá uma ideia a respeito de um seguro que pode, talvez, minorar a situação das fazendas. Seria um paliativo, mas nos daria tempo para pensar numa solução melhor, com o mínimo de perdas possível. Considero esta reunião encerrada.

Cinco homens saíram da sala. Do lado de fora, o Conde D'Eu, genro de Pedro II, puxou Bento pela manga da casaca azulão e sussurrou:

– Estaremos a postos, doutor.

Bento assentiu, mas não demonstrou satisfação. Desconfiava do Conde tanto quanto de Mauá. Era sua natureza. Desconfiava da mãe, dos padres, do Imperador e, se casado fosse, desconfiaria da mulher. Para Bento, se havia alguém apto a fazer alguma coisa para remediar o problema das fazendas-relógio, nas quais investiu todo seu capital, teria de ser ele próprio.

◦°○₀°

– A mensagem chegou, seu Abelardo – gritou Eufrásio, um dos capatazes recém-promovidos a auxiliar técnico. Adelaide interrompeu o tricô para encarar o irmão, desviando os olhos em seguida. Desistira de conversar com Abelardo desde que ele, num rompante, havia-lhe pespegado um tapa no rosto apenas porque tentara interromper a tortura da pobre Ambrósia. Mas não era uma crise temperamental o motivo do silêncio autoimposto, era pânico. A mão que lhe atingiu a face não parecia pertencer ao Abelardo que conhecia e amava, era de outra pessoa, dura, mecânica, como se o irmão também andasse sobre trilhos.

Arrancando o papel dos dedos de Eufrásio, Abelardo leu em silêncio. Em seguida dobrou e guardou-o no bolso interno do paletó.

— Tragam a mulher. É hora de acabar com isso.

— Acabar com o quê, senhor?— perguntou Eufrásio.

— Com tudo isto — Abelardo abriu os braços. — Acabo de saber que as fazendas-relógio estão seguradas pelo governo em caso de acidentes oriundos de insurreição de ex-escravos e os prejuízos serão ressarcidos pelos cofres públicos. É a nossa chance de virar o jogo e desentocar os animais sem maiores prejuízos.

A fazenda, parcialmente reconstruída, funcionava a todo vapor. Os bonecos transitavam céleres pelos trilhos, a colheita prometia. No meio do terreno a caldeira central, semirreparada, erguia-se como a pirâmide de Quéops, encimada por uma chaminé colossal. Ambrósia vinha arrastada, um trapo de gente. Só percebeu a presença de Abelardo quando teve os cabelos agarrados.

— Já que não fala, talvez seu sacrifício faça a canalha sair da toca. Espero que estejam assistindo a seu calvário, lá do buraco onde se escondem.

Amarrou a moça a um dos mecanoides e deu a partida no boneco. A dupla foi às sacudidas, Ambrósia esfolando os pés descalços nos trilhos e gemendo de dor e medo. O boneco sorridente, soltando vapor, seguiu a trilha em direção à caldeira. Era um dos colhedores, também utilizado como transportador de carvão, robusto, os braços estendidos à frente do corpo, livres da caixa metálica que costumava carregar, mas cumprindo com eficiência o papel de locomotiva. Para ele, os quarenta e sete quilos de Ambrósia eram quase nada.

O boneco cruzou toda a extensão da fazenda-relógio, algumas partes ainda enegrecidas do incêndio, mas outras reluziam com o óleo recém derramado. Deslizando pelos trilhos, o mecanoide passou pela porta da casa das máquinas, onde reinava a caldeira principal. O calor súbito tirou Ambrósia do torpor e a fez recordar da igreja aos domingos. Se aquilo não era o inferno, era uma bela imitação. E o boneco, em seu caminho para o centro das chamas, não dava sinais de mudança de trajeto. Originalmente, deveria parar em frente ao forno, os braços depositariam o recipiente com carvão numa esteira e o combustível cairia na boca fumegante, mas as alterações sofridas por esse mecanoide em especial indicavam que, desta vez, não haveria paradas ou desvios.

Houve, porém. O boneco parou a cinco metros da caldeira, como se tivesse mudado de ideia. Tremia, mas não se movimentava adiante. O suor e o sangue de Ambrósia lubrificaram as cordas e o nó que unia seus pulsos em torno da cintura metálica cedeu. Caiu sobre os trilhos quentes, mas não gritou ao sentir os joelhos queimarem, não tinha mais voz. Arrastou-se para fora da casa das máquinas e só percebeu o desastre depois que seus olhos e ouvidos se acostumaram ao ambiente.

Dezenas de negros esfarrapados jogavam-se contra os brancos, muitas vezes levando balaços à queima roupa, mas nem por isso recuando. Os técnicos da fazenda-relógio e os empregados lutavam, mas a onda negra, por mais que perdesse membros às dezenas, sufocava os brancos. O objetivo era a casa, não mais a caldeira. Os ex-escravos agora queriam o conforto do lar. As mulheres brancas, à janela, gritavam mudas atrás dos vidros enquanto os homens caíam entre os estampidos e os trapos. Então havia mesmo mais deles. Muitos mais. Um exército de esfomeados.

Abelardo estava no meio da confusão, armado com a velha rapieira de seu pai e um revólver de seis tiros. Derrubou cinco atacantes à bala e um sexto com uma cutilada. O negro, na queda, quase o carregou para o chão enlameado com sangue. Levantando-se com dificuldade, desperdiçou o último cartucho e passou a usar a arma como porrete, mirando o adversário mais próximo. O invasor, olhos injetados, agarrou-lhe o pulso e torceu, aproximando-se do rosto de Abelardo.

— Primeiro o pai, agora o filho — falou o negro, enterrando um facão entre as costelas do rapaz.

O dono da fazenda-relógio NSC morreu com os olhos arregalados, imaginando onde um plano impetuoso, intuitivo e bem-imaginado tinha saído dos trilhos, sem saber que o suplício de Ambrósia não tinha nada a ver com o ataque, previamente preparado há semanas. Nenhum dos revoltosos viu o que aconteceu com a mulher.

༺☙❦❧༻

Tudo que Bento conhecia a respeito de política, devia ao Imperador. Não fosse a intervenção de Pedro II, hoje, em lugar de médico e político, seria um padre ou algum bancário frustrado. O Imperador, fascinado pela oratória do menino Bento durante um encontro fortuito em plena rua, quando o pequeno quase foi atropelado pela carruagem real, sugeriu de modo enfático à dona Glória, mãe do rapaz, que o filho largasse o seminário que tantas dores lhe causava à alma desejosa de liberdade e que tentasse outra carreira mais afeita a seus gostares. A medicina, talvez. Bento, que soube aproveitar a oportunidade desde o momento em que mergulhou sob as rodas, mendigou com frases adocicadas pela Providência Divina, pois a mãe, viúva, não teria proventos para sustentá-lo em tal aventura. E lá foi Dom Pedro perfilar-se como patrono da causa benta, sustentando os anos de estudo, mas cobrando participações no dia a dia da Corte, onde se dedicou a aperfeiçoar a arte da manipulação das vontades.

Nada satisfazia mais Bento que puxar os fios das marionetes de carne e sangue. Fios de dinheiro e medo. Neste momento, o títere era o Conde D'Eu, que não se apercebia que cada movimento seu era antecipado e muitas vezes boicotado com precisão cirúrgica.

A tropa acampada nas cercanias da Fazenda Nossa Senhora da Conceição deveria solapar o ataque dos escravos dizimando os negros, mas não antes deles eliminarem toda a família Motta Castilho. Apenas com o peso de uma chacina a opinião pública e, principalmente, os liberais ficariam calados e aceitariam o que deveria ser feito imediatamente: a eliminação de todos os libertos originários das fazendas-relógio. O procedimento seria parecido com o que foi realizado na Argentina, onde não havia mais nenhuma sub-raça de pele acastanhada em números alarmantes, graças a um ataque sistemático de tropas do exército aliadas a capitães do mato e batedores experientes. Naquelas terras, quilombos inexistiam.

Depois, com o último negro morto, a chaga da escravidão estaria curada e o Brasil, graças à tecnologia dos mecanoides, seria recebido pela comunidade europeia como uma nova força mundial a ser considerada.

Feliz consigo mesmo, Bento serviu-se de uma dose de vinho do Porto e escolheu outro cálice. A chave girou na porta da frente e, emoldurado pelo umbral, podia-se ver o os cabelos negros e o rosto sorridente de um velho companheiro de seminário, que passava para a visita costumeira. Nas mãos do visitante, um buquê de rosas recém podadas e uma caixa de guloseimas compradas de uma mercearia da rua do Catete. Os presentes coroaram o excelente humor de Bento, que logo pegou uma cocada. Esta seria a primeira de uma série infinita de noites agradáveis para todos aqueles com a cor da pele correta.

Os técnicos estavam dispostos a vender caro as vidas. Cada um que caía levava vinte inimigos, mas diferente da investida anterior, dessa vez os invasores não recuaram. Parecia que cada tiro os impulsionava com maior determinação até o último refúgio.

Dentro da casa, Adelaide tentava proteger a mãe, uma mulher que jamais teve iniciativa alguma e que, diante da morte do marido e da iminência do fim de seu mundo, perdia os derradeiros lampejos de coerência mental. Eufrásio e o último dos técnicos eram o bastião da resistência. As janelas e as portas, barricadas com móveis, ameaçavam rachar a qualquer momento, mas os homens trocavam algumas palavras.

– Sou Modesto – disse o técnico.
– Eufrásio. Muito prazer.
– Igualmente. Cuidado com o flanco.
– Obrigado – Eufrásio desferiu um golpe de punhal nas mãos que invadiam pelo vidro quebrado. – Se sairmos desta, prometo que a rodada no Elias fica por minha conta.
– Vou cobrar.

Diante da arrogância dos homens, Adelaide tomou uma decisão. Levantou-se do banco de madeira deixando a mãe paralisada de medo e, sem que os dois protetores percebessem, retirou os móveis que bloqueavam a porta dos fundos, pela qual se chegava à antiga senzala.

A onda que adentrou a casa imprensou os defensores contra a parede. Imobilizados, os homens confrontaram o assassino de Abelardo.
– Se quiserem viver, ouçam com atenção.

As tropas estavam ansiosas, mas o Conde D'Eu não sabia o que fazer diante da comitiva que se apresentava em seu acampamento, assentado numa planície cercada por pequenos aclives que proporcionavam uma sombra agradável, bem-vinda depois dos quatro dias de viagem. Os negros, distintos em suas roupas simples, secundavam dois brancos, todos montados nas máquinas ruidosas e fumarentas com rodas revestidas de borracha, que substituíam cavalos. Nas mãos de um deles, um papel com proposta inacreditável: os usurpadores da fazenda-relógio NSC solicitavam ao Império do Brasil o reconhecimento de posse, baseados no argumento que a produção atual era dez vezes maior que aquela atingida pela administração anterior.

Modesto e Eufrásio, convencidos pelo líder da insurreição, treinaram os ex-escravos, que se dedicaram com vontade ao trabalho. Os resultados foram surpreendentes.

– E o que nos impede de adentrar essa fazenda e reduzi-la a pó? – perguntou o Conde do alto de seu cavalo negro.

Os dois brancos, sabedores das façanhas do Conde em terras paraguaias, suavam. O líder, por sua vez, não arredou pé, nem tremeu nas bases. Limitou-se a assobiar. Um tom agudo que incomodava os ouvidos e depois caía uma oitava, como um apito. De trás das moitas despontaram caboclos vestidos com chapéus, jaquetas e sandálias de couro curtido. Cartucheiras cruzadas sobre os peitos, rostos inexpressivos.

– Espera ameaçar as forças imperiais com esses maltrapilhos? – gritou o Conde. – Analisamos este terreno nos últimos dois meses. Sabemos como entrar e sair.

– Como entrar talvez o senhor saiba, – disse o negro – mas sair exigirá um pouco mais de estudo.

Um novo assobio e os aclives, os mesmos onde meses antes Ambrósia foi capturada por Abelardo, tornaram-se vivos. Cabeças e canos surgiram cercando os cem homens que esperavam enfrentar uma insurreição de negros desarmados e inexperientes.

– Tivemos tempo para a produção e para o treinamento. Podemos fazê-lo se arrepender de não ter optado por conversar conosco.

O Conde refletiu por um segundo.

– Como pretende dar início às negociações? Seria fácil concordar com sua proposta, retornar com uma guarnição mais numerosa e liquidá-los.

– Por esse motivo o Conde fica conosco e sua tropa volta com o recado ao senhor Visconde de Mauá. – A ironia nos olhos do negro contrastava com a postura submissa.

E assim foi feito. A tropa, sob o comando do tenente-coronel Alves Velho, voltou à corte. A proposta da fazenda-relógio NSC, conforme o esperado, foi enviada por telégrafo assim que a comitiva chegou à casa grande, acompanhando o Conde D'Eu, que não pôde evitar sorrir ao perceber os trilhos que entrecruzavam a fazenda como uma teia de ferro.

O líder revoltoso, cujo nome de batismo era Alcebíades, acompanhou os olhos do Conde.

– É verdade, nem todos aqueles no cerco da colina eram homens, senhor. Ampliados a malha e os trilhos levaram boa parte de nosso contingente, ligeiramente adaptados para carregar armas e munição.

– Muito bom, Alcebíades, mas não se espante se o resultado de suas negociações não saírem a contento. Há pessoas na corte que encaram esta sua iniciativa como a desculpa perfeita para uma guerra civil.

O sorriso de Alcebíades alargou. Adelaide e Ambrósia surgiram na soleira com uma garrafa de licor de jabuticaba. Os quatro encheram os cálices e Ambrósia, num vestido verde que combinava com a fita em seus cabelos, apontou com a mão crivada de cicatrizes para o campo onde alguns bonecos deambulavam.

– Não se preocupe, senhor. Nós cuidamos da fazenda, mas ela também cuida de nós.

O Conde D'Eu sentiu um arrepio quando pensou ver pelo canto dos olhos um dos bonecos, claudicante sobre os trilhos ao lado de um dos trabalhadores, sacudir os braços como se dissesse "bem-vindo".

Os oito nomes do Deus sem nome
Yves Robert

África Central, 20 de Julho de 1884

D. Carlos, Príncipe Real de Portugal e Duque de Bragança, avança devagar no meio da escuridão. A sua escolta ficou, com grande reticência do Capitão Vaz Pinto, postada à entrada da gruta segurando os cavalos que se mostram particularmente nervosos nesta noite sufocante. Os cinco guerreiros Watwelé que lhe serviram de guia no dédalo irregular de rocha negra e úmida, também ficaram para trás depois de o chefe lhe indicar com a ponta da lança um ponto de luz tremeluzente mais à frente. Muito mais à frente.

O príncipe encontra-se na parte mais escura do percurso onde nem a luz das tochas que o precedem, nem a luz do local para onde se dirige, chegam para alumiá-lo. Caminha devagar, tateando o chão irregular com os pés, tentando encontrar um compromisso entre a postura digna de um futuro monarca e o cuidado necessário para não tropeçar nas pedras e buracos que se escondem na escuridão.

Devagar, metro a metro, o pequeno ponto de luz alaranjada cresce, o calor e a umidade aumentam, o cheiro enxofrado dificulta cada vez mais a respiração.

O túnel desemboca numa vasta gruta iluminada por dezenas de tochas cravadas na rocha. A gruta tem várias dezenas de metros de comprimento e a maior parte da sua área é ocupada por um lago espesso e borbulhante. Na margem oposta, D. Carlos julga avistar silhuetas fantásticas. É certamente a luz bruxuleante que brinca com as rochas torturadas pelo tempo e que projeta, aqui um homem-lobo, ali um

monstro com várias cabeças, e mais à frente um séquito de criaturas, cada uma mais assustadora do que a anterior.
Junto à entrada um homem negro, alto e adiposo, espera pelo Príncipe. É o rei Ogawelu Tokandé, soberano das tribos do Este e do Oeste.
Os dois homens cumprimentam-se com gestos cerimoniosos.
O príncipe, com o seu bigode loiro e olhos azuis, enverga uma farda branca decorada com algumas medalhas e outras condecorações, o rei está coberto apenas com um manto púrpura, os braços cruzados sobre o peito, na sua mão direita um cetro tosco esculpido em marfim. A poucos metros dele, meia dúzia de homens sentados frente a tambores de vários tamanhos esperam em silêncio; os corpos nus decorados com pinturas garridas, as caras tapadas por máscaras que parecem vindas diretamente de um pesadelo induzido pelo ópio.
O rei levanta bruscamente o cetro. Os homens sentados começam a bater com as mãos nas peles esticadas. Um ritmo lento e profundo ecoa pelas rochas e dança sobre a água. Uma música telúrica penetra o fundo da alma; uma música que põe o coração do homem a bater ao ritmo da selva. E, naquele momento, o príncipe D. Carlos, futuro rei de Portugal, seria capaz de jurar que, do outro lado do lago, as criaturas tomaram vida.

Lisboa, 16 de Maio de 1898

O prédio era úmido e cheirava vagamente a urina. A única luz vinha de uma janela parcialmente entaipada ao fundo do corredor. Estavam ambos parados no patamar frente a uma porta escamada. O homem à sua frente bateu levemente com os nós dos dedos. Um toque complexo, alternando batidas curtas e longas. Jaime sorriu interiormente – decididamente os brancos não tinham qualquer sentido de ritmo.
Quase de imediato a porta entreabriu-se. Uns óculos de aros redondos surgiram na nesga. Por trás dos óculos, uns olhos castanhos, desconfiados inspecionaram os visitantes.
Os olhos sorriram e a porta abriu-se.
– Meu caro João Lourenço, sempre elegante e pontual!
O homem era pequeno e magro, cabelo negro penteado para

trás, bigode e pera. Não fosse o sotaque francês, poderia passar por um local. O seu olhar ultrapassou João Lourenço e foi pousar em Jaime. Uma surpresa muda passou-lhe rapidamente pelos olhos. Pareceu atrapalhado.
– Têm a certeza que não foram seguidos?
João Lourenço voltou-se para Jaime e sorriu como quem diz: "não ligues".
– Meu caro, apresento-lhe Jaime Fernandes, um companheiro de luta. Jaime, apresento-te Monsieur Antoine de Remmes.
Apertaram as mãos, cada um do seu lado da porta, e Jaime ficou surpreendido com o aperto forte do pequeno francês. Em seguida este desviou-se para lhes dar passagem.
Entraram diretamente para uma sala fracamente iluminada e cujo estado de deterioração competia com o do corredor. A única diferença é que aqui havia um pouco mais de luz, pois as duas janelas estavam apenas tapadas com jornais. No centro da sala, como única mobília, uma mesa redonda e três cadeiras. Numa delas estava sentado um homem que se levantou quando entraram. Se Antoine poderia facilmente passar por um funcionário público português, já o seu companheiro não deixava qualquer dúvida quanto à sua nacionalidade – um magnífico exemplar do Império Britânico. Tinha uma estatura média, era corpulento, cara redonda, os olhos não se percebia se eram azuis ou verdes e o cabelo arruivado terminava numas patilhas fartas que se prolongavam ao longo da queixada para se unirem a um bigode cor-de-laranja.
– Meus Senhores, o major Charles Twat. Major, apresento-lhes o Sr. João Lourenço e o Sr. Jaime Fernandes.
O major manteve-se hirto junto à cadeira cumprimentando João Lourenço com um breve aceno da cabeça. Em seguida olhou para Jaime e estacou.
– Mas é, é... hum. – O major cerrou os dentes e engoliu o que ia dizer.
– Sim, sou preto – respondeu Jaime calmamente.
– Bom, na verdade, ia dizer... africano.
– Mas pode-me chamar preto, meu caro major. Afinal nós também nos referimos a vocês como brancos sem que haja qualquer carga pejorativa associada a essa denominação.

O major enrubesceu e deixou-se cair pesadamente na cadeira.
— Peço desculpa, mas só esperava uma pessoa — disse Antoine de Remmes apontando para as três cadeiras.
— Não faz mal, eu fico de pé — apressou-se a responder Jaime.
— Não, de maneira nenhuma — respondeu o Sr. De Remmes.
— Insisto. Aliás cabe-me abrir esta reunião e acredite que prefiro falar em pé.

Dito isto, afastou-se um pouco da mesa, esperou que Jaime se sentasse e pigarreou.

— Caros amigos, — sublinhou esta palavra com um olhar insistente para o major Twat a lembrar-lhe que ali deviam ser todos amigos — tenham paciência e permitam-me um pequeno resumo da conjectura em que nos encontramos.

Jaime pensou que realmente o francês deveria ter sido professor na sua outra vida. Talvez mesmo professor universitário; daqueles que gosta de se ouvir falar. Antoine de Remmes continuou.

— Como sabem existem, neste momento, três grandes potências europeias; três grandes impérios, poderíamos dizer. Por um lado temos a Inglaterra e a França e, por outro, Portugal. — Falava fluentemente português, mas com um sotaque cerrado. — E por que, podem perguntar vocês, é que faço esta separação? França e Inglaterra de um lado, Portugal do outro?

Fez uma pequena pausa mirando os seus ouvintes sucessivamente. Era uma pergunta retórica pelo que ninguém se manifestou.

— Tomemos a Inglaterra, as causas do seu sucesso são sobejamente conhecidas: a revolução industrial, o domínio total sobre a tecnologia das máquinas a vapor. Domínio esse que se tornou agora praticamente insuperável graças às invenções do carbóleo e da duracite. No caso da França, penso que estamos todos de acordo que a chave reside na hipnologia e nas várias técnicas mentais que temos vindo a aprimorar e que nos permitiram produzir uma geração de diplomatas, gestores, burocratas e estrategas que possuem uma eficácia e capacidades cerebrais dez vezes superiores a um ser humano normal. Homens que, graças à fantástica visão do nosso Imperador, Napoleão IV, foram colocados em posições chave e fizeram da França o glorioso império que é agora.

Nova pausa dramática, nova rodada de olhares.

— E Portugal? Sim, Portugal? O que se passa com Portugal? Pois bem meus senhores, Portugal é um mistério — respondeu quase num sopro. — Reparem bem: D. Carlos herda do seu pai, D. Luís, um reino na bancarrota e, em menos de uma década, transforma-o numa das principais potências econômicas do mundo. Como? Como, pergunto eu?

Desta vez João Lourenço respondeu.

— Desculpe, Antoine, mas não vejo aí qualquer mistério. As vitórias de Portugal, quer sejam a nível econômico, diplomático, ou militar, estão amplamente documentadas na imprensa internacional.

— E não estará a confundir os fatos com as causas que originaram esses fatos? — respondeu o francês com um pequeno sorriso condescendente. — Sim, sabemos o que aconteceu, mas não sabemos *como* aconteceu.

— O que quer dizer com isso?

— Por exemplo, a guerra que tiveram com os ingleses em 1890 quando da recusa do ultimato. Uma guerra que, recordo-lhe, acabou em menos de duas semanas quando praticamente toda a frota britânica se afundou numa tempestade nunca antes testemunhada por um ser humano. E pergunto-lhe, onde é que estavam os vossos barcos? A poucas milhas dali. E quantos é que se afundaram? Nenhum! Consegue-me explicar isso?

João Lourenço não respondeu.

— Quer mais exemplos? Então explique-me como é que conseguem a produção extraordinária de legumes, cereais e frutas. Ouvi rumores que nos vossos campos conseguem-se, não só aqui mas também nas colônias, colheitas duas a três vezes por ano. Acha isso normal? Olhe, eu acho isso francamente antinatural!

Antoine de Remmes estava a ficar exaltado, notava-se no ligeiro rubor que lhe cobria as faces e na voz a ameaçar a estridência.

— E como me explica a ausência total, nos últimos dez anos, de doenças, pragas etc... Isso para não falar das vossas pescas milagrosas. Até já ouvi dizer que nas vossas colônias basta baixar-se e remexer a terra com as mãos para logo se encontrar ouro, prata e pedras preciosas.

João Lourenço, o cabelo negro e brilhante penteado para trás, a face comprida e morena perfeitamente escanhoada, olhava para as mãos cruzadas sobre a mesa.

— Acha realmente que não há nenhum mistério? Então do que é que se trata? Sorte? — explodiu o francês.
Continuou.
— Não, meu caro, não acredito na sorte. Portugal possui uma arma secreta. E garanto-lhe que não sou o único a pensar assim. O que, concretamente? Não sei. Pessoalmente inclino-me para uma descoberta no campo da física, ou melhor, da climatologia. Algo que vos permita controlar o tempo. Há quem jure que é uma descoberta química revolucionária, algo relacionado com a agropecuária. Não sei. Mas não é sorte certamente!

O major Twat fez um pequeno sinal de impaciência com a mão.

— Tem razão, Charles — retomou o francês, mais calmo. — Vamos direto ao assunto. Na verdade, a maioria dos países europeus tem simplesmente encolhido os ombros e considerado, não sem preocupação, a causa desse crescimento desenfreado como sendo apenas isso: sorte. Mas nos últimos meses os nossos serviços de informação têm recolhido dados preocupantes. Indicam que mais da metade da população espanhola veria com bons olhos uma aliança com Portugal; mais do que uma aliança, uma verdadeira fusão. É verdade, ao que parece, muitos espanhóis estariam dispostos a engolir o orgulho e tornarem-se uma província portuguesa em troca de um pouco dessa "sorte". A questão tornou-se realmente assustadora quando viemos a saber, e de fonte segura, que D. Carlos I está a preparar um acordo secreto nesse sentido com D. Afonso XIII de Espanha e com a sua mãe, a regente D. Maria Cristina. Não preciso de vos dizer que uma aliança desta natureza representa um perigo imenso para nós. Se Portugal, com a sua dimensão reduzida, conseguiu chegar aonde chegou, extrapole isso para toda a Península Ibérica e imagine a ameaça potencial que isso representa.

— E é claro que uma vez derrubada a França, os seguintes seríamos nós — interrompeu o major Twat que parecia cada vez mais impaciente.

— Bom, para isso, eles teriam primeiro de nos vencer, Charles — disse o francês mostrando-se ofendido.

O major fez um gesto a indicar que, pelo menos para ele, isso era um fato certo.

– Bom, mas o que o major quer dizer é que esta aliança é motivo suficiente para desencadear uma contra-aliança por parte da França e de Inglaterra.

– E vocês dois são então os emissários dessa aliança – concluiu João Lourenço com um sorriso. – Muito bem, e o que podemos nós fazer por vocês?

– Um momento! – O major Charles Twat levantou a mão. – Antes de irmos mais longe gostaria de lhe fazer uma pergunta, Sr. João Lourenço. – O sotaque do inglês era ainda mais cerrado que o do francês.

– Com certeza.

– O meu colega Antoine de Remmes diz que o senhor é uma pessoa de confiança, que já trabalhou consigo noutras ocasiões. Disse-me também que era alguém bem infiltrado nos serviços de informação portugueses. Isso quererá dizer que é um espião português, um agente duplo?

João Lourenço não respondeu, os olhos a brilhar, um meio sorriso nos lábios.

– A razão por que pergunto é que não confio minimamente em agentes duplos – prosseguiu o major. – Na minha experiência acabam sempre por trair ambas as partes para as quais trabalham.

– Sou um republicano convicto – respondeu calmamente João Lourenço. – Isso chega-lhe como motivação?

– Hum, talvez. E o seu assistente, é também ele um republicano convicto? – Olhava de lado para Jaime Fernandes.

– Para sua informação, não é meu assistente, nem meu subordinado, nem meu criado. É meu amigo, e sim, também ele luta para que Portugal se torne uma república.

O major virou-se de frente para Jaime e olhou-o bem nos olhos.

– O seu rei é o único monarca a ter abolido verdadeiramente a escravatura. Oh sim, muitos outros países, incluindo o meu, o fizeram antes dele. Mas ambos sabemos que no fundo não passa de uma grande hipocrisia. Na maioria das colónias europeias, os trabalhadores, como agora se chamam aos escravos, têm condições de trabalho deploráveis. Em alguns sítios nem sequer são pagos e, por amor de Deus, são tudo menos livres! Ora, os nossos informantes relatam que em todas as colónias portuguesas os trabalhadores negros recebem um salário igual ao dos brancos, têm condições de trabalho decentes, são bem alimentados e recebem tratamentos médicos. Digo-lhe mais, meu caro Sr. Fernandes, aqui é certamente o único país da Europa onde um homem de cor pode andar na rua vestido como você está neste momento, ter um emprego como o seu e... enfim, ter todas as regalias iguais às de um branco.

– Sim? – respondeu Jaime pacientemente.

– Onde eu quero chegar, é o seguinte: o que é que o leva a trair um homem que fez tanto por si e pelo seu povo?

Jaime juntou os dedos das mãos como se fosse rezar e aproximou-os da boca antes de responder.

– Como o meu amigo João lhe disse, sou republicano. E sim, o rei D. Carlos é um homem excepcional. Mas... e quando ele morrer? Estará o Príncipe Luís Filipe à altura do seu pai? Talvez sim, talvez não. Mas mesmo que esteja, e depois? O que quero dizer, meu caro major, é que não acredito num governante, por muito bom que este seja, imposto pela força ou pela linhagem. O povo tem o direito de escolher quem o governa.

Um longo silêncio.

– Falemos agora de coisas práticas. Antoine, o que é que precisa exatamente de nós? – perguntou João Lourenço ignorando completamente o major. – Porque se o mandaram a si, um dos melhores agentes do hexágono, é porque o assunto é sério. E só posso inferir que os ingleses fizeram o mesmo e que enviaram alguém do mesmo gabarito.

Isto foi dito num tom que não deixava perceber se havia ou não alguma ironia escondida. O inglês não respondeu. Antoine pigarreou.

– O que pretendo de si? Ora o mesmo do costume, informações. Tudo o que puder descobrir sobre esse famoso encontro entre as coroas da Península Ibérica. E já agora, que me traga numa bandeja a famosa arma secreta de Portugal – acrescentou rindo.

– Como já lhe disse, não penso que exista qualquer arma secreta. Garanto-lhe que, nos corredores do poder, nunca ouvi o menor rumor acerca de algo remotamente parecido com isso. O que implica uma de duas coisas: ou realmente não existe, ou então pouquíssimas pessoas estão envolvidas no segredo. O que, por sua vez, quer dizer que seria quase impossível eu ter acesso a essa informação. Mas fique descansado, quanto ao outro assunto, eu e o Jaime vamos manter os ouvidos e os olhos bem abertos. Mal tenha notícias, contato-o pelo canal habitual. – Levantou-se. – Meus senhores, tenham um bom dia.

O major Twat ergueu-se da cadeira para lhes apertar a mão.

– Espero que não me tenham levado a mal, mas, na nossa profissão, a desconfiança é uma virtude.

– Saber em quem confiar também, meu caro – respondeu-lhe João Lourenço dando-lhe uma palmadinha no ombro.

Sintra, 16 de Maio de 1898

Jaime Fernandes, em pé em frente à janela, as mãos atrás das costas, contemplava as traseiras do chalé em frente. Era uma construção em blocos de granito, feita para resistir ao frio e à umidade da serra de Sintra. O telhado em bico, embora praticamente nunca nevasse ali, estava coberto com telhas de ardósia em forma de escudo. A fachada tinha seis janelas amplas, três em baixo e três no primeiro andar, com caixilhos e portadas verde-escuro. O lado direito da casa encontrava-se colado ao muro do jardim; um muro largo completamente afogado por uma hera luxuriante que conseguira trepar até ao telhado.

Nas suas costas João Lourenço explicava com uma voz excitada.

– ... e foi quase por acaso que demos com isto. Imaginem que, pelo menos uma vez por semana, o rei sai incógnito do palácio real e para onde vai? Vem para aqui – disse apontando para a janela. – E fazer o quê? – baixou a voz arvorando um ar misterioso. – Reuniões secretas. É isso que ele vem aqui fazer.

– Reuniões secretas? Mas com quem? – Era a voz trovejante do major Twat.

– Bem, pelo que pudemos observar até aqui, os encontros têm sido com uma pessoa de cada vez. Agora, não sabemos quem, ainda não conseguimos descobrir. O problema é que, ou vêm de noite ou chegam encapuçados, mas pelas silhuetas são indivíduos diferentes.

– E tem a certeza de que são de natureza política essas reuniões? – perguntou Antoine de Remmmes. – Podem ser encontros amorosos.

– Não temos certeza de nada – respondeu João Lourenço. – Pareceram-nos ser silhuetas masculinas, a menos que... não, não me parece que sejam encontros amorosos. Como podem imaginar, tem sido extremamente difícil manter uma vigilância discreta num sítio como este.
– E esta casa? – perguntou o major.
– Bom, esta casa foi um golpe de sorte.
– Mas não será perigoso? Não dará nas vistas, alugar a casa mesmo por trás do local dos encontros? – inquietou-se Antoine.
– Esteja descansado meu amigo. A casa foi alugada por um intermediário que, por sua vez, também utilizou um intermediário; nada nos liga ao senhorio. O indivíduo que a alugou justificou-se dizendo que só se mudava no fim do ano, mas que começava já a pagar a renda para não perder o negócio.
Jaime Fernandes virou-se para tomar parte na conversa.
– Isso implica que temos que entrar aqui muito discretamente, de preferência de noite, e obviamente não podemos utilizar qualquer tipo de luz.
João Lourenço continuou.
– Foi o melhor que conseguimos. Infelizmente, mesmo daqui, não temos conseguido distinguir quem são os visitantes de Sua Majestade; apenas um vulto ocasional a passar à frente da janela. E o que eles discutem, isso então... – encolheu os ombros.
– Esteja descansado que essa parte fica a meu cargo – anunciou o major Twat levantando-se.
Aproximou-se da janela e postou-se ao lado de Jaime.
– Onde é que costumam ser essas reuniões?
– Até agora foram sempre no primeiro andar – respondeu este intrigado. – A janela mais à esquerda. É a única onde temos visto sinais de atividade.
– A casa está guardada?
– Tem dois guardas. Fazem-se passar por serviçais mas têm um porte e uma maneira de andar que não engana: têm treino militar; não me admirava que estivessem armados. Há também uma criada e uma cozinheira.
O major ficou pensativo durante um momento.
– Acham que o quarto tem lareira? – perguntou por fim.

— É muito provável — respondeu Jaime.

— E nesse caso, — apontou para o telhado — aquela chaminé pertencerá a essa lareira?

— É o mais certo.

— E nesta época do ano, ainda utilizarão a lareira?

— Não temos visto fumo. Por quê?

— Temos que ter acesso a ela.

Jaime olhou para o major com o sobrolho franzido.

— Isso não vai ser fácil.

Antoine de Remmes aproximou-se com um pequeno sorriso.

— Talvez não seja assim tão complicado.

ᵒᵒOₒᵒᵒ

Nessa mesma noite, por volta das três da manhã, os quatro homens encontravam-se reunidos às escuras na cozinha.

— Tem a certeza que consegue fazer isto, Antoine? Olhe que aquela hera não é muito sólida.

— Não se preocupe, João, já lhe disse que pratico alpinismo. E, aliás, sempre tenho o algeroz para me apoiar.

— Que também não me parece muito sólido. Se cai, pode pôr toda a operação em risco — acrescentou o major Twat.

— Alguém tem uma ideia melhor? — perguntou Antoine. — Não? Então com licença.

E sem lhes dar tempo para mais hesitações ou protestos, Antoine abriu a porta e saiu para o jardim. A noite estava fresca e uma unha de lua começava a despontar por entre os eucaliptos.

Antoine dirigiu-se em passos felinos para o muro coberto de hera que circundava o jardim. O muro devia ter uns dois metros de altura e era a prolongação do muro vizinho. Antoine trepou-o sem dificuldades e passou para o outro lado. Os seus companheiros viram-no avançar de gatas pelo meio das grandes folhas de hera. Chegou à parede do chalé, endireitou-se, testou a resistência da trepadeira e do algeroz e começou a escalada. Trepou com uma agilidade surpreendente e em poucos minutos estava em cima do telhado.

Foi a vez de Jaime e João Lourenço o seguirem. Jaime subiu o muro e João passou-lhe uma caixa de madeira e aquilo que parecia ser um rolo de corda. Em seguida, Jaime equilibrou-se em cima do muro com um objeto em cada mão e dirigiu-se devagar para a esquina do chalé. O muro tinha quase meio metro de largura, mas, mesmo assim, a progressão era difícil devido às pernadas de hera que se enrolavam nos pés e ao musgo escorregadio que se encontrava sob as folhas.

Entretanto, em cima do telhado, Antoine desenrolou uma corda fina que trazia à volta da cintura e deixou cair uma ponta. Cá embaixo, Jaime apanhou-a e atou-a à pequena caixa. Deu um esticão na corda como sinal. Com um cuidado extremo, Antoine puxou a caixa até si. Em seguida Jaime pegou no rolo que trazia, puxou uma ponta e começou a desenrolar um estranho tubo que tinha a consistência do metal e a flexibilidade de uma corda. Atou-o à corda fina que Antoine lhe atirou e foi ajudando a desenrolar enquanto o francês puxava.

Antoine, que entretanto se descalçara e estava agora junto da chaminé na outra ponta do telhado, abriu a caixa e retirou de lá uma espécie de tambor em forma de funil. O aparelho metálico luziu ligeiramente à luz fraca da lua. Antoine enfiou a parte mais fina do instrumento no tubo e apertou à volta uma braçadeira de metal com um alicate que trazia no bolso. Enfiou o aparelho pela abertura da chaminé e foi deixando deslizar até aparecer uma marca que fora previamente calculada pelo major Twat. Prendeu o tubo à base da chaminé e esticou cuidadosamente o resto ao longo do algeroz. Em seguida iniciou a descida. O caminho para baixo foi mais complicado que ao subir pois agora tinha a dificuldade acrescida de camuflar o tubo no meio da hera.

Jaime esperava por ele cá embaixo e os dois foram dissimulando o tubo por entre as folhas enquanto avançavam ao longo do muro. Quando chegaram ao fim saltaram para o seu lado do jardim e esconderam o resto por entre as ervas daninhas que cresciam por todo o lado. Quando entraram na cozinha já sobravam pouco metros. O major Twat pegou na ponta do tubo que lhe estenderam e encaixou-o num orifício de uma caixa de madeira que estava pousada na mesa.

– Será que vai funcionar? – perguntou João Lourenço.

O major encolheu os ombros.

– Agora, vamos ter que esperar.

Tiveram que esperar três dias.

Ao princípio da noite do terceiro dia, ouviram cascos de cavalos no pátio empedrado do chalé. Antoine, que estava de vigia, gritou:
– Chegou uma charrete!

Os quatro homens juntaram-se no andar de cima.
– Conseguiu ver quem era? – perguntou o major Twat.
– Muito pouco, mas poderia bem ser o rei. – respondeu Antoine.

A entrada do chalé encontrava-se na fachada oposta da casa, mas felizmente o portão de acesso à rua estava situado do lado esquerdo, o que lhes permitia uma visão parcial de quem entrava e saía.

Esperaram até que um vulto fez a sua aparição na janela mais à esquerda do primeiro andar. Poucos segundos depois a janela iluminou-se. Correram pelas escadas abaixo e sentaram-se à volta da mesa onde estava pousada a misteriosa caixa.

– Meus senhores, permitam-me uma pequena demonstração da maravilhosa tecnologia do Império Britânico – começou o major Twat com ar solene.

A única luz que tinha era a do lusco-fusco que entrava pela janela redonda ao lado porta que dava para o exterior.

O major levantou a tampa. Na velha cozinha de azulejos rachados, sentados em bancos de madeira periclitantes, os homens sustiveram a respiração. Metade da caixa estava ocupada por uma membrana redonda de cor cinzenta e consistência viscosa, a outra metade coberta de botões, manípulos e mostradores.

O major tirou um frasco do bolso e despejou um líquido negro por um orifício que se encontrava do lado direito da caixa. Carregou várias vezes num botão até que uma chama se acendeu por trás de um vidro ao lado do botão. Passados uns segundos o aparelho começou a zumbir.

– É uma máquina a vapor em miniatura – explicou o major. – Enche o tubo que instalámos lá fora com vapor e mantém a pressão constante. Do outro lado do tubo, aquilo que você enfiou na chaminé, Antoine, é um dispositivo extremamente sensível que detecta as mínimas variações de pressão no ar do quarto, amplifica essas variações e injeta-as no tubo.

O major marcou uma pausa e deu uma palmadinha na máquina que tinha à sua frente.

— Esta pequena maravilha por sua vez aplica a pressão do vapor a um êmbolo que se encontra aqui debaixo o que faz variar a pressão do ar debaixo da membrana. Em conclusão, esta membrana vibra proporcionalmente às variações de pressão naquele quarto. Em linguagem corrente isso quer dizer que conseguimos ouvir aqui qualquer som que seja produzido lá!

— Espantoso! — exclamaram Antoine e João Lourenço quase em uníssono.

Jaime parecia mais cético.

O major manuseou com cuidado uma alavanca.

— A dificuldade maior é calcular a pressão correta. Se for pouca não se ouve nada, mas se for demais pode fazer saltar o captador do outro lado do tubo.

A máquina começou a produzir toda uma série de ruídos. Primeiro pareciam insetos, depois pássaros a grasnar, passou em seguida para um som similar ao de pessoas a gemer e finalmente ouviu-se uma frase distinta:

— Ermelinda, traga-me um chá, por favor. E faça café também, o Sr. Engenheiro não gosta de chá.

Os quatro entreolharam-se, uma admiração muda espelhada em cada rosto. O som não era perfeito, é certo, dava um pouco a sensação de alguém a falar debaixo de água, mas compreendia-se claramente o que era dito.

A euforia era geral, Jaime e João observavam a máquina sob todos os ângulos, Antoine dava palmadinhas nas costas do major e este tentava parecer modesto, o rosto vermelho de orgulho.

O visitante do rei chegou pouco depois. Como previsto foi-lhe servido um café e depois do preâmbulo que manda a etiqueta, começaram a reunião propriamente dita. Pouco a pouco a excitação dos quatro homens começou a esmorecer. A conversa que o rei tinha com o Sr. Engenheiro — que nunca se chegou a identificar — era completamente hermética. Ou falavam ambos em código, ou então os quatro espiões estavam de tal modo fora do contexto que não percebiam absolutamente nada do que era dito.

O major Twat bufava, João Lourenço e Jaime Fernandes mostravam uma cara enfiada, só Antoine se mostrava bem-disposto.

— Então, então, não desanimem. Teremos mais sorte para a próxima.

Dão-se conta da posição privilegiada em que nos encontramos. *C'est magnifique, non?*

⚙︎

As duas semanas seguintes estiveram longe de serem magníficas. Os quatro homens instalaram-se numa rotina em que, quando não estavam à escuta das audiências privadas do rei, liam pilhas de jornais e fumavam ininterruptamente, Jaime e Charles cachimbo, João Lourenço principalmente cigarrilhas e um ocasional charuto, quanto a Antoine fumava uns cigarros malcheirosos que enrolava ele mesmo. Quando não liam, ele e o major embrenhavam-se em discussões tão infindáveis como estéreis
—... Mesmer era um charlatão!
— É verdade que foi uma personagem polêmica, mas muitos gênios o são. E a ciência precisa de pioneiros que não tenham medo de derrubar as barreiras do conhecimento para ver o que está por trás.
— Ciência!? Por amor de Deus, chama aquilo ciência, meros truques de circo? Antoine, Antoine, como é que uma cultura forjada por homens como Descartes, como Auguste Comte, decai para uma pseudociência como a hipnologia?
— Tenho que lhe lembrar, meu caro Charles, de que as bases da hipnologia foram lançadas por James Braid, súdito da Coroa Britânica? E que se vocês não o tivessem expulsado e humilhado, poderiam hoje beneficiar dos conhecimentos que nós possuímos?

E continuavam assim *ad infinitum* até quase não se verem através do fumo e Jaime gracejar dizendo que iam acabar por serem descobertos pelos bombeiros.

Durante essas duas semanas o rei teve três audiências, todas com personalidades impossíveis de identificar. E no final, depois de tudo bem espremido, a informação recolhida foi praticamente nula. Ou as conversas pareciam descosidas ou os poucos "segredos de Estado" que eram discutidos já eram do conhecimento tanto do francês como do inglês.

Finalmente, na primeira semana de junho, a sorte pareceu mudar. O rei tinha chegado cedo e passara toda a manhã no seu escritório — agora sabiam que era assim que ele lhe chamava — e os únicos sons que ouviam eram o ranger da cadeira, papéis remexidos, o arranhar da caneta e uma ou outra tosse. Estavam todos no andar de cima quando ouviram vozes vindas da cozinha. Estranharam, pois não tinham visto ninguém chegar, mas acorreram a tempo de ouvir o início da conversa.

– Meu caro Conde, agradeço que tenha acorrido com tanta celeridade ao meu apelo, temo que tenha um grande favor a solicitar-lhe.

– Sua Majestade sabe que pode contar comigo para o que for necessário.

– Sei meu amigo e é por isso que me atrevo a sobrecarregá-lo com este fardo.

Uma pequena pausa e a voz do rei continuou.

– Como deve ter ouvido, estamos a preparar uma aproximação com a nossa vizinha Espanha.

– Tenho ouvido rumores, como toda a gente, Majestade.

– Pois esses rumores têm um grande fundo de verdade.

Os quatro homens que escutavam levantaram a cabeça ao mesmo tempo.

– E como também deve saber – continuava o rei –, há quem queira evitar essa aproximação a todo o custo, tanto deste lado como do outro; isso para não falar dos nossos rivais estrangeiros. Em suma não é exagerado imaginar que me encontro em perigo de vida.

Outra pausa, desta vez mais curta.

– Não, não faça essa cara meu caro Conde, estar em perigo constante faz parte das atribuições de um monarca, condição à qual já me habituei. Mas isso fez-me pensar... se eu venho a desaparecer o que será feito da minha obra?

– O Príncipe Real, embora ainda seja muito novo, parece-me ser um jovem extremamente capaz, um digno sucessor de Sua Majestade e...

– Sim, eu sei – interrompeu o rei. – A questão não é essa. A questão é que...

Um silêncio embaraçado e em seguida o rei numa voz mais firme.

– O meu amigo é um frequentador assíduo dos grandes salões europeus. Suponho que tenha ouvido rumores, como você lhes chama, que Portugal possui uma arma secreta?

– Aqui e ali, sim, tenho ouvido algumas coisas. E posso dizer-lhe que ultimamente a intensidade desses rumores tem vindo a aumentar.

– Pois e se eu lhe disser que é tudo verdade?

– Não me surpreende ,Majestade, pelo contrário, reconforta-me saber que a nossa prosperidade não se deve ao acaso.
– Compreende que, apesar da nossa amizade, não lhe posso dizer mais...
– Perfeitamente, Majestade.

Os olhos de Antoine de Remmes brilhavam e dirigiam-se, em silêncio, para João Lourenço como que a dizer "vê como eu tinha razão".

– Eis o que decidi – continuou o rei. – Coligi um documento com toda a informação necessária para continuar a gerir e expandir o nosso império segundo o plano traçado originalmente. Este documento, chamemos-lhe o meu testamento, está redigido num código que só o infante Luís Filipe conseguirá decifrar; fui eu próprio que lho ensinei. Escondi o documento atrás daquele quadro do meu pai, ali ao fundo da sala. Caso me aconteça algo, rogo-lhe, meu amigo, que entregue este meu legado ao meu filho. Os guardas têm ordens para deixá-lo entrar em qualquer circunstância, aconteça o que acontecer.

– É uma honra muito grande que me faz, mas acredito firmemente que nada acontecerá a Sua Majestade.

– O seguro morreu de velho, meu caro. E agora não lhe roubo mais tempo.

Sintra, 2 de Junho de 1898, um pouco depois da meia-noite

– Então estamos de acordo? – perguntava Antoine andando em círculos. – Subo pela trepadeira como na outra noite, entro pela janela, roubo o testamento e fugimos.

– Não, não estamos de acordo – respondeu o major. – Toda a vantagem da situação reside no fato de eles não saberem que sabemos. Temos que fazer uma cópia.

– Mas isso vai demorar muito tempo, e não posso acender a luz, seria demasiado perigoso.

João Lourenço olhou pela janela.

– Está quase lua cheia, se se encostar à janela talvez tenha luz suficiente. E quanto ao tempo, tem pelo menos umas seis horas.

– Só não percebo como vai abrir a janela – disse Jaime.

— Não se preocupe com isso — respondeu-lhe Antoine antes de desaparecer na escuridão do jardim.

Subiram ao primeiro andar e ficaram a vê-lo pela janela escalar a parede do chalé com a agilidade de um macaco. Com uma facilidade desconcertante içou-se até ficar com os joelhos sobre o parapeito da esquerda. Ficou assim, imóvel, espalmado contra a janela, durante um bom pedaço de tempo.

— Mas o que está ele a fazer? — acabou por explodir o major Twat.

— Não faço a mínima ideia — respondeu Jaime.

De súbito a janela abriu-se e Antoine desapareceu. Esperaram o que pareceu uma eternidade até que viram a silhueta franzina de Antoine surgir na janela mais à direita. Desceram imediatamente as escadas e foram para a cozinha. No escuro ouviram Antoine que sussurrava.

— Já tenho o documento, é só uma folha... há luz suficiente e estou a olhar para o que está escrito... está em código, não se percebe nada... vou... *merde*! Estou a ouvir passos lá embaixo!

Ouviram alguns sons abafados e mais nada. Subiram as escadas quatro a quatro e apinharam-se, o coração apertado, junto à única janela onde viam toda a fachada.

Pouco depois, Antoine surgiu na janela por onde tinha entrado e desceu velozmente pela hera. Reuniram-se com ele novamente na cozinha menos Jaime que ficou de vigia no quarto de cima.

— O que é que aconteceu? — quase gritava Twat.

— Ouvi passos embaixo — respondeu Antoine. Mal tive tempo de voltar a colocar o papel no esconderijo e correr para o quarto do fundo que já vinham a subir as escadas.

— Fomos descobertos! — gritou Jaime correndo pelas escadas abaixo. — Antoine deixou a janela aberta. Os guardas estão lá agora debruçados. Pior ainda, estão a apontar para aqui!

A decisão foi muda e unânime. Saíram todos a correr pela porta da frente, percorreram o pequeno corredor ladeado de sebes mal aparadas até ao portão de entrada, e quase caíram em cima uns dos outros quando Jaime, com os nervos, não conseguiu abrir o portão à primeira. Chegados à rua deserta olharam uns para os outros.

— Por aqui! — indicou o major.

Correram rua abaixo, pelo meio dos plátanos, e, mesmo antes de virarem a esquina, aperceberam-se que dois homens os perseguiam. Um deles tinha uma arma de fogo na mão.

Durante uma fração de segundo hesitaram sobre que direção tomar quando ouviram o trote de cavalos. A poucos metros, um coche ricamente decorado avançava na sua direção. João Lourenço saltou para o lado do cocheiro e empurrou-o bruscamente. Este, completamente desprevenido, caiu pesadamente no chão onde o major Twat lhe pregou um murro com tal força que o deixou sem sentidos. João conseguiu travar o coche e o major saltou para o seu lado. Jaime e Antoine entraram dentro do coche e expulsaram rapidamente os seus ocupantes que não ofereceram qualquer resistência. Tratava-se de um casal de idosos que regressavam calmamente ao seu palacete vindos certamente, a julgar pelas roupas e joias, de algum evento social. Deixaram os pobres desgraçados a tremer no passeio. João Lourenço deu um grito, fez estalar as rédeas, e os cavalos partiram a galope.

O major Twat olhou por cima do ombro franzindo o sobrolho.

– É curioso, os nossos perseguidores vão a correr na direção contrária.

– Ao fundo da rua há uma caserna – respondeu João Lourenço, soturno. – Não tarda nada e vamos ter um autêntico exército atrás de nós.

Na verdade atravessaram toda a serra de Sintra sem qualquer vestígio de perseguição. João Lourenço mantinha a maior velocidade que o estado da estrada e a luz da lua lhe permitiam. Os cavalos, cobertos de suor, resfolgavam, uma espuma branca a amontoar-se nos freios. Quando, quase uma hora depois, chegaram à aldeia de Almoçageme, o major mandou seguir em direção ao mar. Chegaram perto das falésias e o caminho tornou-se impraticável para o coche. Apearam-se e foi nesse momento que avistaram uma dúzia de cavaleiros aproximando-se a galope.

– Sigam-me – gritou o major.

Correram atrás dele por um caminho estreito que descia ao longo da falésia. A maré estava baixa e o luar mostrava rochas bem afiadas que pareciam esperar por eles muitos metros abaixo. O major parecia de tal maneira seguro do que fazia que ninguém pensava sequer em questioná-lo. Quando chegaram quase ao nível do mar ouviram gritos por cima das suas cabeças. Vários homens praguejavam alto.

O major continuava a correr por entre as rochas cobertas de limos e os outros não tinham outro remédio senão segui-lo. Um cheiro forte de iodo entranhava-se no nariz. Subitamente o major desapareceu por uma saliência rochosa. Os seus companheiros seguiram-no cautelosamente para descobrirem um túnel com largura e altura suficiente para um homem passar. Já não corriam.

Andaram assim, em passo rápido, mas cauteloso, durante umas dezenas de metros até chegarem a uma pequena praia de seixos encaixada na falésia. O major correu para a parte mais alta da praia, junto às escarpas, onde a maré alta não chegava. Aproximou-se do que parecia ser um monte de algas. Começou a puxar o que na realidade era uma lona coberta de algas. Por baixo da lona encontrava-se um barco com o aspecto mais estranho que alguma vez se vira. Tinha dois cascos unidos por uma cabine ovoide no meio. Na popa, fazendo corpo com a cabine, havia uma espécie de leme virado para cima. Estava fortemente inclinado em direção ao mar e preso às rochas por uma corda. O major cortou a corda com um canivete e o barco resvalou pelos seixos.

– Ajudem-me – gritou.

Os quatro homens colocaram-se lado a lado e empurraram o barco que, curiosamente, era bastante leve para o tamanho que tinha. Num instante chegaram à água e continuaram a empurrar até terem água pela cintura e passarem a rebentação. Içaram-se todos para dentro do barco e comprimiram-se dentro da cabine que, obviamente, não tinha sido desenhada para quatro pessoas. O major abriu uma portinhola no chão e a metade superior do seu corpo desapareceu nas entranhas do barco. Ouviu-se o barulho característico do arranque de um motor a vapor; o barco iniciou o seu movimento. Tinham-se afastado apenas uns metros da praia quando três homens de uniforme emergiram do túnel e começaram a disparar. Logo outros se seguiram e rapidamente a boca do túnel se assemelhou a um formigueiro despejando soldados às dúzias.

– Agarrem-se – gritou o major de dentro do alçapão.

O barco deu um esticão e afastou-se a uma velocidade tal que em poucos segundos estavam fora do alcance das balas. O major saiu do buraco, sentou-se atrás de uma espécie de volante na parte da frente da cabine e dirigiu o barco para o mar alto.

Ficaram todos em silêncio. Apenas se ouvia o barulho do motor e dos salpicos contra os vidros. O barco cortava as ondas a uma velocidade espantosa.

– De onde diabo surgiu este monstro? – conseguiu finalmente articular João Lourenço.

O major respondeu sem se virar.

– É um protótipo. Foi graças a ele que entrei em Portugal clandestinamente.

Só lhe viam a nuca, mas sentiam o orgulho na voz do britânico.

– É um novo tipo de barco. Tem uma turbina que aspira a água pela proa e a expele a alta pressão pela popa, além disso o sistema de quilhas duplas permite altas velocidades. Teoricamente este brinquedo pode ultrapassar os 50 nós, mas como disse, é um protótipo e ainda não tentei puxá-lo até aí.

– Um protótipo? Que bom, já me sinto muito mais reconfortado – resmungou Antoine.

– Mas o mais extraordinário é o seu consumo – o major, sempre tão carrancudo, parecia agora estar no seu habitat natural. – O objetivo é ter uma autonomia que lhe permita dar a volta ao mundo. Ainda estamos longe disso mas já não é nada mal...

– E agora? – perguntou Jaime, cabisbaixo.

– Agora? – respondeu o major virando-se finalmente para eles.

– Agora parece que a nossa missão está completamente comprometida.

– Porque é que diz isso? – respondeu calmamente Antoine. – Temos o testamento do rei.

O rosto do major iluminou-se.

– Verdade? Pensei ouvi-lo dizer que tinha voltado a colocá-lo no seu esconderijo.

– E voltei.

A cara do major ficou da cor da espuma das ondas que embatiam no vidro da cabine.

– Então porque é que está a fazer pouco de mim? – disse tentando controlar a voz tremida. – Acha que não temos problemas de sobra?

– É para você aprender a não fazer pouco dos meus "truques de circo".

O major revirou os olhos e voltou-se novamente. Com um gesto brusco fez deslizar um painel ao lado do volante que revelou uma série de instrumentos de navegação.

Antoine sorriu e piscou o olho a Jaime e João. O francês tinha algum trunfo escondido.

– Sabiam que o nosso cérebro guarda toda a informação que processa durante o dia até ao ínfimo pormenor? – perguntou Antoine num tom casual.

João Lourenço decidiu entrar no jogo.

– Verdade? Que interessante.

– É verdade, João, o seu cérebro, por exemplo, lembra-se com exatidão de quantos passos deu naquele túnel na praia; ou mais incrível ainda, quantas vezes bateu o seu coração desde o dia em que nasceu.

– Não é possível – respondeu João – mas então por que é que eu não tenho acesso a essa informação?

– Para protegê-lo. Já imaginou se tivesse consciência de toda essa informação ao longo do dia? São milhares e milhares de dados que o seu cérebro teria de analisar. Enlouqueceria certamente!

João Lourenço olhava para Antoine sem perceber onde é que este queria chegar.

– No entanto, no entanto – continuava ele. – Através de certas técnicas é possível recuperar essa informação.

João descontraiu-se num sorriso.

– Técnicas como a hipnologia, por exemplo?

– Exatamente meu amigo.

– Isso quer dizer o que eu estou a pensar – a voz de João Lourenço tremia levemente de emoção. – Não posso acreditar que seja possível.

– É o que vamos ver – respondeu Antoine calmamente. – Major, tem alguma coisa para escrever?

O major Twat, que olhava para eles desconfiado, indicou uma gaveta com o dedo. Antoine tirou de lá uma resma de papel áspero e cinzento. Tateou o fundo da gaveta e encontrou um lápis de grafite. Pousou a resma sobre os joelhos, o lápis na mão direita, fechou os olhos. Ficou completamente imóvel durante uma dezena de minutos. Os outros três interrogavam-se com o olhar não ousando interromper o transe do francês. O major reduziu a velocidade.

Devagar, como que agitada por um tremor, a mão de Antoine começou a mexer. Debaixo do lápis surgiram letras, palavras, frases; Antoine escrevia com os olhos fechados a uma velocidade surpreendente. Pouco depois abriu os olhos e olhou para a folha.

– Aqui está. Penso que era isto.

O major observava a cena, boquiaberto.

– Era mesmo isso que estava escrito no testamento do rei? Como é que é possível? Tem a certeza? Mas está escrito em código. Como pode ter a certeza? Tem mesmo a certeza?

– Absoluta, meu caro major. Apostava a minha vida nisso. E o que me diz agora desse... "truque de circo"?

– Meu amigo Antoine, é formidável. Retiro tudo o que disse. Você salvou-nos. É certamente o verdadeiro herói desta operação!

Antoine exultava; era a sua pequena vingança.

– Então, e agora? – perguntou João Lourenço. – O que é que fazemos?

– Agora? – respondeu o major Twat. – Agora isto muda tudo. Vamos para um local onde esse papel poderá ser descodificado.

– E isso fica onde? – insistiu João.

– Desculpe, João Lourenço, mas isso não lhe posso dizer. Aliás você e o Jaime nem sequer aqui deviam estar.

– Como queira major – João encolheu os ombros.

O inglês virou-se para os seus instrumentos, pegou num mapa, calculou a rota, o barco acelerou a uma velocidade vertiginosa.

Antoine olhou para o papel que segurava nas mãos.

– Bem, eu podia tentar descodificar isso.

– Também vai utilizar a hipnologia para isso? – troçou o major.

– Pensei que tínhamos acabado com as piadinhas, major.

– Desculpe. É mais forte do que eu.

Antoine sentou-se segurando o papel à frente da cara, semicerrou os olhos durante um momento e depois fechou-os. Jaime olhou para João Lourenço e ambos sorriram como de uma piada que só eles conheciam.

A viagem foi bastante monótona. O major evitava a costa por uma questão de segurança e ao fim de algumas horas a ver só água, o tédio instalou-se. Antoine acabou por desistir dos seus esforços de descodificação e guardou o papel no bolso.

Avistaram finalmente terra no fim do dia seguinte. Tinham acabado de atravessar um extenso banco de nevoeiro e o major, os olhos colados nos instrumentos de bordo, mostrava-se cada vez mais preocupado com o pouco combustível que lhes restava. O semblante carregado do inglês desanuviou-se quando viu a linha irregular da costa e reduziu a velocidade. Consultou novamente o mapa e fez mais algumas contas para se situar. Dois minutos depois, parecendo satisfeito, voltou a acelerar. Seguiram ao longo da costa escarpada durante mais meia hora. A determinada altura, o major apontou a proa para uma pequena enseada e acelerou. Quando estavam quase a chegar à praia desligou o motor e o barco deslizou suavemente até encalhar na praia.

Jaime, João e Antoine saltaram para a areia escura, felizes por poderem esticar as pernas. O major saiu pouco depois trazendo dois cabos, estacas e um martelo. Atou os cabos à proa do barco e os quatro homens puxaram-no para terra. O major espetou as estacas no chão com o martelo e atou os cabos para o barco não fugir com a maré.

– Meus senhores, estamos quase lá – anunciou o major.

Atravessaram a praia e subiram por uma encosta suave. A areia foi dando lugar a uma terra clara, depois mais escura, e por fim, quando chegaram ao cimo da falésia, cobriu-se de uma vegetação rasteira de plantas silvestres. Por cima das suas cabeças, a lua cheia iluminava a charneca fazendo com que as flores mais claras parecessem emitir luz própria. Uma nuvem aproximou-se da lua e uma luta iniciou-se entre as duas. A lua começou por levar a melhor, tingindo a nuvem de amarelo forte. Esta, por sua vez, foi chamar reforços e rapidamente a luta tornou-se numa batalha quando o céu se cobriu de nuvens escuras e a lua desapareceu por completo.

Chegaram, por fim, a um bosque de ulmeiros.

– O major não quer dizer, mas eu apostaria que estamos na costa da Cornualha, não achas, Jaime? – lançou João Lourenço.

– Sem dúvida – respondeu Jaime.

O major não respondeu.

No fim do bosque avistaram um imenso edifício quadrado a uma centena de metros dali. O major mandou parar ainda a coberto das árvores.

– Este é um quartel militar muito especial. É um dos melhores centros de criptografia do Reino Unido – explicou o major Twat.

– Agora a questão é a seguinte: A nossa missão é ultrassecreta, se eu entro ali com um francês e dois portugueses, vão chover perguntas e não vai ser fácil encontrar respostas. Portanto proponho ir sozinho, mostrar as minhas credenciais ao oficial de serviço e pedir para decifrarem o código como se fosse uma operação de rotina. Uma vez isso feito, venho ter com vocês e, conforme o conteúdo do texto, logo vemos o que fazemos. Concordam?

– Concordo – respondeu João Lourenço.

Jaime limitou-se a encolher os ombros.

– Parece-me bem – disse Antoine entregando o papel ao major.

Viram o major afastar-se pelo meio do tojo e desaparecer ao contornar o muro do quartel.

Passou-se uma hora, depois outra e mais uma a seguir.

– Não acha que o major está a demorar muito, Antoine?

– Sim, um pouco.

– E isso não o preocupa?

– Como assim?

– Quer dizer que realmente não sabe o que se passa aqui? – João Lourenço parecia consternado.

– O que quer dizer com isso? Está a deixar-me preocupado.

João Lourenço sentou-se no tronco ao lado de Antoine. Uma chuva miúda começara a cair.

– Ah, meu amigo. Vocês são muito bons em contrainformação, mas os vossos serviços de informação... deixe-me que lhe diga.

João Lourenço encolheu os ombros com um ar condescendente.

– Por amor de Deus, homem! Diga o que tem a dizer de uma vez por todas – enervou-se o francês.

– Já alguma vez ouviu falar da máquina diferencial de Babbage? – perguntou João Lourenço em voz baixa.

– Penso que já li algo sobre isso na universidade, se me recordo bem era uma máquina teórica que poderia calcular tabelas de logaritmos e coisas assim.

— Não é assim tão teórica, Antoine. Depois de Babbage morrer, os ingleses construíram uma perfeitamente funcional, alimentada por máquinas a vapor. Mais tarde construíram o verdadeiro sonho de Babbage: a máquina analítica, um aparelho capaz de efetuar uma sequência arbitrária de cálculos.

— Não é possível!

— Oh sim, é muito possível. Tem ali um belo exemplar atrás daqueles muros.

Antoine virou-se para o edifício boquiaberto.

— Quer dizer que...

João Lourenço acenou afirmativamente.

— Imagine agora, com os avanços que eles têm demonstrado nos últimos anos na tecnologia do vapor, a capacidade formidável de cálculo que aquele monstro tem.

— Disse "um belo exemplar", quer dizer que há mais? — Antoine estava lívido.

— Muitas mais, espalhadas por todo o Reino Unido. Mas isso não é tudo, guardei o melhor, ou o pior, para o fim. Está a ver aqueles tubos que saem dos muros e que entram na terra?

— Até tenho medo de ouvir.

— Pois tem toda a razão em ter medo. Aqueles tubos subterrâneos vão ligar a outras máquinas analíticas, suponho que com uma tecnologia similar àquela que o major Twat nos mostrou em Sintra, que por sua vez ligam a outras e assim por diante. É isso mesmo Antoine, estas máquinas comunicam umas com as outras a uma velocidade prodigiosa. Um gigantesco cérebro mecânico à escala do território. Já percebe agora a razão dos avanços exponenciais que os ingleses têm feito em matéria de ciências e tecnologia? São estas máquinas que fazem tudo!

— É por isso que ele trouxe o testamento do rei até aqui! — sussurrou Antoine.

— Exatamente, uma máquina destas consegue decifrar um código em poucos minutos. E se for realmente complicado, envia cópias para as outras máquinas e partilham a tarefa numa fração do tempo.

— Está muito bem informado, Sr. João Lourenço.

A voz vinha das árvores. O major saiu das sombras empunhando um revólver. Antoine levantou-se prontamente.

– Charles, o que é que se passa? Para que essa arma? O major não respondeu, continuava a fitar João Lourenço com ferocidade. Este, por seu lado, mantinha-se sentado sorrindo candidamente para o major.

– Charles! – insistiu Antoine. – Estou a falar consigo. É verdade o que o João acabou de dizer.

– Ora, ora, Antoine. Não se faça de anjinho – cortou João Lourenço. E virando-se para o major. – Sabe o que o seu amigo, o Monsieur Antoine de Remmes, fez durante a viagem?

– Cale-se – gritou Antoine.

– Não, não, deixe-o falar – disse o major apontando o revólver a Antoine. – Isto interessa-me.

João Lourenço pôs as mãos atrás da cabeça e encostou-se ao tronco parecendo-se com tudo menos um homem sob a ameaça de uma arma.

– Vejo que os ingleses estão tão bem informados como os franceses – disse com uma gargalhada. – Penso que em vez de desdenharem as técnicas mentais do alto da vossa supremacia tecnológica, deviam tomar um pouco mais de atenção ao que se passa do outro lado do canal, meu caro.

– Desembuche de uma vez.

– Tenha calma. E cuidado que essas coisas têm tendência a disparar quando menos se espera. O que consta é que à medida que foram aprofundando e refinando a hipnologia, os franceses começaram a detectar efeitos colaterais nos sujeitos que praticavam estas técnicas.

– Efeitos colaterais?

– Sim, começou com curas inexplicáveis. Pessoas com doenças crónicas e, que depois de algumas sessões de hipnologia avançada, ficavam definitivamente curadas. Depois repararam que essas mesmas pessoas conseguiam curar outras só por lhes tocarem, talvez o tal fluído animal que pregava Mesmer?

– Por amor de Deus, João Lourenço! – interrompeu o major Twat.

– Sim, cale-se imediatamente com esses disparates – acrescentou Antoine de Remmes.

O major olhou para Antoine desconfiado e voltou a apontar-lhe a arma.

– Não, cale-se você. João, disse-me que ele fez algo durante a viagem, é só isso que eu quero saber.
– Já lá vou, já lá vou. Como eu estava a dizer, depois das curas por contato vieram as curas à distância. Entretanto outras experiências demonstraram que alguns sujeitos conseguiam deslocar pequenos objetos com o poder da mente. E por fim descobriram que a maior parte deles era, com algum treino, capaz de comunicar à distância. Distância essa que pode ser de vários quilômetros. O senhor já viu alguns dos prodígios que este homem consegue fazer com a sua mente. Pois isso não é nada comparado com as capacidades de comunicação à distância. Enquanto íamos no barco ele comunicou o testamento do rei aos seus colegas. No momento em que falamos, as mentes mais brilhantes de França estão a tentar descodificar o texto que acabou de entregar aos seus amigos.

O rosto do major tingiu-se de um vermelho quase roxo. Parecia que ia ter um ataque a qualquer momento.

– E acha mesmo que eu vou acreditar nesse chorrilho de disparates? Homens a comunicar à distância? Mover objetos com a mente?
– E quando ele trepou no chalé e entrou no escritório do rei? Como é que acha que ele abriu a janela? Pensa mesmo que estava aberta? – respondeu João que aparentemente se mantinha calmo.

O major Twat ficou pensativo.

– Há outras coisas que me preocupam muito mais – respondeu por fim.
– Tais como?
– Não consigo deixar de achar que foi tudo demasiado fácil. O rei a sair assim do palácio sem escolta, a expor-se numa casa sem segurança, a casa do lado vazia e pronta a alugar, tudo muito conveniente.
– Daí o revólver? – perguntou João Lourenço sorrindo.
– Daí o revólver. Eu avisei-o que não confiava em agentes duplos.

Os dois homens fitaram-se como dois lobos de alcateias rivais. A lua surgiu brevemente fazendo cintilar o aço da arma na mão firme do major Twat.

– E agora, meu caro João Lourenço, se realmente é esse o seu nome, sugiro-lhe que comece a falar.
– Costuma jogar xadrez major?
– Já joguei algumas vezes, por quê?

– Isso quer dizer, portanto, que é um principiante. O erro mais comum cometido pelos principiantes de xadrez é embrenharem-se de tal maneira na sua própria estratégia que se esquecem de tentar perceber e antecipar a estratégia do adversário.

O major continuava com os olhos semicerrados, tenso, mas não reagiu. João Lourenço continuou.

– Penso que uma parte de si pressentiu que havia algo de errado, que era tudo demasiado fácil. O problema é que outra parte de si, bem maior pelos vistos, cega pelo orgulho da vitória, inebriada pelo sucesso fácil, preferiu calar esse pressentimento.

O major fez uma careta estranha, parecia estar a tentar engolir um objeto demasiado largo para a sua garganta.

– Confirma então que tudo aquilo em Sintra foi uma encenação? Era o que eu calculava. Desinformação. É esse o propósito não é? Aquele suposto testamento do rei contém informações falsas para nos fazer perder tempo. É isso não é?

João Lourenço bateu palmas devagar.

– Bravo major, brilhante dedução.

– Foi por isso que pedi ao oficial de serviço que tentasse decifrar o texto apenas localmente sem o transmitir aos meus superiores. Foi por isso também que lhe pedi uma arma.

Pela primeira vez, desde o princípio da conversa, João Lourenço pareceu alarmado.

– O quê? O texto não foi enviado para as outras máquinas?

Foi a vez de Jaime intervir.

– Calma João, vai funcionar na mesma.

O major explodiu.

– O que é que vai funcionar na mesma, raios!

Apontou novamente o revólver à cabeça de João Lourenço só que desta vez engatilhou-o.

– Diga-me tudo que sabe ou rebento-lhe os miolos.

– Sabe major, – disse João novamente descontraído – tenho algumas dificuldades em manter uma conversa coerente quando tenho os miolos espalhados no chão.

O major apontou-lhe a arma ao joelho.

– Tem razão, vou dar-lhe um tiro na rótula. Dizem que é extremamente doloroso mas tem uma vantagem, é a de poder continuar a falar.

– Pronto, pronto major, não precisa de ser desagradável. Eu conto-lhe tudo o que quer saber. Afinal já revelei aqui os segredos de Estado do seu país, já revelei os de França, até me sinto em falta se não revelar também os de Portugal. É mais justo, não lhe parece?

A calma de João Lourenço estava visivelmente a deixar o major Twat cada vez mais nervoso; a mão direita já não segurava a arma com tanta firmeza.

– Se continua a gozar com a minha cara rebento-lhe os dois joelhos. O que é que acha?

– Acho que é uma pessoa muito impulsiva e dou-lhe a minha palavra de honra que tudo o que lhe vou dizer a seguir é a pura verdade. Posso fumar?

João Lourenço acendeu uma cigarrilha, aspirou com força e soltou uma baforada com evidente prazer.

– Vou-lhe contar uma história. Gosta de histórias, major? Pronto, não se enerve. Esta história começa em 1884 quando o, ainda Príncipe, D. Carlos fez uma visita pelas colónias de África a pedido do seu pai o rei D. Luis I. Graças à intervenção de um rei local, D. Carlos fez um acordo secreto com os Deuses africanos: se os Deuses ajudassem Portugal a recuperar a sua glória perdida, ele tornaria a sua religião obrigatória em todo o Império Português. Os Deuses temiam que o colonialismo e os missionários acabassem com as suas religiões, e o que é um Deus sem fiéis? Nada. Por outro lado se Portugal adotasse uma nova religião de origem africana, quanto mais o império crescesse, mais devotos os Deuses teriam, o que por sua vez os tornaria mais fortes e portanto com mais poder para ajudar o império a crescer. Enfim, um circulo perfeito que beneficiava a ambos.

– Essa história não faz sentido nenhum – interrompeu o major. – Mesmo partindo do princípio que o que me está a contar é verdade, como seria possível tornar um país fundamentalmente cristão numa corja de pagãos, assim sem mais nem menos, do dia para a noite?

– Primeiro que tudo, não é do dia para a noite. Estamos a preparar esta transição há muitos anos. Depois temos a experiência e a estratégia que os escravos utilizaram no Brasil. Trata-se simplesmente de dissimulação: Ogum torna-se São Jorge, Xangô passa a ser S. João etc... Só que desta vez será ao contrário. De qualquer maneira, a questão pode-se resumir simplesmente, pergunte a um camponês o que é que ele prefere, rezar a um Deus abstrato que não lhe dá nada em troca a não ser uma vaga promessa de paraíso, ou fazer algumas oferendas e rituais a Deuses bem mais palpáveis que lhe trazem benefícios concretos como, por exemplo, duplicar as suas colheitas? O que é que acha que ele vai escolher? "Só falta um detalhe, precisamos de um Papa que esteja do nosso lado. E, se existe uma arte em que o rei D. Carlos é exímio, é a diplomacia. Posso lhe assegurar que, durante todos estes anos, foram mexidos todos os cordelinhos, acionados todos os jogos de bastidor, para que o próximo cardeal a ser eleito Papa seja um português e um firme apoiante da nossa causa. Por mim, já tinha despachado este e acelerado o processo, mas o nosso rei quer as coisas feitas de forma limpa. De qualquer maneira, o Papa Leão XIII já lá está há tanto tempo que não deve durar muito; é uma questão de paciência."

O major continuava a olhar para ele, a cabeça de lado, não querendo acreditar numa palavra do que ouvia. Parecia hesitar entre se era o seu interlocutor que era estúpido ou se o estava a tomar como tal. Decidiu-se pela segunda hipótese.

– João, essa história é a maior aldrabice que já ouvi e só posso supor que está a tentar ganhar tempo. Sou uma pessoa pragmática e a única coisa que eu quero saber é a razão do seu amigo Jaime ter dito: "vai funcionar na mesma".

– Ah isso, já me esquecia – disse João Lourenço parecendo cada vez mais divertido.

A chuva tinha parado.

– Já ouviu falar no Deus sem nome? – perguntou João Lourenço?

– Já lhe disse para parar com as histórias da carochinha!

– Não, não ouviu obviamente – continuou João imperturbável.

– O Deus sem nome é um deus implacável, é o Deus da morte e da destruição. É de tal maneira temido que os africanos não lhe dão nome pois o simples fato de o invocar traria uma morte lenta e horrível ao desgraçado que o pronunciasse. No entanto os feiticeiros africanos inventaram um estratagema interessante, dividiram o corpo do Deus em oito partes, sendo que o oito é o número da morte. A cada parte do corpo deram um nome que é passado de feiticeiro para feiticeiro, de geração em geração. A questão é que, na África, ninguém, nenhum feiticeiro, sabe os oito nomes.

Puxou mais uma baforada da cigarrilha.

– O problema com que nos defrontamos neste momento é que o processo de aculturação religiosa proposto está a demorar mais tempo que previsto. Os Deuses têm cumprido a sua parte e ainda não viram nada em troca. Impacientam-se. Estão cada vez mais reticentes em ajudar. É normal, sabe como são os Deuses. De maneira que tivemos que arranjar uma maneira para ganhar tempo. E qual a melhor maneira de ganhar tempo do que atrasar os nossos adversários? Por isso, com alguma relutância, confesso, resolvemos recorrer ao Deus sem nome. Esse está sempre pronto para a festa.

O major voltou a engatilhar o revólver.

– Quem está a ficar pronto para uma festa sou eu – rosnou.

– Estou quase a acabar, major. Tenha paciência, estou certo que vai adorar o final. Como eu ia dizendo, redigimos um texto com um código fictício, no fundo são apenas letras aleatórias. Mas no meio do texto inserimos os oito nomes do Deus sem nome. Foram escritos por oito feiticeiros diferentes tapando sempre o papel para os outros não verem o que os seus predecessores tinham escrito.

– Chega! – berrou o major.

– Já reparou que há cinco minutos que o seu amigo Antoine está com os olhos fechados? – continuou João, impávido. – Pelos vistos alguém acredita na minha história e esse alguém está a comunicá-la aos seus amigos.

– Eu disse, chega! – voltou a gritar o major. – Não quero ouvir mais histórias sobrenaturais e...

Um vento súbito começou a soprar com uma força tremenda. O major olhou para o Jaime que levantara os braços ao ar e murmurava sons guturais.

– O que é isto? O que é que se passa?

– Isto? – respondeu João Lourenço. – Chamemos-lhe uma pequena demonstração.

– Diga-lhe que pare! Diga ao seu preto para parar imediatamente!

– Já lhe disse que não é o meu preto e...

Nesse momento ouviu-se um estalido seco acima das suas cabeças. O major olhou para cima a tempo de ver o vento rachar um enorme ramo da árvore que se encontrava atrás dele. Antes que tivesse tempo de esboçar um gesto, o ramo maior caiu-lhe em cima do ombro e do braço direito. O major caiu de joelhos soltando um berro de dor.

O vento cessou imediatamente.

Jaime calou-se, abriu os olhos, despiu o casaco e a camisa, até ficar em tronco nu. Levantou-se. João Lourenço apanhou o revólver que caíra no chão. Antoine continuava de olhos fechados, aparentemente em transe. Jaime debruçou-se sobre o major que sangrava abundantemente do braço.

– Hum, fratura exposta. Não me parece nada bom.

O major gritava de fúria e de dor agarrando o braço com a outra mão.

– Com licença – disse Jaime, e mergulhou a mão na poça de sangue que a ferida formava no chão. Com a ponta dos dedos marcou linhas paralelas sobre as faces e sobre o peito, desenhou estranhos símbolos no estômago e terminou com círculos concêntricos em volta do umbigo. Voltou a sentar-se. Fechou os olhos.

João Lourenço aproximou-se do major e encostou-lhe o revólver à cabeça.

– Devia matá-lo já, mas a seu ceticismo impele-me a deixá-lo viver mais um pouco. Quero que assista ao que se vai seguir.

Jaime entoou um cântico numa voz assustadoramente grave.

– O Antoine leu o papel, isso implica que os oito nomes do Deus sem nome entraram no seu organismo – explicou João Lourenço. – O que o meu amigo Jaime, que na verdade se chama Kokulé, está agora a fazer é ativar esses nomes. No fundo poderíamos dizer que estavam em estado dormente e agora estão a acordar. Veja!

Antoine tinha caído por terra. Sobre a sua face e sobre as suas mãos, pequenos desenhos luminosos surgiam. Era como se uma vela invisível os estivesse a desenhar. Os desenhos começaram a deslizar pela pele movendo-se em todos os sentidos. Antoine arfava, mas mantinha os olhos fechados.

– Agora olhe para ali.

João Lourenço agarrou o major pelos cabelos e levantou-lhe a cabeça obrigando-o a olhar para o quartel. Sobre a fachada corriam dezenas de símbolos luminosos similares aos que cobriam o corpo de Antoine de Remmes. O francês gemia.

– As dores vão começar – disse João Lourenço. – Os órgãos estão a ser atacados, vão começar a inchar até explodirem.

Do outro lado do muro ruídos cada vez mais fortes faziam-se ouvir.

Antoine soltou um grito.

Do outro lado do muro uma explosão ressoou.

Antoine contorcia-se em convulsões, dava saltos sobre-humanos, esbracejava, partia galhos secos com as mãos.

No quartel as explosões sucediam-se, ouviam-se gritos e silvos de vapor, rodas dentadas e toda a espécie de peças metálicas voavam em todos os sentidos, as paredes dos muros começaram a apresentar rachas gigantescas.

O major urrava não se percebia se de dor, de raiva, ou de terror.

João Lourenço puxou-lhe outra vez os cabelos e ele calou-se.

– Agora veja major, o melhor vem aí.

Da cabeça de Antoine de Remmes soltaram-se gotículas de luz que pareciam flutuar, lentamente elevaram-se no ar, subiram acima dos ulmeiros e desapareceram a grande velocidade em direção a este.

– Está a ver major, o nosso amigo Antoine não devia ter entrado em contato com os seus colegas. Daqui a pouco os desgraçados vão estar no chão a rebolarem-se de dores. Garanto-lhe, major, que dentro de meia-hora mais da metade da *intelligentsia* francesa estará completamente aniquilada. Olhe Charles, olhe bem.

E a última coisa que o major Charles Twat viu foi um conjunto de hieróglifos luminosos a juntarem-se em cachos sobre o que restava do muro rachado; a aproximarem-se dos tubos rente ao solo; a transformarem o seu significado secreto em vapor, num código feito de diferenças de pressão e temperatura; e a mergulharem nos tubos em busca de novas vítimas.

Os primeiros aztecas na Lua
Flávio Medeiros Jr

Quando você é um agente duplo, precisa aprender a conviver com algumas situações desagradáveis. Alguns sentimentos, por exemplo. O primeiro é a culpa; não é fácil agir furtivamente contra o país que considera sua pátria. No meu caso, a Inglaterra, onde nasci. É preciso estar constantemente passando em revista os vários motivos que o levam a agir em favor do inimigo para conseguir ir adiante, e convencer-se deles muitas vezes é difícil. Além disso, existe o medo e a vergonha diante da simples perspectiva de ser descoberto por seus compatriotas. Por outro lado, ao mesmo tempo em que procuro me convencer da nobreza de minhas intenções, no momento em que vendi secretamente meus serviços à França, apoiado precariamente nos ombros muitas vezes sólidos das coisas desprezíveis que vivi e testemunhei, não há como evitar a baixa autoestima e ignorar o desapontamento pelo desprezo e pelo desdém no fundo dos olhos daqueles a quem você serve secretamente. Afinal, antes de qualquer outra coisa você é um traidor, e é um nativo de um país inimigo, e eles não conseguem deixar de cogitar se, uma vez traidor, você não vai fazer de novo. Se isso uma vez serviu para salvar minha vida e dar origem à existência dupla que eu hoje levo, ironicamente é um fardo que sou obrigado a carregar em dias perigosos e noites insones.

Todos aqueles sentimentos engalfinhavam-se em minha alma no momento em que cruzei a soleira da porta e o grupo de homens levantou-se em sinal de respeito; respeito a mim, o agente duplo. Eu ainda não sabia por que havia sido convocado com tanta urgência, mas sabia muito bem quem eram os homens que me aguardavam.

A presença inesperada de um deles, em particular, era a mais intimidadora.

— *Mister* Prendick... — a melodiosa voz de tenor de Dupin era inconfundível. Ele fez um gesto para que eu me acomodasse na cadeira vaga à sua esquerda. Obedeci, inconscientemente retirando o lenço do bolso do colete para enxugar as gotículas que brotavam em minha testa.

Auguste Dupin, acomodado à cabeceira da grande mesa oval, era o chefe do Serviço Secreto francês, e meu superior hierárquico máximo naquele lado sombrio da muralha da Guerra Fria onde eu há meses me aventurava. À direita dele, sentado exatamente diante de mim, estava um homem que, ainda que eu nunca houvesse encontrado pessoalmente, era de reconhecimento obrigatório por qualquer agente do Serviço Secreto inglês, no qual eu obviamente também militava: o Professor Aronnax, eminente naturalista francês, conhecido como um dos homens-chave da elite científica que prestava serviços ao governo da *Grande France*.

Ao seu lado, um jovem loiro de constituição robusta, que me foi apresentado como Axel Lidenbrock, agente de contato com o Serviço Secreto prussiano. Eu já ouvira sobre suas habilidades como brilhante estrategista, e seus ousados planos de atingir o território britânico através de um suposto túnel escavado por baixo do Canal da Mancha.

Ao meu lado direito sentava-se outra figura publicamente conhecida, o cientista Félix Nadar, especialista em navegação aérea e balonismo, grande adversário do Comandante Robur, o estadunidense que comandava a frota das temíveis fortalezas voadoras que assolavam o Atlântico sob a bandeira britânica.

Diante dele, outro personagem que eu desconhecia. Sua constituição física superava em força a do agente Lidenbrock, e os calos em suas mãos volumosas atestavam um passado de trabalho duro. A cabeleira vasta e desgrenhada, associada à barba e ao nariz grande e achatado, faziam lembrar a carranca de um leão. No entanto, retribuiu meu olhar desconfiado com um sorriso amplo, quase infantil. Naquele momento só me foi anunciado seu nome: Michel Ardan.

Entretanto, o homem que mais me fazia inflamarem os nervos estava sentado na cabeceira oposta da mesa, apoiado sobre um cotovelo e com o olhar, ainda que encoberto pelas vastas sobrancelhas, aparentemente perdido em algum mundo inescrutável além do canto da sala. De sua silhueta inconfundível destacava-se a calva coroada por uma faixa de cabelos brancos e a espessa barba, também grisalha, que havia ostentado durante a maior parte da vida. Era ele em pessoa, o todo-poderoso Ministro da Ciência Jules Verne, um dos homens mais brilhantes do século e o maior responsável por tornar o Império Francês um doloroso osso de peixe na garganta de suas nêmesis britânicas. Fiquei por alguns segundos fitando discretamente aquele homem que era quase uma lenda e que parecia pairar naquele canto da mesa como uma nuvem de fumaça sobrenatural, um espectro de outra dimensão; definitivamente, como alguém que estivesse acima de todos nós e alheio às preocupações mundanas que nos assolavam. Foi o único que continuou sentado quando entrei no recinto, seu perfil esquerdo voltado para o centro da mesa, aparentando uma inquietante displicência, e não moveu um músculo sequer enquanto Dupin me apresentava aos demais.

O comandante francês saudou-me com sua polidez habitual:
— Espero que sua viagem tenha sido sem contratempos.

Confirmei o que ele de fato queria saber: consegui viajar incógnito da Inglaterra à França, sem levantar suspeitas. Dupin prosseguiu, após dirigir um rápido olhar em torno da mesa:
— Indo diretamente ao ponto, *Mister* Prendick, o senhor foi convocado para esta reunião por ser o homem mais indicado, de acordo com a opinião da maioria, para uma missão de capital importância para o Império Francês.

Permaneci em silêncio durante a pausa, embora cada vez mais curioso. O que veio a seguir foi uma pergunta:
— O senhor já ouviu falar de um homem chamado Impey Barbicane?

Estreitei os olhos, buscando fundo na memória, mas tive que me render:
— Lamento dizer que não, senhor.
— Talvez tenha conhecimento de uma associação denominada "Clube do Canhão"?
— Ah, sim! — recordei. — Uma das agremiações exóticas dos cidadãos dos Estados Unidos da América. Mantiveram um status considerável nos conflitos entre franceses e ingleses nos meados

do século, quando o clube foi fundado, fornecendo armamento para o Império Britânico. Se não me engano, os chamados "Anjos Exterminadores" encontram-se ainda profundamente envolvidos na interminável guerra brasileira, entre as forças ibéricas de invasão e os defensores aztecas e maias...

— Precisamente. Ocorre que o mencionado *Mister* Barbicane é ninguém menos que o presidente do Clube do Canhão, com sede em Baltimore, nos Estados Unidos. As únicas preocupações dessa sociedade, desde sua fundação, têm sido a destruição da humanidade — com um objetivo "filantrópico", é claro — e o aperfeiçoamento das armas de guerra, formidáveis instrumentos de civilização, especialmente quando suas bocas de fogo encontram-se voltadas na direção das cidades francesas.

Não sei se ele esperava alguma reação à ácida ironia, mas permaneci impassível.

— A verdade é que o envolvimento do Clube do Canhão tem sido surpreendido em ocorrências, digamos, "não-oficiais", como nas escaramuças armadas, jamais admitidas, na ampla fronteira entre os Estados Unidos e Nova Albion.

Dupin fez uma pausa, e enquanto alisava o próprio bigode lançou um olhar furtivo, primeiro para Aronnax, e depois para o ministro Verne. Prosseguiu em tom mais grave:

— O que ocorre, *Mister* Prendick, é que nossos agentes infiltrados no Império Britânico nos brindaram recentemente com notícias no mínimo alarmantes a respeito de uma surpreendente mudança de rumos nas atividades, antes tão truculentas, do famigerado clube. De acordo com elas, o Clube do Canhão estaria colaborando com o governo inglês nos preparativos para uma missão tripulada à Lua.

Ele interrompeu seu discurso observando minha reação, que não poderia ser diferente da mais honesta surpresa e incredulidade. Olhei para cada um dos presentes, mas ninguém demonstrava estar surpreso como eu: Aronnax parecia entretido com alguma coisa minúscula e invisível que teria descoberto sobre o tampo da mesa; Lidenbrock e Nadar me examinavam com as sobrancelhas arqueadas, o primeiro sem conseguir evitar um meio sorriso irônico; o tal Ardan cruzou os braços e recostou-se na cadeira, abrindo mais um daqueles sorrisos francos e inquietantes; Verne permanecia imóvel, uma estátua de perfil que eu começava a me perguntar se estaria mesmo viva. Dupin interrompeu minha estupefação.

— O senhor certamente ainda não havia ouvido nada a esse respeito...

— Com toda franqueza, há muito tempo não ouvia algo que me parecesse mais despropositado, coronel. Se não bastasse a impossibilidade técnica que a ideia aparenta carregar desde sua concepção, não consigo perceber o proveito que algo assim poderia trazer ao Império Britânico. Por que alguém desejaria viajar até a Lua?

— Porque ela está lá, *Mister* Prendick. — Todos se voltaram para o dono da voz de trovão, o misterioso Michel Ardan, que me fitava com um olhar penetrante. — Muito me surpreende que o senhor, sendo inglês, não considere isso motivo suficiente.

— Franceses como Jean Baudoin e Bernard Fontenelle também trataram desse tema, Monsieur Ardan — retruquei, — mas tiveram a sensatez de manter o assunto no campo da ficção.

— Mas não podemos esquecer que foi outro grande francês, Cyrano de Bergerac, quem escreveu: "A Lua é um mundo como este, ao qual o nosso serve de lua". Ou seja, assim como a Terra, a loira Febe está lá — apontou um dedo calejado para cima, — virgem, bela e ansiosa para ser conquistada.

Naquele momento, do outro lado da mesa, Aronnax pigarreou. Estava claro que tinha algo a dizer, porém olhou antes para Dupin de maneira inquisitiva. Esse o encorajou com um aceno de cabeça quase imperceptível, e então o cientista disse:

— Quanto à viabilidade técnica, *Mister* Prendick, não há motivos para mostrar-se tão pessimista. Nossos agentes apuraram dados valiosos relativos aos planos do Clube do Canhão, que foram complementados por nossa própria pesquisa, e revistos pelo ministro Verne...

Aronnax mencionara o nome do ministro em tom de absoluta veneração, e esperou um segundo para certificar-se de que o homem não teria nada a dizer. Como ele permanecesse na habitual imobilidade, como se sequer estivesse ouvindo a conversa, prosseguiu:

— De acordo com nossos cálculos, estando o satélite no perigeu, que seria a menor distância entre ele e a Terra, correspondente a 363.000 quilômetros, qualquer projétil dotado de uma velocidade inicial de 11.000 metros por segundo necessariamente alcançará a Lua.

— Pois muito bem, estou certo de que os senhores fazem uma boa ideia do tamanho da arma que seria capaz de impulsionar um projétil a essa velocidade. Isso sem falar no tamanho e peso do tal projétil, uma vez que estamos falando de uma viagem tripulada.

— Na verdade fazemos uma ideia bastante exata — intercedeu Nadar, com uma ponta de orgulho na voz. — Tal canhão deverá ter 270 metros de comprimento, diâmetro interno de 3 metros, e paredes com 1 metro e 80 centímetros de espessura. Por questões de segurança e viabilidade econômica, teria que ser forjado com ferro fundido, resultando em uma formidável arma com o peso total de 68.040 toneladas.

Lidenbrock emitiu um fino e prolongado assovio. Ainda não estava a par daqueles dados assustadores. Nadar ignorou a manifestação e continuou:

— Quanto ao projétil, a melhor opção, por razões de aerodinâmica, seria o formato cilindrocônico e deveria ter cerca de 3 metros de diâmetro. Pesaria por volta de 9 toneladas.

— Devo confessar que estou absolutamente atônito e igualmente impressionado com o que dizem, senhores — confessei, — mas principalmente por perceber que para este grupo tudo isso é um assunto sério. Entretanto, apesar da ignorância dos assuntos científicos que me provoca tamanho espanto diante da ideia, conheço o suficiente de armas de fogo para opor ainda uma objeção à viabilidade desse projeto audacioso: a quantidade de pólvora necessária para impulsionar tal projétil à velocidade requerida, em uma arma dessa envergadura, me parece algo não apenas perigoso, mas simplesmente proibitivo!

— Nesse ponto o senhor está coberto de razão. Para um resultado seguro seriam necessárias cerca de 726 toneladas de pólvora...

Não consegui reprimir uma breve risada de descrença, mas Nadar parecia já estar esperando por isso. Prosseguiu sem sequer pestanejar:

— A não ser que contássemos com uma solução alternativa.

Olhou para Aronnax, devolvendo-lhe a palavra. Este recebeu a incumbência sem ressalvas:

— Em outras circunstâncias, *Mister* Prendick, sendo o senhor um agente britânico, eu jamais poderia revelar o que direi a seguir, pois trata-se de uma das mais espetaculares invenções francesas nestes tempos de conflito; porém, lamentavelmente, nesse palco inseguro em que se transformou o mundo, a espionagem funciona para todos os lados. Não fomos capazes de capturar os espiões ingleses que roubaram nosso segredo antes que repassassem a informação, portanto já sabemos que os britânicos também já possuem a fórmula da piroxila.

– Piroxila? – indaguei, meneando a cabeça em confissão de ignorância.

– Também chamada de "algodão-pólvora". O algodão, combinado a frio com ácido nítrico, transforma-se em uma substância insolúvel, altamente combustível e explosiva. É capaz de imprimir aos projéteis uma velocidade quatro vezes maior do que a da pólvora. Além disso, acrescentando a ela uma parte de seu peso em nitrato de potássio, seu poder de expansão ainda aumenta consideravelmente.

– Onde seriam necessárias 726 toneladas de pólvora – voltou a interromper Nadar, – bastariam 181 toneladas de piroxila. Sim, sabermos que ainda assim não é pouco, mas acredite: dessa maneira o projeto se torna perfeitamente viável.

Houve um momento de silêncio, quando todos me fitavam em expectativa. Era minha vez de fazer a pergunta que estavam esperando. Não precisei refletir muito para descobrir qual era:

– Então, ao que parece, a coisa é mesmo séria. O que nos traz ao ponto: por que é que os senhores estão me relatando tudo isso? O que esperam de mim?

O grupo trocou olhares satisfeitos, demonstrando que a reunião tomava o rumo planejado. Aronnax retomou a palavra:

– Existe uma questão fundamental em relação à viabilidade desse projeto, que teoricamente deveria estar trazendo uma dificuldade crucial para as pretensões britânicas...

O cientista baixou a mão para algum lugar oculto, e retornou com um rolo de papel amarelado. Esticou-o sobre a mesa, e enquanto Nadar ajudava a fixar uma das pontas do pergaminho, vi abrir-se diante de mim uma representação do mapa-múndi, com as possessões de cada bloco de poder marcadas em cores diversas. Toda a Europa até a fronteira com a Rússia, além dos países nórdicos e algumas regiões no norte da África e no litoral atlântico da América do Sul, estava marcada em azul, simbolizando as possessões da *Grande France*. Excetuava-se obviamente a Grã-Bretanha. A Rússia, aliada até certo ponto relutante dos franceses, era simbolizada por uma enorme mancha cinzenta. Com exceção de uma miríade de cores nos continentes africano e asiático meridional, o restante do mundo era assustadoramente vermelho. Era a cor do Império Britânico, onde se dizia, com muito orgulho por parte do meu povo, que o sol jamais se punha. A situação era no mínimo curiosa: o Império Francês parecia um monstro azul prestes a abocanhar o pequeno morango vermelho da Grã-Bretanha; entretanto, o monstro se transformava em um pequeno camundongo azul cercado de todos os lados pelo verdadeiro monstro vermelho, ocupando a maioria das porções de terra do planeta.

Aronnax prosseguiu com a explicação:

— Para que todos os cálculos que descrevemos possam dar o resultado esperado, existe uma condição: o canhão precisa realizar seu disparo em uma posição perpendicular à superfície terrestre, o que só pode ser obtido se estiver localizado entre zero e 28 graus de latitude, norte ou sul. Como o senhor pode observar, apesar da extensão das possessões britânicas no mundo, suas opções nessa faixa são relativamente limitadas.

Debrucei sobre o mapa e examinei as terras dentro dos limites mencionados. Com efeito, a Europa inteira encontrava-se fora da área de exigência, e a Grã-Bretanha mais ainda. Havia possessões britânicas viáveis no norte africano, mas a proximidade de outras pequenas regiões de litígio dominadas pelos franceses tornaria o empreendimento excessivamente arriscado para ser colocado em prática na região. A maior parte da América do Sul, excetuando-se pontos isolados onde floresciam as civilizações azteca e maia, era coberta pela natureza em estado selvagem, exceto na parte oriental, na fronteira com o Brasil dos ibéricos, que ia pouco além do antigo e pretensioso Tratado de Tordesilhas, onde aqueles aliados dos franceses travavam uma sangrenta e incansável guerra contra o Império Azteca, na tentativa de embrenhar-se continente adentro. Também não seria um local seguro para a instalação do canhão lunar. Igualmente distante e selvagem seria a Austrália, que também descartei de imediato.

Observei a América do Norte; no México, uma estrela marcava a posição de Tenochtitlan, a poderosa capital do Império Azteca, braço direito de Londres na conquista do planeta. O restante do continente

era dividido ao meio por uma longa linha vertical, dividindo as chamadas "Nações de Janus": os Estados Unidos, na face voltada para o oceano Atlântico, e Nova Albion, banhada pelo Pacífico. A primeira havia sido colonizada por imigrantes britânicos, a segunda por uma miscigenação de aztecas e indígenas nativos. A longa fronteira, como já salientara Dupin, era uma região de violentas disputas entre dois povos que não se entendiam, mas viam-se obrigados a conviver razoavelmente em paz por estarem ambos obrigados a servir à Coroa Britânica. Apesar disso havia uma pequena porção de terra, no extremo sul dos Estados Unidos, localizada abaixo do paralelo 28. Apontei para esse local como hipotética opção para a instalação da arma, assim como todo o território mexicano, que me parecia a opção mais adequada. Isso era questão a ser respondida por Lidenbrock, o estrategista, com seu carregado sotaque prussiano:
— Procure se colocar no lugar de um inglês, *Mister* Prendick. Creio que conseguirá fazê-lo com certa facilidade...
Ele olhou ao redor, deixando clara a tentativa de fazer humor. Ninguém pareceu corresponder, mas ele não se importou nem um pouco com isso. Prosseguiu:
— Com o passar do tempo o Império Britânico tem ficado cada vez mais famoso pela sua brutalidade, inclusive no tratamento condenável que costuma dispensar a seus prisioneiros. Sabemos que isso é uma herança de sua prolongada associação com os selvagens aztecas, cuja presença entre as fileiras dos exércitos britânicos já tornou a violência uma rotina jamais questionada, tal é a maneira agressiva com que aqueles bárbaros emplumados se comportam em relação aos inimigos. Por outro lado, o Império Francês cresceu formando alianças; não vamos discutir aqui se alguma vez os franceses se aproveitaram do terror dos povos ameaçados pelo potencial invasor inglês ou azteca. A imagem mundial da França é a de um império civilizado. Para aumentar ainda mais essa impressão, a França nomeia como seu Ministro da Ciência ninguém menos que o honorável Jules Verne, aqui presente, que com suas ideias fez aumentar em escala vertiginosa a qualidade de vida nas possessões da *Grande France*, e que promete ainda muito mais.
O prussiano olhou para o velho ministro em busca de algum sinal de simpatia, mas viu-se completamente frustrado. Assim, ele não teve outro remédio senão continuar se dirigindo à minha pessoa.

– É sintomático que, tentando equilibrar os pratos dessa balança, os britânicos hajam nomeado também um gênio como seu próprio Ministro da Ciência. A fama do ministro Herbert George Wells o precede, não julgo necessário ficarmos exaltando as concepções que ele introduziu para melhorar a vida e a autoestima do cidadão britânico. Mas todos sabem, dos dois lados do Canal da Mancha, que ainda falta algo para que Wells seja de fato consagrado e saia da sombra do gigante Verne. Eis porque, *Mister* Prendick, a conquista da Lua precisa ser um feito inquestionavelmente britânico! Mas como isso seria possível? Como permitir que o cidadão de Londres vibre e se inflame com uma realização que não lhe pareça apenas outra dessas histórias mal contadas que perdem sua credibilidade no tortuoso trajeto entre as colônias e a Metrópole? Ora, o projétil carregando em seu bojo os conquistadores da Lua precisa decolar do território da Grã-Bretanha! O inglês comum precisa avistar seu rastro de fogo e ouvir o estampido do lançamento, levando a glória da Rainha para além do planeta!

– Concordo com sua análise psicológica da situação, *Herr* Lidenbrock, porém as dificuldades técnicas para tal realização ainda me parecem intransponíveis.

– É fácil encontrar motivos para descartar os Estados Unidos como local de lançamento: Nova Albion jamais aceitaria essa afronta, tal o grau de rivalidade entre as duas nações irmãs. Tudo que os ingleses não precisam hoje é de um recrudescimento das animosidades naquele país de índios. É óbvio que a solução mais fácil seria lançar o projétil do território mexicano. Eu diria mais, a proverbial susceptibilidade dos filhos de Quetzalcoatl poderia fazer estremecer laços de união historicamente tão caros, se percebessem que os britânicos estariam desprezando as evidentes vantagens de se levar a cabo o projeto em território azteca por uma simples questão de vaidade e prepotência inglesas.

– Os britânicos têm sido engenhosos – interveio Dupin – louvando a bravura de seus aliados aztecas, para assim colocá-los em maioria entre os soldados das suas tropas de infantaria nas regiões de conflito mais sangrentas, obviamente comandados por oficiais ingleses na retaguarda. "Bucha de canhão", para dizer a verdade. Exaltar assim a vaidade desses indígenas poderia tornar-se um tiro pela culatra, se agora os britânicos decidissem negligenciar as óbvias vantagens geográficas para negar o sítio de lançamento ao Império Azteca.

– Imagine então – continuou Lidenbrock – que a Rainha decida "adoçar a boca" de Itzcoatl III. Como? Bem, o projétil será lançado de solo inglês, mas levará em seu bojo uma tripulação azteca! Isso daria ao empreendimento a aparência de uma ação conjunta entre as duas principais forças do Império Britânico. Mais ainda, apareceria aos olhos dos aztecas como uma distinção e uma prova de confiança. Claro que o comandante da missão deverá ser um inglês legítimo, mas para viagem tão arriscada, nada como preencher o restante do espaço do projétil com, como bem destacou *Monsieur* Dupin, "bucha de canhão".

– Sua análise continua bastante plausível, mas ainda não atinei com sua solução diante do grave obstáculo para o sucesso dos planos que o senhor descreve: a barreira do paralelo 28. A distância entre as Ilhas Britânicas e o equador, pelo que os senhores mesmos descreveram, simplesmente inviabilizaria o projeto.

Um silêncio tenso preencheu o ambiente como uma nuvem escura. Como presidente daquele encontro, Dupin decidiu assumir a responsabilidade de tocar em um ponto delicado.

– Talvez, *Mister* Prendick, o senhor já tenha ouvido falar em um cientista chamado Cavor.

– Já li algo a seu respeito nos periódicos ingleses, mas não me recordo exatamente do que se tratava...

– Certamente nada relacionado às ultimas informações que reunimos a respeito desse homem, que trabalha estreitamente vinculado à máquina de guerra britânica. De acordo com rumores recolhidos por nossos agentes em território inglês, Cavor teria, secretamente, sido capaz de um feito espantoso: a criação de uma liga metálica permeável à força da gravidade, que o homem em toda sua modéstia teria denominado "cavorita".

Balancei a cabeça, sem compreender.

– O senhor disse "permeável à força da gravidade"? O que isso quer dizer?

– Veja bem – interveio Aronnax em socorro do comandante, – existem várias formas de energia radiante: a luz, o calor, a radiatividade, a gravidade. Quase todas as substâncias têm algum grau de "permeabilidade", digamos assim, a essas formas de energia. O vidro, por exemplo, é bastante permeável à luz, que o atravessa com facilidade, mas retém o calor, demonstrando uma impermeabilidade relativa. Portanto, uma substância permeável à gravidade seria aquela que a força de atração atravessa livremente sem exercer qualquer efeito sobre ela. Usando outra metáfora cientificamente incorreta, mas esclarecedora para leigos, é como se a tal cavorita fosse total ou parcialmente "invisível" para a força da gravidade, que tem um efeito diminuído ou nulo sobre ela.

– Se ainda não o fiz com adequada suficiência, volto a destacar que meus conhecimentos científicos estão muito aquém relativamente aos dos senhores. Apesar disso, a mim parece que tal substância não pode existir.

– O fato é que registramos um estranho incidente em uma localidade próxima a Canterbury. – Dupin voltou a relatar. – Uma explosão que a imprensa atribuiu a um suposto "ciclone", ainda que as condições climáticas daquele dia praticamente inviabilizassem essa hipótese. Foi assim que localizamos o laboratório secreto de Cavor e, desde então, seguimos de perto as pistas relativas a suas atividades. Não há certeza, mas existe uma razoável possibilidade de que a substância realmente exista. O entusiasmo incontido que o ministro Wells vem manifestando em seus círculos mais íntimos relativamente à tal cavorita...

– Esse homem é um mentiroso!

Não houve quem não se sobressaltasse ao ouvir a voz profunda, que irrompeu na outra extremidade da mesa como a lava de um vulcão que estivesse inativo por anos a fio. Pela primeira vez pude ver o rosto de Jules Verne por inteiro, e ele estava vermelho de indignação. Seus velhos olhos faiscavam por baixo das sobrancelhas grisalhas, e ele se apoiava no tampo da mesa como se a qualquer momento fosse saltar sobre ela à moda de um grande felino. Por falar em "energia radiante", senti como se raios de calor emanassem de seus olhos na medida em que ele fitava cada um de nós, enquanto falava lenta e pausadamente:

– Herbert Wells é um mentiroso. Enquanto eu coloco em prática a ciência, esse homem a inventa. Preenche as lacunas de sua ignorância com as sandices que ousa imaginar. Se o plano de enviar um projétil à Lua depender desse algo chamado "cavorita", está condenado ao fracasso desde o berço. Acreditem, senhores, vocês só terão algo a temer caso estejam deixando passar alguma informação da qual nem desconfiam, mas que, tenho certeza, nada tem a ver com substâncias milagrosas abortadas pela imaginação de um tolo. Agora, se me dão licença...

O ancião ergueu-se como um antigo leviatã que houvesse despertado e emergido das águas de um oceano. Irradiando respeito e dignidade como se mobilizasse ondas contra os presentes, deu as costas à mesa da reunião e, com os passos lentos de quem nada mais deve ao tempo, caminhou em direção à grande porta, desaparecendo através dela.

Cada um dos que ficaram para trás conservava no rosto uma expressão grave. Aronnax enxugava gotas de suor que inundavam sua testa enrugada. Félix Nadar olhou para os próprios joelhos com uma sombra de tristeza diante dos olhos. Foi Dupin, evidentemente, quem reiniciou os trabalhos:

– Como pode ver, *Mister* Prendick, o ministro Verne rejeita totalmente a teoria da cavorita. A verdade é que ele fez questão de estar presente neste encontro, unicamente para deixar clara tal opinião. Uma opinião de peso, evidentemente. Mas por outro lado... – Fez uma pausa, como se hesitasse e, por um fugaz instante, seus olhos cansados pareceram haver mergulhado em algum passado conturbado e longínquo. – Eu mesmo confesso já ter visto, com meus próprios olhos, coisas das quais a maioria dos homens sãos que conheço duvidariam veementemente. Foi assim que aprendi a não confundir o incomum com o abstruso. É através desses desvios do plano ordinário que a razão deve se conduzir, se é que existe algum caminho, em sua busca da verdade. Além do mais, é bem sabido que as ideias de Wells têm se revelado bastante originais e inovadoras. Sim, ele tem seus delírios, que acabam virando motivos de ironia nas páginas dos periódicos ingleses e, principalmente, nos franceses. Contudo, após muito deliberar, decidimos que neste caso não podemos correr riscos. Todos os indícios apontam para uma convergência das pessoas envolvidas nesse projeto em torno das Ilhas Britânicas e, como penso já haver ficado bem demonstrado, o lançamento a partir dessa latitude seria inviável sem alguma coisa com as propriedades da cavorita, pelo menos até que alguém nos ofereça outra solução menos improvável. Imagine as consequências da existência da substância; por mais que a pretensa permeabilidade à gravidade seja parcial, um projétil cujas paredes estejam construídas com placas dessa liga metálica modificaria radicalmente as perspectivas em favor dos britânicos! Com peso reduzido e menor resistência ao impulso em direção à Lua, o lançamento poderia de fato ser realizado em pontos distantes do equador terrestre, inclusive do território inglês. As especificações do canhão, como peso e comprimento, poderiam ser menos dramáticas, e a quantidade de piroxila gasta para o impulso inicial seria muito reduzida!

– A partir da infinidade de cálculos e informações aqui trazidos nesta tarde, coronel Dupin, deduzo que vocês, franceses, também estão tentando construir seu canhão lunar...

– Eu não esperava menos de sua inteligência, *Mister* Prendick. Obviamente, sua localização tem que permanecer um segredo de Estado e somos obrigados a seguir com o maior rigor possível as especificações que enumeramos, pois não contamos com nenhum milagre semelhante à cavorita, mas o senhor pode dizer que estamos vivendo uma verdadeira "corrida espacial". O comandante de nossa missão e líder da tripulação, que já se encontra em treinamento, será o senhor Michel Ardan, que inúmeros serviços já prestou em sua associação espontânea às missões de nossos exércitos e se apresentou como voluntário.

– Tudo por uma boa aventura, e sem motivos para temores – decretou o leão sorridente.

Dupin prosseguiu como se não houvesse sido interrompido:

– Chegar ao satélite terrestre antes dos ingleses representaria um "tiro pela culatra" de seu portentoso canhão, abalando sua imagem e sua autoestima. Isso, numa guerra travada não apenas com armas, mas também com ideias e conquistas de homens de valor, representa muito.

– Existem indícios que favorecem nossas teorias a respeito do lançamento a partir da Inglaterra – voltou a falar Lidenbrock, mais relaxado com a ausência de Verne. – Recentemente surpreendemos a viagem sigilosa de um grupo de oficiais do exército azteca para Londres, acompanhados pessoalmente por Barbicane, do Clube do Canhão. Infelizmente, perdemos seu rastro por trás das cortinas da segurança inglesa, mas suspeitamos que dentre esses homens esteja a tripulação do projétil. O comandante seria um certo capitão Bedford, amigo pessoal de Cavor e homem de sua total confiança. Poucas semanas depois do incidente de Lympne, próximo a Canterbury, o qual já foi relatado pelo coronel Dupin, perdemos a pista de Cavor, e, portanto, do local escolhido para a montagem do canhão. Perdemos também muitos agentes de valor quando começavam a se aproximar de alguma informação realmente útil.

Ele parou e me fitou atentamente. É claro que reprimi o sorriso de satisfação pelo que havia sido dito. Sim, estou trabalhando para o inimigo, mas não deixo de sentir orgulho de minhas origens, de minha formação e de meus companheiros de farda.

– Mas nem tudo está perdido – era Dupin, retomando a palavra em tom grave, e tentando arrefecer meus brios. – Nosso principal agente continua ativo em Londres e parece estar próximo de descobrir a localização do canhão e a data provável do lançamento do projétil. Suspeitamos que tal data deva ser próxima ao dia 4 de dezembro, quando a Lua estará ao mesmo tempo próxima ao zênite e em sua menor distância em relação à Terra. É por isso que precisamos dos seus serviços, *Mister* Prendick: como agente da Inteligência Britânica, o senhor pode avançar mais profundamente do que qualquer francês infiltrado, com menores riscos.

– Dia 4 de dezembro... Isso nos deixa pouco mais de uma semana. E o que exatamente o senhor espera que eu faça em tempo tão escasso?

– Descubra a localização do canhão e a data de lançamento. Além disso, descubra o que puder sobre a tal cavorita. Se ela existir mesmo, esperamos que o senhor consiga fazer algo para atrasar o programa espacial britânico, se não interrompê-lo definitivamente.

– O senhor está falando de sabotagem.

– Sim, mas de uma maneira mais eufemística. Na melhor das hipóteses, gostaria que o senhor, se possível, nos trouxesse uma amostra da cavorita, uma vez que ela efetivamente exista. Isso ajudaria a diminuir as tensões recentes surgidas entre este gabinete e o ministro Verne, como deve imaginar. Nem preciso dizer a respeito da urgência da missão; temos motivos para supor que nosso prazo está se esgotando.

— Certamente. E quando é que eu parto?
— Seu transporte o esperará amanhã em Le Havre.
Dupin estendeu a mão de dedos longos e passou-me alguns papéis.
— Aqui estão as instruções formais. E quero deixar bem claro, Mister Prendick: estou bem familiarizado com os sentimentos que o levam a colaborar conosco. Saiba que o bom êxito nesta missão contribuirá para o que o senhor almeja e, além disso, será tido em alta conta pelo próprio Imperador. Assim sendo, para o bem de todos nós, desejo-lhe boa sorte.

Parti imediatamente. Durante a viagem de trem para o porto de Le Havre repassei cada detalhe da missão e reconsiderei cada palavra ouvida no escritório de Dupin. Por mais que a ideia de enviar um projétil tripulado à Lua me parecesse uma sandice e que a concepção de algo como a tal cavorita soasse como uma tolice descomunal, a seriedade com que os franceses estavam tratando o assunto merecia o meu respeito. Afinal, eu não era um cientista e, ademais, a atuação desses homens na guerra eterna que se travava ente nossos povos já trouxera diante dos meus olhos coisas que eu só seria capaz de conceber em sonhos ou pesadelos.

Aquela reflexão evocou memórias antigas, lançando-me até poucos anos no passado, quando minha vida e minha concepção do mundo mudaram para sempre. Eu ainda era um agente fiel e idealista do Serviço Secreto britânico, quando fui escalado para uma estranha missão: um eminente cientista francês, cujo trabalho pioneiro estava sendo impedido de avançar pelo excesso de zelo e pudores de seus compatriotas, havia decidido oferecer seus serviços aos ingleses que, pelas razões apontadas por Axel Lidenbrock ou outras quaisquer, mostravam-se cada vez mais flexíveis em relação aos limites éticos dispensáveis ao tratamento com o ser humano ou ao avanço da ciência. O homem foi acolhido e enviado secretamente a uma ilha remota na costa africana, onde foram-lhe dadas todas as garantias e condições para prosseguir com seus experimentos. Entretanto, os ingleses não forjaram seu vasto império confiando às cegas em um ex-adversário. O cientista, cujo nome era Moreau, tinha como único companheiro um sargento inglês chamado Montgomery, que deveria acompanhá-lo como sua própria sombra. Com o passar do tempo, porém, os relatórios de Montgomery começaram a perder a regularidade e até mesmo a sanidade do homem parecia estar ficando comprometida. Suspeitava-se de que a pressão da função a ele atribuída naquele fim de mundo estava afetando seus nervos e que o pobre diabo estivesse sendo consumido pela bebida. Foi assim que entrei em ação; enviado sob disfarce para a ilha secreta, cheguei como sendo um náufrago de um navio pesqueiro. Nem mesmo Montgomery sabia minha verdadeira identidade, mas com habilidade consegui ser acolhido por ele e depois pelo próprio Moreau. O que vi naquela ilha esquecida por Deus até hoje me assombra nas noites de pesadelo. O chamado "trabalho" do cientista dissidente envolvia a vivissecção de animais de toda espécie, tentando aproximar sua aparência e inteligência à dos humanos! Ele pretendia, e esse era o grande interesse que lhe garantia o apoio dos britânicos, criar em laboratório um novo tipo de soldado, mais forte, mais feroz e mais eficiente na arte de matar. As criaturas que vi e as coisas que presenciei quase roubaram minha sanidade e só posso atribuir à Providência Divina o momento em que suas experiências começaram a sofrer reveses. A deterioração psicológica de Montgomery e sua entrega ao álcool eram reais, o que funcionou como um catalisador quando tudo ruiu. Por razões pessoais relativas ao meu próprio equilíbrio emocional não posso entrar em detalhes, mas confesso que, assim que vi a oportunidade, sabotei o trabalho de Moreau, condenando-o definitivamente ao fracasso. Destruídos os registros científicos e eliminado o cientista, àquela altura já livre do pobre e falecido Montgomery, foi fácil plantar "evidências" de que Moreau não era nenhum dissidente, mas um espião que pretendia, como meus superiores temiam, ajudar a destruir o Império Britânico por dentro. Por essa missão fui condecorado e promovido, mas minha vida nunca mais foi a mesma. Passei a sentir um constante desconforto na companhia de meus semelhantes, como se tomado por uma convicção irracional de que eles eram, como aquele povo-fera que conheci na ilha, bestas humanizadas que a qualquer momento poderiam regredir a seu estado selvagem original. Essa sensação acentuava-se em meu trabalho junto ao Serviço Secreto, levando-me a incontroláveis reações de pânico. O pior era saber que as experiências de Moreau poderiam eventualmente ter dado certo e então teríamos uma guerra muito mais impiedosa e desumana do que a hipócrita Guerra Fria que vivemos hoje, repleta de combates armados e escaramuças cuja dura realidade é reduzida com palavras de um revoltante eufemismo pelos periódicos dos dois lados. Eu reconhecia que a atitude dos ingleses e de seus aliados aztecas era a mais feroz, o que em assuntos de guerra se traduz em um perigo considerável. Decidi então, buscando uma chance de salvar minha alma, oferecer meus préstimos aos "civilizados" franceses, atuando dos dois lados e sempre buscando um equilíbrio de forças. Eu via claramente que eles estavam longe de vencer a guerra e sabia que seria catastrófico para o mundo se os ingleses, meus compatriotas, assumissem a supremacia. Essas foram as condições que ofereci a Dupin e a atual missão estava dentro de seus limites: não visava submeter meu povo ou provocar derramamento de sangue inocente, mas sim tentar corrigir um desequilíbrio que ameaçava irromper, equalizando as forças naquele "cabo de guerra" de alcance mundial.

Peguei no sono sentado no trem e acordei sobressaltado à entrada do porto de Le Havre, com a sensação fugaz de que duas patas peludas terminadas em garras haviam estado há pouco cravadas em torno da minha garganta.

❀

A costa norte da França ao longo do Canal da Mancha era algo impressionante de se ver. De Dunquerque, na divisa com a Bélgica, até Brest, no Oceano Atlântico, toda a costa era praticamente uma única fortaleza, uma muralha fortificada com quilômetros de extensão, guarnecida por centenas de canhões permanentemente apontados para o arqui-inimigo do outro lado do canal, ocupada por milhares de soldados bem treinados e permanentemente alertas. A chamada "Linha Bonaparte", em homenagem ao célebre general que iniciou sua construção, logo após consolidar a aliança do Império Francês com o czar da Rússia, era considerada a fronteira mais vigiada do mundo. É claro que a muralha bélica tinha seu correspondente à altura do lado inglês, mas os franceses adoravam vangloriar-se de sua segurança e inexpugnabilidade. Em Le Havre, situada aproximadamente no meio de seu comprimento total, situava-se o principal porto francês, base da espetacular frota de naves submergíveis comandada pelo célebre Almirante Nemo, que patrulhava incansavelmente o Canal da Mancha e toda a costa atlântica do país. Com seus mísseis terra-ar, lançados dos submergíveis que apareciam de surpresa em qualquer ponto do oceano, Nemo era o principal antagonista das fortalezas voadoras do americano Robur. Ele continuava sendo um mistério, desde que surgira como fiel aliado da *Grande France*. Ninguém parecia saber ao certo sua nacionalidade, mas sua aparência física sugeria algum país do norte da África ou do sudeste asiático. Diziam alguns que era um indiano cuja família havia sido chacinada por invasores ingleses no seu país, daí seu ódio ao Império Britânico. O velho marinheiro de barba negra, como eu, era um homem fora de sua terra natal, o que talvez explicasse a simpatia com que usualmente me tratava.

Assim que cheguei ao porto, encontrei-o no cais olhando pensativo para o horizonte.

– Muito trabalho, Almirante?

– Não muito, meu caro, o que não estou certo de que seja um bom presságio. As coisas parecem estar especialmente tranquilas nas ilhas e há semanas não nos deparamos com um dos charutos voadores daquele estadunidense. É como se o Império Britânico estivesse em suspenso, esperando por... alguma coisa.

– A famosa calmaria antes da tempestade?

– Que todo bom marinheiro é capaz de reconhecer. Mas paciência, estaremos preparados quando eles sentirem saudades de nós lá no Outro Mundo.

"Outro Mundo" era uma designação em tom depreciativo que os europeus do continente se acostumaram a usar para referirem-se às Américas, depois que souberam que os americanos se referiam à Europa como o "Velho Mundo", dando à palavra "velho" uma conotação igualmente pouco lisonjeira.

– Quanto a você – prosseguiu Nemo, – destaquei o submergível *Calamar* para levá-lo até o ponto de encontro, na costa próxima a Winchester. Existem alguns desfiladeiros litorâneos onde poderemos desembarcá-lo com maior segurança.

Agradeci ao Almirante e me dirigi ao submergível. Começava ali, numa progressão ascendente, a parte mais arriscada de minha missão.

Subi por uma trilha íngreme e acidentada e do alto do penhasco pude ver a sombra do *Calamar*, como uma enorme baleia, retornando para as águas profundas do canal. Caminhei por dois quilômetros até alcançar a estrada, onde permaneci durante quarenta minutos até avistar a coluna de fumaça que denunciava a aproximação do meu transporte. Esses veículos movidos a eletricidade e vapor, dispensando a tração animal, ainda me fascinavam. Embora a invenção fosse francesa, sua tecnologia já começava a popularizar-se também por toda a Grã-Bretanha. Aquele, em particular, ostentava o brasão do Ministério das Relações Internacionais. O motorista estava sozinho e sorriu quando abriu a porta do passageiro a fim de me acolher. O homem simpático e atarracado usava o nome de John Withmore e atuava como secretário do ministro. Mas embora não demonstrasse o menor vestígio de sotaque, seu nome verdadeiro era Jean Passepartout, o principal agente francês infiltrado na Inglaterra. Enquanto fazia o veículo retornar em direção a Londres, colocou-me a par da atual situação relacionada ao mistério do canhão lunar. Eu tinha algumas perguntas a fazer:

— Então você esteve pessoalmente em Lympne?

— Sim, mas infelizmente já era tarde. Algumas pessoas no Ministério, ligadas diretamente a Wells, haviam deixado escapar que Cavor estava desenvolvendo algo secreto e extraordinário no local. Mas antes que eu inventasse um pretexto para viajar a Canterbury houve a tal explosão e por pura sorte Cavor e Bedford não se encontravam no laboratório. Aparentemente alguns operários locais — gente ignorante paga por hora, que nem fazia ideia de com que estava lidando — estavam realizando algum trabalho de rotina nas forjas quando tudo foi pelos ares. Três mortos e não sobrou muita coisa para investigar. Uma informação me pareceu estranha...

Agucei os ouvidos. Após essa frase, pela minha experiência, costumava vir algo relevante em casos nebulosos desse tipo.

— Um sobrevivente, que escapou apesar das queimaduras graves, relatou que seu trabalho consistia na montagem de uma geringonça complexa, feita de lentes e espelhos. Mas ele obviamente não sabia para que aquilo iria servir, apenas que era parte de algo maior.

— Lentes e espelhos...

Não, no momento aquilo não me dizia nada. Mudei o rumo das perguntas:

— Dupin disse que você estava prestes a descobrir o local e a data do lançamento.

Passepartout franziu a testa e coçou a cabeça, o que não prenunciava boas notícias.

— Esse é nosso problema mais urgente, Prendick, e confesso estar bastante apreensivo. A agente que conseguiu essa informação preciosa é Marie Jeanette Kelly, que atua em Whitechapel sob o disfarce de uma prostituta irlandesa chamada Mary Jane. Conseguiu atrair, como cliente, um militar do alto escalão que teria dado com a língua nos dentes após algumas taças de brandy. Marie deveria ter se encontrado comigo esta manhã para repassar a informação, mas simplesmente não apareceu. Na última vez em que nos falamos ela estava preocupada, com medo de ser descoberta, e chegou a me pedir remoção para outro trabalho. Diante dessa suspeita, julguei por bem aguardar sua chegada de Paris antes de agir. Se algo estiver errado, um inglês legítimo pode ter melhores chances de safar-se...

— Fez muito bem. Como posso encontrar essa tal "Mary Jane"?

— Ela aluga um quarto modesto em uma viela próxima a Dorset Street. Posso deixá-lo nas proximidades e nos encontramos após o cair da noite no Reform Club, onde às terças o ministro habitualmente joga algumas partidas de uíste. Sei que você tem acesso ao clube, e é possível que lá possamos colher alguma informação relevante.

Era um bom plano. Passepartout deixou-me em Dorset Street, região miserável repleta de imigrantes e fugitivos das áreas de conflito. Caminhei a pé até encontrar o endereço indicado: Miller's Court, número 13.

Não me surpreendi com o que vi logo que me aproximei do edifício. Na verdade, era o que eu temia. Dois agentes da Scotland Yard guardavam a porta, impedindo a entrada de um pequeno grupo de curiosos maltrapilhos. Apresentei minha credencial e tive a passagem imediatamente liberada. À porta do quarto de Mary Jane encontrei uma figura conhecida: o Inspetor Lestrade era um dos mais competentes investigadores da Yard e sua presença naquela cena de crime indicava que eu deveria tomar muito cuidado com atitudes e palavras.

— Agente Prendick? Bem, se o Serviço Secreto tem interesse em um aparentemente simples caso de homicídio, ele não pode ser tão simples assim...
— Já conseguiu apurar alguma coisa por aqui, Inspetor? — falei no tom mais desinteressado possível, arriscando uma olhada para dentro do quarto.

Havia pouca mobília: uma pequena mesa com duas gavetas a um canto, encimada por um espelho trincado; um pequeno sofá e um abajur; uma mesinha de centro manchada. Meu olhar se deteve sobre a cama no canto oposto, e não consegui reprimir um gemido. Eu realmente não estava preparado para o que vi. Lestrade riu do meu susto.

— O paraíso de um investigador criminal, não concorda?

Toda a roupa de cama estava encharcada de sangue. Sobre a mancha rubra, o corpo de uma jovem que não devia ter mais de 25 anos, com um talho profundo no pescoço que quase lhe decepara a cabeça, sendo contido apenas graças à resistência da coluna espinhal. Uma abertura ampla e vertical ia do espaço entre as clavículas até o púbis, as costelas abertas como se quisessem abraçar de volta as vísceras que já não mais se encontravam ali, na cavidade abdominal. Tirei um lenço do bolso e o comprimi contra minha boca e nariz.

— Eu entendo — Lestrade bateu amigavelmente no meu ombro.
— Tive uma reação semelhante na primeira vez.

— Primeira vez? Você já tinha visto algo assim antes?

— Bem... quatro vezes, na verdade. Esta é a quinta vítima nos últimos três meses e meio, todas elas prostitutas mortas e evisceradas de forma semelhante. Parece que temos um *serial killer* à solta em Whitechapel e o mais curioso é que, apesar da exuberância dos crimes, ninguém jamais conseguiu vê-lo. Esta moça chegou aqui sozinha na noite passada, de acordo com o senhorio, que se recolheu por volta das dez. Só voltou a ser vista por ele nesse estado, por volta das dez da manhã, quando foi surpreendido com a presença de um policial da Yard já correndo pelas escadas. Mas se você não sabia dos outros crimes... por que o Serviço Secreto se interessaria por esta vítima em particular?

Pigarreei antes de responder.

— Isso é informação sigilosa, Inspetor, mas recebemos denúncias de que esta moça em particular poderia ser uma espiã, atuando em Londres a serviço dos franceses.

Lestrade arqueou as sobrancelhas, olhando de volta para o cadáver mutilado. Sua mente, como de costume, funcionou com rapidez.

— O que nos leva à pergunta: será que o assassino sabia disso, ou será uma coincidência? Um assassino de prostitutas que pegou a moça errada? Ou quem fez isso esteve procurando, nas últimas semanas, por esta senhorita em particular?

— Se me permite, gostaria de dar uma olhada mais de perto.

Ele fez uma mesura e abriu caminho para minha entrada no quarto. Respirei fundo e caminhei até junto da cama. Usei o lenço para enxugar o rosto, pois comecei a suar frio. Não era o aspecto do corpo que me impressionava; eu já presenciara coisas assim antes muitas vezes e esse era justamente o problema. Em minha mente, imagens de animais vivisseccionados sobrepunham-se alternadamente à da pobre moça morta. Senti a presença de Lestrade atrás de mim, olhando por sobre meu ombro.

— Como pode ver, as vísceras desapareceram: estômago, intestinos...

— Em minha opinião trata-se de uma infeliz coincidência, Inspetor. O *serial killer* não devia desconfiar de sua dupla identidade.

— Claro que não. Se fosse assim, poderíamos suspeitar de uma execução, não é? Talvez algum agente inglês encarregado de caçar essa tal espiã francesa...

— Se fosse assim, por que eu estaria aqui hoje?

— Boa pergunta. Somando a isso o fato de que você não sabia das outras vítimas, concluímos que o Serviço Secreto está sendo pego de surpresa assim como nós, da Scotland Yard.

— Muito bem pensado, Inspetor. Agora, se me dá licença...

Caminhei resoluto para a porta. A voz de Lestrade me deteve no batente:

— O desaparecimento das vísceras me faz pensar que esse assassino procurava alguma coisa e não queria perder tempo fazendo uma busca minuciosa no local do crime, correndo o risco de ser surpreendido. Já que você também veio até aqui à procura de algo, Prendick... será que não faz ideia do que seria esse prêmio, valioso a ponto de levar um monstro doentio a fazer isso com uma jovem indefesa?

Voltei-me sobre os calcanhares com minha expressão mais inocente no rosto.

– Não faço ideia do que seria, Inspetor. Mas estou certo de que, se realmente houver algo tão importante, a Scotland Yard logo descobrirá e compartilhará a informação conosco, não é?

Ele riu em voz alta. O som não combinava com aquele cenário, era quase uma afronta. Lestrade ergueu a aba do chapéu e acenou para mim.

– Até mais ver, agente Prendick.

Desci as escadas e ganhei a rua. Apesar do cheiro pútrido das vielas, acolhi de bom grado em meus pulmões a brisa que soprava ao ar livre. Alguém de fato estava à caça da espiã francesa e a tinha encontrado pouco tempo antes de mim. A brutalidade e a capacidade de entrar e sair incógnito era quase uma impressão digital do responsável: *Griffin*! Tinha que ser Griffin!

Ninguém sabia seu primeiro nome. Ninguém sabia sequer se "Griffin" era um sobrenome verdadeiro. A partir do segundo escalão do Serviço Secreto, não havia quem fosse capaz de fazer uma descrição física do homem. Ele era como aquelas criaturas terríveis que as mães utilizam para ameaçar os filhos que não querem tomar a sopa ou ir para a cama. Quando o Serviço Secreto queria um resultado "a qualquer custo", ele era o agente convocado. Para Griffin não parecia haver limites morais ou humanos de nenhuma espécie. Sua brutalidade e a porcentagem de êxitos em suas missões eram infinitamente mais conhecidas que sua aparência física. Todos no Serviço Secreto o temiam e fora dele mais ainda. O fato de ninguém que tenha sobrevivido a ele fosse capaz de descrevê-lo lhe angariou o apelido de "Homem Invisível". Se ele estivesse à sua procura você só saberia tarde demais e da pior maneira. Quanto a uma coisa Lestrade estava certo: Griffin matara as cinco prostitutas à procura da verdadeira espiã. Provavelmente o militar que dera com a língua nos dentes era um cliente habitual de Whitechapel e o único crime das vítimas anteriores foi terem se relacionado com ele. O desaparecimento das vísceras também era facilmente explicável: o procedimento padrão entre os espiões como Marie Jeanette Kelly era escrever a informação a ser repassada em um pequeno canudo de papel, que ia no interior de uma cápsula metálica diminuta até ser entregue a outro agente mais graduado ou a uma estação de telégrafo. Caso corresse perigo, a espiã deveria engolir a pequena cápsula metálica, na esperança de escapar e poder recuperá-la posteriormente. Se Griffin não houvesse encontrado a cápsula entre os pertences de seu alvo, sua mente doentia não hesitaria em remover todo o trato digestivo da vítima para procurar o objeto com mais calma em outro lugar. Nas quatro primeiras vítimas ele não encontrara nada, mas eu suspeitava de que após essa vez as mortes do *serial killer* de Whitechapel cessariam misteriosamente. Aquela linha de investigação parecia estar completamente malograda. Retornei para minha casa em Londres e, após algumas horas de descanso, esperei pelo pôr do sol para me encaminhar ao Reform Club, onde deveria dar as más notícias a Passepartout.

O Reform Club era um reduto tradicional dos endinheirados ingleses. Eu tinha livre acesso ao local porque minha família era detentora de algumas posses, o que tornava minha presença algo aceito com naturalidade. Ali eu convivia com pessoas importantes sem que muitos sequer se lembrassem de onde eu trabalhava, o que é muito útil quando se busca informações.

O chefe de Passepartout, o ministro Phileas Fogg, era um homem absolutamente previsível, graças à pontualidade legitimamente britânica com que cumpria suas atividades. No momento em que adentrei o salão ele se encontrava, como sempre naquele horário, sentado junto ao bar, bebendo com outras celebridades da vida política local e comentando os assuntos do dia. Em breve eles se deslocariam para o salão anexo, onde já estava preparada sua mesa de uíste.

Encontrei Passepartout em uma das discretas sacadas que davam para o rio, e conversamos como dois cavalheiros que casualmente houvessem se retirado para fumar um charuto. Ele evidentemente não gostou das novidades. Meses de trabalho haviam sido perdidos por um triz. Se tivéssemos nos adiantado a Griffin em doze horas que fossem...

Naquela tarde o ministro tivera a última de uma série de três reuniões supersecretas, juntamente com autoridades políticas, cientistas e militares, mas o sigilo acerca dos assuntos tratados era absoluto. O homem do Clube do Canhão, vindo especialmente da América, estivera presente. A sensação de que o tempo se esgotava era muito forte. Precisávamos encontrar alguma outra pista rapidamente, ou seria tarde demais. Passepartout estava disposto a tentar forçar uma conversa sobre "assuntos confidenciais" entre as autoridades do grupo de uíste, na medida em que o teor alcoólico da mesa de jogo baixasse as defesas. Talvez fosse mesmo o momento de um lance arriscado naquele jogo perigoso.

Eu já sabia por onde tentar. Olhando pelo salão, vi duas figuras conhecidas em uma mesa afastada. Um era meu amigo de longa data, Mycroft Holmes, um grandalhão que expandiu os lábios entre as duas bochechas de buldogue em um sorriso sonolento assim que me viu chegando. O outro não era propriamente um conhecido, mas alguém que eu era capaz de reconhecer por força do meu ofício: Melvin Moore, um dos cientistas do campo da física que, de acordo com a Inteligência, fazia "pesquisas secretas" para o governo. Embora se vestisse com bom gosto sua aparência era deplorável, com as roupas finas em desalinho e a barba por fazer. Seu olhar vagava perdido em algum lugar distante e seus dedos brincavam com um copo de uísque, proveniente de uma garrafa cujo conteúdo já ia bem abaixo da metade. Passepartout me alertou que via o homem no Reform Club quase diariamente e ele rivalizava com o próprio Fogg em termos de rotina, embora a sua fosse muito mais triste: sentava-se na mesma mesa às nove horas, bebia e fumava sozinho até cerca de meia-noite e então se retirava, geralmente solitário. O comentário geral era que o homem havia se transformado naquele farrapo desde que sua noiva morrera no ataque ao *Príncipe de Gales*, um navio de passageiros que foi a pique perto do Mediterrâneo após ser atacado por um submergível francês, supostamente comandado pelo próprio Nemo. Estar naquela noite em companhia de meu amigo Holmes era um golpe de sorte que decidi aproveitar, apesar dos altos riscos. Meu amigo Mycroft era um homem com poderes de observação e dedução brilhantes. Muitos afirmavam que essas qualidades excediam até mesmo as de seu irmão caçula, um dos maiores detetives de Londres. Ele poderia ter se dado muito bem na carreira policial ou militar, se não fosse um indolente incorrigível, um investigador sedentário que quase nunca continuava o desenvolvimento de suas brilhantes deduções até o final. Acabou encontrando seu lugar como um dos principais conselheiros das autoridades do Império, inclusive da família real. Como seu amigo de longa data, eu não precisava encontrar subterfúgios para uma boa conversa durante a qual poderiam escapar informações úteis. Desta vez, entretanto, era diferente. Ele não passava de uma ponte para o verdadeiro alvo. Eu só tinha que cuidar para não deixar isso tão óbvio.

– Ora, veja só o que o gato do mordomo trouxe para dentro do clube...
– Também estou feliz em revê-lo, Mycroft.
– Já conhece o meu amigo Melvin?
– Não creio. De qualquer forma é um prazer, senhor.

Moore respondeu com um sorriso forçado. As olheiras lhe davam aparência mais idosa do que provavelmente era.

– E você, Edward, de qual canto do mundo está chegando de volta?
– De um *tour* por algumas colônias na costa africana, My. Uma aventura de alto risco nos dias atuais. Você sabe que aquelas águas estão infestadas de tubarões e submergíveis franceses.

O comentário aparentemente inocente causou o mal estar que eu secretamente esperava. Já bastante alcoolizado, Moore virou o restante de sua dose de bebida e manifestou o desejo de retirar-se. Perguntei-lhe onde morava, e ele me respondeu que vivia em Mayfair.

– Parece que vamos os dois para a mesma vizinhança. Em noites tão perigosas, seria prudente viajarmos juntos. Se me permite, faço questão de acompanhá-lo em minha carruagem, e o deixo em Mayfair a caminho de casa. A viagem foi dura, e também necessito de descanso.

Embora aparentasse alguma contrariedade, Moore não teve forças para fazer oposição ao convite e nos despedimos de Mycroft. Enquanto o físico, visivelmente alcoolizado, apanhava seu sobretudo, Mycroft me segredou:

– Apenas para registro, Edward, não pense que me convenceu com essa gentileza de bom samaritano.

Enrijeci os músculos instintivamente. Teria sido descuidado demais?

– Agentes do Serviço Secreto não se aproximam de cientistas como Moore por acaso. Mas não se preocupe, compreende que, nesses tempos de guerra, homens importantes para o governo

OS PRIMEIROS ASTECAS NA LUA 89

que se degradam como nosso infeliz amigo mereçam um cuidado especial. Apenas cuide para não pisar mais ainda com sua bota descuidada na miséria do pobre, ok? Mycroft deu uma gargalhada e me abraçou, ao que correspondi aliviado.

Ajudei Moore a descer as escadas e embarcar na carruagem. Orientei o cocheiro para que seguisse para seu endereço em Mayfair. No caminho, decidi aumentar um pouco a pressão:

– Mycroft disse que você é um pesquisador, Melvin. Qual é a sua área de interesse?

Ele deu uma risadinha triste antes de responder:

– Causas e efeitos, Edward. É a isso que tenho dedicado minha vida.

– Um assunto por certo interessante, embora você ainda esteja sendo um tanto vago para mim.

– Você já pensou como foi que chegamos até aqui? Como foi que essa miséria de guerra tomou um vulto tão assombroso?

– Quem ainda não pensou nisso? Imagine se após o massacre de nobres aztecas, comandado por Alvarado no século XVI, Hernán Cortéz não tivesse sido ele também massacrado pelos nativos enfurecidos em represália, juntamente com todos os espanhóis e seus aliados...

– Uma América colonial espanhola, em vez de inglesa... – riu Moore, com voz pastosa. – E eu achava que eu é que tinha bebido demais, Edward.

– História é um dos meus *hobbies*, Melvin, e é divertido especular com ela. A aliança entre aztecas e ingleses contra os espanhóis foi decisiva para a consolidação do poder do Império Britânico nas Américas. Imagine se a Inglaterra houvesse massacrado os aztecas, como era de praxe na política colonialista espanhola, ao invés de aproveitar as aptidões dos indígenas para ciências como Arquitetura e Astronomia e estabelecer uma aliança com seu império, trocando conhecimento por ouro.

– Ou se Cuauhtémoc não tivesse sido coroado Cavaleiro Britânico; ou se a Invencível Armada espanhola, quando atacou nossa frota em busca de vingança, não houvesse sido surpreendida na cilada armada pelos ingleses e pela nova frota de caravelas aztecas e seus canhões de ouro...

— Precisamente. Talvez os ibéricos derrotados não tivessem que pedir auxílio à França, que teria perdido assim a oportunidade de anexar Portugal e Espanha a seus domínios e estabelecer seu império continental, invadindo também a Prússia e aliando-se à Rússia. Quem sabe se hoje não teríamos um mundo melhor, menos beligerante? Mas isso são águas passadas, portanto, jamais saberemos.

Houve uma breve pausa, quando temi que meu interlocutor houvesse adormecido. Mas ele retornou ao tema súbita e inesperadamente:

— Você mudaria tudo se pudesse, Edward? Ainda que pela razão egoísta de ter de volta seres queridos levados pela violência da guerra, você se arriscaria e arcaria com as consequências?

— E você, meu amigo, se arriscaria?

Moore apenas sorriu, entre soluços. O cocheiro freou os cavalos, pois acabávamos de chegar ao casarão onde ele vivia. Ajudei-o a descer e ele quase se esborrachou na sarjeta. Insisti, apesar dos protestos em voz arrastada, em ajudá-lo a entrar na casa, onde para minha sorte ele vivia sozinho.

Subimos até seus aposentos e deixei que o pobre diabo alcoolizado despencasse na cama como um saco de batatas. Retirei-lhe as botas e em segundos já podia ouvi-lo ronronar.

— Que o sono lhe traga paz, Melvin Moore — sussurrei, antes de iniciar minha minuciosa busca. Em algum lugar devia haver documentos a respeito de suas atividades secretas junto ao governo. O quarto e o closet estavam limpos; vasculhei rapidamente os outros quartos e desci para o andar térreo. Nos fundos da casa descobri o laboratório, mas o que encontrei ali não era absolutamente o que eu esperava.

A coisa se parecia com uma carruagem sem rodas, coberta por um emaranhado caótico de fios elétricos. Diante do assento havia um painel, com duas fileiras horizontais e paralelas de números esculpidos em rolos giratórios, e ao lado havia uma pequena alavanca de movimento vertical. Não consegui decifrar o mistério daquela esfinge tecnológica que ocupava o espaço central do laboratório, como se tudo mais que havia ali de fato existisse em função dela.

Olhando ao redor, vi um livro aberto sobre a escrivaninha. Tratava-se de um diário. Moore interrompera uma anotação pela metade, talvez bloqueado pelo álcool ou por seus fantasmas misteriosos. Olhei em direção à porta e parei para escutar o silêncio da casa, antes de examinar o livro.

O que descobri era tão surpreendente quanto assustador. Melvin Moore estava construindo uma máquina do tempo! Aquela traquitana no meio da sala deveria levar um homem para o passado ou para o futuro, com o simples mover de uma alavanca após selecionar uma data específica nos rolos numéricos. Lendo adiante, meu espanto aumentava: na verdade a máquina já estava pronta, e havia sido testada pelo próprio Moore. Segundo ele, com sucesso!

Nas páginas seguintes, a tortura psicológica que atormentava aquele cientista brilhante como o abutre de Prometeu se explicava: sentia um impulso quase irresistível para voltar ao passado e evitar que sua noiva embarcasse no *Príncipe de Gales*, onde seria "morta pelo pirata Nemo". No entanto, não se sentia moralmente capaz de salvar uma pessoa, por mais que lhe fosse cara e deixar que dezenas de outros inocentes seguissem às cegas em direção à morte certa. O correto, pensava, seria alertar o comandante do navio e evitar completamente a tragédia. Porém, ele compreendia o perigo que isso representava: salvar tantas pessoas já mortas pelo destino poderia alterar as linhas do tempo de forma imprevisível. Moore simplesmente não encontrava coragem para assumir os riscos e isso o levara a afogar-se na bebida. Mesmo que salvasse apenas sua noiva, ele refletia adiante, sua morte fora exatamente o gatilho que o impulsionara nas pesquisas que culminaram na construção da máquina do tempo, num momento em que ele planejava abandonar seu trabalho para o governo, a serviço da guerra. Moore temia que, se a moça sobrevivesse, a máquina jamais virasse realidade e isso gerava um paradoxo que o aterrorizava. Ele chegara até aquele ponto pensando em salvar a amada e agora não encontrava coragem para fazê-lo, e por isso sentia-se o mais miserável dos homens.

Aquilo abria possibilidades estonteantes! Uma máquina daquelas poderia, como havíamos especulado ainda há pouco na carruagem, mudar o panorama, ou até mesmo evitar o início da guerra. Entretanto, nas mãos erradas, poderia levar a uma catástrofe ainda maior. Eu não tinha a menor intenção de colocar aquele segredo espetacular nas mãos dos franceses, e temia vê-lo entregue a meus compatriotas ingleses. Foi quando uma luz acendeu em minha mente. Pensando bem, havia algo que aquela geringonça poderia fazer para salvar minha missão.

Lembrei-me do relato de Lestrade: Marie Jeanette, a vítima de Griffin, chegara em casa sozinha antes das dez horas da noite passada. Agora eram quase duas da manhã. Se eu conseguisse retornar no tempo pouco mais de um dia... Não poderia ser muito mais que isso, para evitar ao máximo interferências no passado. Provavelmente Griffin já a estaria seguindo, ou ainda, estaria à sua espera no quarto. Se eu pudesse alcançar "Mary Jane" no momento em que chegasse à pensão, poderia receber a mensagem e deixar que a roda do destino girasse livremente. Ajustei a fileira inferior de números com a data do dia anterior, às nove da noite. De acordo com Passepartout, àquela hora Moore já se encontraria em sua mesa no Reform Club, e assim eu evitaria um encontro indesejado no laboratório. O suor descia pelo meu rosto e encharcava o colarinho. Eu só esperava não estar sendo um idiota, confiando na palavra de um bêbado a ponto de colocar minha vida em risco naquela máquina. Mas minha missão estava por um fio e eu tinha que arriscar. Girei a chave que ligava a coisa, que tremeu com um zumbido elétrico. Com um movimento resoluto, puxei o manete para baixo.

Não houve explosão nem clarão, como eu imaginava que aconteceria, como se voltar no tempo fosse igual a dar um tiro contra a própria cabeça. Passado o primeiro instante, no qual senti um frio na boca do estômago como se caísse num abismo de pesadelo, tive a impressão de que nada havia acontecido. Então meus olhos decepcionados caíram sobre os ponteiros de um relógio de parede, e percebi que estavam se movendo para trás! Permaneci inerte, observando o fenômeno, e qual não foi meu susto quando vi o próprio Moore entrar na sala em passo acelerado. Só que o homem caminhava de costas! Sem olhar para mim, parou diante da mesa com o diário, escreveu algo em ritmo ainda estranhamente acelerado e voltou a sair do aposento caminhando de costas, sem se dar conta da minha presença. Não pude reprimir uma risada quando percebi o que de fato ocorria: o tempo caminhava para trás e eu deslizava para um destino passado dentro de uma espécie de "bolha de tempo" gerada pela máquina, imperceptível para pessoas que se encontrassem no fluxo normal das horas. Por um instante pareceu-me que assistia a um dos filmes apresentados por aqueles amalucados franceses, os irmãos Lumière, em sua mais nova invenção, o cinematógrafo, apenas rodado de trás para diante, do final em direção ao início. Com efeito, percebi através da ampla porta que dava para um jardim de inverno que o dia amanhecia mais rapidamente que o normal, mas não se iniciava com a claridade vigorosa da manhã, e sim com a luz mortiça de um entardecer. Já era dia claro quando uma senhora de idade trajando um uniforme de serviçal adentrou o laboratório, também andando rapidamente de costas, e percorreu todo o aposento tirando a poeira dos móveis. Ela também não era capaz de me ver. Saiu da mesma maneira como havia entrado, e o laboratório permaneceu vazio durante o restante daquele bizarro dia às avessas. Percebi que todas as coisas ao meu redor tinham um aspecto levemente enevoado, certamente efeito da "bolha do tempo" que me envolvia. A claridade diurna então voltou a esmaecer, e a escuridão da noite retornou. Em dado momento voltei a ouvir ruídos vindos da rua, coisa que, agora me dava conta, havia cessado por completo durante o fenômeno. Olhando ao redor, sob o reflexo da luz da lua, percebi que o laboratório recuperara sua nitidez. Sem que eu nada sentisse, a viagem no tempo chegara ao final. O relógio na parede, cujos ponteiros agora jaziam imóveis, marcava exatamente nove horas. Exultante, saltei para fora da máquina prodigiosa. Eu precisava voltar rapidamente a Whitechapel para salvar minha missão! Escalei o muro do jardim de inverno nos fundos da casa, agarrando-me aos ramos grossos de uma trepadeira, e ganhei a rua escura. Corri como se o fim da própria Guerra Fria dependesse disso. E quem sabe se não dependia...

Confiei no meu preparo físico, e em meu conhecimento dos becos e atalhos que devia cruzar para chegar ao endereço em Miller's Court sem recorrer a uma carruagem, mas cheguei ao local já bem próximo das dez horas, completamente sem fôlego. A rua estava deserta. Encoberto por uma sombra na esquina, vi quando o senhorio chegou à porta do número 13, olhou ao redor e apagou a luz do hall. Ouvi o som da chave do lado de dentro. Tentei identificar a janela do andar superior onde ficava o quarto de Marie Jeanette, e vi a luz fraca por entre as cortinas. Ela certamente já estava lá. E pelo jeito das coisas, era grande a chance de que Griffin também já estivesse no prédio. Assassinar, dissecar e eviscerar uma jovem era algo que tomava tempo, mesmo para o assassino mais frio e experiente. Griffin pensava que tinha a noite toda; não se eu pudesse impedir.

Estudei a posição da janela e a altura, e concluí que a melhor abordagem seria mesmo pela porta da frente. Isso me custou mais uma hora de angustiante espera. Precisava dar tempo para que o senhorio pegasse no sono, pois de seu quarto no andar térreo certamente poderia ouvir o barulho da minha entrada. Mesmo assim fui o mais silencioso possível, com o arame retorcido que eu chamava de "chave mestra". A fechadura cedeu após dois ou três minutos. Olhei ao redor para me certificar de que ninguém me vira na rua, e subi cautelosamente as escadas.

A porta do quarto de Marie estava entreaberta, e um filete de luz iluminava a parede oposta do corredor. Meu coração acelerou. Talvez ele já estivesse dentro do quarto e surpreendido a moça ao entrar, sem lhe dar tempo sequer para fechar a porta; ou talvez tivesse batido à porta e atacado quando ela abriu, deixando a passagem livre atrás de si.

Empunhei minha arma, retirando-a do coldre sob o braço esquerdo, e empurrei lentamente a porta. A cena me desconcertou por um instante. Marie estava deitada na cama, sua figura em parte eclipsada por um homem de pé ao seu lado, de costas para mim. Mas o que me surpreendeu foi que o homem estava fardado: era um policial da Yard! Por um segundo me ocorreu que Griffin já houvesse escapado e a polícia chegado ao local, mas no momento seguinte aquilo me pareceu absurdo. Simplesmente não haveria tempo para isso.

A porta rangeu brevemente sob efeito do meu toque e o policial voltou-se sobressaltado em minha direção. Só então percebi que ele usava luvas de borracha, empunhando uma lâmina afiada e suja de um vermelho intenso. No exato instante em que o homem se jogava sobre mim, dei-me conta do quanto fui idiota em não ter compreendido imediatamente a verdade. Afinal, o "Homem Invisível" devia parte de sua fama ao fato de ser um mestre nos disfarces.

A lâmina zuniu por sobre minha cabeça onde segundos antes estivera meu pescoço. Meu soco atingiu Griffin nas costelas, mas ele imediatamente revidou me empurrando para o chão do corredor. Enquanto batia a cabeça contra a parede, lembrei-me das palavras de Lestrade: o senhorio fora surpreendido com a presença de um policial da Yard nas escadas pela manhã. Quem diabos poderia ter chamado a polícia, se o corpo ainda não havia sido descoberto? O homem provavelmente surpreendera o próprio assassino abandonando a cena do crime!

Griffin chutou minha mão, e a pistola rodou pelo piso mal encerado. Ainda caído, devolvi o golpe com um chute na lateral do joelho, fazendo-o gemer e tombar de lado, apoiando-se à parede. Meu próximo chute, com os dois pés juntos e apoiando meu corpo sobre as costas, atingiu sua cintura. O falso policial perdeu o equilíbrio e desapareceu na escuridão, rolando pela escada abaixo com um barulho que acordaria até os mortos. Ouvi o grito abafado, entre assustado e furioso, que partiu do quarto do senhorio. A porta do homem abriu com violência e a luz trêmula de um candelabro espalhou-se pelo hall, onde já não havia mais ninguém. O homem sonolento olhou para a porta escancarada que dava acesso à rua e depois para o alto da escadaria, onde eu me punha de pé.

– Chame a Scotland Yard! – gritei – Um assassino acaba de fugir do edifício!

A partir dali uma balbúrdia de sons de portas batendo e gritos assustados tomaram conta do lugar. Luzes piscavam e vozes misturavam-se nos dois pisos do prédio. Retornei ao interior do quarto, e vi a pobre Marie Jeanette imóvel em seu leito de morte, um risco vertical fino e rutilante ampliando-se em intensidade de cima abaixo em seu frágil corpo despido. Chegando mais perto vi que a parte macia do abdome já se encontrava bastante aberta, com intestinos de um brilho gorduroso à mostra. Ignorei os gritos abafados das pessoas que paravam diante da porta do quarto e viam a cena, e aproximei-me da vítima. Nem tudo estava perdido; Griffin não tivera tempo de procurar a cápsula com a mensagem, nem de extrair as vísceras onde ela provavelmente se escondia.

Eu não tinha luvas nem tempo. Enfiei as mãos trêmulas na cavidade quente e úmida, e apalpei cuidadosamente toda a extensão do intestino delgado, subindo até o estômago. Fechei os olhos, mas imediatamente minha memória explodiu como um *flash*, levando-me de volta ao passado até certa ilha na costa africana. Eu podia ver o sol forte através da janela, e diante de mim o corpo trêmulo de um ser semelhante a um javali, vivo e amarrado, mas com a pele aberta em vários pontos e os intestinos à mostra. Ele grunhia de dor e desespero, e seus pequenos olhos lacrimosos imploravam por piedade, enquanto eu sentia ao meu lado o hálito mal-cheiroso do Doutor Moreau, dizendo com sua voz rouca e inexpressiva: "Aqui, Edward, por favor, estanque este sangramento".

Abro os olhos, o suor empapando as roupas e o cenário é menos angustiante: uma jovem espiã francesa disfarçada de prostituta, morta e estripada sob minhas mãos, que não conseguem localizar em parte nenhuma do estômago ou dos intestinos o grânulo rígido da cápsula metálica contendo uma informação vital. Lembro-me de meus conhecimentos de anatomia, e enfio o dedo superiormente entre o estômago e o músculo do diafragma. Acima do sutil disco muscular do cárdia, alcanço a porção inferior do esôfago. E de repente, justo na junção entre ele e o estômago abaixo, encontro o que buscava. A pobre moça mal teve tempo para cumprir com seu dever e engolir a informação cobiçada antes de ser morta, já que a cápsula nem sequer chegara ao interior do estômago. Ao lado do corpo Griffin abandonara um volume de couro desenrolado, no interior do qual brilhavam facas e bisturis de diversos tamanhos e formas, seus terríveis instrumentos de trabalho. Destaco uma delas ao acaso de sua presilha e resseco o esôfago na junção com a cárdia. Imediatamente um pequeno objeto prateado e cilíndrico, medindo cerca de dois centímetros de comprimento, cai entre meus dedos. Enfio a cápsula rapidamente no bolso do colete e limpo as mãos ensanguentadas nos lençóis. Passo pelo senhorio atônito em meu caminho até a rua, onde já posso ouvir as sinetas e os apitos que denunciam a iminente chegada da Scotland Yard ao local do crime. Não tenho mais tempo para isso. Corro pela rua enfumaçada e me perco nas sombras.

Uma dor no flanco me adverte que minha força física chegou ao limite, após tamanha correria somada a uma bela luta física com um psicopata. Caminhando com dificuldade pelas vielas escuras, quase sem fôlego, percebo atrás de mim a aproximação de uma carruagem guiada por um sonolento cocheiro de longos cabelos e bigode grisalhos. O pobre homem quase cai de seu assento, tal o susto que provoca minha saída das sombras, acenando diante dos cavalos. Dou-lhe o endereço de Melvin Moore. Precisava alcançar a máquina do tempo antes que o cientista retornasse do Reform Club.

Protegido no interior do carro, abro cuidadosamente a cápsula de metal e retiro o pequeno pergaminho enrolado. A informação recolhida pela pobre mártir Marie Jeanette é precisa: *"Dia primeiro de dezembro, 22:47h, Dover."*

Amasso o papel, irritado. Agora que a informação veio à luz, tudo parece óbvio demais: considerando o tempo de viagem pelo espaço, para alcançar a Lua no dia 4, data do próximo perigeu, o projétil teria mesmo que ser lançado em primeiro de dezembro. A cidade de Dover fica próxima de Canterbury, local das experiências desastrosas de Cavor, facilitando o transporte seguro da suposta cavorita e de materiais para a construção da base de lançamento. Fica também no condado de Kent, um dos locais cuja costa é mais bem protegida por fortificações britânicas, graças a sua proximidade do continente e do inimigo francês, no ponto mais estreito do Canal da Mancha. Finalizando, Dover fica no extremo sul da Grã-Bretanha, sendo um dos pontos mais próximos da latitude ideal para o lançamento, prevista pelos analistas franceses.

Quando a carruagem se detém diante da residência de Moore, já tracei meu plano: primeiro, voltar ao exato momento de saída com a máquina do tempo, para evitar qualquer prejuízo à continuidade e um encontro indesejado com o cientista, chegando amparado por mim mesmo. Seria um paradoxo constrangedor. Segundo, acionar o grupo de Passepartout para um deslocamento imediato até as imediações de Dover, onde teremos cerca de uma semana para avaliar o terreno e estabelecer um plano de ação.

Pago a viagem ao cocheiro, que agradece com um murmúrio e vai embora. Assim que dobra a esquina, corro até os fundos da propriedade, arrasto um latão de lixo até o muro alto, e salto dessa plataforma improvisada para dentro do jardim de inverno nos fundos do laboratório.

Tudo está como deixei. Tomo o cuidado de checar todo o trajeto que percorri em minha primeira entrada no laboratório, retornando objetos a sua posição inicial e apagando digitais. Era chegado o momento de voltar ao futuro. Sentei na máquina e girei a chave.

O laço envolveu meu pescoço e puxou-me para trás, esfolando a pele e me estrangulando. Tentei em vão enfiar as mãos entre a corda e o pescoço. Bati os pés desesperadamente sobre o painel de controle da máquina, até que consegui apoio suficiente para impulsionar meu corpo para fora do assento; caí ao chão e rolei para o lado, e meu peso puxou meu agressor sobre mim. Usei o impulso para alavancá-lo em direção à porta de vidro, que se estilhaçou com o impacto. Vi, surpreso, o velho cocheiro que me trouxera havia poucos minutos debatendo-se para se erguer entre cacos de vidro e metal. Compreendi de imediato: *Griffin*!

O bastardo era mesmo uma raposa; após fugir da cena do crime disfarçara-se de cocheiro, esperando que eu também escapasse de lá. O melhor modo de me seguir seria viajar comigo até meu destino, e agora ele tinha muito mais informações a meu respeito do que eu gostaria.

Arranquei a corda que feria meu pescoço, e vi que se tratava do próprio chicote de couro do cocheiro. Quando Griffin se levantou, arrancando uma lâmina ameaçadoramente afiada do meio das roupas, brandi o chicote e consegui envolver seu braço armado. Não conseguia ver seu rosto na penumbra, ainda oculto pelo espesso bigode grisalho do disfarce, mas percebi sua fúria na maneira como ele tentou puxar o chicote em sua direção. Em vez de transformar aquilo num inútil cabo-de-guerra, aproveitei o puxão para lançar meu corpo no espaço sobre ele. O impacto do meu peso atirou-o no jardim, e ele bateu ruidosamente contra o muro. Por um instante pareceu estar desacordado, mas quando me aproximei girou o corpo com uma velocidade espantosa. Senti a dor aguda provocada pela lâmina, que rasgou a manga do paletó e feriu meu braço superficialmente. Desferi um chute contra o rosto do adversário caído, que tombou para trás. Mas antes que eu ameaçasse investir de novo, aquele monstro dotado de surpreendente resistência, mesmo estando evidentemente tonto, já se apoiava sobre os joelhos, brandindo a inseparável lâmina diante de si, meio às cegas. Ouvi um apito do lado de fora do muro. Algum policial, fazendo sua ronda pela rua, ouvira o barulho da luta, e solicitava reforços. Além de tudo eu estava ferido. Corri para a máquina do tempo, caindo sobre o assento. Vi a silhueta de Griffin apoiando-se no batente da porta, no momento em que empurrei o manete para cima.

O processo de deslocamento para o futuro foi semelhante ao da vez anterior, apenas as imagens eram mais desfocadas ao meu redor, e estranhamente a viagem me pareceu mais demorada. Fiquei surpreso quando a "bolha de tempo" se desfez, e a claridade do sol entrando pelo jardim ofuscou minha visão. Percebi que a porta de vidro continuava quebrada, e olhando ao redor não vi sinais da mobília que anteriormente preenchia o laboratório. O salão estava vazio, exceto pela máquina do tempo na qual eu acabava de chegar. Os acontecimentos do passado haviam mudado alguma coisa. Alguém, talvez o próprio Moore, removera o laboratório dali após as evidências de invasão. Mas como fora capaz de agir tão rápido? Essa dúvida e a luz solar me indicavam que havia algo errado. Eu deveria ter chegado à noite, no momento exato em que havia partido. Meus olhos caíram sobre o painel de controle, e minha espinha gelou. A fileira de números superior, que indicava minha data de destino no trajeto rumo ao futuro, indicava o dia primeiro de dezembro do mesmo ano, às dezesseis horas. A explicação me atingiu como um raio: no momento em que eu me debatera, buscando apoio com os pés no painel para escapar ao estrangulamento, meus movimentos haviam alterado a posição dos rolos de números. Em vez de um dia rumo ao futuro eu avançara nove!

Minha mente começou a trabalhar num esforço febril. Em poucas horas, naquela mesma noite, ocorreria o lançamento do projétil britânico rumo à Lua. Eu não fazia ideia do que Griffin fizera durante aqueles dias com as informações de que agora dispunha. Sabia que o homem era imprevisível e muito esperto. O conhecimento da existência da máquina do tempo era muito valioso para ser entregue de bandeja nas mãos do Serviço Secreto por alguém de sua laia, a menos que lucrasse muito com isso. Talvez ele ainda estivesse tramando algo em segredo e nesse caso eu dispunha de algum tempo para agir. Se ele tivesse sido pressionado por seus superiores e confessado toda a história, estaria isolado até que a máquina fosse recuperada e nesse caso minha cabeça estaria a prêmio. Eu só podia confiar na astúcia já demonstrada tantas vezes por meu adversário. Provavelmente Moore fora deslocado com seu laboratório para algum lugar secreto até que sua invenção reaparecesse ou fosse reconstruída; nesse caso, possivelmente Griffin é que estaria sendo procurado como suspeito do desaparecimento dela. Estaria entocado em algum buraco, imaginando como fazer para me encontrar. Todas as hipóteses indicavam que eu tinha, mais uma vez, que agir rápido. Saí da máquina, tendo o cuidado de levar a chave que a acionava, e percorri cuidadosamente os cômodos da casa. Moore não estava lá e em seu quarto observei sinais de que levara roupas e objetos pessoais. Passando perto do hall de entrada, deparei com um homem estranho cochilando tranquilamente em uma poltrona, uma pistola de uso padrão do Serviço Secreto descansando em seu colo. Retornei ao laboratório e usei novamente a rota de fuga do muro dos fundos. Na esquina dei uma olhada furtiva e vi do outro lado da rua dois agentes completando o time da tocaia. Fugi pelo outro lado e, com meu conhecimento dos becos e vias alternativas de Londres, pude traçar um caminho até o Ministério das Relações Exteriores. O plano era arriscado, mas eu não via escolha melhor. Apresentei minhas credenciais de agente e procurei por John Withmore, o pseudônimo de Passepartout em seu disfarce britânico. A secretária do ministro informou que o titular do gabinete e seu secretário haviam partido naquela manhã para destino ignorado, considerado confidencial. Eu fazia uma ideia do que se tratava; se Passepartout estivesse acompanhando Fogg a Dover, não teria tempo hábil para evitar o lançamento sem comprometer seu disfarce. Eu continuava sendo o curinga naquela missão. Assim sendo, usei minha autoridade e lábia de agente para requisitar em caráter de urgência um dos veículos automóveis que permaneciam a serviço do Ministério. Era um caso de vida ou morte, o que era mesmo verdade, embora não da forma como aqueles funcionários públicos imaginavam.

 O veículo tinha um motor de dois cilindros e fazia dezenove milhas por hora. Levaria a eternidade de quatro horas de Londres até Dover, portanto pus-me a caminho sem mais tardar.

 O dia escureceu, apesar de minha viagem sem maiores impedimentos em velocidade máxima. Eu estava bem próximo à cidade costeira quando ouvi as primeiras explosões, acompanhadas de clarões que iluminavam o espaço por alguns segundos. Direcionei o veículo por uma estrada secundária até o alto de um penhasco, de onde poderia ter uma boa visão do que acontecia abaixo. E o que vi era ao mesmo tempo totalmente inesperado e absolutamente assustador.

A base militar estava repleta de soldados, que se perfilavam em batalhões de colunas paralelas, formando retângulos perfeitamente geométricos no amplo pátio junto aos edifícios. Percebi que a maioria absoluta deles tinha a pele morena e os cabelos escuros, e os capacetes enfeitados por longas penas de ave multicoloridas. Havia também oficiais aztecas, mas à frente de cada grupo de cinco ou seis retângulos humanos, um oficial de patente superior ostentava o orgulhoso uniforme do exército inglês. Os soldados eram conduzidos na direção de enormes estruturas montadas junto ao mar. Na mais perfeita ordem, entravam em grandes cilindros de brilho metálico e, recorrendo a minha luneta retrátil, pude observar através de uma das escotilhas como se prendiam à parede acolchoada no interior dos mesmos com grossas correias e fivelas. Quando a escotilha se fechava, o cilindro deslizava sobre trilhos até o interior das estruturas escuras e tubulares, verdadeiras chaminés de um cenário de pesadelo inclinadas diagonalmente em direção ao mar. Eram dez gigantescos canhões, que em pouco tempo disparavam aqueles cilindros recheados de soldados britânicos um após outro, com uma explosão e um clarão apavorantes. Não era apenas um, mas inúmeros projéteis, e me surpreendi ao observar o ângulo de inclinação dos canhões; não pareciam estar disparando em direção à Lua, e sim na direção... sudeste! Compreendi prontamente o significado daquilo. Consternado, retornei ao meu veículo e tomei o caminho de volta para Londres.

O ministro Jules Verne estava certo o tempo todo; não existia nada parecido com a chamada "cavorita", e agora as palavras que ouvi da boca daquele homem sábio ecoavam em minha mente como a voz de um fantasma: "*Acreditem, senhores, vocês só terão algo a temer caso estejam deixando passar alguma informação da qual nem desconfiam, mas que, tenho certeza, nada tem a ver com substâncias milagrosas abortadas pela imaginação de um tolo.*"

Obviamente eu tinha em Londres uma outra moradia, desconhecida por meus companheiros do Serviço Secreto inglês, que eu usava para meus encontros com os agentes franceses e reservava para um possível esconderijo, caso fosse desmascarado por meus pares em meu jogo duplo. Foi para lá que rumei imediatamente. Ali contava com um aparelho de telégrafo, que me permitiria falar com meus contatos do outro lado do Canal da Mancha. Para minha surpresa, o aparelho estava ligado e funcionando quando entrei. Passaram-se alguns segundos antes que eu percebesse o vulto de pé na penumbra, em um canto do aposento.

– Se pretendia avisar os franceses, receio que tenha chegado tarde – disse Passepartout.

– Você esteve em Dover... – era uma afirmação, não uma pergunta.

– Reunido com o Estado-Maior no último momento antes da deflagração do plano, quando finalmente tudo foi revelado. Quando retornei a Londres e consegui me desvencilhar do ministro Fogg, não havia mais tempo para nada. O ataque já estava em andamento.

Lancei um olhar para o telégrafo, que continuava vomitando fitas com mensagens. Passepartout percebeu meu olhar e continuou:

– Vim até aqui e usei seu telégrafo para avisar Dupin, mas as notícias vindas do norte da França já anunciavam a catástrofe. Seus traiçoeiros compatriotas lançaram a isca da conquista da Lua para desviar nossas atenções e, enquanto nos distraíam com esse truque barato de prestidigitação, com a mão livre equiparam a base secreta em Dover com os canhões que lançariam as tropas, soldados britânicos de elite e hordas de selvagens aztecas, por cima das torres de defesa da Linha Bonaparte, diretamente em território francês. Essas torres jamais esperariam um ataque por trás, estando equipadas para defender o continente de um ataque pelo mar, portanto foram rapidamente neutralizadas.

– Misericórdia...

– E isso não é tudo – continuou Passepartout, no mesmo tom baixo e sombrio, – em seguida começaram a chegar os navios vindos de Dover. As notícias de Calais dão conta de que esses navios desembarcaram sem maior resistência estranhas e terríveis máquinas de guerra: estruturas metálicas fortificadas que se movem pelo terreno sobre três pernas na forma de colunas telescópicas, disparando contra pessoas e construções com o que já está sendo chamado de "raio da morte": um raio de calor concentrado, que parte de uma fonte irradiadora e passa através de um sistema intrincado de lentes e espelhos, para ser intensificado e tornar-se capaz de matar e incendiar.

— Lentes e espelhos... Meu Deus, era nisso que Cavor esteve trabalhando em Canterbury!

— Parece claro agora, não é? Você compreende o que tudo isso significa?

— Que acabou a hipocrisia da chamada "Guerra Fria", Passepartout. Ingleses e aztecas deflagraram a verdadeira "Guerra dos Mundos".

— Exato. O Outro Mundo, comandado por seus compatriotas, decidiu finalmente mostrar sua face e invadir o Velho Mundo, que afirmam estar fraco e decadente. Estão se espalhando por toda a Normandia. Mas tenho fé de que subestimam nossa capacidade de defesa...

— A invasão está acontecendo muito próxima à fronteira com a Prússia. Esses aliados dos franceses não vão perder tempo, vão encurralar os invasores entre duas frentes de batalha.

— Até nisso os diabólicos ingleses pensaram. Sua pusilanimidade vai muito além do que você imagina; as últimas mensagem revelam que uma imensa frota de fortalezas voadoras, aparentemente comandadas pelo próprio Robur, está neste momento atacando os prussianos pelas costas.

— Pelas costas? Isso significa...

— Que a aliança entre França e Rússia estava mais desgastada do que imaginávamos. Os russos franquearam seu território à passagem dos norte-americanos, sabe-se lá mediante quais promessas. Apenas uma pergunta ainda permanece sem resposta...

Permaneci em silêncio. Passepartout adiantou-se e a luz do lampião aceso brilhou sobre o cano esguio de sua pistola, apontada em minha direção.

— Onde é que você esteve durante toda a última semana, desaparecido e sem dar qualquer notícia?

Eu poderia facilmente responder essa pergunta. Poderia contar ao agente francês sobre a mais espetacular arma secreta dos britânicos, a máquina do tempo que me fez saltar por sobre uma semana inteira de existência e que tem o potencial de transformar toda a realidade que conhecemos em um punhado de delírios enlouquecidos, saídos da mente alucinada de autores de ficção. Mas eu não estava pronto para entregar esse segredo a eles. Não ainda.

— Desculpe, Passepartout, mas ainda não posso revelar isso. Você terá que confiar em mim.

— Não sei se estou disposto a confiar em qualquer inglês novamente — disse ele, erguendo a arma e apontando seu orifício escuro na direção de algum ponto entre meus olhos.

Suspirei desanimado. Quando você é um agente duplo, precisa aprender a conviver com algumas situações desagradáveis. Esta é apenas uma delas.

Consciência de Ébano
Gerson Lodi-Ribeiro

I was a Dam Builder
Across the river deep and wide
Where steel and water did collide
A place called Boulder on the Wild Colorado
I slipped and fell into the wet concrete below.
They buried me in that great tomb that knows no sound.
But I am still around.[1]

J. Webb

---

[1] Fui um Construtor de Represa / Sobre o rio largo e profundo / Onde aço e água se entrebatem / Num lugar chamado Boulder, no Colorado Bravio/ Escorreguei e despenquei dentro do betão fresco / Eles me sepultaram naquela vasta tumba silenciosa/ Mas ainda estou por perto.

1 Mbundo Aquinhoado

João contemplou a paisagem fulva da janela do trem que descia a Borborema. Os raios do sol poente arrancavam reflexos dourados aos milharais que se estendiam pela planície lá embaixo. As mudanças recentes trazidas à região o levaram a refletir sobre a própria vida. Em verdade que já era entrado nos anos, mas julgava possuir motivos mais do que suficientes para se orgulhar de sua carreira.

Amargurado, não obstante o fulgor do espetáculo propiciado pelas águas trazidas desde o São Francisco, João concluiu que, por mais que se esforçasse, não conseguia sentir orgulho algum do papel que as circunstâncias o compeliram a assumir.

Desde jovem, demonstrou pendor invulgar para seguir as tradições militares do lado paterno da família. Após as temporadas normais de adestramento na Cerca de Subupira ao longo da adolescência, seguiu para o porto de Ipojuca e ingressou na Academia Naval. Quatro anos mais tarde, graduava-se como primeiro cadete da turma de 1795.

Nove anos depois, já aos 31 anos, quando servia como imediato a bordo da briosa fragata *Henrique Dias*, recebeu aquela visita da dupla de agentes que iria mudar sua vida.

Tal se dera nos últimos anos da governança do Zumbi Negumbo, meros quatro anos antes de el-Rei Dom José II de Portugal despachar o irmão néscio Dom João, o estouvado sobrinho Pedro e boa parte da corte lusa para o Brasil por conta da invasão do reino pelas forças de Napoleão.

Na ocasião, o Capitão-Tenente João Anduro estava a matutar na praça d'armas sobre uma barcagem de lenha que já devia ter chegado, quando veio o recado de que devia comparecer com urgência à câmara do comandante.

Aviou-se em passo rápido pelo convés principal à ré até o terço de popa.

Uma vez na câmara, percebeu que o assunto era grave.

Pois que, sentados nas duas poltronas acolchoadas do compartimento havia dois bantos de meia-idade. Seus trajes civis escuros e sóbrios não logravam ocultar a atitude marcial. O Comandante Quinhoca permanecia de pé. Tanto pelo semblante anuviado quanto pela postura irrequieta do superior hierárquico, João concluiu que os dois sobas eram gente graúda avessa a conversinhas e que as novidades que trouxeram não deviam ser nada boas para o navio.

Não obstante o fato de ser banto de escol e membro de uma família cuja tradição castrense honrada remontava aos tempos de Zumbi, o Grande, o comandante foi dispensado sem maiores delongas, através de um gesto discreto do soba que aparentava mais idade. Continência respeitosa prestada, Quinhoca se retirou da própria câmara.

Agitado, João constatou que o assunto não era da alçada do navio. Tinha a ver consigo.

A *Henrique Dias* estava fundeada ao largo da base naval que os batavos arrendavam à República dentro do gigantesco complexo portuário do Recife. Portanto, esses dois mbundos só podiam ter vindo para bordo de escaler.

Como é que a guarnição de serviço não o avisara dessa aparição inopinada?

— Vossa Mercê se ponha à vontade. Pois que estamos por encetar conversa palavrosa. — O soba de cabeça grisalha fitou-o com ar pensativo. Ao constatar que o oficial assumira a postura militar relaxada, o banto cruzou as pernas. — Meu nome é Milonga. Possuo patente de coronel. Esse é o Tenente Zabumba. Somos membros do Círculo de Ébano.

João percebeu que os dois mbundos vasculham sua reação, como que à procura de algum sinal de reconhecimento.

Suspirou fundo antes de responder:
— Desconheço essa organização, meu ganga. — Esforçou-se para empregar um banto acautelado, visto não ser tão fluente no idioma dos ancestrais.

— Essa vossa ignorância enche nossos espíritos de satisfação. — Zabumba esboçou um sorriso ligeiro. Ao lhe devolver o olhar, o imediato notou a cicatriz na face direita do tenente. Um risco fino que lhe descia da têmpora à curva do maxilar. — Porque, apesar de vosso avô ter sido nosso soba por uma data de anos, não imaginamos que ele lhe houvesse confidenciado a existência do Ébano.

João recordou o avô paterno.

O Velho Anduro. Um mbundo assaz misterioso.

Como primogênito do primogênito de Anduro, João recebeu sua parcela devida de carinho e atenção do avô. Todavia, o ancião fora mbundo reservado, reticente mesmo em seu afeto.

Ao contrário do outro avô, o notório ganga branco João Fernandes de Oliveira, que sempre o colocava no colo e lhe contava histórias repletas de chistes e tiradas divertidas sobre as peripécias da época em que fora Real Contratador dos Diamantes do Arraial do Tijuco, Anduro pouco falava de seu passado. Tanto era que João nunca logrou descobrir o que o avô paterno fizera quando moço. Intuía que o Velho Anduro tivera cargo avultado, pois que não só parecia ser íntimo dos sobas e seculos mais influentes da República, como, no dia do seu passamento, o zumbi em pessoa compareceu ao funeral.

Círculo de Ébano.

Então, fora isto que o Velho Anduro fizera a vida inteira. Fora membro e mais tarde soba desse tal Círculo de Ébano.

Só faltava descobrir o propósito dessa organização secreta.

༺༻

Antes de esclarecer a missão do Círculo de Ébano e, por conseguinte, o motivo daquela visita extraordinária, os dois sobas ressaltaram sobremaneira a importância de se guardar sigilo absoluto sobre o assunto que, segundo Zabumba, constituía o segredo de Estado mais fundamental da Primeira República. Se por um lado não recorreram a ameaças, por outro, apelaram a seu senso de dever e à lealdade que todo mbundo devia nutrir pela Pátria e pela causa libertária propugnada na Cerca Real do Macaco desde os tempos de Andalaquituche.

Cumpridas as advertências, Milonga começou a explicar:

— Há cousa de cento e trinta anos, ainda no reinado de Ganga-Zumba, nossos antepassados capturaram um *filho-da-noite*. Uma criatura poderosa capaz de se fazer passar por índio sem de fato o ser. — O brilho severo nos olhos do soba asseveraram ao oficial que o interlocutor estava a falar sério. — Não se tratava de um *cazumbi*, uma alma doutro mundo, mas uma criatura do mundo natural, tal qual os mbundos e os homens doutros povos, conquanto possua mais força do que vários mbundos robustos juntos e não parece ter envelhecido um dia sequer neste último século e meio. Todavia, o mais grave é que o filho-da-noite se alimenta de sangue humano...

— Um vampiro, pois. — João deixou escapar num gemido admirado.

— Vosmecê não carece me interromper. — Milonga enfatizou a ordem com um gesto peremptório com a palma da mão erguida. Após um pigarro curto, prosseguiu num tom mais brando. — E, por favor, esqueça os tais vampiros do folclore luso. A parecença do nosso filho-da-noite com os vampiros é, quanto muito, vaga. — O soba fez uma pausa e observou o semblante do imediato para verificar se ele havia assimilado o conselho. — Por ora, o importante é que vosmecê aceite nossa palavra de que esse filho-da-noite tem sido aliado fiel da Pátria e nossa causa desde os tempos de Zumbi e do Primeiro Nassau.

— O ganga está a insinuar que essa criatura, esse "filho-da-noite", ainda é vivo?

— Não apenas é vivo como parece estar a se tornar mais forte e sagaz a cada nova geração de mbundos. — Zabumba esboçou um sorriso arrevesado. — E tão leal à nossa causa como se banto fosse.

— Isto nos leva à finalidade do Círculo de Ébano. — Milonga retomou a explicação. — Uma organização estabelecida por Andalaquituche há mais de um século para proteger o segredo da existência do filho-da-noite. Somos apenas uns poucos. Nunca fomos menos que oito e tão pouco mais do que doze membros. Em prol do cumprimento de nossa missão, podemos exigir quaisquer recursos que julguemos necessário e só respondemos por nossos atos e decisões perante ao zumbi. Além de responsáveis pela manutenção do segredo, cabe aos agentes do Ébano zelar pela segurança física do filho-da-noite e proporcionar-lhe o adestramento e os meios para que ele consiga cumprir as missões que lhe são confiadas.

— Mais do que mero agente secreto, o filho-da-noite é autêntica arma secreta. — Zabumba esclarece em voz baixa. — Por diversas vezes a sorte de Palmares repousou em suas mãos imortais e, desde os tempos de Zumbi, ele jamais nos decepcionou. Ao longo de sua duradoura aliança conosco, a entidade já eliminou uma data de inimigos da República, sobretudo lusos, dentre reinóis e, mais recentemente, esses que se afirmam *brasileiros*. De certa feita, há cousa de trinta anos, numa única operação bem-sucedida, ele pôs termo a vida de milhares de anglos.

— Anglos? — Apesar da ordem para manter silêncio, João não resistiu a perguntar. — Pois que desconhecia que a República se envolveu numa batalha secreta nas Ilhas Britânicas.

— Não soube porque o fato foi mantido em segredo até hoje.

— Milonga brindou o soba mais jovem com um olhar furibundo.

— E o embate não se deu em Inglaterra, mas nas costas dos Estados Unidos.

— Esperem um pouco. Quando eu era garoto, meu avô me falou de uma batalha feroz durante uma tempestade em alto-mar, na qual ele por pouco não perdeu a vida.

— Que avô? — Ambos os sobas indagaram ao mesmo tempo.

— Aras, João Fernandes, por certo. — O oficial esclareceu com um sorriso nostálgico nos lábios. — O avô Anduro jamais me faria confidências desse tipo. Era demasiado sisudo para me contar suas aventuras.

Os dois mbundos mais velhos trocaram olhares significativos. Zabumba soltou um suspiro pesaroso antes de comentar:

— Os ombros de Mestre Anduro suportaram grã responsabilidade e por mais tempo do que qualquer outro soba do Ébano. Palmares lhe deve por demais. Pena que mui poucos saibam disso.

— À República tudo se dá e nada se espera em troca. Sequer o reconhecimento. Por mais merecido que esse fosse. — Milonga anuiu com ar grave. — O fardo dos membros do Ébano é pesado. E, por secreto, jamais será reconhecido pela Pátria, pois que só o zumbi e uns poucos seculos do conselho sabem de nossa missão. Para a maioria de nossos dirigentes e líderes militares, constituímos apenas a menor e mais humilde das diversas agências secretas vinculadas ao Estado-Maior.

– Mas, se os gangas me estão a confiar tudo isto...

– Exato. – Zabumba assentiu, enfático. – Se estamos a lhe contar da existência e da missão do Círculo de Ébano, é porque viemos acá para convocá-lo. Após uma missão mui dificultosa em São Sebastião do Rio de Janeiro, perdemos três agentes para safar nosso protegido das garras de um pelotão de elite da guarda do vice-rei. Nosso efetivo jaz reduzido a sete membros.

– Sinto-me assaz honrado com tal convocação. Pero que tenho minha carreira de oficial de Marinha e meu posto de imediato acá na *Henrique Dias*.

– Vosmecê foi dispensado do serviço nesta fragata. Já comunicamos o fato a vosso comandante. – Milonga vasculhou o semblante do oficial com o cenho franzido. – Por decreto especial do zumbi, a partir de hoje vosmecê está transferido para a reserva naval.

O fato calou fundo no espírito de João Anduro. Pois que então era por isto que o Comandante Quinhoca deixara a câmara tão agastado. Ele também não tivera outra opção, exceto a de se conformar com a transferência do seu imediato.

Intentou uma última ginga:

– Decerto não ignoram que não sou banto puro. Tão pouco legalmente retinto.

– Lógico que sabemos que vosmecê possui mais de um quarto de sangue alvacento. E luso, ainda por cima. Pois que para além de vosso avô contratador, branco por inteiro, sua avó materna, Angana Chica da Silva, também era *pingada*. Por sorte, com a graça do Bom Deus, vosmecê parece de fato retinto. Por outro lado, é neto do soba mais enérgico e brilhante que já comandou o Ébano. – Milonga desfez o semblante carregado num sorriso repleto de compreensão. – Ademais, vossa família pelo lado materno, conquanto pingada, é importante por demais. Sobretudo vosso tio Joaquim Fernandes de Oliveira e vosso primo José Firmino Ngomo de Oliveira, ambos patriotas convictos e comandantes de uma data de fábricas de armas e munições. Por isto tudo, o Conselho de Seculos decidiu abrir exceção em seu favor.

— Muito que bem. — João suspirou fundo. — Pois que então só me cabe aceitar a missão ponderosa que a República ora vê por bem me incumbir e me esforçar para cumpri-la o melhor que puder, de modo que, onde quer que esteja, meu avô Anduro venha a se orgulhar de mim algum dia.
— Muito bem dito. — Milonga assentiu num tom sério. — Pronto para o juramento?
— Estou. — À beira do passo mais importante de sua vida, eis que uma farpa de curiosidade espicaçou o espírito de João e forçou a pergunta goela afora. — Só uma cousa: acaso esse filho-da-noite atende por algum nome mortal?
— Já recebeu diversas alcunhas. Imagino que ainda ganhará muitas outras dos nossos vindouros. — Zabumba sorriu de si para si, como se houvesse lembrado uma piada esquecida há anos. — Só que em seu próprio idioma, seus semelhantes costumavam chamá-lo "Dentes Compridos".
— Alcunha esquisita.
— Pero assaz pertinente, como Vossa Mercê logo descobrirá. — Milonga replicou com ar enigmático

◦°Oo°◦

João apurou os ouvidos, atento à cadência bafejada pela maria-fumaça que descia a serrania com langor coleante de serpente preguiçosa, a se esgueirar encosta abaixo, vagarosa, ora a puxar, ora a sustentar no travão os carros que rebocava, de forma a trazê-los incólumes até a planície do Vale do São Francisco.
Olhou pela janela outra vez. Preferia passar o tempo a desfrutar a paisagem de serra e vale que se descortinava ante seus olhos do que prestar atenção às idiossincrasias e parvoíces de seus companheiros de viagem.
Além de si, o vagão abrigava outros nove passageiros.
Havia a banta com riscos finos e brancos tatuados nas maçãs de um rosto tão belo e aristocrático que quase se diria cinzelado em ônix negro, alheia a seu casal de filhos pequenos que, conquanto envoltos em sedas e linhos, não sossegavam nas traquinagens infantis, não obstante os esforços hercúleos da mucama tupinambá.
O comerciante batavo sorridente, simpático com seus olhos azuis

e cabelo arruivado, a tecer maravilhas sobre a ampla morada que mandara erigir em Maurícia, bairro mais elegante do Recife.

— Vosmecês mbundos de Palmares se orgulham sobremodo, não sem certa razão, de serem os mestres armeiros mais talentosos do continente e quiçá do mundo. — Ainda que visivelmente embriagado, o comerciante articulava um português para além de passável.

— Pero que, no que me concerne, destacam-se mesmo é como fabricantes da melhor aguardente de cana desses Três Brasis!

Como que a reforçar o argumento, o batavo sacou outra vez do cantil de estanho lavrado e se concedeu nova taleigada. Então limpou os beiços babados com as costas da mão.

João cogitou replicar que preferia a velha e boa cachaça brasileira. Contudo, embora fosse verídica, a declaração talvez soasse pouco patriótica aos ouvidos dos demais passageiros.

Destarte, permaneceu calado e aturou o comerciante indagar pela oitava vez se ele já estivera no Recife.

João respondeu monossilábico. Se esse janota acaso soubesse o quão bem ele conhecia o Recife...

Contrafeito, voltou a atenção para os cadetes do exército, três bantos e um ioruba, os quatro altivos e presumidos em seus uniformes de licença do segundo ano da Academia da Cerca de Subupira.

A brisa suave balançava os milheiros. Movimento ondulante. Como se as espigas estivessem a acenar, radiosas aos apitos e à voluta de fumaça negra que emanava da chaminé da maria-fumaça.

Não faltava muito para que se defrontasse com seu destino.

Quase um quarto de século de dedicação integral, pero que não ao Ébano e à República.

Tão pouco aos ideais de semear uma nação livre e soberana, forte o bastante para defender a justiça e o progresso a todos os povos negros em África e nos Brasis.

Não.

Dedicou estes últimos vinte e quatro anos, quase metade de sua vida, a proteger e acoutar o monstro hediondo. A abominação contrária à ordem natural da criação, estabelecida por Nosso Senhor Deus desde o início dos tempos.

Em pensar que ele já se deixou beber pela criatura...

Não só isto!

Pero que, nas primeiras vezes, até se orgulhou do fato de ter sido ele o agraciado com tamanho privilégio.

E quanto aos companheiros de infortúnio que sacrificaram as vidas de bom grado em prol do bem-estar da entidade maléfica, esse Dentes Compridos, que ora atende pela alcunha humana de José Trevoso?

Certa feita ouviu dos lábios do próprio filho-da-noite a confissão de que os de sua estirpe acreditavam que o Criador fizera sua raça e não a dos homens à Sua imagem e semelhança. Tanto era que o maldito se refere a sua gente como Povo Verdadeiro. Concebidos para punir os homens, por causa de nossa soberba desmedida. Criados como predadores de homens; tal como a onça foi criada para se fartar da anta e da capivara. Tanto era assim que os filhos-da-noite se referiam aos homens de sua raça como "caçadores" e às suas mulheres como "sedentas". Sedentas de sangue humano, João tremia ao conjeturar.

Não punha fé nessas crendices de fundo religioso. No fundo, não passavam de mitos da Criação, algo parecidos com os dos povos negros de África, bem como os constantes do Velho Testamento.

Embora se considerasse católico devoto e frequentasse a igreja com a família sempre que o dever assim o permitia, João se tinha por livre-pensador. Não obstante a polêmica encarniçada e a autêntica comoção social que ora grassava na Republica, advinda da apresentação das teorias do naturalista Carlos Vitório, João se alinhara com as mesmas, pois que se tornara partidário entusiasta do conceito da evolução biológica através da seleção natural.

Ora, se era vero que a onça evoluiu para se virar uma caçadora eficiente de antas, veados e tatus, e os próprios homens decerto evoluíram a partir de ancestrais primitivos, quiçá semelhantes aos bonobos e aos gorilas, então, era de todo provável que os filhos-da-noite houvessem evoluído para se tornarem predadores de homens.

João imaginava um predador de homens rudimentar, capaz de predar homens-macacos. Tal estirpe de predador evoluiria junto com suas presas. Enquanto os homens-macacos evoluiriam até se tornarem homens autênticos, os predadores incipientes evoluiriam para filhos-da-noite.

Carlos Vitório abordou conceitos desse tipo há três anos em sua *Evolução da Vida na Terra*.

Coevolução.
Pode até ser.
Todavia, independente de crer numa explicação natural para a existência dos filhos-da-noite, no fundo de sua alma, João sentia que Dentes Compridos era o Mal.
O Mal que conspurcava a pureza dos ideais de sua Pátria desde o advento da República.
Decerto que Ganga-Zumba, Zumbi, Andalaquituche e todos os outros que os seguiram nutriram as intenções mais nobres possíveis. Intentaram cooptar o Mal a serviço do Bem. Valeram-se dos poderes da criatura maligna para atingir os fins elevados da República.
Só que, ao agirem destarte, puseram tudo a perder. Ao associarem os destinos da Pátria ao dessa entidade ardilosa, ao tornarem Palmares dependente da astúcia de um vampiro, venderam a alma da Nação ao diabo, por assim dizer.
No entanto, é possível que nem tudo esteja perdido.
Quiçá ainda há uma senda para a redenção de Palmares.
Uma senda árdua, por certo.
Mais dificultosa que a própria trilha percorrida pelos agentes do Círculo de Ébano, pois que tal senda passará pelo opróbrio e pelo autossacrifício.
Lembrou-se das palavras de Milonga, ecoadas nas anteparas da câmara do comandante da *Henrique Dias* duas décadas e meia atrás:
– À Pátria tudo entregamos de bom grado. Até a vida, se preciso. Mesmo a honra, se necessário for. Nada esperamos em troca. Sequer a compreensão.
Pois que assim era.
As dúvidas de João se dissiparam sob os últimos raios do sol poente.
Sentiu-se pronto para cumprir sua derradeira missão.

2 Construtor de Represa

A vida afortunada não deve se constituir tão somente de correrias e aventuras. Não, senhor. Ao contrário, há que se dedicar o tempo necessário ao saber. Há ocasiões em que uma pessoa deve parar de agir às cegas, mesmo que apenas de quando em quando, para sentar-se, ler e aprender; observar e adquirir novos conhecimentos. Tempo para experimentar novas ideias.

Afinal de contas, nunca é tarde para recomeçar.

Sobretudo quando se é imortal.

Por pensar destarte, Dentes Compridos solicitou um período de férias ao Círculo de Ébano.

Era raro que pleiteasse algum tempo para si mesmo, perito que era em se apropriar de parte do tempo que deveria ser dedicado exclusivamente ao cumprimento das missões que lhe eram delegadas. De qualquer modo, foi a primeira vez que solicitou férias nesta geração de vidas-curtas.

Ao consultar os registros arcanos do Círculo de Ébano, Kanjika, soba da organização, descobriu que nas poucas vezes que se dedicou a seus próprios interesses, os afazeres do filho-da-noite acabaram por resultar em benefícios para a República. Como na ocasião em que se meteu a observar estrelas e planetas, e acabou por confirmar as perturbações na órbita de Mercúrio; ou na vez em que cismou de aprender a pilotar navios em alto-mar.

Por isto, concedeu o período de férias ao protegido.

Como de outras feitas, Palmares não se arrependeu.

Pois que, ao se ver com tempo livre, Dentes Compridos lembrou-se de sua infância no Império Inca.

O Ancião das Grutas ensinara-lhe que os engenheiros quíchuas eram capazes de desviar o curso dos rios para irrigar extensas faixas de terra que doutra maneira permaneceriam estéreis. Conquanto carecessem da pólvora ou de máquinas a vapor – recursos empregados amiúde pelos palmarinos cousa de três décadas atrás para abrir canais de irrigação a partir do Grande São Francisco – os vidas-curtas cujos ancestrais já habitavam os Andes milênios antes da chegada dos europeus eram deveras engenhosos. Somente muito tempo mais tarde, quando já se tornara agente de Palmares, o filho-da-noite veio a saber que as tropas do Inca, à mesma época em que terçavam para pôr cobro aos últimos remanescentes do Povo Verdadeiro, também ousaram desviar o curso do rio que abastecia a vasta Chan Chan, capital do próspero Império Chimor. Sem água e sitiado no interior de sua cidade-fortaleza, o outrora altivo Grão Chimu se rendeu ao Sapa Inca e seu povo tornou-se vassalo daqueles conquistadores implacáveis oriundos dos altiplanos da Cordilheira.

Séculos mais tarde, Dentes Compridos assistiu um prodígio ainda maior do que o desvio do curso dum rio, quando o grande sábio palmarino Cafuchi demonstrou que era possível fazer um moinho funcionar como gerador, a fim de converter a força da água que gira a mó numa forma de energia misteriosa e sutil: a eletricidade.

Dentes Compridos há muito se perguntava se a arte daquele gerador que viu funcionar oito décadas atrás no laboratório daquele sábio que mais tarde se tornaria zumbi de Palmares não poderia ser reproduzida em escala maior do que a das pequenas barragens erguidas nos itororós dos córregos junto às fábricas da Serra da Barriga. Para tanto, seria necessário alterar o curso dum rio caudaloso, represá-lo atrás de uma estrutura tão portentosa quanto a dos *dijks* holandeses, para fazer a água passar através de uma roda gigantesca. Tal processo deveria gerar uma quantidade de eletricidade jamais vista.

Com tempo à disposição para meditar, já no primeiro ano deste período de férias, Dentes Compridos colocou essas ideias no papel.

Elaborou seu projeto. Não uma simples barragem hidroelétrica, pero uma represa de verdade. Verteu suas lucubrações no papel, pois que já aprendera que, quando se tratava de questão afeita a técnicas e engenhos, os vidas-curtas de Palmares não se deixavam convencer por meras palavras, por mais altissonantes que fossem. Havia que se exibir números, cálculos e fórmulas. Só destarte lograria persuadir aqueles sábios e engenheiros empedernidos.

Por intermédio do Ébano, apresentou seu estudo ao Zumbi, ele próprio, mbundo de douto saber, no melhor estilo de Andalaquituche e Cafuchi. Daí, o calhamaço foi encaminhado para ser discutido numa reunião do Conselho de Seculos e então seguiu para a Academia de Ciências da Cerca Real do Macaco.

Na Academia, a tempestade esperada desabou afinal.

– Absurdo! – Os engenheiros da Academia bradaram indignados, antes sequer de analisarem o projeto em sua inteireza.

– Afinal, de onde vieram essas lucubrações estapafúrdias?

– Do Palácio Mussumba. – Kanjika suspirou fundo, antes de responder com paciência aparentemente infinita.

A afirmação reduziu os brados de indignação a meros murmúrios malcontentes. Pois que se o projeto emanou da residência oficial de Sua Basta Negritude Angoma Nzangu, Zumbi da República de Palmares, não podia ser descartado de pronto. Cabia à Academia analisar o projeto com rigor e cautela em busca de falhas. Pois que só assim lograriam rejeitar o estudo.

– Como tamanha data de eletricidade seria conduzida? – Um engenheiro quis saber.

– Por certo que não através de fios de cobre, como nas barragens projetadas por Cafuchi e Zambesi. – Kanjika esclareceu a dúvida que Dentes Compridos já havia antecipado e lhe explicado de antemão. – Pero que há de se fabricar cabos de cobre grossos como as espias de amarração de uma fragata, ou quiçá de mor espessura, para conduzir a corrente elétrica que será produzida por gerador desse porte.

– E para que a República carece de tanta eletricidade assim? – Um engenheiro idoso perguntou.

Desta feita a resposta levou algumas horas para ecoar nas paredes alvas do auditório da Academia, pero que veio direto da Mussumba. Segundo algumas fontes, teria sido o próprio Zumbi Nzangu que respondeu, já impaciente com o rumo demorado da querela técnica:

– Tal quantidade medonha de eletricidade servirá para pôr a funcionar máquinas e forjas, fábricas e fornos que construiremos à volta da represa. De acordo com os cálculos do projeto, teremos energia para alimentar tantas fábricas e fundições quanto a soma das que hoje possuímos acá no Macaco e em Subupira, isto para não falarmos nos estaleiros de Ipojuca. Tudo isto obraremos sem que para tanto se faça mister de abater uma só árvore das nossas matas.

– E como armazenar tanta energia? – Os sábios se indagaram em tom admirado. – Pois que, ao que entendemos, eletricidade não é como a lenha ou o carvão que os navios, locomotivas e máquinas podem ter sempre por perto de modo a consumir quando necessário. Na escala em que será produzida, essa eletricidade deverá ser usada de pronto ou se perderá para sempre, uma vez que nossos protótipos de baterias químicas não conseguem armazenar sequer uma fração dessa energia.

– É vero. – Dentes Compridos murmurou de si para si, com o cuidado de se deixar ouvir por Kanjika. – Cumpre, portanto, que os sábios da Primeira República coloquem as tergiversações de lado e concebam baterias melhores e, sobretudo, métodos de administrar a produção de eletricidade, para adequá-la ao consumo, pois que não posso ser eu a planejar sozinho toda essa estratégia.

Diversas outras dificuldades técnicas e entraves políticos surgiram ao longo dos anos deste período de férias do filho-da-noite.

Contudo, com o apoio explícito do Zumbi e secundado pelo Círculo de Ébano, ele se engajou de corpo e alma na construção da primeira grande represa hidroelétrica da história.

Entraves e dificuldades foram contornados à medida que apareceram.

༺◦༻

Em plena supervisão da obra, atividade que apreciava iniciar à noitinha, quando operários e capatazes jantavam nos refeitórios ou cantarolavam à espera do sono em seus dormitórios e as grandes dragas e betoneiras a vapor já haviam sido recolhidas aos seus galpões, recebeu a mensagem do agente de ébano.

Seus passeios noturnos de supervisão eram acompanhados quanto muito por uns dois ou três engenheiros que o assessoravam na lida de dirigir o projeto. Os assessores aproveitavam a caminhada célere para apresentar seus relatórios de progresso diário e receber as determinações daquele chefe esquisito, que mal tolerava a luz do dia e que, mesmo à noite, mantinha um chapelão de couro sempre enfiado na cabeçorra, destarte a ocultar quase por completo as feições hediondas de indígena deformado.

No início da execução da obra, ele ouvira à distância a desconfiança murmurada pelos cantos por seus engenheiros.

Era natural que questionassem a competência do *aleijão* para comandar empreitada tão grandiosa. Afinal, ele sequer negro era...

Aos poucos, porém, depois que os subordinados descobriram o quão rápido o chefe fazia cálculos complicados de cabeça, antes que eles sequer lograssem manejar os cursores de suas ágeis réguas de cálculo; quando constatavam que ele jamais esquecia um pormenor técnico e parecia manter todas as fases, processos e etapas da obra sempre presentes em seu espírito, passaram a respeitá-lo, não obstante as idiossincrasias e o aspecto horrendo.

Contudo, na noite em que recebeu o telegrama de João Anduro, encontrava-se sozinho em sua andança de supervisão.

Dentes Compridos ouviu a porta do posto telegráfico abrir a cousa de um quilômetro de distância. Observou o rapaz se deslocar a passos rápidos à luz das estrelas e dos poucos candeeiros que brilhavam junto aos alojamentos e galpões, à medida que ele se aproximava de si.

Por vezes o jovem desaparecia, oculto nas sombras dos prédios.

O rapaz tropeçou diversas vezes, pois que o caminho era demasiado escuro para um vida-curta. Quando distava cerca de duzentos metros, o filho-da-noite começou a distinguir-lhe a pulsação descompassada dos batimentos cardíacos tranquilos dos operários presentes nos refeitórios e dormitórios.

O vida-curta só conseguiu enxergá-lo quando já estava a três metros de distância. Por pouco não tromba com a autoridade que procurava.

– Engenheiro Trevoso... Valha-me Deus que por fim o encontrei, meu ganga.

Ofegante, o auxiliar do telégrafo que viera ao seu encalço disparado numa correria desde o posto, entregou-lhe em mãos a folha de papel dobrada.

Sentidos aguçados ao rastrear a presa, Dentes Compridos cedeu à tentação.

Ao confirmar que as batidas de coração mais próximas provinham de um alojamento a sessenta metros e sabedor de que vida-curta algum poderia enxergá-lo àquela distância, ele tocou o ombro nu do rapaz com a mão esquerda enquanto recebia a mensagem com a direita.

O mulato quedou-se parado a seu lado.

De repente, percebeu que carecia sorver um gole da jugular do auxiliar do telegrafista. Carecia por demais.

Um gole minuto. Quase que só uma prova. Nada que pudesse de fato trazer prejuízo à saúde do rapaz.

Assim que abriu a bocarra, os caninos pontiagudos se exteriorizaram dos alvéolos, até adquirirem o tamanho de pequenos punhais.

Abocanhou o pescoço do jovem com a gentileza de um amante que aplica o primeiro beijo no colo da donzela adorada.

Sob efeito do toque paralisante, o mulato permaneceu quieto, presa de um transe benigno, deixava-se sugar sem manifestar sinais de alarme. No dia seguinte, julgaria que o assédio não passara de um sonho de amor. Dentro em duas semanas, graças à ação benévola da saliva do filho-da-noite, as lacerações minúsculas produzidas por seus caninos teriam cicatrizado sem deixar marcas.

Assim que dispensou o rapaz, um Dentes Compridos assaz satisfeito desdobrou a folha e leu a mensagem lacônica à luz das estrelas:

SECRETO ET URGENTE PT ASSUNTO PRIVATIVO ÉBANO PT AGUARDE MINHA CHEGADA AMANHÃ INÍCIO DA TARDE PT
ASS JOÃO

O neto de Anduro.

O garoto nunca gostou dele.

Dentes Compridos percebia o sentimento claramente no aroma do suor do agente.

Ao contrário dos demais agentes do Ébano, João jamais conseguiu se sentir à vontade em sua presença. Permanecia sempre em guarda.

Não confiava no filho-da-noite além do estritamente necessário.

Quem sabe, tal desconfiança não se dava por causa do outro avô?

Afinal, o agente também era neto de João Fernandes de Oliveira, velho antagonista de Dentes Compridos, que certa feita chegou a enforcá-lo, supostamente até a morte, num patíbulo ornado que mandou armar na praça principal do Arraial do Tijuco, à época em que aquele vida-curta ardiloso fora Contratador dos Diamantes a serviço de Sua Majestade, Dom José I, el-Rei de Portugal.

Teria o antigo Contratador contado ao neto alguma história sobre ele?

Dentes Compridos considerou a hipótese pouco provável.

De qualquer modo, não obstante a aversão óbvia, João Anduro jamais deixou de cumprir sua incumbência a contento.

O filho-da-noite se sentiu curioso sobre as novidades que o agente decerto portava. Esperava que não se tratasse do anúncio do término antecipado do seu período de licença. Pois que estava a apreciar por demais este folguedo de projetar e construir represas.

3 Retinto, Pero Pingado

A maria-fumaça e seus oito vagões concluíram o trecho de descida da Borborema. Uma vez na planície, a composição tomou rumo sudoeste. Em breve iniciaria a fase paradora da viagem. Cortaria pelas sedes de diversas vilas agrícolas do interior e pararia nas estações da maioria delas por uns minutos, de modo a permitir o embarque e desembarque de passageiros e, mais raramente, de carga.

João observou o céu estrelado através da janela.

Aquele que jurara proteger só carecia da luz das estrelas para enxergar tão bem quanto um mbundo ao ar livre num dia ensolarado. O agente seguiria até a última parada da ferrovia. Dirigia-se para a estação de carga e passageiros a serviço do projeto de construção da represa.

Apesar de suas críticas e restrições à política de acoutar o filho-da-noite e incentivá-lo a matar e destruir em nome de Palmares, João sempre cumpriu sua missão a contento.

Por mais de duas décadas nutriu em seu íntimo a esperança inconfessa de que, cedo ou tarde, Dentes Compridos sofreria um acidente ou atentado qualquer do qual não conseguiria se evadir. No cumprimento de uma das inúmeras missões arriscadas que o Ébano lhe incumbia, um dia o filho-da-noite acabará por dar um passo em falso e não conseguirá escapar às garras da morte.

Então, o Mal teria fim.

Só que o Mal parecia cada vez mais renitente e vigoroso. Em vez de desaparecer, ameaçava se multiplicar para além de todo controle.

Há cousa de um ano chegara da Europa a notícia de que, em suas andanças pelos domínios otomanos ao norte da Grécia, um agente de ébano teria atingido uma região denominada "Valáquia", onde, segundo o informe, teria sido avistada uma criatura hedionda que o agente julgou que talvez pudesse ser uma sedenta, uma fêmea da estirpe dos filhos-da-noite.

Dentes Compridos exultou com a notícia.

Ante o informe que tomou por alvissareiro, Mestre Kanjika proferiu autorização prévia para que o protegido fosse até a Valáquia.

Confirmada a presença de sedentas e caçadores da cepa europeia, Dentes Compridos deveria propor seu translado para Palmares.

Kanjika e os demais membros do Ébano partilhavam do anseio celerado de arregimentar um exército de filhos-da-noite. Ao tentar dissuadir o mestre dessa ideia insensata, João recebeu a reprimenda:
– Ponha seus temores infantis de lado. Dentes Compridos sempre demonstrou lealdade para com Palmares. Não há motivos para que outros filhos-da-noite porventura oriundos de sua semente também não exibam fidelidade e gratidão idênticas à República. Afinal, nós os protegeríamos e os manteríamos sempre bem nutridos com o sangue dos nossos inimigos. – Neste trecho da prosa, o ancião banto soltou uma gargalhada. – Se já conseguimos tanto com um único filho-da-noite, imagine do que seríamos capazes com um punhado deles.

João imaginou.

Ainda que houvesse poucos filhos-da-noite da cepa europeia, se Dentes Compridos lograsse trazer uma sedenta consigo, decerto daria início a sua própria linhagem palmarina.

Então, o Mal se propagaria cada vez mais, até se alastrar por todas as terras que tão só a custo de tanto sangue e tanta luta e labuta os bantos haviam arrancado aos lusos e aos brasileiros.

Não podia permitir que tamanho infortúnio se abatesse sobre a Pátria.

Não permitiria que a Primeira República fosse governada em segredo por uma malta de vampiros.

Destarte, João decidiu arrancar o Mal pela raiz.

Mesmo que com o sacrifício da própria vida, dispôs-se a extirpar a raça de vampiros palmarinos enquanto essa se espreguiçava em seu nascedouro. Pois que, se lograsse exterminar Dentes Compridos, livraria Palmares não apenas de sua presença maléfica, como também e mais importante, da futura linhagem de filhos-da-noite ainda por nascer nos Brasis.

Os membros do Círculo de Ébano justificavam a necessidade de proteger Dentes Compridos e guardar o segredo de sua existência com a própria vida sob a alegação de que o filho-da-noite prestava serviços relevantes à causa de Palmares.

A título de exemplos, citam os assassínios de governantes e generais lusos e, agora, brasileiros; a extração de segredos militares atrás das linhas inimigas e até nas cortes de nações amigas; o desbaratamento do auxílio que a Coroa Portuguesa prestara à guerrilha separatista que os iorubas pagãos moveram na Bahia do Norte por idos de 1750; o afundamento de uma frota britânica que trazia reforços de peso, os quais, se desembarcados em Boston, teriam dificultado por demais a independência dos Estados Unidos, reconhecida pelo parlamento inglês em 1778.

A contragosto, João reconhecia que tais êxitos de vulto e diversos outros se deviam de fato à atuação de Dentes Compridos.

Contudo, será que a República não teria logrado conquistar essas vitórias mesmo sem a participação do filho-da-noite? E, mormente, não teria sido mais justo e mais nobre que houvessem lutado e prevalecido sem se valerem dos artifícios do Mal?

Ademais, sempre que podiam, os outros agentes evitavam tocar no assunto que era considerado tabu no interior do Círculo de Ébano: os surtos esporádicos de furor homicida do protegido. Ocasiões em que o filho-da-noite se evadia dos redutos e missões que lhe eram confiados e passava a beber de vítimas inocentes, as quais chacinava a seu bel-prazer, sem a menor preocupação em disfarçar seus rastros.

Seus pares do Ébano e o próprio soba Kanjika seguiram os passos de seus antecessores quando optaram por julgar de maneira leniente os surtos do filho-da-noite que resultavam em morticínios em série. Afirmavam que não passavam de deslizes de pouca monta, incômodos que deviam ser relevados em nome dos bons serviços que Dentes Compridos prestava à Primeira República.

João lutava sozinho ao defender que o Ébano devia assumir postura mais rigorosa em relação aos surtos homicidas do protegido. Afinal, ele sabia perfeitamente que não podia beber de uma vítima até matá-la, exceto quando assim ordenado.

Os registros do Ébano afirmam que o primeiro ciclo de morticínio desencadeado por Dentes Compridos se dera no Recife do Primeiro Nassau, por volta de 1680. Na ocasião, o filho-da-noite chegou mesmo a pôr em risco a vida de Amalamale, futura esposa de Andalaquituche, último rei e primeiro zumbi de Palmares.

O segundo ciclo de mortandade descontrolada ocorreu em Boston, nos anos que antecederam a breve guerra de independência norte-americana. Em consequência das mortes de doze ou quinze escravos negros, o galeão *Anhangaçu*, então com quase trinta anos de serviço na Marinha de Palmares, foi proibido de atracar nos portos de quatro das treze colônias britânicas da Costa Leste.

O ciclo mais recente deu-se nas ruas e vielas da Cidade de São Sebastião do Rio de Janeiro em 1827, quarto ano do advento do Império do Brasil como nação independente, meros dois anos atrás. Desta feita, Dentes Compridos não logrou safar-se sem ajuda. Após o fracasso da operação, o Ébano precisou intervir com determinação e ousadia para trazê-lo de volta à força. Além de consumir vasta data de recursos do serviço secreto mais restrito da República, a operação de resgate custou as vidas de três agentes de ébano. Tais baixas reduziram o efetivo do Ébano sobremaneira e levaram à nova leva de convocações urgentes.

João recordou ter sido numa ocasião semelhante, conquanto não causada pelo furor homicida do protegido, após um revés avultado nesse mesmo Rio de Janeiro, então sede do vice-reino, que ele próprio fora convocado há mais de vinte anos.

— Aras, João. Esses tais *assassínios em série*, como vosmecê se refere aos surtos, constituem questão de somenos. — Kanjika costumava admoestá-lo quando ele trazia o assunto à baila. — Pense só no quanto Dentes Compridos já fez por nós. Não seríamos o que somos hoje se o Sábio Andalaquituche não houvesse lucubrado o plano genial de se valer dos poderes do filho-da-noite em prol da causa e dos interesses de Palmares.

— Até quando, meu ganga, no cumprimento de seus desígnios elevados, a República precisará se valer dessa criatura sanguissedenta?

— Acaso Vossa Mercê questiona as decisões dos zumbis? — O soba franziu o cenho com ar irritado.

— Ganga, não. Apenas que não me sinto à vontade em acoutar uma entidade que reputo malévola. Minha consciência me afirma que não estou a proceder da maneira correta. Nem como mbundo e tão pouco como cristão.

– Não seja ingênuo, curumim. – A fronte do ancião se desanuviou. João julgou vislumbrar um ligeiro divertimento no tom severo que o soba empregou a seguir. – Deixe-se de carolices e cumpra seu dever como seu avô sempre o fez. A única maneira correta de proceder é colocar o bem-estar da República acima de qualquer escrúpulo ou consideração de ordem pessoal. De que vale uma consciência de ébano se um mbundo falha para com a Pátria?

Consciência de ébano.

João jamais se considerou detentor de virtude tão negra e pura como o ébano lustroso. Sabia-se falho, pero ansiava pelo bem último de Palmares.

Depois de várias tosas, João desistiu de pregar no deserto. Convenceu-se de que jamais lograria persuadir os patriotas equivocados do Círculo de Ébano.

Devia agir sozinho, pois.

Sozinho contra uma entidade arquipoderosa. Imortal e mais forte, vigorosa e astuta do que qualquer mbundo.

João só dispunha de dois trunfos.

O primeiro era o conhecimento quanto à real natureza do inimigo. Vantagem denegada a todos os adversários enfrentados pelo filho-da-noite até então.

O segundo trunfo era uma nova engenhoca.

Uma arma com recursos assombrosos, para quiçá pegar o filho-da-noite de surpresa.

João rezava para que o mecanismo fosse capaz de extirpar o Mal de Palmares de uma vez por todas.

❦

O último contato pessoal de João com Dentes Compridos se dera pouco mais de um ano antes do início da construção da represa.

Foi a primeira vez que ambos retornavam às ruas da capital do Império do Brasil após o fiasco daquela operação cabulosa do ano anterior, que quase lhes custou as vidas, pois que o filho-da-noite pusera a perder com seu furor homicida.

Daquela feita, no entanto, não se tratou do assassínio de um militar de alta patente ou de um deputado que advogava a manutenção do tráfico de escravos com reinos africanos hostis às políticas libertárias da Primeira República.

O filho-da-noite devia tão somente invadir o Paço Imperial à socapa e adquirir conhecimento vital sobre as intenções do Ministro da Guerra de Dom Pedro para com a iniciativa republicana de colonizar a Amazônia, penetração que, levada às últimas consequências, resultaria na ruptura do vasto Império do Brasil em duas metades, separadas entre si por larga cunha de território palmarino.

João fora assaz explícito: ninguém devia morrer durante a operação. Dentes Compridos não podia beber uma gota sequer do sangue das sentinelas e funcionários que por ventura encontrasse em seu caminho. O agente explicou que bastava ingressar no paço na calada da noite sem que os soldados de vigia dessem pelo fato. Caso surpreendido, devia empregar seus talentos especiais para pôr eventuais testemunhas fora de ação, sem lhes fazer mal. Os documentos sigilosos da Pasta da Guerra deviam ser encontrados, lidos, memorizados e postos de volta no lugar. Em hipótese alguma o Estado-Maior Imperial podia desconfiar que a República havia adquirido conhecimento de seus planos estratégicos.

Como de hábito, João Anduro se encarregou meticulosamente dos detalhes logísticos da operação.

Antônio Mbutu, embaixador de Palmares junto à Corte do Império do Brasil, providenciou uma planta minuciosa do Paço Imperial com a disposição dos aposentos que o filho-da-noite devia percorrer.

Agentes do serviço secreto levantaram o detalhe da vigia noturna do paço, com postos de sentinela, horários e percursos das rondas. João julgou a segurança do paço deveras exacerbada. Atribuiu o agravo à série de homicídios decorridos na corte no ano anterior.

João e seu protegido chegaram ao Rio de Janeiro disfarçados de comerciantes a bordo do *Serinhaém*, vapor de bandeira palmarina que costumava trazer manufaturas fabricadas no Recife e no Macaco para abastecer o comércio da corte.

O mercante permaneceu fundeado na Baía da Guanabara ao largo da Ilha das Enxadas, pois que, repletas de suspeitas, as autoridades portuárias brasileiras não permitiam que naus palmarinas fundeassem mais perto. Os dois desembarcaram num escaler que os conduziu até o cais do Largo do Paço.

Com meros quatro dias em terra, João logrou planear toda a operação. Fez-se mister apressar o passo, pois que estavam a se aproximar de ocasião assaz propícia: uma noite de lua nova em que o céu prometia se manter estrelado como nas anteriores. Agentes de ébano estavam acostumados a planejar missões noturnas e a lidar com as condições do clima e com as diferentes fases do ciclo lunar.

A bem da discrição, visto que mesmo agentes graduados da inteligência palmarina não tinham conhecimento da existência do filho-da-noite, o próprio João conduziu a carruagem discreta cedida pelo serviço secreto pela Rua Direita, até as imediações do Paço Imperial.

Já no Largo do Paço, bem próximo à edificação que abrigava a sede do governo do Império, Dentes Compridos abriu a portinhola e desceu para a escuridão do largo, rasgada somente acá e acolá por candeeiros de óleo de baleia.

O vulto silencioso avançou direto para a sacada do segundo pavimento do paço, galgada dum único salto felino.

O agente parou a carruagem num trecho escuro da Rua do Carmo, onde aguardaria o retorno do protegido.

Esperou por mais de duas horas no breu daquela madrugada de inverno, encostado na antepara lateral do coche.

Quando já começava a se impacientar com a demora do outro e pelejava para estimar a hora através da posição da lua e das estrelas, pois que não ousava acender a lamparina de azeite para enxergar os ponteiros do patacão, eis que o filho-da-noite apareceu junto de si sem que pressentisse sua aproximação.

– Acá estou, João. – A voz surgiu do negrume apenas quando Dentes Compridos já lhe segurava o braço com a manopla.

– Eia, que não perde esse hábito de me pregar sustos! – O agente ralhou num murmúrio irritado.

– Sossegue, mbundo. – O vulto sussurrou a seu lado. – É da minha natureza me deslocar em silêncio. Virtude que, segundo seus pares, é mui útil e apreciada em nosso tipo de serviço.

– Bem sei qual é vossa natureza. – João sacudiu o braço num safanão, de modo a se livrar do agarramento do outro. Não que receasse a indução do torpor, pois que o casacão evitaria o contato da mão do monstro com sua pele. Apenas que não se sentia à vontade com as intimidades da criatura. Suspirou fundo. – Mas, então? Cumpriste a missão a contento?

– Cumpri.

– E daí?

– Até onde pude ler, os despachos secretos do Ministro da Guerra por ora não cogitam medidas concretas para obstar a expansão que a República começa a empreender na Amazônia. Dois coronéis do Exército Imperial que comandam fortes em sítios diferentes do Grão-Pará externaram preocupações semelhantes em seus relatórios quanto ao caráter militar velado das expedições de exploração republicanas que ora adentram pelos rios da região.

– Isto me soa grave.

– Nem tanto. Porque o Estado-Maior do Império não me pareceu abalado com os relatórios que vieram do Grão-Pará. O ministro argumentou que não se pode despachar tropas e naus para todos os sítios a um só tempo. Sobretudo agora, com preocupações assaz mais graves no sul.

– A Revolta na Cisplatina?

– Exato. Pelo que depreendi da leitura dos documentos, a guerra não se desenrola a contento para o Brasil. Os imperiais não contavam que os portenhos estivessem dispostos a prestar tanto apoio à causa dos separatistas.

– É bom que se preocupem em segurar a Cisplatina consigo, pois que não lhes sobrarão tempo e recursos para impedir nossos avanços na Amazônia.

– Devemos regressar à estalagem?

– Afirmativo. Amanhã à tardinha embarcamos no *Serinhaém*. As ordens que recebi são de conduzir vosmecê a Ipojuca com brevidade. Contudo, de qualquer modo, tão logo estejamos a bordo, pretendo transcrever o relato detalhado de tudo o que leu no gabinete do ministro.

– Relaxe, meu caro. A viagem até Palmares será demorada. Sobretudo para vosmecê. Ademais, não carece de tanta pressa, pois que já lhe provei diversas vezes que não omito fatos e tão-pouco esqueço detalhes.

— Só vou relaxar quando estivermos em mar alto, bem longe do território inimigo. — João fungou de forma audível junto ao rosto do filho-da-noite. Reconheceu o aroma inefável, parecido com o das partes de mulher, que a criatura costumava exalar quando empregava seu toque para acalmar suas presas. — Que cheiro é este? Vosmecê não bebeu ninguém, pois não?

— Só um gole.

— Vossa Mercê descumpriu minhas ordens. Alertei-o de sobejo que não devia beber em hipótese alguma. E se acaso os brasileiros descobrirem? Toda a missão estará arruinada. Será possível que não aprendeu nada, depois daquela merdice toda do ano passado?

— Não se amofine por tão pouco, João. Estou regenerado, como já lhe afirmei. Desta feita, eles não vão descobrir.

— E se descobrirem?

— Não há como. Cumpri o preconizado no regimento do Ébano. Tomei menos de um quartilho do sangue de uma sentinela e tive cuidado de sorver do interior das bochechas das partes, pelo que o rapaz sequer há de se aperceber da marca até que ela desapareça.

Apesar do engulho de nojo, João reconheceu a sabedoria do procedimento aprovado há gerações. Admirou a paciência do filho-da-noite, pelo que ele teve que despir a presa para bebê-la e tornar a vesti-la. Decerto que não se incomodou em absoluto com o odor acerbo e tão-pouco com a sujidade da regada da sentinela, pois que, apesar do olfato mais apurado que o de um perdigueiro, sempre que está prestes a beber, Dentes Compridos torna-se particularmente sensível aos eflúvios do sangue das vítimas, a ponto de ser capaz de descrever minúcias sobre seus hábitos e suas vidas, só pelo aroma que lhes emana do fluido que lhes corre pelas veias.

Num gesto que João tomou por provocação, o filho-da-noite entreabriu a bocarra, como que a bocejar. O agente entreviu os caninos superiores protuberantes inteiramente exteriorizados sob a luz fraca da lamparina que acabara de acender. Afiados como navalhas e mais rijos que o melhor aço de Subupira, esses dentes causaram espécie aos de sua estirpe, a ponto de os motivar a batizá-lo com seu nome original.

Um arrepio breve de medo galgou-lhe a espinha num átimo. Já presenciara aqueles caninos em ação. Sabia do que eram capazes.

– Não tema, João. – O outro emitiu um riso curto, ruído penetrativo, semelhante ao miado do maracajá. – Afinal de contas, somos amigos, não somos?

– Tão somente aliados. – O agente suspirou num alívio irritado, pois que constatou que a entidade não desembainhara as garras medonhas. Estava apenas a brincar consigo. Tal percepção tornou-o senhor de si outra vez. – O fato é que vosmecê desobedeceu ordens. Não deveria ter arriscado o êxito de nossa missão.

– Aras, pois que não corremos risco algum. Além do mais, Vossa Mercê está mais do que farto de saber que estou na minha *noite-de-beber*. É de bom alvitre recordar que meu último deslize foi cometido por causa dessas vossas proibições insensatas.

– É vero que está em sua noite-de-beber. Pero que já havíamos combinado tratar de vossas necessidades quando regressássemos à estalagem. – João subiu ao assento do condutor no topo da carruagem.

– Muito que bem. Entre no coche que a alva vem daí. Esteja ciente de que vou prestar conta dessa desobediência no meu relato ao soba.

– Aja como melhor lhe aprouver. Vossa Mercê já sabe o que Mestre Kanjika lhe dirá, não é?

O filho-da-noite estava certo, como de hábito. Sua queixa não deu em nada.

O soba do Círculo de Ébano mais uma vez passou a mão na cabeça da entidade maligna.

4 Engenhos de Destruição

Não conseguia imaginar que ordens, recomendações ou censuras João Anduro traria consigo desta vez.

Em pensar que tivera o moleque no colo diversas vezes quando Mestre Anduro era vivo...

Hoje, algum tempo passado, o neto do velho amigo já não era homem moço. Ao menos, não pelos padrões dos vidas-curtas. Todavia, por vezes ainda se pegava a pensar em João Anduro como o garoto amimado que fora.

A verdade é que o mbundo jamais fora com sua cara. Apesar da aparência, aroma e sabor de banto, João herdou o temperamento arisco e desconfiado do avô luso, o outro João, adversário ferrenho que tanto obrou para destruí-lo e não sossegou nem mesmo quando se tornou cidadão da República. Anduro confidenciou-lhe que o compadre alvacento jamais desistira do propósito tolo e perigoso de desvendar o véu de mistério que o protegia.

A antipatia que o neto de João Fernandes e Chica da Silva nutria a seu respeito só fez piorar depois que ele descobriu que ainda podiam existir filhos-da-noite nos ermos remotos da Valáquia.

O mbundo mal conseguia ocultar o tormento que o afligia diante da perspectiva de haver mais gente do Povo Verdadeiro em Palmares.

Perspectiva animadora que ele pretendia concretizar com o apoio entusiasmado do Círculo de Ébano logo após a inauguração da represa.

Era a possibilidade de haver mais filhos-da-noite em Palmares que perturbava tanto aquele agente ingrato.

Acaso a Primeira República não colheu largas vantagens nessa comunhão duradoura consigo? Autêntica *simbiose*, para empregar as palavras de Mestre Vitório?

Paciência.

Se tudo corresse como planejava, o neto de João Fernandes teria que se acostumar com a ideia de que Palmares abrigaria uma pequena comunidade do Povo Verdadeiro.

Do exato modo como o ancestral alvacento viu-se forçado a engolir sua existência.

Pois que, se tudo decorrer a contento, se ele descobrir os caçadores e sedentas da estirpe europeia e lograr convencê-los a vir para os Brasis, tornar-se-á o Ancião de sua própria linhagem.

Uma linhagem que fundirá sementes e virtudes das duas estirpes, separadas uma da outra desde os tempos míticos da Grande Jornada, tantos e tantos milênios atrás.

꙰

Na tarde seguinte à noite em que Dentes Compridos bebera do auxiliar do telégrafo, João adentrou de supetão nos aposentos particulares do Engenheiro-Chefe José Trevoso.

Pois que ninguém jamais penetrava no recinto de grossas cortinas cerradas para incomodar o sossego do soba da construção da represa.

Ninguém em sã consciência ousaria invadir a casa sombria em cujo porão o filho-da-noite costumava repousar durante o dia. Havia guarda à porta especialmente instruída pelo serviço secreto: era para impedir o acesso de qualquer pessoa que tentasse perturbar o sono pesado do Engenheiro Trevoso. Se necessário, estavam autorizados a atirar para matar.

Só que um agente de ébano não podia ser considerado qualquer pessoa.

João exibiu a insígnia pessoal do zumbi, tão só concedida ao ganga-muíça do exército e a uns raros sobas e seculos proeminentes do conselho. A insígnia que afirma de forma tácita que ele é a vera encarnação da Primeira República.

Havia que se permitir seu ingresso. Bem como aceitar de bom grado a licença recém-recebida e cumprir a ordem de só regressar no dia seguinte, pois que era o próprio Zumbi Nzangu que se expressava através de sua voz.

— Acorde logo. — João cutucou o filho-da-noite que permanecia deitado num catre pobre forrado de palha seca. — A noite não tarda.

Dentes Compridos farejou o ar ruidosamente. Então remexeu-se e murmurou sem despertar de todo:

— Sossegue, mbundo. Pois que ainda é dia claro lá fora.

— Vamos a isto. O assunto que me traz acá é de urgência. Carecemos conversar.

O filho-da-noite abriu os olhos.

Olhos amarelentos enormes que brilharam como os do canguçu no breu reinante no porão.

Piscou diversas vezes, como que a espantar a letargia e, ao bocejar, exibiu os caninos avantajados.

— Pois fale que já estou acordado.

— Falo, mas não acá. Vista calças e casacão. Vamos fazer uma caminhada até a beira do cais. É domingo. Não haverá gente alguma por lá.

— Se é tão importante e urgente, fale logo. O aposento é seguro, eu lhe assevero.

— Lá fora, eu já disse. — João sacudiu o dedo em riste em frente ao protegido na certeza de que, mesmo deitado, ele o enxergaria sem dificuldade. — Agora vista-se e vamos embora que a República está sob risco.

Dentes Compridos saltou do catre e se pôs de pé num átimo.

João examinou-lhe o tronco parrudo à luz da lamparina que acabara de acender.

Exceto pelas mãos e pés enormes, não havia muito na criatura para convencer um observador casual de que se tratava de alguém que não um índio troncudo não particularmente alto.

A cabeça, é claro, era outra história.

Os olhos descomunais brilhavam na penumbra do aposento. As ventas porcinas se erguiam quase a prumo. O arco que a bocarra descrevia ao longo da face era maior do que o de qualquer humano. A cabeleira vasta e comprida possuía fios tão grossos quanto as cerdas do caititu. Tudo naquela carantonha bradava que a criatura a sua frente não era um homem.

Dentes Compridos colocou a camisa. Em seguida puxou as calças por cima das ceroulas de linho fino.

Vestiu o casacão e enfiou o chapéu na cabeça.

Pensativo, olhou de soslaio por um tempo para as botinas gigantescas, reforçadas e feitas sob medida a pedido do Círculo de Ébano. Decidiu-se por fim a calçá-las.

– Pronto. – Ocultou as mãos imensas nos bolsos do casacão. Estava acostumado a se esforçar para não chamar atenção. – Aonde vosmecê pretende ir para ter essa conversa secretíssima?

– Até aquele sítio que estão a betonar junto à passarela da represa. Imagino que não haja vivalma por lá para interromper nossa prosa.

Dentes Compridos aspirou o ar viciado do aposento.

Concentrou-se no ritmo da pulsação do vida-curta.

Pois que João estava assaz agitado por de trás da capa de serenidade e controle que tentava aparentar.

O suor e o sangue não lhe sabiam a medo, porém a mero nervosismo.

Que raio de assunto era tão grave assim?

– Pois muito que bem, João. – Ele abriu a porta que dava acesso à escada do porão e prestou uma vênia burlesca. – Vamos a esse vosso passeio, pois que já estou curioso para ouvir o que vosmecê tem para contar.

O olhar tenso do agente se cruzou com o do filho-da-noite quando ele passou através do portal que o outro mantinha aberto.

À medida em que o homem e o ser que se passava por tal caminhavam juntos e calados ao longo da represa, o último confirmou que havia algo anômalo nos modos do primeiro.
Uma pulsão inesperada. Um cheiro que mesclava determinação e desespero.
Um mbundo à beira do abismo.
Que diabo de questão era essa, afinal?
Distraído com a interpretação das mudanças no vida-curta, Dentes Compridos percebeu que a intensidade das pulsações de João Anduro diminuiu sobremaneira, como se ele se houvesse quedado meia dúzia de passos atrás.
Ao se voltar, constatou que o outro lhe apontava uma arma de aspecto esquisito.
– Pero o que é isto, João?
– Pare onde está. – Ergueu a mão esquerda espalmada para enfatizar a ordem, enquanto a direita mantinha a mira do revólver firme sobre o peito do filho-da-noite. – Se vosmecê se mexer, por pouco ou mais rápido que seja, eu puxo o gatilho.
– Calma. Ao que posso ver, está disposto a disparar essa arma estrambótica de qualquer jeito. – O tom roufenho do antagonista soou quase que magoado. – Por que não baixa o braço e pensa melhor, meu amigo?
– Não me chame de amigo. Pois vosmecê bem sabe que não tenho amigos de vossa laia.
– É só modo de falar. Sei que não nutre simpatia por mim, pero que não vejo motivo para tamanha revolta. Sempre fui leal à causa de Palmares.
– Vosmecê conspurcou a causa da qual se jacta defensor. – João segurou o revólver com as duas mãos. A mira oscilou entre a cabeça e o peito da criatura. – Tornou Palmares uma nação dependente do Mal. Eis chegada a hora de pôr termo à sujeição.
– Então é isto? – Dentes Compridos exibiu um sorriso triste. Satisfeito, o agente se recordou de que, com o sol acima do horizonte, não havia meio do adversário exteriorizar suas presas e garras.
– Nem pense em me tomar de surpresa. – Firmou a mira da arma

na testa do inimigo. – Vosmecê pode se mover assaz rápido, mas creio que, sob a luz do sol, consigo puxar o gatilho antes que possa saltar sobre mim.

– Pode até ser, João. – O filho-da-noite fez menção de avançar um passo. O ar determinado na expressão do vida-curta acabou por dissuadi-lo em contrário. – Pero o que fará se não lograr me pôr cobro com esse disparo? Vosmecê sabe mui bem que não sou tão fácil de matar e, depois do tiro, estarei sobre o amigo de qualquer modo.

O disparo ecoou pelo vale da represa.

Dentes Compridos levou a manopla ao peito por cima do casacão.

Retirou-a empapada de sangue.

Com um miado raivoso, lançou-se dum salto enorme para cima do vida-curta.

João deu um pulo para atrás e tornou a disparar.

O segundo tiro atingiu o filho-da-noite no abdome e o derrubou no meio do salto.

O gemido da criatura agora denotava mais surpresa que raiva:

– Que arte nova é esta, mbundo? Uma pistola que faz dois disparos sem recarregar...

– Chama-se *revólver*. – João arreganhou os dentes num sorriso deliciado. – A última invenção daquele armeiro anglo genial que trouxemos para trabalhar no Arsenal de Subupira. Faz cinco disparos sem recarregar.

– Assaz engenhoso. – O filho-da-noite peleja para estancar as hemorragias com as mãos. – O cheiro da pólvora me sabe diferente...

– Me perguntava se iria perceber. A pólvora é armazenada dentro dos próprios cartuchos, postos em cada um dos cinco orifícios circulares existentes dentro do tambor giratório. Daí o nome.

– Eficiente. A dor não é como a doutros tiros. É como se houvessem penetrado mais fundo.

– Deveras. Pois que os projetis não são de chumbo, mas de aço. À queima-roupa conseguem perfurar um centímetro de couraça de aço naval. Imagino que, de mesma distância, sejam capazes de lhe romper até os ossos do crânio.

– Já estou convencido da pujança de vosso engenho de destruição. – O filho-da-noite soltou uma tosse seca, para então suspirar com ar abatido. Não há o menor sinal de espuma de sangue nos lábios.

– Mas o que espera lograr com minha morte? Quem irá se bater pelas causas de Palmares?

– Aras, mas que não carecemos de um vampiro para nos ensinar a lutar pelo que é justo. – João exibiu novo sorriso. – É exatamente isto que pretendo provar ao acabar contigo. Almejo livrar a República não só de vossa influência, pero da possibilidade de haver outros como vosmecê por acá.

– Pois que então foi isto, não foi, João? – A criatura forcejou para se erguer, mas tombou de borco. Virou-se um pouco, entre dois grunhidos, de modo a continuar a fitar o vida-curta. – O receio de uma linhagem do Povo Verdadeiro estabelecida em Palmares...

– A imprecação ininteligível saltou-lhe nos lábios num tom sentido. Pesar ou dor, o agente de ébano não soube precisar. – Em razão desse temor insensato, decidiu trair a palavra de seus antepassados, vosso próprio juramento e a causa de vossa Pátria.

– Fiz o que fiz justo para salvar minha Pátria! – João ergueu o revólver e puxou o gatilho pela terceira vez.

Dessa feita o projetil atingiu em cheio a face da criatura dois dedos abaixo do olho esquerdo.

Dentes Compridos desabou inerte na passarela que contornava o reservatório da represa.

⁂

João guardou o revólver no bolso da casaca.

Fosse homem mortal, a entidade maligna estaria morta e bem morta após os três disparos certeiros praticamente à queima-roupa.

Só que o Mal não era humano.

Após exame sumário, constatou com desalento que o filho-da-noite ainda vivia, embora respirasse fracamente e seu pulso estivesse quase sumido.

Se os ensinamentos de Mestre Kanjika eram válidos, a entidade devia estar prestes a ingressar num estado comatoso. Nem bem vivo, nem tão-pouco morto.

Cumpria pôr termo no começado.

Lembrou a história que o avô branco certa feita lhe contara sob promessa solene de sigilo absoluto. Carecia ter certeza absoluta de que o morto permaneceria morto.

Era preciso obrar para isto.

Agarrou a criatura nefanda pelos pés enormes e arrastou o inerme por cousa de trinta metros, até a sombra de um galpão deserto.

Não sem certa dificuldade, puxou o semicadáver pesado para dentro do caixote de madeira comprido que planejava usar a um só tempo como féretro e tumba.

Então dedicou-se à parte mais trabalhosa do seu plano.

Primeiro, rumou em passos nervosos até o depósito de máquinas mais próximo.

Alimentou a caldeira do misturador e acionou a máquina.

Com cautela frenética, preparou a mistura de betão.

Meia hora mais tarde, verteu a massa resultante na caçamba da betoneira já acesa.

Desajeitado, acomodou-se no assento elevado do motorista em frente ao volante parrudo e conduziu o veículo maciço e ululante até o sítio onde depusera o inimigo abatido. Por pouco não derrubou um poste de candeeiro pelo caminho.

Ao parar a betoneira em ponto morto junto ao caixão improvisado, viu-se dominado por um tremor de pânico.

E se acaso o Mal recobrou suas forças infandas?

Sacou da arma e se dirigiu com passos elásticos de capoeira exímio para o caixote comprido.

Quase desfaleceu de alívio ofegante ao confirmar que a entidade permanecia morta.

Respirou fundo para se recobrar e voltou à cabine do veículo pesado. Acionou as alavancas do expulsor da caçamba.

Ainda mole e viscoso, o betão desceu pela calha e se derramou no interior do caixote. Em menos de meio minuto, o ataúde do filho-da-noite estava repleto. Seu corpo pretensamente imortal completamente imerso em betão fresco, que começava a secar e endurecer sob os últimos raios do crepúsculo vespertino.

João desligou a betoneira, mas tomou o cuidado de manter a caldeira acesa. Aproximou-se do ataúde tornado em tumba sólida.

Observou sua obra com apreensão enquanto o betão secava, pois que no fundo receava que o Mal lograsse de algum modo escapar.

Quando a noite já ia avançada, acendeu a lamparina de azeite minúscula que trazia consigo.

Abriu o compartimento de ferramentas da betoneira e escolheu a corrente mais grossa que encontrou. Trançou a corrente diversas vezes ao redor do esquife de betão, até que o considerou bem preso. Então, peou-o ao gancho robusto fixo à traseira do veículo.

Nutria plena consciência de que o ideal teria sido erguer o ataúde na pá duma escavadeira, mas que não havia tempo hábil para a proeza. Tão pouco julgava prudente se arriscar na condução de outro veículo pesado, pois que a experiência desastrada com a betoneira só por um triz não pusera tudo a perder.

Acionou o fole que injetava mais ar na caldeira e girou as válvulas que liberavam vapor para impulsionar o veículo gigante.

Vero dinossauro de ferro, a betoneira tossiu, bramiu e então começou a se mover com vagar.

A corrente serpenteou célere quando seus elos grossos chocalharam no cascalho, pouco antes de se retesar. O caixão começou a ser arrastado atrás do leviatã de seis rodas.

Manobrou o veículo com cautela infinita, pois que faltava bem pouco agora. Conduziu o titã resfolegante rampa acima, rumo à passarela larga que corria pelo topo da represa.

Por um instante, quando a betoneira ameaçou derrapar, chegou a pensar que, conquanto portentosa, a máquina lhe falharia no momento decisivo, sem forças para atingir o cume da rampa inclinada. Contudo, em meio a solavancos, engasgos e roncos cavos, o gigante metálico cumpriu sua missão crucial com o esquife a reboque.

Quando atingiu a passarela não acionou o travão.

Animada como cavalo-boi de brida solta, a betoneira avançou aos trancos, a lançar cascalho e seixos para os lados. Impávida, cruzou a passarela na diagonal e atingiu em cheio a amurada que protegia os caminhantes contra a vertigem do abismo.

Rompida a proteção, o gigante despencou represa abaixo.

João saltou da cabine no instante derradeiro e rolou para longe.

Em seus ouvidos, o estrondo chacoalhado do féretro de madeira e betão arrastado numa corrida alucinada ladeira de cascalho acima.

Ainda houve tempo de erguer a cabeça sobre o ombro dolorido e lançar um último olhar ao ataúde no instante em que ele emborcou num sacão abrupto e mergulhou para as profundezas do São Francisco.

Com um suspiro de alívio e finalidade, ergueu-se dum salto ágil, contundido pero satisfeito. Controlou a respiração. Embora já não fosse moço, lograva manter-se em boa forma graças à prática constante da arte refinada da capoeira.

Bateu a poeira da casaca e das calças com as palmas das mãos.

Concluiu a missão mais importante de sua vida. Enfim libertara a República do Mal que assolava o destino pátrio desde os tempos de Ganga-Zumba.

Pois que nem mesmo a entidade arquipoderosa conseguiria escapar à sepultura de betão que ele lhe preparara no fundo das águas da represa.

Agora urgia escafeder-se o mais rápido possível. Fugir para o mais longe que fosse capaz.

Porque seria considerado um traidor da Pátria. Fosse capturado, seus pares do Ébano decerto não hesitariam um instante sequer em executá-lo.

Contudo, em meio ao arrepio de medo, bateu-lhe o júbilo da realização plena.

Recitou uma vez mais o mantra erigido a partir da frase do Coronel Milonga, gravada a ferro e fogo em seu espírito tanto tempo atrás:

– À Pátria tudo entregamos, sem nada esperar em troca.

Nem mesmo a compreensão.

5 Determinação de Ébano

Kanjika debruçou-se sobre a amurada da passarela e olhou para baixo com o cenho franzido. Amaldiçoou-se pela quarta vez por ter deixado os óculos na casa que até duas semanas atrás fora ocupada por José Trevoso.

Em pensar que vasto esse canteiro de obras, o maior que a Primeira República jamais armara, parecia tão diferente há tão pouco tempo. O denso formigueiro humano manifestara atividade fervilhante, frenesi aparente, pero que motivado pelo propósito racional de edificar a represa hidroelétrica.

Agora, com a obra paralisada e os milhares de operários e várias dezenas de técnicos e engenheiros licenciados até Deus sabe quando, o canteiro parece deserto, não obstante a marcha nervosa dos soldados que ocuparam o local e os brados enérgicos dos sargentos e oficiais do exército, acompanhados pelos olhares duros dos agentes de ébano.

Apesar do esforço atroz e do anseio colérico do zumbi, o pusilânime João Anduro só fora capturado há cousa de três dias nos ermos suleiros da Bahia do Norte, quando já estava prestes a se escapar através da fronteira com o Império do Brasil.

De acordo com o último informe que recebeu pelo telégrafo, o traidor fora posto a caminho da represa sob escolta severa comandada por sobas do serviço secreto. Kanjika calculou que a chegada do renegado era questão de horas.

Observou o nível mui raso da água no reservatório da represa.

Após assumirem o comando da obra na ausência de José Trevoso, seus assistentes se recusaram a cumprir sua ordem de abrir as comportas de imediato.

Alegaram que o reservatório demoraria meses para se encher de novo.

Além disso, argumentaram, por mais que admirassem o antigo superior hierárquico, o índio douto já se havia passado desta para melhor. Portanto, não viam razão alguma para o desvario de esgotar a represa, ação que produziria atraso de monta no cronograma da obra.

Kanjika sentiu-se assaz irado com tamanha insubordinação. Chegou a ter os engenheiros sob mira dos fuzis dos soldados. Quase mandou fuzilá-los. Pero que nem assim aqueles dois bantos voluntariosos cederam.

O ancião de ébano suspirava exasperado só de pensar na dupla de teimosos. Engenheiros conseguem ser demasiado obstinados quando encasquetam com uma ideia. Assaz corajosos também, Kanjika viu-se forçado a admitir.

Num tom respeitoso, o tenente mais moderno do Ébano ponderou que, uma vez que o renegado ainda não havia sido capturado mesmo, talvez valesse à pena solicitar uma ordem expressa de Sua Negritude o Zumbi, a fim de poupar as vidas dos dois jovens brilhantes.

Algo contrafeito, pero que também satisfeito por se livrar do impasse, Kanjika por fim acedeu à sugestão.

Horas mais tarde, a resposta do zumbi chegou pelo fio do telégrafo.

Apesar dos resmungos, a dupla de engenheiros concordou em cumprir a ordem expressa do governante. Contudo, não resistiram a afirmar que tal absurdo iria constar do relatório que iriam submeter à Academia de Ciências.

As comportas permaneceram abertas por cinco dias.

Os prejuízos foram tremendos. Ainda mais que as rodas-d'água gigantescas já estavam quase prontas para serem instaladas e agora essa faina hercúlea só poderia ser retomada quando o reservatório estivesse cheio outra vez.

Kanjika sentia muitíssimo, pero que havia de ser como ordenara.

Apesar das críticas acerbas da Academia e da grita nos jornais do Macaco, de Subupira e de Salvador, o zumbi lhe prestou apoio incondicional.

Pois que havia demasiado em jogo e, tal qual Kanjika, o Zumbi Nzangu sabia perfeitamente o quão útil e crucial um filho-da-noite bem treinado nas artes da espionagem podia se tornar em certas situações arrevesadas.

✿✿✿

– Meu ganga, meu ganga! – O soldado chegou a gritar ofegante.

– O comandante da draga manda dizer que acredita ter encontrado o que Vossa Excelência lhe ordenou procurar.

Kanjika voltou a se debruçar na amurada.

Dali de cima, a draga parecia uma caixinha de madeira.

Vislumbrou meia dúzia de pontinhos escuros em volta da embarcação. Embora não conseguisse distingui-los, não lhe foi difícil imaginar o que eram.

Mergulhadores.

Suspirou acabrunhado. Se a manobra com a draga não resultasse, teria que ordenar que os almirantes da Armada lhe mandassem o tal protótipo do submarino. Torcia para que tal não fosse preciso, pois que não confiava naquela geringonça com seu casco de aparência frágil, conquanto os oficiais de Marinha afirmassem que aquele tipo de nave ainda iria modificar totalmente as estratégias da guerra naval.

Ouviu o ronco cavo do guincho a vapor da draga. O apito do barco soou num tom agudo insistente. O comandante determinava que os mergulhadores desafastassem.

Kanjika olhou em torno.

Por intuir o estado de espírito do soba do Ébano, o sargento do Exército que lhe fora designado como ordenança mantinha-se à distância prudente de doze passos, embora invariavelmente atento a qualquer ordem que o ancião pudesse emitir.

– Sargento Farofa! – Kanjika bradou. – Vosmecê acaso teria uma luneta dentro desse vosso estojo tão lustroso?

– Ganga, sim! – O banto mais jovem avançou em acelerado, a desabotoar os cordões do estojo de couro. Quando já se encontrava quase junto ao soba, eis que logra enfim sacar o cilindro oblongo que o outro desejava. – Acá está, Excelência.

– Obrigado. – Kanjika tomou a luneta das mãos solícitas do sargento e a assestou em direção à draga lá embaixo.

Observou o guincho erguer um volume pesado no formato de um caixão.

Tinha que ser isto!

O misturador remexido, a betoneira despencada, as marcas e pegadas no barro e no cascalho da cena do crime...

Maldito João Anduro!

Faria aquele mestiço de merda pagar até a última gota!

Custasse o que custasse.

˜°∘○∘°˜

Já se passara uma semana desde que João fora trazido de volta à vila dos operários do canteiro de obra da represa.

Desde então fora mantido incomunicável no porão da casa que fora ocupada pelo filho-da-noite.

Não entendia por que não o matavam logo.

Exceto por meia-dúzia de sopapos e pernadas, aplicados quando tentou resistir à captura, sequer o espancaram.

Não tinha, é claro, acesso ao Círculo de Ébano e os mbundos do serviço secreto que o mantinham encarcerado não sabiam ou não queriam lhe dizer cousa alguma.

Temia por seus filhos e por sua esposa, Uteke.

O que seria de sua família quando dessem cabo dele? Seriam seus parentes influentes capazes de protegê-la da desgraça? Esperava que a desgraça que decerto o aguardava não estendesse seu manto de opróbrio sobre Uteke e as crianças; De qualquer modo, sentia-se sereno para enfrentar a tortura e a morte.

Pois arte alguma que seus pares pudessem obrar seria capaz de trazer o Mal de volta para assombrar Palmares.

֍

Não sabia o que pretendiam fazer consigo.

Certa noite amarraram-no com cordas de cânhamo espesso a uma das escoras que sustentavam a laje do porão.

Por mais que insistisse, não logrou arrancar mais do que uns parcos olhares de desprezo por parte de seus captores.

Foi largado sozinho amarrado no escuro por um período de tempo que lhe pareceu enorme.

Então, finalmente, ouviu o ruído de passos arrastados, semelhantes aos de mbundos carregados com um peso considerável.

Piscou os olhos ante o fulgor dos candeeiros trazidos pelos recém-chegados quando esses abriram a porta maciça do porão.

Mais passos se aproximaram. O som de algo a ser arrastado chegou mais perto.

Quando conseguiu abrir os olhos percebeu que todos os outros nove membros do Círculo de Ébano estavam à sua volta.

Com um gesto peremptório, Kanjika ordenou que os quatro agentes do serviço secreto se retirassem.

João constatou a presença de um esquife de ébano cuja tampa lavrada em alto-relevo com o brasão da organização luzia por trás das pernas de seus antigos pares.

— Mestre, eu careço explicar...

— Cale-se, maldito! — Kanjika vociferou a ordem em meio ao tremor de ódio. Enfim recuperou o fôlego e logrou pronunciar de forma mais controlada. — Vosmecê talvez tenha arruinado aquele que jurou defender com a própria vida. Nada mais justo, portanto, que agora sacrifiquemos vossa existência imprestável para tentar reverter o malefício que nos trouxe.

— Não adianta, meu ganga. Pois que já estudei os registros arcanos de fio a pavio. — Mesmo ante a perspectiva do flagelo, João não conseguiu segurar o riso de satisfação. — Acredite quando eu falo, não há sangue no mundo que possa trazer aquele monstro de volta à vida.
— Isto é o que veremos. — O sorriso enigmático que dançou por instantes nos lábios do soba toldou o brilho fanático dos olhos do renegado. — De qualquer modo, manteremos nosso juramento até o fim. Se nada de concreto resultar, decerto que perderemos o propósito de nossas vidas, pero ao menos teremos usufruído da vingança que tanto almejamos.

Mufaia virou-se para o soba e segredou-lhe algo no ouvido.
— Muito que bem. Prepare os outros, pois. — Com um olhar frio ao traidor, Kanjika acrescentou — Tragam o menino primeiro.
— Mestre, o que Vossas Mercês intentam fazer?
— Vosmecê não tardará a descobrir. Abram o féretro.

Da escora onde fora amarrado, João não logrou enxergar o que havia dentro do esquife quando removeram a tampa de madeira negra com o brasão do Ébano destacado.

Quatro agentes se posicionaram na cabeceira, ao pé e nas laterais do ataúde. Giraram o que João supôs que fossem engrenagens aparafusadas com borboletas, pois que o fundo começou a se elevar até que, um minuto mais tarde, vislumbrou o cadáver macilento e ressequido do filho-da-noite.

João não teve dúvidas. O monstro estava morto e iria permanecer assim.

Ao que parecia, o betão lhe escavara sulcos nas mãos e faces. Não obstante os esforços notáveis decerto empreendidos pelos agentes no afã de arrancá-lo do sepulcro de betão, ainda havia resquícios da substância estranhados na cabeleira, nas linhas do rosto e entre os dedos grossos da criatura.

A monstruosidade trajava apenas ceroulas.

As pernas e o tronco desnudos quase não apresentavam danos. Por certo que o casacão, as calças e as botinas lhe protegeram o corpo da corrosão provocada pelo contato íntimo e prolongado com o betão.

O cadáver se assemelhava à múmia de um indígena andino que vira certa feita em criança no Museu da República no Macaco. Um fóssil milenar.

Em meio à camada de sujidade esbranquiçada que ainda lhe recobria o tronco, não conseguiu distinguir as perfurações dos projetis do seu revólver.

Não houve tempo para cogitar sobre o assunto, pois que a porta do porão se abriu de chofre e o pequeno João Fernandes correu para o interior do aposento e, aos prantos, agarrou-se às suas pernas firmemente peadas na escora.

– Papai! Papai! – O garoto de cinco anos ergueu a cabeça e fitou o pai com olhos assustados. – O que esses mbundos malvados estão a fazer com o ganga?

– Joãozinho! – O renegado engoliu em seco ante o olhar desamparado do filho caçula, único varão, amimado pela mãe e as quatro irmãs mais velhas. – O que vosmecê faz acá?

– Esses mbundos maus me pegaram, papai! – O timbre agudo da vozinha infantil trouxe lágrimas que João pelejou para não verter.

– Pegaram a mamãe e as manas também...

João fitou o rosto lívido do soba de ébano.

– Por piedade, meu ganga, que minha angana e meus filhos são inocentes. Se acaso cometi algum malfeito, eles não têm culpa, pois que ignoravam meu intento por completo.

– Sabemos que sua esposa e seus filhos não compactuaram com vossa traição. – Kanjika reconheceu em tom funéreo. – Ocorre, todavia, que nosso protegido carece de sangue por demais. E vosmecê carece da punição à altura do malefício perpetrado. Um castigo exemplar para servir de inspiração às futuras gerações.

– Não, Mestre! Meus filhos, não!

– O Ébano não comete atos de crueldade gratuita – Kanjika replicou. – Tão pouco somos torturadores de crianças. Portanto, prometo que seus filhos e sua angana não sofrerão qualquer dor.

Ao proferir a promessa, o ancião gesticulou ao agente que se postava junto ao garoto que se mantinha agarrado às pernas do pai.

O agente tomou a cabeça da criança entre as duas mãos. Num golpe rápido, torceu-lhe o pescoço. O estalo seco ecoou no silêncio sepulcral do aposento para contar a João que o filho caçula estava morto.

Fechou os olhos com força. Porém, de nada adiantou, pois as lágrimas jorraram copiosas por entre as pálpebras cerradas. Sentiu que afastavam os braços de Joãozinho do amplexo derradeiro que o menino mantivera consigo.

— Abra os olhos, mbundo. — Segundo no comando do Ébano, o Coronel Zabumba rosnou baixinho junto ao seu ouvido. — Mantenha os olhos bem abertos para enxergar o que faremos a seguir. Caso contrário, não seremos tão misericordiosos com vossas filhas. Mesmo de olhos fechados, vosmecê ouvirá os gritos.

Com as maçãs do rosto banhadas em lágrimas, cumpriu o que o coronel ordenou.

Horrorizado, constatou que o corpo de Joãozinho fora amarrado pelos pés na ponta de uma corda comprida. A outra extremidade foi lançada por sobre a trave do teto que passava acima do esquife.

Deus do Céu! O que esses celerados almejavam fazer com seu filho?

Como que em resposta, Kanjika sacou o alfanje de ouro do casaco.

O alfanje do qual falavam as crônicas sobre o Ritual...

Pero que não podiam estar a planejar...

Um agente puxou a corda, até que o corpo de Joãozinho subiu e se pôs de ponta-cabeça cousa de um metro acima da carantonha do monstro.

O soba de ébano caminhou até o centro do porão.

— Vossas Mercês sabem que o procedimento que estamos prestes a dar início jamais foi posto em prática. Portanto, ignoramos se resultará. — O ancião ergueu o alfanje diante do rosto com ar solene. — Contudo, o manuscrito onde aprendi o que ora iremos executar foi redigido pelo punho de Andalaquituche, aquele que melhor conheceu os fatos e as cousas relativas aos filhos-da-noite. Nosso patrono, que muitos dentre nós julgam ter sido o mais sábio dos mbundos que já andou por estes Brasis afora, sugeriu este método como medida extrema, para os casos de mor desespero, que ele próprio esperava jamais vir a surgir.

Assim que concluiu sua fala, o ancião brandiu o alfanje num gesto rápido e preciso.

O filete grosso esguichou da goela aberta da criança.

— Movam o féretro, rápido. Pois que não pretendo desperdiçar uma só gota.

Assim instruídos por Kanjika, três agentes arrastaram o esquife até posicioná-lo a contento.

Sem se preocupar com a chuva vermelha que se derramava sobre seus ombros, outro agente abriu a bocarra do cadáver inumano, cujas faces já estavam encharcadas de sangue. Com delicadeza e precisão assombrosas, em meio ao jorro rubro que lhe empapava as mãos, um quinto agente obrou para introduzir um funil curvo garganta abaixo.

Logo o sangue da criança fluía para dentro do funil de couro e dali para as entranhas cadavéricas do filho-da-noite.

— Observe bem, João. — Zabumba sussurrou ao pé do ouvido do renegado. A cicatriz fina provocada há décadas pela garra do filho-da-noite pareceu pulsar com vida própria, mas devia ser tão-somente impressão. — Perceba como o sangue de sua prole ajudará a trazer nosso protegido de volta ao mundo dos vivos.

João mordeu os lábios para não gritar. Com gosto do sangue na boca, não ousou cerrar as pálpebras.

Depois de Joãozinho, houve Imaculada, Maria Escura, Watoto e Arapose, sua primogênita.

Todavia, Kanjika cumpriu a promessa. Em momento algum os agentes exibiram crueldade ou desrespeito para com as crianças.

Se por um lado, obrigaram o pai a assistir a imolação dos próprios filhos, fizeram questão de remover os cadáveres exangues do aposento para ocultá-los das vistas da irmã mais velha que entraria a seguir.

Quando chegou a vez de sua doce menina-moça Watoto, o esquife já se encontrava repleto. O cadáver do filho-da-noite jazia imerso no sangue viscoso da descendência de João Anduro.

Arapose não chorou. Tão somente fitou o pai com olhos tristonhos e pronunciou do alto da experiência dos seus dezoito anos:

— Eu te perdoo, papai.

Então se dispôs no sítio adequado, de modo a facilitar a lida do verdugo.

Com sua angana, a história foi assaz diferente.

Em deferência a sua estirpe elevada, os agentes de ébano não lograram se furtar à exigência de Uteke para que explicassem o motivo pelo qual ela e os filhos haviam sido arrancados na calada da noite do amplo solar onde residiam em Subupira e trazidos à sorrelfa e contra a vontade até a represa portentosa que a República erigia no Grande São Francisco.

Ciente dos fatos, sua angana entrou no porão a correr e gritar esbaforida.

— Maldito! Maldito! — Ao alcançar o marido, esmurrou-lhe o peito suado seguidas vezes com os punhos escuros e delicados. Até que se quedou sem forças e caiu a seus pés, entregue a um pranto soluçado. — Vosmecê assassinou nossos filhos! Arruinou nossa honra! Extirpou nossa família...

— Por tudo que é mais sagrado, poupe-a, meu ganga. — João lançou um olhar de súplica a Kanjika. — Não é por minha vida que eu peço. Mas poupe ao menos Uteke.

O soba fez um gesto discreto ao verdugo.

Com olhar velado, o banto que já perpetrara o assassínio das cinco crianças assentiu. Avançou um passo e torceu o pescoço formoso da mbunda.

Ao ouvir o estalo das vértebras que se rompiam, João rosnou a plenos pulmões:

— Cães do inferno! Vosmecês são mui piores do que o monstro de quem dei cabo. Pois que ele ao menos precisava do sangue que vertia e jamais fez mal a crianças inocentes.

— Amordace o traidor. — Kanjika ordenou com voz cansada. Brandia o alfanje sangrento no ar com expressão pesarosa, enquanto observava o agente laçar o cadáver da mbunda pelos calcanhares. — Pois que a provação dele e a nossa lida ainda não findaram.

Quando o sangue de Uteke já fluía há certo tempo em cima o corpo do filho-da-noite, Mufaia se ergueu do esquife sobre o qual se debruçara num de seus exames periódicos ao cadáver do protegido.

— Meu ganga... — Ele murmurou com voz trêmula.

O soba de ébano vislumbrou um laivo de esperança no brilho dos olhos do tenente cujas faces brilhavam salpicadas de sangue.

— Fale, Mufaia. — Kanjika se inquietou, quiçá temeroso de se deixar iludir. — Desembuche logo, mbundo!

— Não tenho certeza, pero que julgo que... — O agente se interrompeu sem conseguir externar a opinião.

— Coragem! — O soba incentivou. — Diga lá o que julga ter visto.

– Creio que nosso protegido está a respirar...
– Tonga, rápido, o espelho!
O banto mais jovem sacou o espelho minúsculo da algibeira e avançou em direção ao féretro de Dentes Compridos.
Agachou-se diante do corpo inerte do filho-da-noite e postou o espelho junto suas narinas sangrentas e dilatadas.
– Tapem a goela da angana. – Kanjika ordenou. – Pois que ainda vamos carecer desse sangue todo mais tarde.
Tonga não chegou a verificar se o protegido estava de fato a respirar, porque quando se curvou para examinar o oval diminuto do espelho, eis que Dentes Compridos produziu uma tosse mui débil.
– Removam esse funil, agora. – O soba decretou com um sorriso cansado. – Rápido! Antes que ele se engasgue com o tubo.
Em meio a murmúrios de júbilo, ao notar que João choramingava desalentado, Zabumba soltou uma risada de escárnio antes de comentar:
– Pois é, meu caro. Vosmecê traiu a Pátria, renegou seu juramento e se tornou responsável pelo passamento das pessoas que vosmecê mais amava. – Zabumba sorriu, satisfeito ao perceber que os outros agentes se voltaram para prestar atenção no que falava. – Todo esse desatino para quê? Ao fim e ao cabo, eis que logramos reavivar nosso aliado.
João tartamudeou algo incompreensível.
Zabumba consultou Kanjika com o olhar. O soba assentiu.
O coronel arrancou a mordaça à boca do traidor.
– Fracassei... – João reconheceu entre soluços. – Almejava livrar Palmares da influência do Mal, pero falhei.
– Mbundo vil! Fizeste o quanto pudeste para prejudicar os interesses mais elevados da República. – Kanjika caminhou à volta da escora em que o traidor jazia amarrado. Admoestou-o em tom de pai severo, destruído por dentro pela decepção com os malfeitos perpetrados pelo filho. – Se mais tivesses podido, mais terias obrado para obliterar nossa causa.
– Nada mais importa, agora. Imploro que acabem logo comigo.
Ritos cruéis brincaram nas faces de vários agentes de ébano.
O soba permaneceu sério quando por fim decidiu explicar:
– Não será tão fácil assim se evadir de vosso destino. Como afirmei

no início, vosso sangue e o de vossa família devem ser usados para reparar o malefício que vossa traição causou à Pátria. Vossa angana e vossa prole já cumpriram a parte deles. Quando nosso protegido despertar, caberá a vosmecê cumprir a vossa.

— Se eu bem conheço nosso amigo, — Zabumba abriu o sorriso, — Dentes Compridos sentirá imenso prazer em delibá-lo aos pouquinhos.

— Não! — João se debateu nas cordas de cânhamo, num urro impotente.

Pero que assim foi.

Unidade em chamas
Jorge Candeias

1

As passarolas erguem-se da lezíria, lentas e imponentes, uma atrás da outra. É um espetáculo inédito: nunca tantas passarolas haviam descolado ao mesmo tempo, nunca tantos balões, aletas e cascos pintados em desenhos irregulares azuis e brancos se haviam visto a flutuar no ar calmo do Verão de São Martinho. Sidónio não pode ver por completo esse espetáculo: ele vai-se desenrolando a todo o seu redor e a longa formatura de que faz parte não lhe permite mais do que um olhar de soslaio por baixo da continência, um movimento imperceptível de cabeça, um desfocar de olhos para prestar atenção à visão periférica. Mas ouve-o. O ranger das cordas e o ruído oco das alavancas de bambu, os gritos de gaivota dos mestres de manobra, as ordens imperativas dos oficiais e, acima de tudo, o crepitar das chamas a devorar o carvão e o silvo dos gases a sair em turbilhão dos recipientes onde são guardados sob pressão, para irem encher os pequenos balões auxiliares que rodeiam o comprido conjunto principal de balões enclausurados numa rede, onde o brasão nacional e o do Corpo sobressaem discretamente da camuflagem aérea. O gás secreto, sem o qual provavelmente não existiriam passarolas, fornecido em exclusivo a El-Rei pelas oficinas Gusmão que se estendem mesmo em frente, do outro lado de um rio incaracteristicamente vazio das embarcações que noutro dia qualquer já o teriam enchido de cor e movimento, num longo complexo de edifícios baixos dominado pelo grande barracão principal e, claro, pela capela. O gás que, por tudo isso, é conhecido no Corpo como Gás Gusmão.

São sons que Sidónio conhece bem. Pertence ao Corpo Aéreo há quase dois anos, depois de ter sido arrancado à aldeia pelos recrutadores do Conde de Alvor. Um arrebanhar de rapazes e homens mais novos, mesmo que já casados, algumas perguntas feitas por um homem de fala estranha, um subordinado qualquer vindo de alguma ilha, talvez mesmo colônia, e um papel rabiscado entregue aos pais, lamurientos porque é esse o papel que a condição de pais lhes atribuiu, mas secretamente aliviados por terem menos uma boca a alimentar. O papel lá se há de encontrar na aldeia, guardado na caixa das preciosidades da família junto do crucifixo e dos brincos que a mãe usou uma única vez no dia do casamento, sem que nunca nenhum dos seus membros o tenha lido, embora a mãe talvez tenha pedido ao padre ou ao senhor Francisco, escrivão do regedor, que lhe traduzisse os rabiscos em algo que pudesse entender. Sidónio também já sabe o que contém. Primeiro disseram-lho, e, mais tarde, ler e escrever papéis daqueles fez parte do que aprendeu antes de pela primeira vez pôr os olhos numa passarola.

Do muito que aprendeu naqueles dois anos. Do *mundo* que aprendeu naqueles dois anos.

A formatura prolonga-se. Sidónio está entre os cadetes, lá para trás, mas não é por isso que pode relaxar a postura, pois não há espetáculo de passarolas que distraia o sargento Lopes da sua fúria controleira e ele ali está, olho de lince a espreitar por entre as fileiras de homens (ali são homens mesmo que não passem de rapazes) em busca de um erro, de uma vacilação, de um queixo que descaia em espanto ou maravilha. As passarolas erguem-se no ar, dançam umas com as outras para rumarem a oriente na formação que os caprichos dos ventos cruzados e das camadas atmosféricas permitam, batem as longas barbatanas que lhes fornecem ao mesmo tempo impulso e manobrabilidade, fazendo lembrar gigantescos peixes aéreos a quem a natureza tivesse dotado de duas barbatanas de cada lado em vez de uma apenas, e começam a diminuir de tamanho e a sumir-se por entre os cúmulos disseminados pelo céu.

A dada altura, que a Sidónio não parece em nada diferente de qualquer outra, o comandante dá ordem para descansar, o que significa apenas que soa um grito e a continência se desfaz, soa outro e as mãos se cruzam atrás das costas ao mesmo tempo que a perna direita se desloca para o lado. Largas centenas de homens a dar meio passo para a direita quase em uníssono soam como o vento a fazer bater as velas numa falua de transporte. Mesmo que esses homens nada tenham de robustos, que sejam homens que em qualquer outro corpo das forças armadas seriam liminarmente recusados, que sejam magros, franzinos, até alguns anões com as suas cabeças descomunais apoiadas em precário desequilíbrio sobre umas pernas raquíticas que não parecem poder ter força suficiente para as suportar. Sidónio sabe que faz parte daquilo que, por todo o reino, é conhecido com uma considerável dose de escárnio como o Corpo dos Minorcas. Mas não se importa, muito pelo contrário. Sente orgulho de poder dizer que anda nas passarolas, embora na verdade nunca tenha feito mais do que voos de treino, curtos e sob supervisão atenta de passarolistas mais experientes. Sente orgulho de tudo o que aprendeu, de todas as coisas que viu e com as quais nunca sonhara enquanto vivera, na aldeia, uma vida que julgara ser razoavelmente feliz, mas que agora olha como terrivelmente limitada. Sente especial orgulho de se sentir respeitado pela sua agilidade mental, pela forma como a sua curiosidade e amor pela novidade o leva sempre a ir um pouco mais além e mais depressa do que quase todos os outros. E sente orgulho porque sabe que El-Rei conta com as passarolas para a defesa do reino. O que significa que El-Rei conta com ele, Sidónio, e com os seus camaradas. Que os acha importantes. Que os vê como fundamentais.

Que importa, pois, que os pobres de espírito trocem dos "minorcas"?

Contudo, nem todos os camaradas pensam como ele. Alguns ressentem-se do escárnio que homens mais robustos dirigem aos pequenos passarolistas. Outros ressentem-se também, ou talvez principalmente, do fato de não existir, em todo o reino, da metrópole à mais longínqua colônia, corpo militar em que a posição social de nascimento tenha menos importância. Um homem com as origens de Sidónio, em qualquer um dos outros ramos, só poderia almejar a algo mais do que a mais humilde das patentes caso cometesse feitos extraordinários de bravura cuja autoria nenhum oficial fosse capaz de usurpar e, mesmo assim, só após ter recebido uma baronia por édito régio. No Corpo Aéreo, não. No Corpo Aéreo, um nascimento nobre é equilibrado pela competência técnica no manejo das passarolas quando toca a subir na hierarquia e há homens como Sílvio Évora ou Camilo Ferreira, que de simples filhos de agricultores, que na verdade nunca deixaram de ser, conseguiram ascender a Capitão de Ar e Guerra devido ao seu pioneirismo e extraordinária competência. São os heróis semissecretos de Sidónio e de todos os seus pares. E são, além disso, ativamente protegidos pelo Paço, particularmente pelos conselheiros de El-Rei mais próximos dos Gusmão, o que muito enfurece parte dos nobres do Corpo.

Um destes últimos passeia-se naquele momento de um lado para o outro, mãos enluvadas atrás das costas, espadim a retinir nas botas impecavelmente lustrosas, à frente da fileira onde Sidónio aguarda. O pai de Leandro Rodrigues é barão de Vale Covo e *Dom* Leandro, como insiste em ser tratado, embora saiba que o baronato do pai não é hereditário, ou talvez por isso mesmo, odeia com todas as suas forças todos os que considera seus inferiores na hierarquia social, mas muito em particular aqueles que conseguiram conquistar para si próprios uma posição superior à sua na hierarquia militar. Por extensão, odeia com igual zelo aqueles que são vistos como mais promissores e não perde uma oportunidade para rebaixá-los, denegri-los, insultá-los ou, como ele próprio costuma dizer, "pôr a bota em cima dos cagalhões".

Não prima pela boa educação, aquele Leandro.

Sidónio é um dos "cagalhões" e um tênue sorriso aflora-lhe aos lábios ao pensar agora nisso. Porque também o fato de ser um dos "cagalhões do Rodrigues" lhe causa orgulho. E por isso Sidónio olha-o de sorrisinho sardônico nos lábios, vendo-o a passear-se na sua frente com um ar impaciente e aborrecido, e interroga-se sobre o que fará aquele homem quando chegar a hora de ser posto realmente à prova, de enfrentar o inimigo cara a cara, de juntar forças aos camaradas para conquistar a vitória e, se possível, a sobrevivência vitoriosa. Revelar-se-á realmente um homem, ou acobardar-se-á, escondendo-se atrás dos seus desprezados "cagalhões" sob o pretexto de ser um oficial e, portanto, a sua vida ser mais valiosa do que a de reles passarolistas rasos e cadetes?

Sidónio vê-o parar e erguer a cabeça, e segue-lhe o olhar. Uma falua sobe rapidamente o Tejo, empurrada pelo vento e pela maré e, enquanto começa a arriar as velas triangulares, vira de bordo na direção do ancoradouro e começa a reduzir a velocidade. Cabos são atirados para terra, homens pegam neles, entre gritos, e põem-se a puxar, atraindo a embarcação para a posição certa, após o que a amarram solidamente no lugar, já de mastros nus e a mostrar a ponta da prancha de desembarque, tudo feito com a rapidez e eficiência de pessoal muito bem treinado.

O desembarque é igualmente rápido, mas Sidónio fica espantado com o que vê sair do barco. Pretos, largas dezenas deles, todos vestidos com o mesmo uniforme que Sidónio enverga, de mochilas às costas e em formação ordenada. Outra falua surge entretanto, e mais uma, e Sidónio estica o pescoço porque lhe parece ver mais um punhado de pontas de mastros a espreitar por cima da caserna, mas depois volta a olhar em frente, porque outra nuvem de passarolas começa a erguer-se dos terrenos das oficinas Gusmão. Nesse momento algo se encaixa no cérebro de Sidónio, um mistério que o vinha assaltando, e aos colegas, ao longo do último mês: o que significa o movimento constante na outra margem do rio, a frenética chegada e partida de gigantescas barcaças a vapor que eram sistematicamente descarregadas durante a noite, e a visita ocasional de um chinês à base, apresentado apenas como "o capataz". Isto oficialmente, pois entre os homens não há cá capatazes: quem não falasse dele como "o chinoca", chamava-lhe "o amarelo".

Sidónio compreende agora que as oficinas Gusmão tinham estado a fabricar mais passarolas em ritmo acelerado, que as barcaças deviam trazer grandes carregamentos de madeira, bambu, corda e tela, e talvez também minérios vários e as outras coisas que são necessárias para fabricar os queimadores, os balões auxiliares e talvez, quiçá, o próprio gás.

E o que isso quer dizer é que se passa mesmo qualquer coisa em grande, afinal de contas.

Há boatos, claro, mas é impossível tirar deles algum sentido, de tal forma se contradizem nos seus pressupostos básicos. Uns afirmam a pés juntos que a guerra que se trava há anos na Europa transpirenaica está prestes a terminar, com um resultado que não agrada a El-Rei. Outros dizem que, pelo contrário, a coisa recrudesce, já há também otomanos metidos ao barulho e apelos vindos do próprio

Papa para que se desencadeasse uma nova Cruzada contra os infiéis maometanos, o que significa que, com toda a probabilidade, o Corpo irá ser enviado em breve para África, a fim de tentar reconquistar as antigas praças em Marrocos e por aí abaixo até à Guiné, chegando mesmo, talvez, a penetrar profundamente Magrebe adentro. Outros falam dos franceses, mas não dizem coisa com coisa; que propuseram a El-Rei uma aliança contra os espanhóis e El-Rei ou aceitou ou recusou, que já invadiram Espanha e estão prestes a conquistá-la, que já a conquistaram e estão na fronteira, que se aliaram aos espanhóis para conquistar Portugal, que já andam por Trás-os-Montes, que pelo contrário atravessaram o Guadiana lá em baixo, no Reino do Algarve, que houve ataques das mais variadas origens numa miríade de pontos ao longo da costa, ou até mesmo nas ilhas e nas colônias, enfim, uma tal confusão de histórias desencontradas que é impossível separá-las entre as falsas, as prováveis, as possíveis e as verdadeiras.

Mas uma coisa é certa: algo de grande se passa.

Sidónio não tira os olhos da borda de água, enquanto falua atrás de falua atraca e daquela verdadeira frota vão saindo fileiras e fileiras de pretos vestidos com o uniforme do Corpo Aéreo. Como Sidónio, os colegas mostram-se estupefatos. Não são uma nem duas as bocas abertas e os olhares fitos e razoavelmente esgazeados. Murmura-se nas fileiras, mas ninguém tem respostas a dar. Estupefatos também se mostram os oficiais, ou pelo menos aqueles cujas caras Sidónio consegue ver dali. Leandro Rodrigues, esse, tem na cara magra uma expressão furiosa e conversa em voz baixa com um tenente seu amigo, também ele nobre, filho de um baronete qualquer da zona de Aveiro.

Aquilo prolonga-se e Sidónio começa a reparar que nem todos os homens que vão formando junto ao rio são pretos. Também se veem aqui e ali peles mais claras, ou brancas de todo. Talvez cheguem a um quinto os homens que se destacam da multidão pela menor escuridão das feições, o que, paradoxalmente, consegue aumentar ainda mais a estranheza de tudo aquilo. De onde saiu toda aquela gente, todos aqueles homens que aparentemente são também membros do Corpo Aéreo? É óbvio pela postura e pela disciplina da formatura que tinham tido treino militar, que não são recrutas arrebanhados à pressa para preencher as fileiras, mas, tanto quanto Sidónio e os colegas soubessem, a base do Corpo Aéreo é aquela, ali à beira-Tejo, mesmo em frente das oficinas Gusmão que lhe fornecem todo o equipamento militar sofisticado, e não há mais nenhuma. De vez em quando uma ou outra passarola parte em patrulha ou em missão, para aqui ou para ali, demorando por vezes longos meses a regressar, e não é invulgar que só se saiba com que destino depois do regresso, ou mesmo que as tripulações cheguem a casa sujeitas a segredo. Toda a gente sabe o que quer dizer a frase "artigo dezasseis" com que nessas ocasiões se responde às perguntas inoportunas, e ninguém insiste. Mas toda a gente se conhece, toda a gente partilha as mesmas casernas, toda a gente se reúne nas formaturas. No Corpo Aéreo só há rostos desconhecidos na época da recruta, e um mês mais tarde deixa de haver. A camaradagem é norma, pelo menos entre os cadetes e os passarolistas de sargento para baixo.

Mas, pelos vistos, não é bem assim. E, ajuizando pela reação dos oficiais, nem eles fazem a menor ideia de quem são aquelas centenas de homens que agora parecem ter finalmente acabado de chegar. As passarolas vindas da outra margem do rio também estão a chegar, pousando com leveza na extensão plana e irregularmente arrelvada de lezíria que a isso se destina, e delas começam a sair equipagens reduzidas de civis, que sobem para carroças e são levados para o cais a fim de serem embarcados de volta para a outra margem. Funcionários das oficinas Gusmão, que nunca chegam perto o suficiente para que Sidónio lhes consiga ver as feições.

É então que um pequeno grupo de homens a cavalo sai a trote do pequeno fortim caiado de branco que é conhecido como a Capitania. Sidónio reconhece imediatamente a farda de quem vem à frente, uma farda imponente que consegue disfarçar, até certo ponto, a pequena estatura do cavaleiro, mas não o suficiente para que ele evite parecer algo deslocado em cima do seu magnífico garanhão branco, cavalo caro e da melhor linhagem, puro sangue lusitano. É a terceira vez que Sidónio vê o comandante do Corpo Aéreo, o Almirante Ganço em pessoa, e a primeira em que lhe surge à frente numa ocasião inesperada e suficientemente informal para que ninguém traga vestida uma farda de cerimônia. O grupo inclui outras figuras de topo da hierarquia do Corpo Aéreo, cuja origem social é evidenciada pelo à-vontade com que se deixam transportar pelos animais, ou pela sua ausência. Mas Sidónio não tem tempo para ver exatamente quem está incluído no grupo, pois o sargento Lopes lança um berro de *SEEN-TIDO!* e ele tem de se endireitar, olhar rigorosamente em frente, levar a mão à testa e procurar não mover um músculo, incluindo os dos olhos. O grupo de cavaleiros depressa lhe surge no campo de visão e com igual rapidez desaparece, dirigindo-se, tudo o indica, à beira-rio.

Sidónio rouba suficientes olhares rápidos nessa direção para ver que o almirante desmontou e passa uma revista às tropas, lentamente, parando de vez em quando para falar com este ou com aquele. A distância é demasiada para ver expressões, mas a revista parece estar a correr bem, sem aqueles reparos mais ou menos humilhantes ao aprumo ou à limpeza das fardas que é comum acontecerem naquelas situações. Sidónio repara também numa coisa em que não reparara antes, que ao lado do almirante segue um homem que não viera com ele. Um homem cuja atitude é a de um comandante de pelotão que exibe os seus homens a um superior hierárquico, demorando-se junto dos soldados que lhe causam mais agrado para lhes enaltecer as qualidades e detalhar as proezas, fazendo os possíveis por passar depressa ao seguinte quando o homem que é alvo da atenção do superior não lhe merece particular confiança.

E esse homem, tal como a maioria dos seus subordinados, é preto.

Sidónio deixa que a boca se lhe entreabra de espanto e fecha-a rápida e firmemente quando vê Lopes a olhar para si de cenho franzido. Mas o espanto mantém-se.

Nunca sequer imaginara que um dia veria coisa assim.

Na aldeia, não havia pretos, claro, mas havia histórias sobre eles. Anedotas, principalmente, e histórias mais ou menos escabrosas, em que eram invariavelmente retratados como gente primitiva e estúpida, claramente inferior aos brancos em tudo menos na força física. Sidónio crescera entre histórias de escravos e selvagens que viviam na floresta, entre macacos e que eram pouco mais humanos do que eles. Tinham sido essas histórias escutadas na infância e juventude a solidificar em si uma imagem das gentes de pele escura. Ao vir para o Corpo, essa imagem em nada se alterara pois, embora já não existissem escravos no reino, nem pretos nem de outra cor qualquer, os únicos, e raros, pretos que encontrara desempenhavam funções das mais baixas e desprestigiadas da escala social. O homem que tinha como função cavar as covas no cemitério da base, por exemplo, e lavar os cadáveres antes do cangalheiro os preparar para o enterro, era preto. Também eram pretos cerca de metade dos homens que esvaziavam as latrinas da base três vezes por semana. A messe dos oficiais tinha uma criada preta, que passava a vida encafuada na cozinha e raramente era vista. E era só. Não havia mais.

De modo que ver agora todos aqueles pretos enfileirados em disciplinada formatura, elevados não só à dignidade de soldados, como de membros do Corpo, e ainda por cima chefiados por outro preto que age junto do Almirante Ganço com a naturalidade do homem certo no sítio certo, precisamente como agiria se fosse um comandante branco com toda a legitimidade de estatuto de raça para estar ali e a fazer aquilo, é um tremendo choque para Sidónio.

E não só para Sidónio. Alguém, atrás de si, resmunga:

— Mas que merda é esta?

O sargento Lopes ouve e franze mais o sobrolho, passando os olhos pelas fileiras, sem conseguir identificar quem falara, mas deixando bem claro que não irá tolerar mais quebras à disciplina do mesmo gênero. Debalde, pois surge um risinho abafado vindo de algures à esquerda de Sidónio e logo outro mais para trás. Lopes avança como touro desembestado e põe-se em frente daqueles homens, trespassando-os com o olhar. Em outras circunstâncias já estaria aos berros, fazendo chover insultos sobre todo o pelotão, mas é óbvio que não quer chamar a atenção para si e para os seus e procura controlar os ânimos o mais discretamente que lhe é possível. Consegue. O silêncio e a imobilidade regressam às fileiras e, tal como os camaradas, Sidónio perde a vontade de roubar olhares à formatura dos pretos e desfoca os olhos em frente, esvaziando a cabeça de tudo o que não seja a simples monitorização automática do som ambiente, não vá dar-se o caso de surgir de repente alguma ordem a cumprir.

Passa-se algum tempo em que nada parece acontecer. Depois, o campo de visão de Sidónio começa a ser invadido por oficiais a pé, seguidos pelos respectivos cavalos, trazidos pela arreata por subordinados. Os oficiais de baixa patente do Corpo acorrem a prestar-lhes vassalagem. O Almirante Ganço conversa em voz baixa com um, depois com outro, de seguida com um homem com o uniforme de Capitão de Ar e Guerra que está de costas para Sidónio mas que este mesmo assim reconhece pela postura: Sílvio Évora. O preto também lá está, e não é o único. Sidónio observa-os com curiosidade. Mas não tem tempo para um exame atento, pois são dadas ordens ao sargento, o qual faz continência e se vira para a formatura.

– *FORMAR EM VAZIO!* – berra. É uma ordem rara, que normalmente só é dada quando há poucos passarolistas presentes na base e há que impressionar algum figurão de visita criando uma falsa impressão de abundância de efetivos. Significa formar com um espaçamento duplo do habitual entre os homens, o que é fácil de fazer quando não existe formatura prévia, mas que causa atrapalhações e tropeços quando existe e há que expandi-la, sem que os homens das pontas saibam exatamente até que ponto.

Nada, porém, que alguma paciência não resolva, e quando a nova formatura fica composta, o comandante preto vira-se para os seus homens e grita uma ordem, num berro impressionantemente sonoro mas cujo significado Sidónio não consegue entender, envoltas que estão as palavras numa pronúncia que não lhe é familiar. Sidónio ouve um tropel de passos e pouco depois começa a ver soldados passar em corrida por si para irem formar nos interstícios abertos pela formatura em vazio. É com rapidez que as duas formaturas se fundem numa só e Sidónio espreita, curioso, os novos vizinhos. O da esquerda é muito baixo, com umas feições regulares e olhos que mesmo vistos assim de perfil e pelo canto do olho parecem vivos, enquanto o da esquerda é alto, bastante maior do que Sidónio, mas magríssimo, como se não comesse mais do que uma vez por semana. Nas filas da frente, os pretos mostram o mesmo tipo de características genéricas e variabilidade dos passarolistas normais: quase todos baixos e magros, um ou outro anão, raros homens mais altos mas mais magros do que a média, nenhum que se possa considerar robusto. De costas pareceriam iguais aos outros, se não fossem as carapinhas a espreitar por baixo da maioria dos tricórnios e a pele escura dos pescoços que se projeta com um orgulho indisfarçado das golas das jaquetas.

Então, o Almirante Ganço começa a discursar. Saúda formalmente o Corpo Aéreo, transmite aos homens as saudações de El-Rei, outra formalidade, e depois lança-se em explicações dirigidas aos brancos. Que o Corpo fora concebido originalmente como um regimento único, funcionando em estreita colaboração com as oficinas Gusmão e outras organizações civis produtoras e criadoras de tecnologias sofisticadas, mas que a dada altura a situação internacional levara a Coroa a concluir que era conveniente o estabelecimento de uma base secreta longe da Metrópole, onde mais homens pudessem ser treinados e forças reunidas, e que pudesse servir para avaliar a capacidade de militares recrutados nas colónias para defender o reino. Que o projeto fora um sucesso quase total, e portanto o batalhão secreto do Corpo Aéreo está agora tão pronto a combater por El-Rei e pela Coroa como o batalhão original, e que por isso fora tomada a decisão de os fundir num só, trazendo discretamente os homens do batalhão secreto para a Metrópole. Porque vai mesmo haver guerra e El-Rei não pode prescindir de nenhum dos seus súditos para a defesa da nação. E continua durante muito tempo neste tom patriótico e prudentemente entusiástico, avisando os homens para estarem preparados mas sem realmente dizer nada de concreto. Vai haver guerra por quê? Contra quem? Quando? Não diz. A base, se secreta era, secreta continua a ser, o que na verdade seria de esperar. A origem de todos aqueles pretos fica-se pela vaga designação de "as colónias". Quando termina, com uma série de vivas que culminam num entusiástico "viva El-Rei!", Sidónio responde como todos os outros, mas não consegue evitar sentir-se confuso, irritado e até defraudado.

Afinal, tinham acabado de lhe dizer que, aos olhos de El-Rei, tinha precisamente o mesmo estatuto de um bando de selvagens. Selvagens bem treinados, talvez, mas selvagens.

2

O resto do dia passa-se numa espécie de torpor. Sidónio e os companheiros cumprem de modo ausente os deveres que lhes estavam atribuídos segundo a escala de serviço. Os oficiais desaparecem, quase todos, na capitania, deixando com os homens apenas alguns cabos-instrutores, sargentos e um dos tenentes. Não voltam a sair. Sidónio, que não é bom atirador, tem treino de tiro e os resultados são ainda piores do que é hábito. No treino de tiro horizontal, há balas que nem sequer acertam no alvo e vão levantar uma nuvenzinha de poeira do monte de terra nua que se ergue mais para trás; no de tiro vertical não acerta nem um para amostra. Da torre vê-se quase toda a base, e Sidónio não consegue abstrair-se dos pretos que erguem tendas entre a parada e a margem do rio, numa espécie de acampamento de campanha, e de seguida são levados para junto das passarolas, se aglomeram em volta de uma das poucas que ainda mantém os balões inflados e vão entrando e saindo em grupos de uma ou duas dúzias. Depois, Sidónio volta a descer para o treino físico com uma sessão de jogo da corda que se desenrola sem sequer metade do alarido habitual.

A ceia volta a juntar todos os homens em um mesmo espaço, mas não exatamente no mesmo espaço, pois os dois batalhões acabados de fundir no papel, ou pelo menos pela voz do comandante supremo do Corpo, mantém-se na prática tão perfeitamente separados como se tivesse de súbito surgido uma parede no refeitório, separadora de tudo, ou de quase tudo, visto que só se mostra incapaz de evitar que entre um lado e o outro se cruzem olhares e o burburinho das conversas. Estas, apesar de não deixar de surgir de vez em quando uma das habituais brincadeiras e ondas de gargalhadas, são muito mais circunspectas do que de costume, desenrolando-se sobretudo em voz baixa, entre companheiros de mesa. O mesmo, aliás, se passa entre os pretos. É rara a voz que aí se levanta e são muitos os que comem em silêncio, por entre esgares de repugnância. Aparentemente, a comida não é do seu agrado. Isso, pelo menos, Sidónio consegue compreender na perfeição.

Mas há muitas outras coisas que não compreende e apercebe-se de que está longe de ser o único. Sente-se uma revolta surda entre os homens do Corpo, um sentimento generalizado de dignidade ferida e desrespeito, de orgulho beliscado. São trocadas perguntas para as quais ninguém tem resposta que os homens achem satisfatória e são muitos os que passam toda a refeição a observar os homens do outro lado. A palavra "macaco" é ouvida com alguma regularidade e por vezes com um volume tal que é impossível que não seja ouvida pelo outro grupo, mas, à parte alguns olhares pouco amistosos, este não reage.

A tensão transforma o ar em geleia.

No fim da refeição, um dos recém-chegados sobe na mesa com uma pequena viola na mão e põe-se a tocar. Sidónio sempre adorou música, embora nunca tivesse conseguido tocar nenhum instrumento. Os dedos nunca colaboraram, nem mesmo para tirar das flautas de pastor que eram comuns na aldeia natal algum som que o satisfizesse. De modo que imediatamente se interessa. O tocador não é preto, embora não pareça ser desprovido de sangue africano. A pele é apenas um pouco mais escura do que a de Sidónio, o cabelo é crespo mas não encarapinhado, e as feições poderiam ser portuguesas, se não fosse o nariz abatatado. Mas Sidónio pouco repara nisso, com a atenção presa em dedos que parecem tomados de vida própria e que voam sobre as cordas criando ritmos e melodias que a Sidónio parecem ao mesmo tempo familiares e estranhos. Nas mesas em volta do tocador, os pretos põem-se a cantar e Sidónio, sem conseguir decidir-se propriamente a aproximar-se, não evita, contudo, que o pé marque o compasso imposto pelo guitarrista. Nem que a confusão e ressentimento que o dominavam até aí vão lentamente cedendo à música, deixando-se levar, deixando-se *lavar* por ela.

À sua volta, alguns dos camaradas parecem estar sujeitos ao mesmo feitiço, mas a maioria não está. Um grupo denso aglomera-se no ponto mais afastado da sala, conversando em voz baixa, deitando olhares carregados de desagrado e até alguns de repugnância, à festa que desabrocha. Alguns homens saem, mas nem todos o fazem por má vontade. Alguns vão entrar de serviço; está na hora do render da guarda. Outros regressam pouco depois, trazendo consigo rabecas, pífaros, violas e cavaquinhos. Sidónio pensa a princípio que se preparam para se irem juntar ao tocador dos pretos, mas não; instalam-se do seu lado da sala e lançam-se numa canção mais ou menos original, baseada num vira tradicional, mas a que o Corpo adaptara uma letra ajoujada sob o peso do deboche. Os homens que conversavam a um canto põem-se a cantar, uns com expressões vingativas nos rostos, outros entre gargalhadas, boa parte deles em uma desafinação a que o vinho dá asas. Sidónio acompanha-os e os pretos, submersos por outra canção de superior intensidade, silenciam-se. Alguns olham, furiosos, para o lado de Sidónio; outros abanam as cabeças, mas há também quem sorria. Um punhado reúne-se em volta do tocador e, pelos gestos que fazem, Sidónio adivinha que estão a pensar ir, também eles, buscar os seus próprios instrumentos. Mas o músico, após um momento de hesitação, salta de cima da mesa e aproxima-se do outro grupo, já a dedilhar o vira, com floreados que nenhum dos homens metropolitanos é capaz de igualar e que a ele saem com completa naturalidade e não menos completa perfeição. Ele pode ser soldado, passarolista e colonial, pode ter acabado de chegar e ninguém saber que tipo de personalidade traz consigo. Mas de uma coisa já ninguém duvida: quando toca a fazer música, o homem é um virtuoso e Sidónio sente-se de novo a cair sob o feitiço daqueles dedos mágicos.

Até ao toque de recolher, a noite passa-se num convívio desconfortável movido a música, embora cerca de metade dos homens não fique até ao fim e vá saindo aos poucos, em pequenos grupos. Com exceção dos instrumentistas, que trocam perguntas sobre as canções que cada um conhece ou desconhece e instruções acerca de acordes, tons e escalas, pouco se conversa. O vinho corre, mas moderadamente e todos evitam conscientemente embebedar-se e que os vizinhos se embebedem. O toque de recolher quebra o feitiço. Os instrumentos calam-se a meio de uma frase, as vozes estrangulam-se de repente, os homens que estavam sentados levantam-se e os que já estavam em pé são os primeiros a chegar à porta. Aí voltam a formar-se dois grupos e cada um vai para seu lado.

Sidónio supõe que terá dificuldade em adormecer. O dia fora muito invulgar, muito carregado de sentimentos contraditórios. Mas, talvez também por isso, fora igualmente muito cansativo. Sidónio cai na enxerga e fecha os olhos. Escuta as conversas, bem mais abundantes e sonoras do que é hábito, mas estas calam-se rapidamente, depois de um berro do sargento Lopes a clamar por *SILÊNCIO!* e Sidónio adormece.

3

Os dois dias seguintes desenrolam-se na mesma relativa bonança. Os oficiais mantêm os homens demasiado ocupados para lhes dar tempo para verdadeiros atritos, mas o ambiente permanece pesado. O Corpo Aéreo mostra-se muito pouco Corpo, e também muito pouco Aéreo, pois as passarolas mantêm-se desinfladas e tristonhas, espalhadas ao deus-dará pelo descampado, algumas cobertas por longas telas presas ao chão por cabos e estacas, não se vá dar o caso de se levantar alguma ventania e levar com elas os preciosos aparelhos, mas outras nem isso, por falta de panos, limitando-se a esperar que nada de mau aconteça, atadas com as melhores amarrações possíveis. Sidónio fica a saber por uma conversa que calha ouvir que se aguarda a chegada de um grande carregamento de carvão e o coração alegra-se-lhe com a expectativa de voar em breve, mas nem para pensar nisso tem tempo. Ao lado da camarata vai-se erguendo uma nova, de madeira e alvenaria, destinada, supõe Sidónio, ao alojamento dos pretos, embora haja bastante espaço na que já existe depois da partida de boa parte do Corpo no dia anterior. Apesar de serem trazidos alguns civis de fora, os membros do Corpo são também postos a colaborar na construção, prescindindo para isso do tempo de lazer. As refeições são comidas à pressa, entre um exercício e o seguinte e, quando toca a recolher, toda a gente cai nas enxergas e adormece quase de imediato, para dormir a exaustão até ao toque de alvorada do dia seguinte.

O carvão chega no terceiro dia e com ele vêm também grandes rolos de tela, num enorme batelão a vapor que sobe lentamente o rio e vai atracar na outra margem, o único sítio onde existe um cais suficientemente grande (e talvez também com calado suficiente) para lhe acomodar as dimensões. O tempo não está tão bom como nos últimos dias, e sopra uma nortada moderada, que traz consigo desde manhãzinha mais frio do que tem sido hábito. Quando o batelão se aproxima, o vento pega nas imensas nuvens de fumo cinzento que lhe saem das duas chaminés, e arrasta-as consigo por sobre o rio e a base, fechando tudo num nevoeiro cerrado e malcheiroso. Os sons tornam-se abafados e as marteladas que saltam da camarata em construção planam, frouxas, pelo ar fora, indo-se desfazer no primeiro obstáculo com que deparam. As vozes transformam-se em sussurros que é praticamente impossível decidir de que distância vêm. Os gritos também.

O treino de tiro, que começara logo a seguir ao almoço com que a manhã se inicia, é anulado quando os homens deixam de conseguir ver os alvos e os oficiais aglomeram-se perto da Capitania, conversando em voz baixa, tentando decidir o que fazer enquanto as condições não melhoram. O grupo que está inativo é composto por cerca de duas vintenas de homens, tanto brancos como pretos, Sidónio entre eles. Compreende o dilema. Não é boa ideia deixá-los sem nada que fazer, pois já os vê a começar a gravitar para junto dos conhecidos, separando-se em dois bandos desconfiados um do outro. Mas sabe que as escalas de serviço são definidas com alguma antecedência para otimizar o tempo de cada grupo e que não é simples improvisar de repente uma nova atividade que os mantenha ocupados ao mesmo tempo que é suficiente e visivelmente útil para não estragar ainda mais o moral. Pô-los a fazer coisas como limpar a parada só os irritaria ainda mais.

A espera dura meia hora, durante a qual quase não há palavras trocadas entre os homens que aguardam a decisão. Por fim, um sargento aproxima-se, grita um *EM FRENTE, MARCHE!*, apontando para a margem do rio, e avança sem esperar que a coluna se forme. Os homens correm para tomar as suas posições atrás dele e sincronizar o passo, e acabam, quase todos, lado a lado com alguém de cor diferente.

Chegados ao rio formam, à espera. O nevoeiro está tão denso que a outra margem não passa de uma suposição de onde vêm vozes e gritos, o ronronar de motores a vapor, o estalar de madeiras e cordas. De vez em quando, uma oscilação do vento leva a nuvem mais para poente, e Sidónio consegue ver qualquer coisa para nascente, mas na verdade pouco há para ver além da extensão plácida do rio, uma ou outra falua de transporte e alguns botes de pescadores. A maré está praticamente na sua altura máxima; em breve começará a vazar, e então o rio deixará de se mostrar tão calmo e indiferente, mas por agora é um espelho d'água que reflete a meia dúzia de nuvens fofas que pairam no céu e o fumo do batelão, que novo golpe de vento empurra outra vez para a base, cobrindo-a e aos homens que esperam, de gotículas e partículas de cinza.

Às tantas, começa a vislumbrar-se através do nevoeiro uma grande vela que se aproxima com rapidez, trazendo atrás de si o casco de uma fragata, afundado até quase à amurada com o peso da montanha de carvão que se ergue sob a vela. Sidónio compreende por fim o que está ali a fazer, e torce o nariz. O batelão está a descarregar o carvão e a tela na margem norte, ocupando boa parte do pessoal de estiva das oficinas Gusmão. Parte dessa carga é transferida para embarcações mais pequenas que a trazem para a margem sul, onde tem de haver alguém que a desembarque. À falta de estivadores civis, essa tarefa caberá a Sidónio e aos camaradas. Enquanto a fragata arria a vela e manobra para acostar, Sidónio suspira fundo, preparando-se mentalmente para o que se seguirá. Em seguida, a uma ordem do sargento, atira-se ao trabalho.

Sidónio e os colegas fazem uma pausa ao meio-dia, para jantar, e são finalmente rendidos à tardinha. Sidónio sente-se desfeito; tinham sido muitas horas em pé, a encher cestos com carvão, a equilibrar-se prancha fora, entrando e saindo de sucessivas embarcações, com os cestos na mão, a empilhar carvão junto à margem do rio, levantando nuvens de pó nas quais o vento agarrava e as ia somar ao vapor que vinha da outra margem do rio, a pôr pesadíssimos rolos de tela às costas, a desembarcar em um equilíbrio periclitante, rezando em surdina para que nenhum dos outros homens que suportam o rolo escorregue, caia e leve consigo os restantes. É em alturas como estas que Sidónio deseja que no Corpo houvesse homens realmente fortes que pudessem aliviá-lo de tarefas como aquela. Mas não há.

Tanto ele como os colegas precisam urgentemente de um banho, mas o fumo que continua a chegar às cavalitas do vento, embora agora menos denso, e o próprio frio que o vento traz, tornam a ideia pouco apelativa. Indeciso, Sidónio espera para ver se alguém toma a decisão por ele. Os camaradas espreguiçam-se, esticam os músculos doridos de tantas horas de trabalho, um ou outro boceja, há quem se dirija às latrinas, outros aliviam-se diretamente para o rio. Sidónio examina as mangas do uniforme, carregadas de negrume, e vê que o peito está igual e as calças só se mostram um pouco melhores. Decide-se quando um dos pretos passa por ele, de sorriso aberto e muito branco no rosto escuro, e lhe diz, abrindo bem as vogais:

– Agora não tem diferenças, camarada.

Sidónio sente o coração a dar uma cambalhota no peito. Olha, rancoroso, para o preto, e depois dirige-se a passos largos para o rio, despe tudo menos as ceroulas e mergulha de cabeça, assustando um pequeno cardume de tainhas. Em comparação com o vento, a água quase parece quente. Sidónio esfrega-se bem, peito, braços, sovacos, cara e cabelo, orelhas e pescoço, sai da água a tremer, agarra no uniforme e nos botins, e regressa a correr para o calor da camarata.

A descarga, transbordo e nova descarga do carvão duram o resto do dia e boa parte da noite, à luz de uma grande fogueira feita no cais para orientar as fragatas. Sidónio deita-se antes do toque de recolher e adormece, mas acorda uma porção de vezes, primeiro com o barulho dos camaradas que regressam do refeitório e discutem qualquer coisa, em vozes alteradas, na extremidade mais distante do edifício, depois com as reverberações longínquas dos trabalhos de descarga e por fim com o silvo que o batelão faz quando finalmente zarpa rio abaixo, levado tanto pela corrente da maré vazante, como pelas pás obrigadas a girar pelos motores a vapor. Quando soa o toque de alvorada, parece-lhe que não dormiu quase nada. Sidónio salta da cama à pressa, sacudindo o melhor possível o torpor do sono enquanto veste um uniforme lavado e se calça. Pega no uniforme enegrecido pelo dia anterior e corre à borda d'água com um bocado de sabão. O dia está limpo, sem vapores, e o vento sopra agora fraco de oeste. Põe-se a lavar o uniforme. A água depressa se acinzenta, mas a corrente traz um fluxo contínuo de água limpa e leva a nuvem de pó de carvão para montante. Sidónio procura despachar-se porque se não almoçar antes da formatura terá de passar a manhã inteira em jejum, e o estômago já começa a roncar. Mas o uniforme não colabora. Sidónio sacode-o, espreme-o, esfrega-o bem com sabão, bate-o, mas parece que há sempre mais um pouco de carvão a sair, mais um bocadinho que não está tão branco como devia. Como acontece quase sempre que tem de lavar a roupa, Sidónio sonha em chegar a oficial e por isso ter quem lhe faça essas coisas, uma ordenança ao seu serviço, mas é sonho curto que não chega ao devaneio e rapidamente termina com um suspiro e o reatar do trabalho.

Quando soa o toque de formar, Sidónio está ainda a pendurar a roupa. Solta uma praga, resigna-se a uma manhã de fome e corre para a formatura. Quase todos os camaradas já lá se encontram, mas Sidónio não é o único retardatário. Do mal, o menos.

Segue-se o cerimonial habitual, mas ao chegar ao ponto em que normalmente soa um grito de *DESTROÇAR*, nada acontece. Cai o silêncio sobre a parada e os homens entreolham-se pelo canto do olho. Sidónio tenta sem sucesso reprimir a trovoada que se desencadeia no seu estômago e um dos vizinhos, ainda pouco mais que um rapaz, sufoca um risinho. A espera não se prolonga. Cerca de cinco minutos depois, uma coluna razoavelmente longa sai da Capitania, num trote formal. Parece conter todos os oficiais superiores do Corpo, incluindo os pretos, e vem, claro, encabeçada pelo Almirante Ganço. Desta vez, os oficiais não desmontam. Param na frente dos homens, refreando os cavalos que parecem assaltados por uma incontrolável vontade de curvetear. O Almirante Ganço deita um longo olhar às fileiras e depois começa a falar, numa voz colocada de ator que é ouvida em toda a parada.

– Homens. Tenho recebido relatórios sobre mal-estar nas fileiras, em especial entre os que já cá estavam e não faziam ideia de que novos camaradas vinham a caminho. Segundo as informações que recebi, houve problemas semelhantes na base onde os homens que acabaram de chegar fizeram a instrução. Lamento ter de vos dizer que o Corpo lidou muito mal com esses problemas, não lhes pondo cobro imediatamente. Foi essa a única parte de todo o projeto que correu realmente mal. Houve homens presos por agressões e até por injúrias a El-Rei, houve homens expulsos desonrosamente das fileiras, uma passarola foi seriamente danificada, houve até um homem que acabou por morrer em resultado de ferimentos sofridos durante uma rixa. Os homens que veem ao vosso lado são os que sobreviveram a essa seleção, e não é casualidade que haja entre eles tão poucos brancos. Mas isso não irá acontecer aqui, especialmente num momento como este. Vou, portanto, dizer-vos algumas coisas que não sairão desta formatura porque ainda são segredos militares, vou pôr outras da forma mais clara que me for possível para que me compreendais bem e espero sinceramente que me compreendais bem, porque a pena para aqueles que não o fizerem não será agradável. Está entendido?

A maioria dos homens hesita um momento. A resposta, que deveria ter soado em uníssono, sai assim insegura e desgarrada, um "sim, meu almirante" pouco convincente e desunido. Ganço parece contentar-se com ele e prossegue:

– Ao longo do último meio século, a escravatura foi sendo abolida aos poucos por todo o reino, e tudo o que a rodeava foi ilegalizado, mas foi só há dez anos que El-Rei promulgou o Édito de Igualdade. Sei que muitos de vós nunca ouviram falar dele, é um documento que teve mais impacto nas colónias do que na Metrópole, de modo que aqui é conhecido por quem está diretamente envolvido na governação ou na imposição das leis e pouco mais. Apesar do Paço ter o pleno apoio do cardeal patriarca de Lisboa, a Santa Sé manifestou reservas, e poucos foram os padres que falaram do assunto nos sermões. Trata-se de um documento segundo o qual todos os homens nascidos em território sob o domínio da Coroa Portuguesa têm determinados direitos em comum que não nos interessam agora e estão sujeitos à obrigação de pagar tributo e de defender o reino caso este seja atacado. Além disso, El-Rei tomou a decisão de promover a aristocracia indígena que se mostre leal à Coroa e à Igreja. Homens como o pai aqui do capitão Pedro Dias – e indica com um gesto o oficial que comanda os pretos – receberam títulos nobiliárquicos e propriedades nas colónias, normalmente nas zonas em que vivem. Sua Majestade tem plena consciência das consequências que esses gestos acarretam. Sua Majestade sabe que para os antigos donos de escravos, ou até para a população em geral, a ideia de ter negros com um estatuto mais elevado do que o seu é difícil de aceitar. Mas Sua Majestade abraçou desde muito cedo as ideias abolicionistas que afirmam que todos os homens são iguais perante Deus e devem sê-lo também perante a lei e os homens. E se assim é, que motivo poderá existir para que súditos seus não contribuam para a defesa dos seus domínios de todas as maneiras que puderem e seja qual for a cor da sua pele? Conseguis pensar em algum?

De novo, a resposta, negativa, é precedida de uma hesitação quase geral entre os brancos, embora os pretos a tivessem dado logo e com entusiasmo. Sidónio encontra-se muito atrás nas fileiras e dali não consegue ver expressões faciais, mas a postura de vários dos homens que se encontram à sua frente denuncia desconforto. É manifesto que não estão a gostar da conversa e do rumo que já nela entrevêm.

– Pois bem – prossegue o almirante – a hora de defender o reino chegou. As novas que nos chegam da fronteira e da Europa indicam que um exército francês atravessa neste momento a Espanha, sem encontrar qualquer resistência. Tudo indica que houve alguma espécie de acordo entre franceses e espanhóis contra os interesses portugueses. Como é evidente, o Corpo tem de estar a postos para responder a esta ameaça, e isso significa que tem de estar unido. *Unido.* – E faz uma pausa para vincar bem a ideia depois de vincar bem a palavra. Desta feita ninguém se manifesta.

– Os vossos camaradas que levantaram voo há dias – prossegue – partiram com a missão de patrulhar as fronteiras do Alto Alentejo e da Beira Baixa, pois crê-se que será por aí que os franceses tentarão entrar. Vós ireis tripular a segunda leva de passarolas, e partireis assim que o primeiro francês for visto nas imediações da fronteira. Até lá, não quero ouvir queixas, não quero saber de conflitos, não quero discussões entre membros do Corpo. Estais aqui para proteger o reino e a Coroa, e não vou admitir desvios a esse objetivo. Se aqui estais, é porque sois considerados dignos de vestir essa farda por quem conhece as vossas capacidades. *Todos vós,* sem exceção. Bem sabeis que a tradição do Corpo é dar mais importância à competência de cada um do que à sua origem. A inclusão de elementos indígenas limita-se a dar sequência e reforçar essa tradição. Ao assinar a papelada relativa a cada um de vós, assegurei pessoalmente aos ministros de El-Rei, e ao próprio, que tendes capacidade para servir a Coroa no Corpo Aéreo. Não verei com a mínima benevolência qualquer homem que me desaponte. Portanto que fique absolutamente claro: qualquer problema que aconteça será visto como alta traição e levará o ou os insubmissos a enfrentar um tribunal marcial, e posso desde já avisar que os juízes não serão nada compreensivos. Eu assegurar-me-ei pessoalmente de que não o serão. Compreendido?

Desta vez não há hesitações, e os homens troam a uma só voz:
– Sim, meu almirante!
– Ótimo. Então deixo-vos nas competentes mãos do capitão Pedro Dias, que vai chamar-vos um a um para compor as tripulações das passarolas da segunda leva. Se alguém tem algum problema com a cor da sua pele ou com a pronúncia com que fala, guarde-o muito bem guardado para si. Viva o Rei!

O trovão de *VIVA!* parece deixá-lo satisfeito, pois esboça um

sorriso, após o que diz qualquer coisa ao comandante preto, dá meia volta ao cavalo e vai-se embora, seguido por boa parte dos oficiais. Fica o preto, com três oficiais e um escrivão. O preto desenrola um maço de papéis e começa a ler nomes. O primeiro a ser chamado calha ser Leandro Rodrigues, que é declarado comandante de passarola e a quem é entregue um papel contendo os nomes dos tripulantes que irá comandar. Ele lê-os em voz alta, e os homens que são chamados vão formar atrás de si. Quando termina, Sidónio solta um suspiro de alívio por não ter ouvido o seu. O último ato antes da fita azul e branca, que simboliza o comando da passarola e a responsabilidade por ela, ser oficialmente entregue a Leandro Rodrigues é a escolha do nome da aeronave, que o escrivão irá inscrever na própria fita. Quando o capitão lhe pergunta que nome quer dar à passarola, Leandro olha em volta com um ar algo embaraçado, mas depois o rosto ilumina-se-lhe, olha para Pedro Dias com uma indisfarçável expressão de desprezo e diz, de forma bem audível:
— *Baleia Branca*.

4

O resto da manhã é gasto na aborrecidíssima tarefa de distribuir os homens pelas passarolas. Uma vez completa, cada tripulação desfila formalmente perante o capitão e dirige-se em passo de corrida à respectiva aeronave para proceder a uma inspeção preliminar e, claro, pintar no casco o nome que escolhera. Depois disso, fica livre até ao jantar. Sidónio tem o azar de ser selecionado para uma das últimas tripulações a ser chamada e espera ao sol durante longas horas, que parecem ainda mais longas pela trovoada que lhe percorre as entranhas, antes de finalmente se juntar ao grupo que será como uma espécie de família daí em diante. Pretos e brancos em partes iguais. O comandante de passarola é Afonso Soares, um homem muito baixo que parece ainda mais baixo pela desproporcional largura de ombros que apresenta e pelos braços e peito musculosos. Sidónio conhece-o bem. Apesar de ser de poucas falas, ainda por cima envoltas num sotaque beirão quase incompreensível de tão cerrado, distingue-se por uma calma competência no manejo de tudo o que seja mecânico, por um temperamento conciliador e bonacheirão e pela força invulgar que confirma o que o físico sugere. É a mais perfeita aproximação a um homem robusto que o Corpo conhece. O imediato é um preto razoavelmente alto e muito, muito escuro que Sidónio vem mais tarde a saber chamar-se Manuel Espírito Santo, e ser originário da Guiné. E à passarola é dado o nome de *Unidade*, o que leva o capitão Pedro Dias a olhar Afonso Soares com um sorriso no rosto e a fazer-lhe um aceno de aprovação.

Com a tripulação completa, as passarolas transportam vinte e cinco homens. Todos são treinados no manejo de todas as partes da aeronave, comandante incluído, e manejam-nas mesmo sempre que necessário, mas cada homem tem uma posição preferencial, que melhor corresponde às suas características e aptidões. O canhão de proa é disparado por um artilheiro e por um artilheiro-ajudante, os quais, fora dos momentos de combate efetivo, funcionam como ajudantes genéricos, fazendo tudo o que for preciso; as aletas são manejadas por dezesseis remadores, quatro em cada uma; seis homens têm a seu cargo o queimador, as garrafas de gás comprimido, os sacos de lastro e a manutenção dos balões, e o comandante é responsável pela supervisão geral do que se passa na passarola e pela navegação.

Sidónio não chega a ver a *Unidade*: é uma das passarolas que estão cobertas por lonas e, vendo que já há outras tripulações a dirigir-se ao refeitório para jantar, o comandante decide deixar a inspeção da aeronave para a parte da tarde, caso haja oportunidade, e limita-se a desenhar o novo nome na proa do casco pintado de azul. De seguida olha para os vinte e quatro homens que o rodeiam e diz apenas:

– O almirante falou bem há bocado, não vos parece? Se levantarmos voo nesta coisa e não agirmos como uma tripulação, o mais certo é não voltarmos a casa. Não sei quanto a vós, mas a mim apetece voltar a ver a família. Portanto vamos fazer com que isto corra bem. – Vira-se para os pretos, que se tinham aglomerado a um lado. – Já conheço os vossos colegas, mas a vós ainda não. Por isso, durante os próximos dias vou andar atento ao que sabeis fazer e às dificuldades que possais ter. Só por isso, está bem?

Sidónio percebe pelas expressões que apresentam que a maior parte dos pretos não entende o que é dito. Nunca nas suas vidas

devem ter ouvido uma versão tão chiada e fechada do português, e entreolham-se, confusos. O imediato é um dos mais perplexos. Aquilo pode vir a ser um problema. Sidónio decide aproveitar o jantar para tentar falar com ele. E, como se pensar em jantar fosse uma deixa, o seu estômago solta tamanho um rugido que todos ouvem e nenhum tem dificuldade em interpretar. O comandante Soares olha-o com um sorriso camarada e diz:
— Está bem, Sidónio, não vale a pena rosnares. Vamos já jantar.

5

Nas semanas seguintes, os exercícios de tiro e os treinos físicos são postos de lado, e as tripulações usam-nas para se familiarizarem com as passarolas e com o modo de trabalhar dos camaradas. O treino mais delicado é o dos remadores, o que causa sempre perplexidade a quem nunca viu uma passarola e não conhece o funcionamento das aletas e origina longas explicações. Ao contrário do que possa parecer à primeira vista e do que talvez seja sugerido pelo nome, não se trata de asas e, embora possam ser vistas como uma espécie de remos de ar, também não são simples remos. A estrutura central de cada aleta é uma armação com oito varetas, semelhante à dos chapéus de chuva. Tal como a destes, essa armação abre e fecha e é unida por tecido, tomando o das aletas a forma de uma gota. À parte externa da aleta correspondem, dentro do casco, duas alavancas que se movem até certo ponto independentemente uma da outra, e são manejadas, em tripulação completa, por dois homens cada uma. Um complexo mecanismo rotativo de rodas dentadas de metal, presas pelos eixos a uma base de madeira que está, por seu turno, incrustada na armação de bambu do casco, transforma os movimentos das alavancas em movimentos das aletas. Quando as duas alavancas se movem em uníssono, permanecendo a uma distância constante uma da outra, a aleta limita-se a avançar ou recuar, mas quando as alavancas se separam, as varetas da aleta fecham, abrindo quando elas se unem. No interior do casco de uma passarola em avanço contra o vento desenrola-se uma autêntica dança de quatro passos. Os remadores começam por aproximar as alavancas uma da outra, a fim de abrir as varetas, depois avançam em conjunto para fazer com que a aleta empurre o ar para trás e, portanto, a passarola para a frente, em seguida separam as alavancas para fechar as varetas e finalmente recuam, trazendo a aleta para a posição original. O fechar das varetas diminui radicalmente a superfície de contato entre o ar e a tela e funciona um pouco como, num barco a remos, o retirar do remo da água na preparação da remada seguinte, fazendo com que a diferença entre a quantidade de ar deslocado nas várias fases do movimento resulte em impulso. O sistema é engenhoso, mas exige dos homens uma coordenação que só se consegue adquirir com a prática. E não se trata apenas de coordenação no manejo das duas alavancas de cada aleta, mas também entre as quatro aletas que cada passarola possui, pois a capacidade de manobra da aeronave e a velocidade que esta consegue alcançar dependem por inteiro dos movimentos relativos entre elas.

Sidónio não é remador. O seu talento para compreender o funcionamento dos mecanismos e o fato da maior parte dos mais experientes passarolistas do Corpo estar já longe, a patrulhar a fronteira, entregou-lhe uma responsabilidade de que não estava à espera tão cedo. Foi colocado na maquinaria, que é como quem diz que é ele quem trata de abrir e fechar as válvulas que libertam o Gás Gusmão para os balões auxiliares, que é ele quem alimenta o queimador e quem dirige o ar quente que dele sai para os três tubos flexíveis que o levam até aos três balões principais que, presos em fila a uma estrutura rígida de bambu e envoltos numa rede, formam o corpo principal do mecanismo de sustentação da aeronave, que é ele quem trata da manutenção das rodas dentadas das aletas, a qual consiste normalmente em mantê-las bem oleadas, ocasionalmente em apertar melhor os parafusos que as mantêm no lugar e pouco mais. Ele e os colegas, bem entendido. Mas, como não é remador, não participa com frequência no treino dos que o são, pois urge que estes adquiram rapidamente a fluidez e facilidade de movimentos de uma tripulação experiente. As passarolas podem ser chamadas a partir a qualquer momento, e há que estar o mais preparado possível.

São feitos voos de treino, na direção das planícies abertas do sul. Um deles leva quase as passarolas até Évora, outro para por alturas de Alcácer. Noutra ocasião, as passarolas seguem o Tejo para nascente, contra o vento, e a *Unidade* logra chegar à vista de Constança antes que uma subida na intensidade do vento a obriga a voltar para trás. São também feitos exercícios de tiro de altitude e o artilheiro da *Unidade* mostra ser dos melhores da frota. Depois de algum ajustamento inicial, os vinte e cinco homens trabalham bem juntos. Enquanto voam, não existem diferenças, e a única preocupação que mostram é acertar, fazer as coisas bem feitas, dar o máximo de si próprios para que a passarola faça aquilo que lhe é pedido com rapidez e eficácia. Mas quando Sidónio e os colegas ligam os balões auxiliares às bombas que devolvem a maior parte do gás às garrafas, a aeronave pousa e a tripulação desce do casco para terra firme, os brancos voltam a juntar-se aos brancos e os pretos aos pretos. Não existe uma verdadeira camaradagem entre os dois grupos. Respeito, sim, começa a haver respeito pela competência que cada um demonstra no seu ofício e quando toca a defender a honra da *Unidade*, a tripulação não deslustra o nome da passarola. Mas camaradagem é outra coisa. É o que acontece ao almoço, ao jantar ou à ceia com os conhecidos de longa data, os homens que chegaram juntos ao Corpo, que fizeram juntos a instrução, que se conhecem há meses ou anos. É o que acontece com os homens que se juntam quase sempre que a oportunidade se lhes apresenta, pondo de lado as lealdades mais recentes para com os camaradas de tripulação, trocando-as por outras mais antigas. Sidónio supõe que seria assim de qualquer forma, mas não lhe foge o entendimento de que o fato de uns serem todos brancos e os outros quase todos pretos ou mestiços contribui para essa separação. Por vezes pensa em fazer uma aproximação mais completa aos homens originários das colônias, mas há sempre algo que o retém. Quer convencer-se de que o faz por não querer expor-se à chacota dos camaradas, por não querer ser o primeiro a dar esse passo, apesar de ser um passo encorajado pelo almirantado e por El-Rei. Mas no fundo sabe que não é isso, que a verdadeira razão que o leva a deixar-se ficar é não acreditar realmente que brancos e pretos são iguais, que aqueles homens são realmente homens completos, com tudo o que faz de um homem como ele um homem completo, que toda uma educação e um ambiente cultural gerados na relação de domínio dos brancos sobre as raças do sul possam estar num erro assim tão grande como as chefias parecem querer levá-lo a crer. Não o pensa por estas palavras, pois apesar dos dois anos de Corpo e das qualidades próprias que tem continua a ser um homem simples e em grande medida ignorante, um camponês arrancado à terra com apenas dois anos de vida e aprendizagem num mundo mais vasto do que os vales em que cresceu. Mas é assim que pensa.

Mas por outro lado, sente-se também confuso. A admiração crescente que nutre pelo Martim da Viola, o mulato que o impressionara com o seu virtuosismo musical na primeira refeição tomada em conjunto, não joga bem com ideias arraigadas sobre superioridades raciais. Menos ainda joga o orgulho que o eleva sempre que o artilheiro da *Unidade*, um preto retinto vindo de Moçambique, consegue sobrepor-se a todos os outros artilheiros durante as manobras. E há mais uma série de pequenas coisas que o deixam inseguro das suas certezas e do seu lugar no mundo, pelo menos no que diz respeito a povos e raças. Sim, porque o seu verdadeiro lugar no mundo, bem o sabe, é o Corpo dos Minorcas. Especialmente quando sobe a bordo duma passarola e esta se eleva no ar, deixando para trás o pó e as fronteiras e penetrando no reino do vento e das nuvens. É aí que pertence. É aí que, cada vez mais, é ele próprio.

6

A notícia chega numa tarde de chuva e ventania. Um homem a cavalo, esbaforido e encharcado de chuva e suor, transportando numa mala de couro papéis que dizem que há franceses na Serra de São Mamede. Poucos, com toda a probabilidade uma guarda avançada, mas não há guardas avançadas sem um exército por perto.

As ordens são simples: todas as passarolas disponíveis devem levantar voo de imediato e ir ao encontro das que já patrulham a fronteira, a fim de descobrir a coluna principal e atacá-la por todos os meios possíveis. Mas por mais simples que sejam as ordens, por vezes são impossíveis de cumprir. O vento sopra de sul com tal força que não há passarola que consiga opor-se-lhe. Se alguma levantasse voo, seria inexoravelmente arrastada para norte, a menos que conseguisse encontrar alguma camada atmosférica mais calma ou com um vento favorável. Mas a chuva provém de uma cobertura contínua e baixa de nuvens que vogam para norte arrastadas pelo vento, demonstrando que entre aquele que se sente à superfície e o que sopra em altitude nenhuma diferença existe. De nada serviria lançar um balão não tripulado para fazer uma avaliação das condições existentes ao longo da coluna de ar, pois as nuvens estão baixas e por cima delas o balão não seria visível. E uma passarola está igualmente fora de questão. Na melhor das hipóteses, demoraria muitas horas, talvez até dias, a regressar para fornecer informações sobre as condições em altitude, que por essa altura já seriam certamente outras; mas o vento está forte o suficiente para rasgar aletas e balões, e na pior das hipóteses isso poderia significar a perda definitiva de aeronave e tripulação.

Nessa noite, a atmosfera à ceia está mais tensa do que é hábito. Os homens conversam em voz baixa, e quando Martim começa a dedilhar o seu instrumento são vários os que o mandam calar, manifestando falta de paciência para canções. Em todas as conversas se discute o tempo, em todas se fala daquilo que as passarolas são, ou não, capazes de fazer quando confrontadas com ventos fortes como aquele que uiva lá fora e penetra com dedos frios pelas frinchas das janelas e da porta, e todas concluem com lástima aquilo que todos já sabem: que não é possível navegar com aquele tempo.

Entre as conversas e os homens sentados, outros homens entram e saem, ou porque estiveram a fazer qualquer outra coisa lá fora, ou porque estão de escala ao refeitório e têm sob sua responsabilidade parte do serviço, ou porque precisam de aliviar-se, ou por qualquer outro motivo. Em certa altura, alguém aproveita a passagem de um homem por perto da sua mesa e pede:

– Oh preto, traz-nos aí mais vinho.

A Sidónio, e assim de repente, sem ter tempo para refletir, o pedido parece razoavelmente inócuo. Apenas um camarada que pede a outro um favor, usando uma sua característica em jeito de alcunha. Mas o visado estaca, vira-se para o outro muito lentamente e diz, numa voz contida que, não obstante, não disfarça a fúria e ressoa com as vogais abertas da pronúncia brasileira:

– Não sou seu escravo. E meu nome não é "preto". É Antônio.

Sidónio estica o pescoço para tentar ver quem é o outro, mas só lhe vê a parte de cima da cabeça. Vê-o a olhar para cima e recuar

ligeiramente, em um gesto que tanto pode ser surpresa como desafio. De seguida vê-o olhar em volta. As expressões que o rodeiam são variadas. Há quem se mostre apreensivo, há quem se mostre encorajador, há quem quase diga com os olhos "mostra a esse preto como é". O homem volta a olhar para o outro.
— Qual é o teu problema? Não gostas que te chamem preto, é?
— Tu gosta que te chamem branco? Que a gente te trate como se tu não é pessoa, mas um bocado de pele?
Sidónio vê vários coloniais a pôr-se em pé, incluindo o imediato da *Unidade*. Um deles chama o camarada, procura acalmá-lo:
— António, para com isso. Não é caso para armar sarilhos.
— Não tem sarilho nenhum, a gente tá só conversando, né mesmo? Conversa de camarada.

Tudo podia ter ficado por ali. Mas a noite é propícia, a frustração de saberem que têm um exército invasor à porta do reino sem que possam fazer nada a respeito deixa os homens a uma faísca de explodir e a estupidez humana manifesta-se sempre que lhe é dada uma aberta. De modo que soa uma voz vinda de algures, à direita de Sidónio, onde costuma juntar-se o grupo de amigos de Leandro Rodrigues; uma voz grave que Sidónio provavelmente teria reconhecido se não tivesse soado abafada, como se as palavras fossem proferidas por uma boca tapada com um pano ou umas mãos abertas:
— Ninguém aqui é teu camarada, preto — diz essa voz e é como se o dilúvio que cai lá fora tivesse também começado a cair dentro da sala. Chovem gritos, chovem insultos, António berra "Quem disse isso? Quem disse isso? Mostre-se, covarde!", querendo com isso dizer que será boa ideia não o fazer, porque assim que souber quem é o canalha terá de lhe partir os cornos, assim mesmo, sem papas nos punhos. Há quem mande gente à merda ou a sítios piores, voam os mais puros palavrões do vernáculo português ditos nos mais variados sotaques que existem na língua, e só não se chega a vias de fato porque às tantas um grupo de oficiais irrompe porta dentro aos berros de:
— QUE SE PASSA AQUI?
Cai um silêncio abrupto. Vários dos homens que já estavam em pé sentam-se precipitadamente nos seus lugares. Outros permanecem onde estão, mas baixam os olhos para o chão, olham em volta

como que em busca de auxílio ou enfiam nos bolsos os punhos cerrados. Ninguém fala. O mais graduado dos oficiais repete:
– Que se passa aqui? – E acrescenta: – Não repetirei terceira vez.

É António quem responde, depois de olhar de soslaio o homem que dera início ao burburinho:
– Não se passa nada, meu capitão. – E depois, com um certo desafio na voz. – É só uma discussão entre camaradas. Nada de mais. Não tem problema.

Se algum dos outros tinha resposta a dar àquilo, guarda-a para si. Os oficiais olham em volta e veem apenas olhares baixos. Sidónio, que até aí se mantivera calado e sentado, resolve dizer agora:
– Estamos todos nervosos por causa do tempo, meu capitão.

Apesar dos murmúrios de confirmação e acordo, os oficiais não parecem convencidos, mas decidem que daquela vez é melhor deixar passar. Dão uma breve reprimenda aos homens que se mantém de pé, censuram-lhes a falta de disciplina, especialmente nas vésperas de entrar em combate, dizem a todos que não querem ouvir mais barulho até ao toque de alvorada do dia seguinte e vão-se embora. Sidónio suspeita de que pelo menos um deles entrará nas cozinhas pela porta das traseiras e ficará à escuta. Seria o que ele faria, se quisesse saber mesmo o que se passara; em situações como aquela, os informadores de pouca valia são porque raros se mostram objetivos e cada um conta a sua história. Mas não teria sorte, pois, com a refeição estragada e o ambiente tenso demais, a maioria dos homens rapidamente recolhe às camaratas.

A meio da noite, a base inteira é acordada por uma trovoada que parece rebentar com grande estrondo mesmo por cima do rio. Um relâmpago atinge um dos velhos sobreiros que decoram a entrada principal das oficinas Gusmão e incendeia-o, mas a chuva intensa acaba por apagar rapidamente as chamas. É o único incidente digno de registro, mas é com os nervos à flor da pele que o Corpo volta a tentar adormecer. Sidónio leva às voltas na enxerga quase até de alvorada. Não é só o barulho dos trovões e da chuva que não o deixa dormir; é também o que se passara à ceia que não lhe larga a cabeça. A reação do colonial ao pedido do outro, aquilo que ele dissera sobre ser tratado como um bocado de pele e principalmente a violenta erupção de fel que rebentara de súbito em resposta à provocação anônima. A contragosto, porque preferiria dormir, Sidónio tenta tirar um sentido daquilo. Só quando a trovoada se vai embora, já depois das cinco da manhã, é que desiste e cai no sono, exausto.

7

O dia seguinte amanhece ainda chuvoso, mas com a atmosfera calma. O vento amainara significativamente depois de passar a trovoada e a altura das nuvens parece ter aumentado um pouco. Não está propriamente bom tempo, mas é o suficiente para voar. Os oficiais, no entanto, hesitam. Sidónio supõe que isso talvez tenha algo a ver com o que se passara no refeitório na noite anterior, ou então com a instabilidade meteorológica. Há algum tráfego entre as duas margens do rio, com gente das oficinas Gusmão a vir até à base e um grupo de oficiais a visitar as oficinas. A meio da manhã, uma outra barcaça a vapor acosta na outra margem, e começa a descarregar pedras para construção e grandes caixotes fechados.

Mas pouco depois, após um rápido serviço em que o capelão abençoa o Corpo e a sua missão, é dada a ordem de aparelhar. A tempestade arrancara a lona que cobria uma das passarolas e danificara o veículo, mas as restantes estão em boas condições, com exceção da água que empapa tudo, casco, telas, até mesmo o carvão, que em princípio estaria protegido. Na *Unidade*, o carvão custa a acender, e quando o faz produz uma grande fumarada e arde a princípio com pouca força mas, enquanto os remadores embarcam provisões na passarola, Sidónio e os colegas da maquinaria dispõem pazadas de carvão no convés em volta do queimador para ir secando com o calor que este irradia, e vão depois alimentando o fogo com esse carvão seco, substituindo-o por mais carvão molhado. Depressa o fogo se torna mais forte. O ar quente começa a secar a parte dos balões que não continua ainda a sofrer o impacto da chuva e depois, muito lentamente, a enchê-los e a fazê-los erguer-se no ar. Quando o comandante Soares dá a ordem, Sidónio corre às válvulas das garrafas de Gás Gusmão, e abre-as, permitindo que o gás insufle os balões auxiliares. A passarola ergue-se no ar com uma lenta solenidade. Assim que deixa de haver perigo de colisão com outras passarolas, os remadores empurram para baixo as alavancas das aletas, fazendo com que estas se desprendam dos encaixes em que repousam quando não estão em uso. De seguida, abrem-nas, e é como um desfraldar de velas gotejantes, pois também aí a água penetrou e também essas telas estão encharcadas. Sidónio pensa com resignação que vai ser obrigado a manejar mais as alavancas do que em voos normais: com as aletas tão empapadas de água, os remadores vão cansar-se mais depressa, e o resto da tripulação irá ter de os render mais cedo e com maior frequência, para lhes permitir o recuperar de forças. Mas para já, a sua função é, em conjunto com os cinco camaradas, regular a quantidade de Gás Gusmão que se escapa para os balões auxiliares e a força do fogo que arde no queimador e empurra o ar quente para dentro dos três balões principais, a fim de fazer a passarola subir à altitude que o comandante Soares estabelece. Este observa as nuvens através da luneta, dedicando a maior parte do tempo às que se acastelam no horizonte oriental, mas sem deixar de observar também o resto do céu. Após a atividade frenética inicial da largada, Sidónio tem também tempo para olhar em volta. A *Unidade* é das primeiras passarolas a erguer-se no céu, mas as restantes seguem-na não muito abaixo e atrás, numa longa fila de bolhas azuis e brancas, que adejam aletas em movimentos solenes. Se o dia estivesse soalheiro, seria um espetáculo repleto da vibração da luz, cheio de reflexos provenientes das aletas que se abrem e se deixam enfunar pelo ar que empurram para trás. Mas num dia encoberto como aquele, todas as cores são amortecidas e obscurecidas pela umidade, e as próprias aletas parecem pesadas demais para se enfunarem bem. Ainda assim, Sidónio deixa-se impressionar. Todas aquelas aeronaves em movimento conjunto, com a vasta lezíria em pano de fundo, são um espetáculo único e talvez irrepetível.

Sim, que Sidónio não se esquece de que parte para a probabilidade da guerra. E se esta chegar mesmo a desencadear-se, como parece inevitável, é seguro que nem todas as passarolas regressarão, e que parte dos camaradas que ainda ontem discutiam no refeitório se perderá com elas. Mesmo que os inimigos ainda não disponham de forças aéreas equivalentes, mesmo que o alcance das suas armas seja limitado, a verdade é que, para serem realmente eficazes no combate contra forças em terra, as passarolas têm de correr riscos, baixar a altitudes que as põem na linha de fogo das espingardas. E isso tem consequências.

Os passarolistas estão sujeitos a ordens rigorosas para a eventual circunstância da passarola que tripulam estar na iminência de cair nas mãos do inimigo. Isso não pode nunca acontecer. Nunca. O carvão restante deve ser incendiado, quer a passarola já esteja em terra, quer ainda se mantenha no ar, por forma a consumir o veículo por completo. Se para tal for necessário sacrificar a tripulação, é isso que El-Rei exige. As passarolas contém vários mecanismos secretos, que El-Rei não quer ver cair nas mãos de potências estrangeiras, nem mesmo das aliadas. Apesar de estar longe de ser versado em geopolítica, Sidónio sabe que as relações com os ingleses azedaram nos últimos tempos por causa disso – sabe-o por ter visto, meses antes, a reação de uma delegação inglesa de visita à base quando descobrira que todas as passarolas tinham sido levadas para longe de vista antes da sua chegada. Mesmo sem compreender a língua, Sidónio compreendera perfeitamente a fúria do comandante inglês e quase conseguira apalpar a tensão que rodeara a partida da delegação.

E agora, o Corpo não está perante uma simples delegação de um país aliado, mas tem pela frente uma potência invasora, um exército bem armado e disciplinado que tem gasto os últimos anos a espalhar o caos por toda a Europa. De modo que irá ter de exibir os seus segredos, fazer uso deles para ganhar a vantagem decisiva e evitar que o reino seja subjugado, sem que isso signifique dar ao inimigo mais informação do que a que não puder evitar dar. Se se chegar a esse ponto e se ainda estiver vivo e ativo nesse momento, é a Sidónio que cabe a ignição do Gás Gusmão, tanto o dos balões auxiliares como aquele que restar nas garrafas, enquanto os camaradas das aletas tratam de destruir o melhor que puderem o mecanismo que as aciona e os restantes tripulantes espalham carvão em chamas por todo o convés e enfiam pólvora em buracos abertos no bambu. É esse o derradeiro ato de coragem que El-Rei exige dos seus passarolistas, e Sidónio quer convencer-se de que, se o momento chegar, estará à altura.

Mas esse é o pior dos momentos possíveis. Sidónio também sabe que é em grande medida dele e dos camaradas que depende que não se chegue a esse ponto.

8

A viagem é demorada pela chuva, por um vento contrário, ainda que pouco intenso, e por não poderem subir acima das nuvens para não perderem de vista o terreno, pois isso levaria a frota a correr o risco de passar por cima dos franceses sem reparar. Mas na manhã do quarto dia o tempo melhora, o vento quase desaparece e o azul começa a rebentar, a espaços, por entre as nuvens. Ao fim da tarde abre-se um majestoso arco-íris na frente da frota e, do ponto em que a *Unidade* se encontra, parece que nasce em uns montes que rodeiam uma vila ribeirinha a um rio que Sidónio supõe ser o Tejo, na margem norte, para ir terminar exatamente no centro doutra vila, que como que inaugura a planície alentejana. Sidónio não conhece aquela zona, não faz mais do que uma ideia muito vaga de onde está e mesmo quando o comandante Soares identifica as duas vilas, elas não passam, para si, de nomes sem qualquer significado.

– Ali em cima ficam as Portas do Ródão com Vila Nova de Ródão logo atrás – diz o comandante, pensando em voz alta. – Na outra ponta do arco-íris está Nisa. Se os franceses foram vistos na Serra de São Mamede devíamos ir para ali – e aponta para um ponto a sul de Nisa, onde algumas elevações pouco significativas estão tenuemente visíveis por entre a neblina. – Que estamos nós a fazer aqui, tão a norte? Onde está a capitânia?

A capitânia é uma passarola como as outras, distinguindo-se apenas através de uma discreta risca de um azul mais escuro pintada na proa, e duma pequena flâmula vermelha presa à rede que cobre o balão de popa. Mas traz lá dentro uma tripulação escolhida a dedo, e é comandada pelo capitão da frota, nem mais nem menos que o Capitão de Ar e Guerra, Sílvio Évora em pessoa. É o artilheiro que a encontra, pouco atrás, mas bastante a bombordo da *Unidade*, ou seja, ainda mais para norte. O comandante Soares observa-a pela luneta, parece soletrar qualquer coisa, e de seguida desvia a luneta para nascente e diz:

– Vejam se encontram passarolas no céu logo a sul do Tejo, entre Vila Velha e Nisa. Atrás do arco-íris.

De novo, é o artilheiro quem descobre o primeiro pontinho no céu. Soares dirige para lá a luneta e murmura:

– Sim, estão ali. – E, passado algum tempo: – Em combate. Há explosões no terreno. – Outra pausa. – Parece que é só o Corpo. Não vejo tropas terrestres em sítio nenhum.

Desta feita é Sidónio quem deteta uma nuvenzinha de pó que se ergue no ar bastante para sul do local onde se combate. Aponta-a ao comandante e este resmunga:

– Diabo! Parece que a tal guarda avançada serviu de isco e que o Conde de Viana o engoliu com fio e tudo. Fidalgote idiota. Os franceses devem ter atravessado o Sever por alturas de Montalvão, que fica mais ou menos ali – e aponta para perto de onde se combate – e agora a infantaria tem algumas cinco léguas a correr até chegar ao sítio onde eles estão. São duas ou três horas, se o terreno for bom.

– Vira de novo a luneta para a capitânia, e dirige-se a um dos colegas de Sidónio. – Zé, envia uma mensagem à capitânia a dizer-lhes onde estão os nossos. Acho que eles ainda não sabem.

Quando as passarolas estão suficientemente próximas, a comunicação é simples: basta gritar mais alto do que os rangidos dos cordames e o ruído das aletas. Mas quando se separam, há duas formas de transmitir mensagens. Uma é através de um alfabeto de bandeiras, à maneira da marinha. Outra é por um código de luzes desenvolvido por um tal Albano Nunes, associado dos Gusmão, que faz uso do fogo dos queimadores e de um sistema de portinholas concebido precisamente para esse fim, e que tem a vantagem de permitir direcionar a mensagem a uma região específica do céu. É este último que José Alpedrinha usa. Da capitânia não respondem logo, para além do sinal convencional que indica o recebimento da mensagem. Quando o fazem, é através das bandeiras, numa mensagem dirigida a toda a frota. Ordena que se rume a nordeste, o que deixa Sidónio perplexo. A ação está a leste, não a nordeste. A nordeste fica Vila Velha de Ródão e a margem norte do Tejo. Sidónio olha para o comandante Soares, que se mostra pensativo e afaga a barbicha com a mão esquerda enquanto brande inconscientemente a luneta com a direita, como se se tratasse de uma batuta. De súbito o comandante parece acordar e dá a ordem aos remadores:

– Virar a bombordo até eu dizer "basta".

E é o que os homens fazem. Os remadores do lado direito continuam a movimentar-se como até aí, enquanto os da esquerda param, segurando com força as aletas bem abertas, resistindo à pressão que o ar faz contra elas e fazendo com que a passarola vire de bordo com toda a solenidade. Quando o comandante grita "basta!", as quatro equipas de remadores voltam a sincronizar os movimentos, e a aeronave prossegue o seu avanço, em um rumo que não a levará à batalha. Sidónio, assim que logra cruzar o olhar com o do comandante, dirige-lhe uma interrogação muda. Este encolhe os ombros e responde:

– Não sei bem. O capitão se calhar acha que já é tarde demais para ir prestar assistência ao campo de batalha. É verdade que o pôr do sol não tarda. Ele lá saberá que planos faz.

Uma detonação vinda da capitânia chama de novo a atenção do comandante Soares, que volta a virar a luneta para lá.

– Diminuir a altitude – ordena em seguida – até às cinquenta braças.

– Queimador ou bombas? – pergunta Sidónio.

– Bombas – responde o comandante, e Sidónio e os colegas correm às bombas que têm por função esvaziar os balões auxiliares, devolvendo o Gás Gusmão às garrafas onde ele é armazenado sob pressão. As bombas são manuais e não muito eficazes, de modo que há sempre algum gás que se perde. Os Gusmão fabricam também bombas mais eficientes, a vapor, mas são demasiado pesadas para as passarolas. As manuais esvaziam os balões auxiliares lenta e incompletamente, mas são bastante mais leves e, apesar das imperfeições, proporcionam uma descida mais rápida do que a alternativa: uma diminuição na intensidade do fogo no queimador e, consequentemente, do fluxo de ar quente para os balões principais, que leve a que a sustentação destes diminua. E na verdade pouca diferença faz que se perca gás, pois com o consumo de carvão no queimador diminui a quantidade de carvão transportada pela passarola e também diminui o peso que os balões têm de suportar. A menor quantidade de gás é na maior parte das situações mais do que compensada pelo peso mais reduzido da passarola e, quando não o é, há sempre a possibilidade de deitar lastro borda fora.

Quando se aproximam das cinquenta braças, deixam de conseguir ver o terreno onde decorre a batalha, porque uma serra se lhes interpõe na linha de visão, mas continuam a ver as passarolas da frota original a evoluir à distância. Sidónio está demasiado ocupado a estabilizar a altitude para se aperceber de mais do que isso e, quando finalmente sente que a passarola voga à altitude correta e não tende nem a subir, nem a descer, e ergue a cabeça, é com surpresa que vê uma passarola pertencente à frota a derivar para sueste, enquanto as restantes prosseguem o seu rumo na direção da fenda aberta na serra, por onde o rio a atravessa. A capitânia, que tem os remadores mais pujantes da frota, toma a dianteira, e segue já bastante à frente da *Unidade*. Mas depressa Sidónio substitui a surpresa pela compreensão daquilo que julga ser a ideia do Capitão Évora. Obtém a certeza quando olha para o comandante Soares e o vê de sorrisinho satisfeito no rosto. Também ele sorri. Soares repara nisso e pergunta-lhe:

– Percebeste, Sidónio?

– Acho que sim, meu comandante.

– Então o que foi que percebeste?

– Nós vínhamos a coberto do sol, de modo que os franceses não nos devem ter visto. Descemos para que continuem sem nos ver. Vamos cair sobre eles de surpresa.

– Sim, é mais ou menos isso. Mas parece-me que é um pouco mais do que isso.

Sidónio faz uma expressão de interrogação, mas o comandante só lhe responde com um sorriso torto. Após uma pausa, diz:

– A ver vamos, rapaz. A ver vamos.

O rio segue também para nordeste durante cerca de cinco milhas. Quando o atinge, a capitânia desce ainda mais, até ficar a pairar apenas cerca de dez braças acima da água. As restantes passarolas seguem-lhe o exemplo e é a essa pequena altitude que atravessam as Portas do Ródão quase em fila indiana, sobressaltando os pescadores que regressam a casa nos seus pequenos barcos e que, não raro, veem as passarolas passar por cima de si de joelhos e mãos postas, entregando-se mesmo alguns a um frenético esbracejar, na ânsia de se protegerem com o desenho mil vezes repetido do sinal da cruz. A seguir às Portas do Ródão a pequena Vila Velha aninha-se na margem direita do rio e a longa fila de passarolas, que passa à sua frente em um momento em que já a noite a cobre com um manto de sombras e a luz que ainda resta tem a suavidade da penumbra, põe os sinos a rebate e traz toda a população para a rua. Sidónio não acredita que as pessoas daquelas paragens nunca tivessem ouvido falar das passarolas de El-Rei ou do Corpo dos Minorcas, mas bem sabe que uma coisa é ouvir uma descrição de tais aparelhos que parecem desafiar as leis divinas, outra bem diferente é vê-los com os próprios olhos, em especial a uma luz misteriosa que faz com que surjam indistintos e ainda mais destaca a sua estranheza, pois o fogo dos queimadores ilumina os balões centrais, fazendo-os brilhar com um clarão que é com alguma frequência descrito por quem o vê como fantasmagórico.

A frota continua a seguir o rio durante mais algumas milhas. Este vira para sul mesmo em frente de Vila Velha de Ródão, voltando a desviar-se para nordeste duas milhas mais adiante. É já noite cerrada quando a capitânia sobe um barranco contra um ligeiro vento de norte que se levantara entretanto, e vai pousar numa extensão plana de terrenos de cultivo que fica a pouca distância do rio. Sidónio e os camaradas entram no frenesim de atividade que acompanha todos os pousos, e é só passada cerca de uma hora que têm tempo para se espreguiçar, tentando afastar dos braços e das costas a tensão dos músculos, se orientar, e se pôr a caminho do local onde um conjunto de fogueiras denuncia o acampamento.

Dali não se vê o rio; este está aninhado no fundo do seu vale, rodeado de margens altas e, do lado norte, por vezes escarpadas. Mas vê-se o terreno que se estende para sul sob um céu sarapintado de estrelas. E aí, nesse céu, vê-se um pequeno grupo de luzes que se movimentam lentamente de um lado para o outro, como estrelas cadentes que em vez de cair flutuassem, relampejando de vez em quando em minúsculos clarões.

É a batalha que prossegue entre o Corpo e os franceses.

9

Quando Sidónio chega, o acampamento borbulha de excitação. Os comandantes das passarolas não se veem em lado nenhum, mas os restantes passarolistas preparam-se para a noite num ambiente repleto de nervosismo. Aqui e ali, soam gargalhadas alegres demais, e também se ouvem discussões, provavelmente por ninharias. Estão formados os grupos do costume: para um lado os formados na base da lezíria, para o outro os coloniais e entre um grupo e o outro pouco contato há. Sidónio dá por si, pela primeira vez, com pena de que assim seja. Com surpresa, dá-se conta de que começa a pensar nos coloniais da sua tripulação como verdadeiros camaradas, homens suficientemente competentes para que lhes entregue a vida nas mãos sem pensar duas vezes. Talvez. As qualidades de Albino dos Santos, o artilheiro, já há muito se haviam revelado a todo o Corpo, mas as da maioria dos outros só se foram tornando evidentes para Sidónio nos últimos dias de manejo quase contínuo da passarola. Sente particularmente a falta de Nuno Gusmão, que apesar do apelido, segundo diz, nada tem a ver com a célebre família que produz as passarolas e outros apetrechos. Trata-se de um homem de temperamento afável e inteligência viva, um dos dois coloniais que cuidam com Sidónio e mais três camaradas da parte mecânica da aeronave. O outro é africano e tão calado que ainda ninguém logrou arrancar-lhe a proveniência, mas Nuno Gusmão é bastante mais aberto. Com uma pele muito escura e cabelo liso, descende de uma família originária de Ceilão que emigrou para Goa, na Índia, uns sessenta ou setenta anos antes e a partir daí se disseminou por vários sítios. Segundo Nuno afirma, tem família em Moçambique, em diversos pontos da Índia, em Mascate, em Timor e em Macau. E agora, acrescenta com um sorriso, na Metrópole. Antes de ser recrutado para o Corpo, Nuno vivia em Damão, para onde os pais se mudaram no seu primeiro ano de vida e, nos tempos mortos em que não há que atirar mais carvão para o queimador, ajustar a quantidade de gás nos balões auxiliares ou substituir algum remador mais cansado, tem vindo a contar a Sidónio histórias sobre a sua cidade exótica e, nas suas palavras, muito bela.

Sidónio dá-se conta de que começa a nutrir pelo pequeno indiano uma verdadeira amizade, e é com uma considerável dose de espanto que se apercebe de que já não pensa nos coloniais como um conjunto indistinto de "pretos". De que começa a individualizá-los, este é forte, aquele é divertido, o outro é um músico de mão cheia, o da ponta é calado como uma ostra, aquele outro é dono de uma inteligência invulgar. E durante aquela ceia, ao ouvir as conversas dos camaradas que consigo compartilham a cor da pele, dá-se conta, por fim, de que as conversas sobre "os pretos", em que costumava participar com toda a naturalidade, começam a incomodá-lo um pouco.

Mas naquela noite há algo que acaba por incomodá-lo ainda mais. Um incidente que acontece no fim da refeição, em uma altura em que os homens que não estão de serviço começam a decidir se é melhor recolherem-se já, ou se ainda se deixam ficar mais algum tempo a conviver, talvez até que soe o toque de recolher. Vindos das sombras, surgem três comandantes de passarolas. Um é Leandro Rodrigues, os outros dois são amigos deste, também fidalgos de baixa categoria ou filhos de barões não hereditários. Pelo que dizem, Sidónio conclui que acabam de sair de uma reunião dos comandantes de passarolas com o Capitão Évora. E mais: que vêm furiosos.

— O filho da puta daquele campônio — vai Leandro a dizer enquanto o trio se aproxima do local onde Sidónio se encontra, em uma voz que é com visível dificuldade que evita que se transforme em grito — atreve-se a pôr um *preto* ao comando do meu destacamento? Uma merda de um *macaco*? — Os outros dois soltam ruídos de compreensão e apoio e Leandro prossegue: — Um preto, foda-se. Já não me basta ter um como imediato, agora também tenho de receber ordens de *outro*?

— Pretos, campônios, é tudo a mesma laia — diz outro, menos furibundo mas mais pomposo, deitando um olhar de través a Sidónio enquanto passa por ele. — Gente reles, de baixa extração. El-Rei está demasiado preso àqueles malditos Gusmão, que lhe enchem a cabeça de ideias estapafúrdias. Nem sei bem se ainda é El-Rei quem governa o reino. Urge que alguém ponha cobro a esta situação...

— O que mais me irrita — interrompe o terceiro, em voz mais baixa, já o trio se afasta na direção das passarolas — é ver até que ponto chega a sua covardia. Em vez de atacar os franceses em força, trouxe-nos para aqui enquanto espera nem sei bem o quê...

Sidónio deixa de conseguir distinguir as palavras, mas ouviu o suficiente para perder a vontade de continuar ali. Levanta-se, passa os olhos pelos camaradas metropolitanos, cujas conversas esmoreceram e foram abafadas pelas muitas cabeças baixas que surgiram de repente entre as fogueiras, depois observa os coloniais. São vários os que o olham com expressões duras, olhos brilhando de raiva nos rostos escuros. É evidente que também ouviram, e que não estão nada satisfeitos. Sidónio encolhe os ombros e abre as mãos,

em uma espécie de pedido embaraçado de desculpa, envergonhado por palavras que não proferira e não sente. Nesse momento, surge o comandante Soares, pelo mesmo caminho seguido pelos outros. Vem de cara fechada, e diz apenas:
— Tripulação da *Unidade*, agarrai nas coisas e segui-me.

E penetra na noite, na direção do terreno onde as passarolas esperam. Sidónio vai logo atrás dele e ouve os camaradas a levantar-se, a dirigir rápidas despedidas a quem com eles estava e a segui-los também.

Chegam à *Unidade* num silêncio desconfortável. O comandante Soares diz-lhes apenas:
— Hoje dormimos aqui. Dentro da passarola.

E estende-se junto ao queimador, no qual carvões em brasa ainda se consomem lentamente, pintando de vermelho os balões que se apoiam, esvaziados, na armação de bambu. Sidónio não entende o que se passa, o motivo que leva Afonso Soares a afastar a tripulação da *Unidade* do convívio com os camaradas, e este mostra-se incaracteristicamente carrancudo e reservado, respondendo com monossílabos quando alguém lhe dirige a palavra, quando não se limita a responder com o silêncio. Cerca de um quarto de hora mais tarde, já depois dos homens se acomodarem onde puderam, quando já procuram dormir, o comandante levanta-se, vai sacudir Manuel Espírito Santo, o imediato, e afastam-se os dois em silêncio. Sidónio observa-os à frágil luz de um quarto crescente. Param a alguma distância, apenas a suficiente para que nenhum dos outros membros da tripulação compreenda o que dizem. Conversam durante bastante tempo e com muitos gestos à mistura. Sidónio olha em volta. Vários dos camaradas estão tão curiosos como ele, mas nenhum se manifesta, nem mesmo quando comandante e imediato regressam, tão silenciosos como partiram.

A Sidónio custa a adormecer, com a cabeça carregada de teorias, cada uma mais estapafúrdia do que a anterior. Mas o cansaço do dia acaba finalmente por levar a melhor. Devem ser umas duas da manhã.

10

São quatro quando é acordado pelo comandante Soares, que leva de imediato o dedo esticado ao lábio, no velho sinal de silêncio. A Lua está nesse preciso momento a pôr-se entre as árvores que cobrem os montes, para ocidente. Sidónio levanta-se, de cabeça pesada de sono, e fica à espera do que se seguirá, enquanto comandante e imediato continuam a acordar homens. Não todos: só a equipa da mecânica. O vento continua a soprar de norte, agora com um pouco mais de força, e Sidónio é sacudido por um arrepio de frio e enrola-se melhor no capote com que se cobrira para a noite. Comandante e imediato reúnem os seis homens em volta do queimador, e o comandante segreda:

— Preparai a passarola para descolar. Fazei pouco barulho: quero deixar os remadores dormir até serem necessários. Partimos em missão, com a *Baleia Branca*, a *Águia Real* e a *Maria*, e sob o comando da *Zambeze*.

Nada mais diz, mas não é preciso. Os homens sabem o que têm a fazer. São trazidas pazadas de carvão, e depressa o queimador brilha com um fogo vivo que empurra golfadas de ar quente para dentro dos três balões principais. As estacas são arrancadas ao solo, e as amarras recolhidas. As válvulas das garrafas são abertas e o gás gusmão infla os balões secundários em uma sucessão de silvos que como que servem de deixa para que a aeronave abandone lentamente o batatal em que estivera pousada. Por essa altura, o objeto mais brilhante no céu já não é a Lua, que partiu para ir iluminar a noite americana, mas sim a primeira das cinco passarolas a levantar voo. O vento empurra-a para o rio e, aí chegada, volta a descer para o interior do vale que abraça o Tejo, ficando a ver-se apenas o topo dos balões principais. A *Unidade* segue-a, e atrás desta vêm as restantes, em uma fila irregular. Os remadores vão acordando sozinhos com o barulho que é inevitável fazer-se e com as sacudidelas de uma passarola em movimento e, entre exclamações de surpresa e olhares de incompreensão, vão tomando os seus lugares à luz rubra dos queimadores. Quando a passarola chega ao rio, desencaixam as aletas e, a uma ordem do comandante, começam a movê-las, empurrando-a para leste.

As duas horas seguintes são passadas a seguir primeiro o curso do Tejo, para leste, e depois o do Sever, que marca a fronteira com Espanha quase desde a nascente até ao ponto em que se abre para a margem esquerda do Tejo. A navegação pelo vale do Sever é exigente. O vale é estreito e profundo, com uma sinuosidade que, não sendo excessiva, ainda assim exige muita atenção aos remadores e ao comandante. O rio, pouco mais que um ribeiro, corre por um leito apertado entre árvores de grandes dimensões. De dia, um voo de baixa altitude por aquela zona seria uma viagem difícil; noite cerrada, com a Lua arredada do céu e guiados apenas pela luz das estrelas e pela que salta dos queimadores, se reflete nos balões e vai derramar-se pela paisagem, torna-se impossível e por isso a *Zambeze*, que vai à frente, não tem alternativa que não seja largar lastro e subir, no que é prontamente imitada pelas outras passarolas.

Ao longo de toda a viagem, as tripulações mantêm-se em silêncio. Quaisquer tentativas de conversas são rapidamente silenciadas pelos comandantes. Na *Unidade*, o comandante Soares nem murmúrios admite, à parte os que troca de vez em quando com o imediato, e as ordens de navegação que transmite ao resto da tripulação. A *Unidade* é a terceira na fila de passarolas, tendo-se deixado passar por uma outra aeronave aquando da viragem para sul. O comandante só tira os olhos desta para os passar rapidamente pela pouca luz que lhe chega do vale.

Devem ser quase sete da manhã quando é dada a ordem de virar as proas a norte e remar contra o vento apenas com a força suficiente para manter a posição. O céu oriental começa já a empalidecer por entre leves farrapos de nuvens. A nordeste, em Espanha, um banco de nevoeiro espalha-se em tentáculos pelos acidentes pouco pronunciados da planície e cerca as três ou quatro luzes de um pequeno povoado. A ocidente, mais neblina, mas esta escura e sem forma visível. Não há sinal de franceses, nem das passarolas que os combatiam. Tampouco há sinal do exército que viera de sul. Estarão certamente ali, um e outro, fundidos com o terreno, mas nenhuma luz ou movimento os denuncia. A madrugada é a calma em forma de paisagem, interrompida apenas pelos ruídos das passarolas e por um uivo ocasional de lobo à distância.

É então que as coisas começam a acontecer. A passarola que está entre a *Unidade* e a *Zambeze* vira-se para poente e começa a avançar. O comandante Soares aponta a luneta para ela e franze o sobrolho. De seguida, vira-a para a *Zambeze*. Sidónio consegue ver a tripulação desta a içar apressadamente bandeiras sinaleiras e uma figurinha longínqua que parece gesticular, mas os movimentos das aletas não se alteram: a passarola continua simplesmente a manter a posição contra o vento. Quebrando o silêncio, ouve-se uma detonação vinda da *Zambeze*, o sinal habitual para chamar a atenção da frota. O comandante Soares vira-se para a equipa do queimador e ordena em voz baixa que seja enviada uma mensagem à passarola que comanda o destacamento. A resposta não se faz esperar, e Soares ordena:

— Atrás da *Baleia Branca*, a toda a velocidade.

Os remadores respondem logo, esquecidos do sono.

— Albino, ao canhão — acrescenta o comandante. — Pessoal da maquinaria, às espingardas e às posições de combate.

A ordem é obedecida após uma pequena hesitação, mas, depois de pegar na arma e de se encostar a uma amurada com ela na mão, Sidónio não consegue evitar observar o comandante de boca aberta. É um comandante que não conhece que tem na sua frente. Um comandante que dá ordens que também não compreende. Está em pé à proa, logo atrás dos artilheiros, de luneta em punho, a observar a outra passarola. Quando a baixa, olha em volta, vê que Sidónio e vários dos colegas o observam, e decide-se a explicar, em voz baixa:

— Tínhamos ordens para patrulhar a fronteira, para a hipótese dos franceses tentarem retirar e reagrupar do lado espanhol, e avançar à alvorada, especialmente se o vento virasse a leste. A *Baleia Branca* está a violar essas ordens. Não sei o que o Rodrigues tem na cabeça, mas ontem à noite foi o próprio Sílvio Évora que me ordenou que o mantivesse debaixo de olho.

Então ergue a voz, para que todos o ouçam bem.

— Homens, podemos ter ali um traidor. Todos sabeis o que isso significa. Eu sei que tendes camaradas dentro daquela passarola, mas espero que não haja hesitações quando tiverdes de fazer o que for preciso.

Sidónio recorda o momento, na formatura, em que perguntara a si próprio como aquele Leandro Rodrigues se comportaria quando o momento chegasse, e compreende que a resposta segue uma centena de metros à sua frente, a perder lentamente terreno para a *Unidade*. Entre todas as respostas possíveis a essa pergunta, aquela é provavelmente a pior.

Passam-se longos minutos. Logo antes da primeira talhada de sol surgir a cavalo do horizonte oriental, o comandante Soares ordena o içar de bandeiras sinaleiras. A mensagem é simples: "VOLTAR JÁ PARA TRÁS". Da outra passarola não vem resposta. Soares ordena um disparo para o ar, para chamar a atenção. Continua a não haver resposta, mas agora o comandante, que observa a *Baleia Branca* pela luneta, resmunga uma praga em surdina. Logo a seguir, Sidónio vê uma das aletas da outra passarola parar, meio aberta, e imediatamente depois o mesmo acontece às outras. Não tem a certeza, mas parece-lhe ver o casco a balançar ligeiramente. Ouve-se um tiro, e logo outro, e um corpo é projetado borda fora e cai, num longo grito de terror que termina de repente em uma espécie de *puf*. O olhar estarrecido de Sidónio cruza-se com os olhares igualmente estarrecidos dos camaradas. Os remadores abrandam, boquiabertos, mas Soares atira-lhes um berro para que continuem, para se apressarem. Ainda sem ninguém a mover as aletas, a *Baleia Branca* começa a ser arrastada para sul, girando lentamente sobre si própria.

O que quer que se tenha passado lá dentro continua a passar-se. Sidónio está demasiado longe para discernir pormenores e a luz do dia que nasce ainda não ajuda, mas por vezes há uma sombra que passa em frente do brilho do queimador e ouvem-se gritos indistintos, alguns aparentemente de dor. Não soam mais tiros. A *Unidade* aproxima-se rapidamente, agora que a outra passarola se limita a pairar no ar. Duas das aletas da *Baleia Branca*, as da frente, começam então a mexer-se, enquanto as de trás são arrumadas nos encaixes. A passarola começa a virar de bordo, virando a proa para a *Unidade*, que continua a ganhar terreno. Quando as passarolas já não estão separadas por mais de quarenta braças, alinham-se, e a *Baleia Branca* dispara. Um tiro de canhão e uma fuzilaria contínua de espingarda que põem a tripulação da *Unidade* a procurar refúgio atrás das partes mais sólidas da passarola. O comandante Soares berra imprecações contra tudo e todos. É evidente que nunca imaginara que pudesse realmente ser atacado a tiro por outros membros do Corpo. O tiro de canhão não atinge o casco da *Unidade*, mas atravessa as duas aletas do lado esquerdo, inutilizando-as e destruindo a capacidade de manobra da passarola. Os tiros de espingarda atravessam o bambu como se este fosse manteiga. Um dos remadores cai, atingido na barriga. Outro é ferido na mão esquerda. Sidónio apercebe-se de que é urgente ripostar, caso contrário acabarão todos por sofrer a mesma sorte. O artilheiro Albino tem a mesma ideia, respira fundo, persigna-se e põe-se atrás do canhão, fazendo pontaria. Dispara e no instante seguinte solta um grito e cai para trás, com um jorro de sangue a sair-lhe do ombro direito. Sidónio, ainda deitado sobre as canas do convés, cruza um olhar com o ajudante de artilheiro. O homem está em pânico, incapaz de reagir. Sidónio salta para a frente. Ouve outra voz a gritar de dor. Apercebe-se na periferia da consciência de que vários dos remadores abandonam as aletas e correm à popa, não sabe se para irem buscar espingardas, se para procurarem refúgio na zona mais protegida da passarola. Da outra, continuam a vir gritos e uma chuva de balas, ainda que agora menos intensa. Sidónio chega à proa, refugia-se atrás do canhão e espreita para fora. Apercebe-se de que a *Unidade* girou para o lado esquerdo, provavelmente porque os remadores do direito continuaram a movimentar as alavancas já depois das aletas esquerdas estarem inutilizadas. O canhão já não tem linha de tiro sobre a outra passarola. Mas não é preciso: o tiro de Albino abrira um enorme furo nos três balões principais, e a *Baleia Branca* afunda-se rapidamente, sustentada apenas pelos balões auxiliares, a caminho de um choque inevitável com o chão, já pouco distante. É essa a razão da diminuição nos disparos: a maior parte da tripulação parece entregue à frenética tentativa de manter a passarola a flutuar pelo menos o suficiente para aterrar de uma forma razoavelmente controlada, despejando borda fora tudo o que não é fundamental. Lastro, carvão, água e alimentos, até armas e munições.

E cadáveres.

Sidónio nesse momento não se apercebe, com a atenção presa em outros detalhes, mas a cena fica-lhe registada na memória com tal intensidade e profusão de pormenores que mais tarde irá recordá-lo: todos os cadáveres são coloniais.

Aquele esforço desesperado consegue diminuir a velocidade de queda da *Baleia Branca*, mas não a mantém a voar por muito tempo. Na *Unidade*, a tripulação recupera a iniciativa, incentivada pelos berros tanto do comandante Soares, como do seu imediato. A amurada direita enche-se de homens de espingardas em punho. Sidónio não se junta a eles: primeiro sacode o ajudante de artilheiro, gritando-lhe para ir buscar um pano limpo qualquer, arrancando-o assim às malhas do pânico. O homem vai. Sidónio, ajoelhado, aperta com força o ombro do artilheiro, segredando-lhe por cima do ruído dos disparos:

– Aguenta-te Albino. Aguenta-te, pá.

O colonial olha-o, faz que sim com a cabeça, esboça um sorriso cheio de dentes muito brancos que mais parece um esgar de dor. E provavelmente é. O ajudante chega com o pano. Sidónio é puxado com força pelo ombro, desequilibra-se, quase se estatela de costas. O comandante Soares grita-lhe ao ouvido:

– Às bombas! Temos de descer. Já! – E, para o artilheiro-ajudante: – Trata tu disso. E depois trata também dos outros.

Sidónio corre às bombas. Nuno Gusmão já lá se encontra, sacudindo com força a manivela de uma, com um esgar de dor a retorcer-lhe as feições. O comandante regressa à amurada, mas não leva a arma à cara. Em vez disso, grita por cima do ombro:

– Depressa!

Sidónio bombeia freneticamente. Outros dos homens da maquinaria ocupam outras bombas. Não consegue ver se a passarola está a descer suficientemente depressa, mas começa a preocupar-se com o pouso. A manobra de descida rápida com recurso ao Gás Gusmão implica que, no momento certo, indicado por alguém com uma visão desobstruída do terreno, geralmente o comandante, os balões sejam insuflados o suficiente para reduzir a velocidade vertical, e mesmo assim é raro evitar-se uma colisão forte com o chão. É o que acontece agora. Soares solta um grito, Sidónio e Nuno Gusmão abrem as válvulas e voltam a fechá-las pouco depois, e agarram-se ao cordame instantes antes do casco colidir violentamente com o solo. Algo se racha e parte. São vários os tripulantes que gritam, os feridos de dor, os outros de susto. A fuzilaria recomeça com força. Soares berra por sobre o alarido:

– ABANDONAR AERONAVE! ABANDONAR AERONAVE!

Sidónio sabe o que isso quer dizer. Salta para junto do queimador, pega em uma pá, enfia-a no carvão em brasa. Nuno Gusmão aparece a seu lado com outra pá na mão. Os camaradas saltam pela amurada de estibordo. Sidónio espalha a pazada de carvões em brasa pela popa da passarola. À proa, o artilheiro-ajudante e outro homem arrastam consigo um Albino dos Santos inconsciente, procurando manter as cabeças baixas. Sidónio enfia outra vez a pá no queimador, enquanto, à popa, surgem as primeiras labaredas. Nuno atira os seus carvões para a proa. Há um homem estendido e imóvel a meio-casco, não muito longe de Sidónio. Este larga a pá, debruça-se sobre o camarada. É o remador que fora ferido na barriga. Sidónio põe-lhe a orelha no peito e nada ouve. O homem está morto. Mesmo assim, Sidónio pega-o pelos sovacos e começa a arrastá-lo. Como que vindo de muito longe, ouve um tiro, e depois sente um calor repentino no braço direito. Perde a força. Não percebe o que se passa. Olha com surpresa a mancha de sangue que alastra na manga da jaqueta. Não sente dor, mas tem de deixar cair o cadáver. Cai, também ele.

À popa, o fogo começa a propagar-se ao terceiro balão principal e, logo em seguida, um dos balões auxiliares explode com violência, despedaçando também a válvula e a bomba respectivas. Voam estilhaços por toda a parte e ouve-se um grito estrangulado. Sidónio tenta levantar-se. Nuno Gusmão está caído no bambu fumegante, no meio de uma sementeira de carvões em brasa. Já surgem as primeiras labaredas. Sidónio não consegue perceber o que se passa com ele. Ouve mais tiros, mais próximos. Alguém surge a seu lado. Sidónio procura defender-se, julgando tratar-se de algum inimigo, mas está fraco demais. Sente que o homem, seja ele quem for, o carrega às costas. Vê passar mais homens, dois ou três. Ouve outra explosão. Ainda tem tempo de pensar que deve ser outro balão auxiliar antes de qualquer coisa lhe bater com violência na nuca. Apaga-se para o mundo ainda antes de fechar os olhos.

11

Da primeira vez que volta a si, está deitado de lado no chão, com um sol que se côa por entre as folhas de uma oliveira a bater-lhe intermitentemente nos olhos. A cabeça está apoiada à casca de um ramo caído cujas asperezas se lhe espetam dolorosamente na bochecha, e à sua frente um camarada ferido geme de dor. Ouvem-se tiros e um ruído que só passado algum tempo identifica como o crepitar de chamas. Ergue ligeiramente a cabeça, para tentar ver mais do que se passa, mas a ideia não é a melhor que poderia ter tido. Não chega a sentir dor quando volta a bater com ela no ramo; nesse momento já está de novo inconsciente.

Da segunda vez como que desperta sobressaltado. Sente imediatamente a cabeça a latejar e uma dor imensa submerge-o como água turva. Nada ouve, nada vê, nada sente a não ser aquela dor. A parte boa é que dura pouco.

Da terceira vez que volta a si, começa por ouvir vozes. Não tem coragem para se mexer, nem mesmo para abrir os olhos. Mas em uma das vozes reconhece o comandante Soares. Está a perguntar a alguém se ele está em condições para ser deslocado. Sidónio pergunta a si próprio quem será aquele "ele". A voz que lhe responde é profunda e gutural, e Sidónio não a reconhece, nem compreende, a princípio, as palavras. Depois lembra-se de um homem eficiente mas calado que consigo partilha a manutenção da *Unidade*. Não sabe por que se lembra dele e pergunta a si próprio o que terá sido feito da *Unidade*. Então lembra-se e isso leva-o a abrir os olhos. Está demasiada luz e volta a fechá-los. Põe-se à escuta. Continua a ouvir o crepitar de algo a arder. Mas já não ouve tiros.

Já não ouve tiros.

Sente uma sede imensa. Pede água em uma voz fraca. A voz profunda e gutural responde-lhe:

– Não tem, Sidónio. Tem que aguentar.

Como se aquilo fosse demais para ele, volta a afundar-se na inconsciência.

Da quarta vez que volta a si, está deitado de bruços sobre um bocado enegrecido de tela. Balança. Abre os olhos com cuidado, vê passar o tronco de uma árvore. Um sobreiro, com toda a certeza, apresentando os sinais do corte recente de cortiça. Aos poucos, vai compreendendo que se encontra numa padiola improvisada, e que está a ser transportado para qualquer sítio. Está ferido, incapaz de se mover sozinho. Tenta erguer a cabeça para ver quem o transporta, mas a dor que lhe rebenta na nuca é forte demais. Por isso, em vez de a erguer, baixa-a, e olha a cara do Dias. O Dias, africano, calado, ninguém sabe de onde veio. O seu camarada Dias. Atrás dele e um pouco desviado para o lado segue o rosto hirsuto e o corpo forte e beirão do comandante Soares, também ele agarrado à ponta de dois ramos acabados de partir, apesar da sua posição na hierarquia. Outra padiola, outro camarada caído.

O rosto do comandante denota alguma tristeza. Mas também triunfo e um júbilo feroz por estar vivo. E Sidónio sorri, de si para si, de repente certo de que tudo correu o melhor possível e a missão, fosse ela qual fosse, foi cumprida. Então é como se algo se abrisse e ele autoriza-se finalmente a sentir o cansaço da tensão a que esteve sujeito e da noite pessimamente dormida. Sente sono, oh!, tanto sono. E, apesar da dor na nuca, apesar de outra dor quase esquecida em um braço, apesar de ouvir, por baixo dos passos, das respirações e de um gemido ocasional dos companheiros, um trovejar contínuo de detonações, como se algures, não muito longe dali, estivesse a decorrer uma violenta batalha, apesar de tudo isso sente-se seguro. Está com os camaradas, com aqueles homens extraordinários, todos eles, que compõem o Corpo dos Minorcas, com os homens a quem pode confiar a sua vida.

E adormece, insuflado de paz.

A EXTINÇÃO DAS ESPÉCIES
Carlos Orsi

Todos já ouviram falar da beleza da paisagem na região de Botafogo. A casa onde morei ficava perto da conhecida montanha do Corcovado e, durante o período em que estive no Rio de Janeiro, imaginei que nada, ali, pudesse deixar em minha mente uma impressão maior que essas enormes massas arredondadas de rocha nua, erguendo-se acima da mais exuberante vegetação.

Mas nesta, como em muitas outras coisas, estava enganado.

Por mais que o mundo natural que me cercava intoxicasse os sentidos e intrigasse o intelecto, a mais forte impressão deixada em mim pelo Brasil – percebo agora, ao contemplar o autômato a quem dito estas palavras e as fagulhas vermelhas que saltam em meio à luz amarelada da lareira – foi provocada por uma máquina.

Toda máquina, é certo, pressupõe um homem, seu criador. Não sei como tal homem – a quem me referirei como o Fabricante de Autômatos – me encontrou. É bem possível que tenha ouvido falar do jovem naturalista inglês que decidira passar algumas semanas numa cabana, ao pé do mais famoso penedo do litoral sul-americano. Sendo ele também do Velho Mundo – do continente; nunca me precisou seu local de origem, mas sua fala e modos eram marcadamente germânicos – deve ter se sentido atraído pela companhia de um espírito cultivado em uma cultura mais próxima da sua.

O clima no Rio, durante os meses de maio e junho, o início do inverno, era delicioso. Mas o estranho alemão, a cada vez que vinha me ver, parecia trazer consigo todo o *Sturm und Drang*, as tormentas e a intensidade do mais exacerbado romantismo de sua terra.

Em sua presença, as chuvas pesadas que desabavam como cataratas sobre as florestas ao redor do Corcovado pareciam não produzir mais a música notável que era como a torrente de um enorme, caudaloso rio. Em vez disso, via-me transportado, contra a vontade, para as escarpas da Europa Central, onde as nuvens escondem diuturnamente o céu, e a única luz que vem da natureza é a dos raios; a única música, a dos trovões.

Ao lado do forasteiro, sentar-me na varanda para assistir ao cair da noite deixava de ser o "espetáculo delicioso" que, vejo agora, menciono em meu diário; tornava-se, em vez disso, um exercício de desconforto e apreensão.

O visitante germânico era, também, um homem de ciência, bem versado, até onde vai minha própria compreensão de ambos os assuntos, em medicina e engenharia. Ele provavelmente não desconhecia o efeito perturbador que sua presença provocava, pois nunca vinha me visitar sem trazer consigo um pequeno exemplar de sua oficina – um pássaro mecânico capaz de cantar como um rouxinol; mais de uma vez, um grande cão de bronze, que corria e latia pela grama como o mais alegre dos animais.

Mas seu tema de conversa favorito era a metafísica. Ele me procurava para discutir, e discutíamos (pois também devo confessar um fraco pela especulação mais selvagem), principalmente, o famoso argumento do reverendo Paley: de que a presença de um relógio evidencia a existência de um relojoeiro; logo, a presença do universo evidencia a existência de um Criador.

Meu amigo alemão tinha por hábito levar a analogia a extremos com que o pobre reverendo provavelmente jamais sonhara. Abaixo, reproduzo um de nossos primeiros diálogos e o que me parece ter sido, em vista do que ocorreu depois, um dos pontos decisivos de nosso relacionamento:

– Um relojoeiro de menor talento é, às vezes, capaz de reparar um relógio quebrado, mesmo que esse relógio tenha sido feito por um mestre – dizia o Fabricante. – Como um médico é, às vezes, capaz de curar um doente. Certo?

– Certo – concedi.

– Da mesma forma, desmontando e analisando as peças usadas no trabalho de um relojoeiro-mestre, um relojoeiro aprendiz pode, aos poucos, progredir na arte... E um dia, talvez, construir suas próprias molas, engrenagens e montá-las numa nova peça...

A conversa, nesse ponto, perturbava-me:

— O senhor está propondo que, pelo estudo da anatomia, o homem poderá ganhar conhecimento suficiente para criar homens?

Lembro-me de que, à menção da possibilidade de "criar homens", uma tristeza imensa pareceu invadir os olhos do Fabricante de Autômatos. Tristeza, misturada a um desespero mudo, aprisionado, interdito: o olhar que eu esperaria ver na face do Velho Marujo de Coleridge.

— O caminho que o senhor sugere já foi explorado — disse-me ele, sem oferecer maiores explicações. — Com resultados francamente insatisfatórios. Não, o que sugiro não é a síntese, mas a análise: encarar o ser vivo como uma comunidade de mecanismos, de funções que são executadas mediante carne e osso por mera contingência; que poderiam ser praticadas por outros materiais. Proponho olhar para a semente como se fosse a máquina que constrói a árvore, do mesmo modo que polias e alavancas construíram as pirâmides.

— Sementes não são *mecanismos* — contrapus. — São *criaturas*. Há uma diferença...

— O senhor viu e apreciou meu mastim — insistiu o Fabricante. Naquele dia ele levara pela primeira vez à minha morada o cão de bronze, que corria, divertido, atrás de uma borboleta ao crepúsculo, enquanto o metal polido de seu corpo reluzia sob os raios quase horizontais do sol poente, tingidos de esmeralda pela mata translúcida. — Máquinas capazes de *imitar* a vida. Imagino até que ponto essa imitação poderia ir. Qual a menor unidade viva que poderia ser recriada mecanicamente? Uma mosca? A perna de uma mosca? O pelo na perna...

— Isso não é contrariar o rumo atual do progresso? — questionei. — Na Europa e na América do Norte, a tendência é a da criação de autômatos cada vez maiores, cada vez mais complexos...

O Fabricante deu de ombros:

— Essa complexidade é ilusória... Um mero truque de salão. A verdadeira complexidade, para ser recriada, requer, primeiro, a compreensão da partícula mais simples.

— Há o Turco. — Desafiei-o. — O autômato jogador de xadrez. O que pode ser mais complexo que isso?

O Fabricante reagiu com uma careta:
— Há um homem no interior daquele "autômato", não se engane — disse.
— Como o senhor sabe? Já inspecionou o aparelho?
— Não. Mas recebi descrições detalhadas de meus associados no exterior.
— Associados? — perguntei, surpreso. O Fabricante sempre me parecera um eremita, isolado do mundo com seus brinquedos mecânicos.
— Mantenho uma vasta correspondência — disse-me, sem esconder o orgulho. — Desta pequena selva tropical, troco ideias com e, se me posso permitir uma certa dose de soberba, às vezes *oriento*, algumas das maiores mentes mecânicas do mundo. Tudo muito dissimulado, é certo... Provavelmente não há dois de meus correspondentes que me conheçam pelo mesmo nome, ou que me enviem suas cartas para um mesmo endereço. Mas a rede que mantenho é ampla, e tudo que nela cai chega-me às mãos...

A incredulidade deve ter transparecido em meu rosto, pois o Fabricante logo abriu um sorriso e disse:
— O senhor certamente já ouviu falar no tipógrafo portátil, a máquina que permite a qualquer um criar documentos impressos com o toque dos dedos...?

Disse-lhe, surpreso, que tinha uma comigo em minha bagagem.
— Orientei alguns dos criadores desses dispositivos — afirmou. — Imagine, agora, se, em vez de teclas a pressionar, houvesse no interior da máquina um autômato ligado diretamente às hastes tipográficas, e que as ativasse ao ouvir um ditado...?
— Um homúnculo? — eu não sabia se deveria rir.
— Não, não. Por que um homem? Apenas um conjunto automatizado, capaz de executar as funções de um ouvido e de dez dedos. Um ouvido articulado! Não seria preciso um homem mecânico *inteiro*. A forma, senhor, deve servir à função. É por isso que o Turco já falhava em me convencer, antes mesmo das descrições mais detalhadas que recebi de meus correspondentes: uma máquina criada para resolver um jogo de tabuleiro não precisaria de nada além de cérebro, olho e mão. Talvez nem um cérebro e mão, mas *parte* de um cérebro, e *uma pinça*. Torso, turbante, coisas assim não fazem sentido. São ofuscações.

Depois de uma pausa, prosseguiu:

— E, se houvesse realmente homens mecânicos, jogar xadrez seria a menos nobre de suas aplicações.

— Mesmo? E qual seria a mais nobre, em sua opinião?

— Ora — lembro-me, até hoje, do olhar de espanto que o Fabricante me lançou quando lhe fiz essa pergunta, como se a resposta já devesse ser perfeitamente óbvia para qualquer homem racional.

— Substituir o trabalho escravo, sem dúvida. É a isso que almejo.

✼

Minha estadia no Brasil já havia me apresentado aos horrores da escravidão: a caminho do Rio de Janeiro, meu grupo passara junto a um penhasco de cujo pico, segundo me contaram, uma negra fugida havia se lançado para a morte, abraçada a um bebê recém-nascido, para salvar a si e ao filho do cativeiro.

Não pude, portanto, deixar de simpatizar com a ideia do Fabricante. Despersonalizados pela própria condição, escravos não são mais que braços e pernas para seus amos. Se, em vez disso, houvesse braços e pernas mecânicos... Restava, claro, a questão *moral*: não parecia correto que a abolição se desse por mera substituição. Ela deveria vir de uma decisão mais profunda, de um compromisso ético: do reconhecimento explícito de que a sujeição humana é intolerável, não importando quais as condições objetivas.

Assim que o pensamento surgiu, censurei-o: se houvesse um substituto mecânico pronto, à mão, seria correto manter o negro escravizado, aguardando que, em nome de uma duvidosa reforma das consciências, iluminasse-se a alma dos senhores brancos? Não fazia sentido.

Estava prestes a cumprimentar meu amigo pelo nobre fim a que se propunha, mas outra lembrança de minha viagem pelo interior do Brasil se interpôs: eu havia assistido ao proprietário de uma das fazendas onde tínhamos nos hospedado preparar-se para vender, separadamente, todas as mulheres e crianças negras em sua posse.

Em nenhum momento passou pela mente de meu anfitrião a ideia de que tal ato — a desagregação forçada de mais de trinta famílias — fosse cruel e desumano. Sua única preocupação, ao tratar com os escravos, era o lucro.

E, no entanto sou obrigado a jurar que, ao lidar conosco, estrangeiros em sua terra, hóspedes em sua casa, comensais em sua mesa, esse mesmo proprietário mostrava-se um tipo humano superior, tanto em gentileza quanto em bons sentimentos.

Escravos têm filhos, foi o pensamento que me ocorreu. Balancei a cabeça:

— Não creio que seu plano vá funcionar — disse eu.

— Por quê? — o Fabricante não soava ofendido, mas havia uma intensidade extra em seus olhos.

— Máquinas têm de ser construídas por homens, que precisam ser pagos para isso — comecei a explicar. — Escravos são produzidos por outros escravos, de graça. Escravos são *gado*. Uma economia de homens mecânicos não funcionaria assim.

— Essa é a ideia mais monstruosa...

— A escravidão é monstruosa — disse eu, rapidamente, preocupado com o tom de justa ira que aflorava à voz de meu visitante.

Isso fez o fabricante relaxar de imediato. Ele riu:

— O senhor está certo. Certíssimo. Deu-me muito em que pensar.

※

Conheci o fruto das reflexões que minhas palavras haviam suscitado no Fabricante poucos dias antes da data marcada para que o *Beagle* deixasse o porto do Rio. Meu amigo germânico chegou carregando uma caixa nas mãos, do tamanho, talvez, de um livro volumoso, e deteve-se ao pé da varanda, onde eu lia, minha atenção dividida, como sempre, entre o texto e as cores do pôr do sol tropical.

— Tenho algo a lhe mostrar — disse-me ele. — Mas é melhor que a demonstração ocorra na grama.

Sem hesitar, pus o livro de lado e desci os degraus até o jardim, levando comigo um copo d'água, que o Fabricante aceitou, agradecido, e bebeu de um só gole. Para pegar o copo, passou-me a caixa, e notei que tinha um peso considerável.

— Calor infernal — queixou-se.

— Imagino se não haveria trajes civilizados mais adequadas ao clima — respondi.

Ele sorriu:

— Assim são os homens... é mais fácil enfrentar as leis da natureza que lutar contra os pequenos costumes irrelevantes. Ponha a caixa no chão, por favor.

Obedeci. Com o que me pareceu ser um gesto longamente estudado, o Fabricante abaixou-se, estendeu os braços e abriu-a.

O que vi me deixou surpreso e fascinado. Era um novo autômato animal, mas não um pássaro ou um cão – nenhuma criatura das ordens superiores – e, de fato, não reproduzia fielmente nenhuma forma que eu conhecesse: parecia uma versão em escala ampliada de algum tipo de verme arquetípico, ou um monstro mitológico sugerido pelo estudo dos vermes. Era uma mistura de platelminto e anelídeo, uma fusão dourada de tênia e sanguessuga.

Chamei-a de "dourada", mas sua superfície não era metálica como a do cão: parecia feita de papel encerado, ou talvez de folhas de madeira polida.

Certamente operava pelo método Waldman-Ingolstadt, pois instantes após ser exposta à luz do sol, a criação do Fabricante de Autômatos começou a tremer e, em menos de um minuto coleava, graciosamente, para fora da caixa e em direção ao solo.

— Fascinante – disse eu, com toda a sinceridade, e vi-me perguntando a mim mesmo se não seria possível criar besouros autômatos, e o que tais engenhos poderiam nos ensinar sobre os coleópteros da natureza. – Mas por que...

— Observe – interrompeu-me o Fabricante, pondo-se em pé (até então, estivéramos agachados, observando de perto a máquina fantástica, que tinha o tamanho aproximado de uma serpente adulta).

E, enquanto eu observava, ele flexionou o joelho e desceu a bota, com toda a força, sobre o centro do corpo do autômato, esmagando por completo dois dos anéis articulados que o compunham. Mal pude suprimir meu grito de indignação, e confesso que lancei um olhar ultrajado na direção do criador que, de tal forma, destruía a própria criatura.

— Observe – repetiu o Fabricante ao encarar, com placidez, a reprovação explícita em minha face.

No tempo em que desviara meu olhar e voltara a dirigi-lo para o autômato que julgava destruído, os segmentos esmagados haviam se separado por completo do corpo principal, e as metades restantes do verme, ainda intactas, agora emitiam filamentos uma em direção à outra. Minúsculos fios de seda e metal que se lançavam ao ar como chicotes liliputianos, construindo uma ponte entre as seções, puxando-as uma para perto da outra e, finalmente, lacrando a ferida.

Ao cabo de poucos minutos o verme estava intacto – abreviado em dois segmentos, mas ainda capaz de rastejar pela terra.

– Observe – ouvi meu visitante dizer mais uma vez, e me perguntei o que mais haveria para observar... Até que senti o cheiro inconfundível de ácido fórmico, e virei rosto para seguir o olfato.

Para minha surpresa, os dois segmentos esmagados também haviam se ligado entre si. Seus cabos de seda agitavam-se pelo ar como tentáculos de sonho, arrancando lâminas de grama e recolhendo gravetos, minúsculas formigas e pequenas pedras, que eram arrastados para o interior do estranho verme de duas partes.

As fissuras na superfície de papel (ou madeira?) preenchiam-se lentamente com uma pasta esverdeada, que supus ter sido produzida a partir de matéria vegetal e da armadura das formigas; a deformação mecânica também corrigia-se devagar.

– Cada anel de meu verme é uma miniatura do todo, capaz de atuar como um microcosmo do corpo principal e de reparar-se a si mesmo, dentro de alguns limites razoáveis, e desde que haja material adequado por perto – explicou-me o Fabricante. – É um processo relativamente novo e o pioneiro da técnica é um de meus correspondentes, que vive na Argentina. A máquina ainda não é capaz de se reproduzir, como... como *gado* – ele injetou um sentido ominoso na palavra. – Para isso, seria preciso que ela existisse imersa em um oceano de matéria-prima. Mas é um começo, espero.

– Entre minhas próximas paradas – disse eu, ainda aturdido pelo que assistira – está a Argentina. Posso lhe perguntar quem seria seu correspondente...?

– Professor Luís Adolfo Morel – respondeu o Fabricante. – Mas não sei se será possível vê-lo, se é essa a sua intenção. Ele está no interior, nos pampas, lutando contra selvagens sublevados ou coisa assim.

Em 5 de julho de 1832, o *Beagle* partiu do esplêndido porto do Rio de Janeiro. Em parte de nosso caminho para o Rio da Prata, fomos acompanhados por um enorme cardume de golfinhos – tantos, na verdade, que em alguns momentos o próprio mar parecia feito deles, que se desdobravam em saltos nos quais corpos inteiros apareciam fora d'água. Mesmo com o navio fazendo nove nós, os animais eram capazes de cruzar e voltar a cruzar a quilha com a maior facilidade, e correr à nossa frente.

Mas o passeio dos golfinhos ocupou apenas uma pequena parte da viagem de 15 dias e que foi, no geral, bem pouco interessante. Passei a maior parte do tempo refletindo sobre minhas conversas com o Fabricante, tentando imaginar o tamanho da rede mundial de conspiradores mecânicos em cujo centro ele dizia encontrar-se.

Mais e mais vezes, surpreendi-me a contemplar detidamente o velame do *Beagle*, dourado pelo efeito Waldman-Ingolstadt, que captava a luz do sol e acumulava a força vital do astro em grandes células galvânicas, armazenadas num compartimento especial sob o convés.

Na Inglaterra, o processo descoberto acidentalmente há décadas pelo velho anatomista alemão era usado principalmente como curiosidade, na criação de brinquedos como os chamados "autômatos-borboleta", nada mais que retalhos brilhantes de tecido especial que se mantinham dançando no ar enquanto houvesse incidência direta de luz solar.

Já a bordo do *Beagle*, as aplicações eram mais sérias. A *vis viva* acumulada nas células ajudava-nos a conservar alimentos frescos por mais tempo, a preparar nossas refeições com consumo mínimo de combustível e, segundo disse-me o capitão Fitz-Roy, numa emergência poderíamos contar com ela para mover o navio por alguma distância e, até, para purificar a água do mar.

Que milagres, perguntava-me eu, ao comparar as imponentes velas do *Beagle* às asas das tolas "borboletas" da Bretanha, o processo não poderia operar na América do Sul ou nos desertos da África e da Ásia, regiões onde a incidência de luz solar é contínua e abundante? Talvez aí estivesse a chave para o problema do Fabricante.

Assim que entramos no estuário do Prata, o navio foi cercado por inúmeras focas e pinguins. Em nossa segunda noite no local, testemunhamos um espetáculo de fogos de artifício da natureza: o topo do mastro e as pontas da trave brilhavam com a luz de Santelmo; e o formato do cata-vento parecia traçado em fósforo. O mar estava tão luminoso que o rastro dos pinguins na água era marcado por ondas flamejantes e a escuridão do céu era, de tempos em tempos, iluminada pelos relâmpagos mais vívidos.

⚙︎

Vejo em meu diário que o *Beagle* passou dois anos estudando os litorais sul-americanos, mas tudo o que tenho a narrar a respeito, nesta memória, refere-se a minha passagem pela região do Rio Negro, o principal curso d'água entre o Prata e o Estreito de Magalhães. A área, localizada a 41° de latitude sul, era, na época, a mais meridional habitada por homens civilizados em todo o Novo Mundo.

Também foi onde mais vi – até cerca de uma década atrás, quando a tecnologia finalmente disseminou-se na Europa – a aplicação do Waldman-Ingolstadt. A superfície de toda a região é coberta por uma espessa camada de cascalho e a água, quando se consegue encontrá-la, é quase que invariavelmente salobra. As telas douradas que convertem luz em força vital eram usadas na purificação do líquido.

A região de Rio Negro foi onde vi também, pela primeira vez, a aplicação militar do poder do método.

A colônia onde me hospedei de início era chamada, indiferentemente, de El Cármen ou Patagones e ficava a 19 milhas, rio acima. A estrada contornava o sopé da colina que demarca o limite setentrional do vale do Rio Negro. Pelo caminho, passamos pelas ruínas de algumas belas "estâncias" que, havia alguns anos, tinham sido destruídas pelos índios. Elas haviam resistido a vários ataques, e em um deles os colonos tinham decidido recorrer ao poder solar para salvar suas posses.

Um homem que encontramos pelo caminho deu-me uma descrição vívida do ocorrido. Os moradores tinham sido alertados do ataque com antecedência suficiente para levar todo o gado e os cavalos ao curral que cercava a casa, e também haviam montado um pequeno canhão comum, de pólvora.

Os índios eram araucarianos no sul do Chile, várias centenas e altamente disciplinados. Primeiro, foram avistados em duas divisões, no alto da colina. Desmontaram, despiram seus mantos e, nus e a pé, lançaram-se à carga.

A única arma do índio é o chuço, uma haste de bambu muito longa, afiada numa das pontas e adornada com penas de ema. Meu informante pareceu recordar com horror o movimento trêmulo dos chuços que se aproximavam.

Uma vez perto o bastante, o cacique Pincheira exortou os sitiados a depor armas, ou ele lhes cortaria as gargantas. Como esse seria o mais provável resultado sob quaisquer circunstâncias, a resposta foi uma salva de mosquetes.

Com grande firmeza, os índios chegaram à cerca do curral; mas surpreenderam-se ao ver as tábuas presas com pregos de metal, e não, como esperavam, com tiras de couro. Muitos índios já estavam feridos nesse ponto e, quando um dos caciques caiu, atingido por bala de mosquete, eles correram de volta aos cavalos, montaram e partiram em retirada.

A espera, à noite, foi terrível, contou-me meu informante. Quase toda a munição dos mosquetes já havia sido gasta para repelir o cerco e era certo que os índios voltariam. Mesmo o canhão, montado sobre uma plataforma, teria impacto mais moral que prático: que matasse uma dezena de índios; várias outras continuariam lá fora, sedentas de sangue.

Foi então que um homem – um engenheiro francês – teve a ideia que acabou se revelando a salvação da estância. Muitos opuseram-se a ela, pois envolvia desmantelar o equipamento que purificava a água dos poços salobros para o consumo de homens e animais. Mas o francês argumentou que, se sobrevivessem, as máquinas poderiam ser reparadas; caso contrário, que seria melhor que o diabo levasse todo o material antes que os selvagens descobrissem o segredo de transformar a salmoura em água potável.

Como não parecia haver objeção à altura de tal argumento, o plano foi implementado em plena madrugada, à chama de velas e lampiões guardados com quebra-luzes, para que os olheiros índios tivessem o mínimo possível de indicação de que algo estranho ocorria no interior do curral sitiado.

Na manhã seguinte, os índios retomaram o ataque. Um homem notável pelo sangue-frio ficou encarregado do canhão, que tinha sido alimentado com o restante da munição dos mosquetes, além de aparas de metal e velhos pregos enferrujados. Ele aguardou até que a horda estivesse bem dentro do alcance antes de tocar a mecha, e como resultado cerca de 40 selvagens perderam a vida.

O golpe certamente desacelerou, mas não deteve o avanço do exército nu. Dentro do curral, os moradores da estância aguardavam, ansiosos, lábios rachados e bocas secas, temendo lançar mão das reservas de água potável, agora que os dessalinizadores tinham sido desmantelados.

Logo a vanguarda dos agressores chegou ao perímetro do curral, e enquanto alguns dos índios usavam os chuços para manter os defensores afastados – pois o espaço entre as tábuas, pequeno como era, ainda assim permitia a passagem de lâminas estreitas – outros tentaram, com facas de caça e outros implementos, cortar os pregos metálicos que mantinham a integridade da pobre muralha.

Nesse ponto, um largo sorriso iluminou a face de meu informante, e seus olhos brilharam: era evidente que a memória deixara de lhe ser penosa.

Um milagre, foi o que me ele disse. Um milagre aconteceu: no momento em que a primeira lâmina da primeira faca tocou o primeiro prego – assim narrou ele – o portador da arma se viu envolto numa aura dourada que parecia impedi-lo de se mover: era como um inseto aprisionado em um âmbar do éter.

O casulo de luz fantasmagórica irrompeu como uma alvorada em miniatura, que fez com que os selvagens mais próximos se afastassem, abrindo uma clareira instantânea na multidão. Os rostos dos invasores iluminados pelo brilho fantástico que, talvez desconfiassem, pressagiava uma estupenda derrota.

Passados alguns segundos e sem que novos efeitos surgissem – embora, de acordo com meu narrador, fosse possível distinguir uma lenta dilatação no corpo do bárbaro paralisado, como se, em suas palavras, "a da crosta de um pão no forno" – os invasores voltaram a se aproximar do colega encapsulado, e um deles tocou-o.

Nesse momento, o selvagem paralisado *explodiu* – "Abriu-se como uma romã podre caindo ao chão", são essas as palavras exatas que tenho anotadas em meu caderno – e o casulo dourado, convertido num misto de fogo-fátuo, serpente voadora ou corcel selvagem, passou a saltar de índio em índio, aparentemente ao acaso, provocando dezenas de novas conflagrações de corpos humanos.

A incredulidade com que recebi essa informação deve ter transparecido em minha face, pois o argentino logo se lançou numa minuciosa descrição do evento – membros e entranhas voando ao céu, caindo como se numa velocidade menor que a ditada pela natureza, iluminados pela fantasmagórica luz dourada, músculos em contração frenética esguichando jatos de um sangue denso que faiscava e reluzia.

E, assim, a estância foi salva. Perguntei, então, o que havia sido feito do engenheiro que apresentara a ideia salvadora. Parabenizaram-no com menos efusão do que seria de se esperar, disse-me meu informante, talvez por causada exaustão e da sede que tomavam conta de todos, talvez pela desconfiança de que a salvação dos homens brancos tivesse sido não dada pelos céus, mas comprada ao demo; e o homem logo seguiu viagem rumo a Bahia Blanca, onde iria reunir-se a seu mestre, o naturalista Morel, que se encontrava lá a serviço de Rosas, desenvolvendo máquinas para a guerra.

⁂

Ao norte do Rio Negro, entre esse curso d'água e a terra habitada de Buenos Ayres, os espanhóis têm apenas um pequeno posto avançado, estabelecido recentemente em Bahia Blanca. A distância, em linha reta, até Buenos Ayres, é de quase quinhentas milhas britânicas.

Tendo os bandos de índios nômades a cavalo intensificado o assédio às estâncias, o governo em Buenos Ayres equipou um exército, sob o comando do general Rosas, com o propósito de exterminá-los.

As tropas estavam, então, acampadas nas margens do Rio Colorado; um rio que corre cerca de oito milhas ao norte do Rio Negro. Quando o general Rosas deixou Buenos Ayres, lançou-se em linha reta pela planície inexplorada; e como o território foi, dessa forma, limpo dos índios, ele deixou para trás, a intervalos regulares, pequenos grupos de soldados e alguns cavalos, uma "posta", como chamam, para manter comunicação aberta com a capital.

Como o *Beagle* pretendia parar em Bahia Blanca e, confesso, com minha curiosidade atiçada pelas figuras do engenheiro francês e de seu mestre Morel (de quem o Fabricante falara com tanto respeito), decidi me dirigir para lá por terra.

Mr. Harris, um inglês que vive em Patagones, um guia e cinco gaúchos que estavam em missão para o Exército foram meus companheiros na jornada. A viagem até o Rio Colorado consumiu dois dias. Todo o território pelo qual passamos faz por merecer um nome não muito melhor que o de deserto. Água existe em apenas dois poços e, embora seja chamada de doce, mesmo na época das chuvas mostra-se salobra.

Pouco depois de passarmos pelo primeiro poço, avistamos uma das máquinas de guerra de Morel. Criada para reproduzir, com o máximo de fidelidade, uma das árvores sagradas que os índios encaram como altares do deus Walleechu, fica num ponto elevado da planície; e portanto é um marco visível a grande distância.

Assim que uma tribo de índios avista uma dessas árvores, começam as oferendas, sob a forma de altos brados. A árvore em si é baixa, cheia de galhos, e espinhosa – e são esses espinhos, somados à superstição dos índios, que fazem do simulacro de Morel uma arma tão formidável.

Uma árvore Walleechu comum estaria coberta por fio coloridos, dos quais penderiam as oferendas dos selvagens – comida, tabaco, pedaços de tecido. Da árvore de Morel, pendiam corpos empalados e crucificados, além de restos humanos, tiras de couro, curtido pelo sol e pelo vento salobro, que um dia haviam sido parte da pele de um orgulhoso guerreiro ou, talvez, do seio de uma mãe amorosa.

A árvore mata projetando seus espinhos adiante, como lanças, e transfixando os selvagens que se aproximam com oferendas. Alguém poderia imaginar que, depois de fazer uma ou duas vítimas, essas máquinas infernais acabassem abandonadas, que os índios logo aprenderiam a evitá-las.

Mas não é o caso: como me disse o guia (e confirmaram os gaúchos) os selvagens interpretaram as novas árvores como sinal da ira de Walleechu, da necessidade de mais sacrifícios para propiciar o deus contra o invasor espanhol.

Com isso, tornou-se ponto de honra para os índios mais fortes e corajosos imolarem-se voluntariamente nesses falsos altares, aproximando-se desarmados e de peito aberto dos espinhos extensíveis. Vi múmias de jovens audazes crucificadas em várias árvores por onde passei.

Nessa primeira, havia uma criança – um bebê, com uma curiosa máscara cerimonial pintada sobre a face com um pigmento violáceo. O filho sacrificado de um cacique? A armadilha de Morel vinha obtendo, garantiram-me os gaúchos, um sucesso ainda maior que o sonhado por seu criador.

As árvores eram, evidentemente, máquinas Waldman-Ingolstadt. Embora seu exterior tivesse uma coloração escura, imitando a madeira das árvores Walleechu naturais, o brilho dourado dos coletores de *vis viva* deixava-se entrever. A tonalidade assemelhava-se, de forma geral, à do bronze envelhecido.

Dois outros fatos chamaram-me a atenção. Um deles, o de que todas as árvores artificiais que vimos estavam completamente *limpas* e *intactas*. Nenhuma nódoa de sangue seco, nenhum galho quebrado. Perguntei a respeito disso a meu guia, e ele riu. Oferecendo-me uma das pistolas de duelo que carregava na cintura e sua luneta, sugeriu, com gestos efusivos, que eu atirasse numa das máquinas de Morel. Oferta que, compreensivelmente, de início recusei, mesmo depois de instado pelos gaúchos. Apenas as garantias de Mr. Harris convenceram-me a, finalmente, fazer fogo.

Disparando de uma distância segura – mas, ainda assim, desconfortavelmente próxima – atingi a árvore na parte mais espessa do tronco e, ainda seguindo as instruções do guia, apontei a luneta para o ponto onde a bala havia danificado o equipamento. A primeira impressão, assim que o olho se acostumou à nova escala de magnificação, foi de que um enxame de abelhas habitava o tronco: divisei uma intensa atividade de dezenas de minúsculas unidades, movendo-se freneticamente na brecha aberta pelo tiro. Em menos de um quarto de hora, a fenda estava fechada.

– Há autômatos dentro da máquina, ao que parece – disse-me Harris. – Eles cuidam da manutenção e da limpeza. Só não entendo da onde retiram o material que usam.

Não pude deixar de me lembrar do Fabricante, com seu curioso verme artificial, capaz de reparar-se usando folhas mortas e o esqueleto de formigas. No subsolo do deserto, imaginei, deveria haver minerais suficientes para uma operação semelhante.

Quanto ao segundo fato curioso, demorei a dar-me conta dele. Mas, finalmente, fui tomado pela constatação de que só víamos múmias nas árvores artificiais; junto às naturais, muitas vezes encontrávamos ossos de animais sacrificados; alguns, até, pendendo dos espinhos. Mas não restos humanos (o que era compreensível) e nem carcaças preservadas, mas apenas ossos (o que era mais difícil de entender).

Este fato, o guia e os gaúchos foram incapazes de explicar. Apenas Mr. Harris arriscou uma hipótese, vaga, de que a aura de Waldman-Ingolstadt poderia exercer um efeito preservante. Eu, de minha parte, imaginei o que aconteceria se atirasse em um dos corpos mumificados e observasse a ferida pela luneta. Será que haveria autômatos lá dentro também, reparando o tecido morto?

⚙⚙⚙

Ao nos aproximarmos do Rio Colorado, a aparência do terreno mudou; logo chegamos a uma planície coberta de relva que, com suas flores, trevos altos e corujinhas, assemelhava-se aos pampas. Passamos também por um pântano lodoso de extensão considerável e que no verão seca, ficando incrustado com vários sais.

No ponto onde o cruzamos, o rio tinha apenas sessenta pés de largura. Fomos atrasados, em nossa travessia, pela passagem de uma imensa tropa de éguas, que nadava pelo rio a fim de alcançar uma divisão de soldados no interior.

Depois do perturbador espetáculo das múmias empaladas nas árvores artificiais, essa cena de uma natureza vigorosa – centenas e centenas de cabeças, todas apontando na mesma direção, com as orelhas erguidas em alerta e as narinas dilatadas bufando, aparecendo sobre as águas como um grande cardume de animais marinhos – tirava um pouco do peso de meu coração. Depois, fui informado de que a carne de égua é o único alimento que os soldados consomem em suas expedições.

O campo do general Rosas ficava perto do rio. Consistia de um quadrado, formado por carroças, artilharia, cabanas de palha. O ferreiro trabalhava sua fornalha ao ar livre, e uma carroça próxima havia sido adaptada em oficina. Lá, encontrei o engenheiro francês que salvara a estância com sua conversão da máquina purificadora de água.

Seu nome era Charcot, e originalmente deveria ter sido um homem muito pálido, mas sua pele, agora, tinha o tom acinzentado, um leve rubor misturado à cor de fumaça, característico do tipo pouco sanguíneo que passa muito tempo junto ao fogo; seus cabelos eram brancos, finos como teias de aranha, e mais pareciam flutuar que cair-lhe sobre os ombros. Os olhos, cercados por cílios e sobrancelhas queimados pela exposição constante às fagulhas da fornalha, eram assombrosos.

Ainda assim, sua aparência era melhor que a dos soldados de cavalaria que formavam a companhia de Rosas. Imagino que nunca antes tenha sido reunido um exército de aparência tão vil e criminosa.

Abordei M. Charcot com cautela. Minha jogada de abertura – dirigir-me a ele em sua língua natal, deferência que nunca falha em agradar aos franceses – atraiu sua atenção imediatamente.

– Só o general fala francês – disse-me ele, sorrindo, enquanto desviava os olhos do que parecia ser o tampo de vidro de uma grande mesa, montada ao lado da grande fornalha rubra. – O senhor é, portanto, um recém-chegado.

Expliquei-lhe quem era e o que fazia ali, e cumprimentei-o pelo sucesso de seu plano contra os índios na estância perto de Patagones. Ele reagiu balançando violentamente a cabeça.

– Não, não foi o que eu esperava. De modo algum – disse-me. – Na Europa, todos trabalhamos presumindo que o efeito Waldman-Ingolstadt é uma variedade da corrente voltaica... O mesmo tipo de potência bruta que se acumula numa célula galvânica, por exemplo. O fato de vir do Sol seria apenas um detalhe, da mesma forma que o calórico pode ser liberado numa chama ou pelo friccionar das mãos. Mas o que aconteceu em Patagones... O que eu esperava era um choque elétrico. Não *aquilo*.

Sugeri que uma descoberta desse tipo deveria ser comunicada às grandes sociedades científicas europeias sem demora. Charcot umedeceu os lábios e disse:

– Também foi meu primeiro impulso, mas o professor Morel me encontrou antes que eu tivesse terminado de redigir uma comunicação e convenceu-me a não apresentar nada, ao menos não antes de termos mais informações. Aqui, entre bárbaros e selvagens, um cientista pode trabalhar sem ser incomodado. O senhor se lembra, não, do que aconteceu com o pobre Waldman?

Claro que me lembrava: a morte nas mãos de um fanático que não queria ver o homem "roubando o fogo de Deus", logo depois de suas primeiras demonstrações do domínio da *vis viva* do Sol. E nem na morte, o descanso: o corpo profanado, a cabeça roubada.

— Mas como estão suas pesquisas, agora? — perguntei-lhe. — Um campo de batalha em meio às vastidões sul-americanas não é o melhor dos laboratórios...

— Muito pelo contrário! Muito pelo contrário! — disse ele, agarrando-me pelos ombros. — O general Rosas é muito generoso... com homens e recursos. E a necessidade é a mãe da invenção... O senhor não imagina os avanços que esse povo rústico obteve, os atalhos tecnológicos que a falta de peças ou de ferramentas adequadas leva a mente humana a descobrir!

— As árvores de Walleechu... são criação sua?

Ele deu de ombros e olhou para o lado e para baixo, embaraçado:

— Em parte — disse. — O conceito, a ideia básica são de Morel. Apenas ajudei a executar o projeto. Veja aqui!

Charcot agarrou-me pelo braço e arrastou-me até sua curiosa mesa de tampo de vidro.

Pude ver, então, que a "mesa" era, na verdade, um tipo de caldeirão, e que o tampo de vidro era, de fato, uma tampa.

— É uma lente convexa — explicou o engenheiro. — Permite ver melhor o que *eles* estão fazendo.

Olhei para o interior do caldeirão, através da grande lente, e a princípio imaginei estar contemplando algum tipo de caleidoscópio feito de contas douradas e iluminado por alguma fonte difusa, mas a imagem logo se resolveu em uma série de insetos — pirilampos — movendo-se ao acaso. Ampliados pela lente, os insetos pareciam, cada um, do tamanho aproximado de meu polegar.

Uma observação mais demorada revelou que os pirilampos eram criaturas artificiais — muito semelhantes, na aparência externa, ao verme criado pelo Fabricante, no Rio de Janeiro.

Charcot disse:

— São criação de Morel. Ele os chama de estabilizadores.

— Qual o tamanho real essas criaturas? — perguntei.

— Oh... Cada uma delas é um pouco maior que um grão de areia.

Protestei: certamente, nenhuma mão humana teria destreza para construir autômatos *tão* pequenos.

— Morel construiu apenas o primeiro, que tinha cerca de meio

palmo de comprimento – disse-me Charcot. – Este, por sua vez, construiu o segundo, com metade desse tamanho; que fez o terceiro, ainda menor, que então engendrou o quarto... Cada um deles é como um tear mecânico, no sentido que de traz, dentro de si, o padrão daquilo que deve criar. A mudança de escala é uma operação matemática simples...
Máquinas criando máquinas! Mas ainda, de alguma forma, obedecendo ao desígnio humano. Isso parecia tão próximo do sonho do Fabricante que senti meu coração leve, por um momento. Mas me obriguei a prosseguir em meus questionamentos:
– Por que, "estabilizadores"?
– O senhor é um naturalista, não um engenheiro, talvez esteja familiarizado com a fórmula da *vis viva* de Leibnitz... De que essa quantidade, definida como o produto da massa de um corpo pelo quadrado da velocidade, nunca se altera?
Assenti.
– Pois bem. Minha experiência na guerra com os selvagens convenceu a mim, e a Morel, de que a *vis viva* em estado bruto, como a gerada pelo processo Waldman-Ingolstadt, precisa ser corretamente canalizada. Do contrário, o aumento de massa e velocidade se dá de forma descontrolada, e... Bem, os geradores Waldman-Ingolstadt comuns já fazem isso, claro: do contrário, a *vis viva* do Sol não poderia ser usada para purificar água, mover navios, atuar autômatos... mas os geradores trabalham ainda de modo grosseiro, refinando a *vis viva* para fins igualmente grosseiros. Os estabilizadores de Morel permitem aplicações muito mais delicadas.
Lembrei-me das "abelhas" que havia visto nas árvores artificiais, e mencionei-as.
– Eram estabilizadores – confirmou Charcot. – Processando a *vis viva* captada pelas árvores e redirecionando-a para animar os materiais disponíveis no solo e no ar, convertendo-os em novas partes para a árvore. Mas eu realmente gostaria que os gaúchos *não* tentassem entreter os visitantes instando-os a atirar contra os aparelhos.
Embaraçado, pedi desculpas.
– Oh, não, não se preocupe – disse ele. – A *vis viva* do Sol é inesgotável, e a matéria-prima do ambiente, também. Praticamente qualquer dano, exceto uma destruição ampla e deliberada, pode ser reparado,

até onde sabemos. Mas sempre pode ser que estejamos errados...

Uma ideia me ocorreu, então:

— Esses estabilizadores não poderiam ser usados na medicina? Para reparar ferimentos, ossos quebrados...

Charcot pareceu sorrir — por um momento, na verdade, tive a impressão de que reprimia uma careta:

— O senhor precisa conhecer os bufões do general.

✦

O general Rosas é um homem de grande influência em seu país. Comenta-se que é o proprietário de setenta e quatro léguas quadradas de terra e trezentas mil cabeças de gado. Suas propriedades são administradas de forma admirável. Tornou-se célebre, inicialmente, pelas leis que aplica a suas próprias estâncias e pela disciplina que impôs a centenas de trabalhadores de suas terras, capacitando-os a resistir, com sucesso, aos ataques dos índios.

Trata-se de um homem de ideias inflexíveis: certa vez, baixou um decreto determinado que todo homem que fosse visto carregando uma arma à noite nas áreas comuns do acampamento e que não estivesse em serviço de guarda, seria preso — medida tomada para reduzir as mortes em brigas de bêbados e rixas pessoais.

Pois bem: tendo, certa vez, de sair às pressas de sua barraca, em meio a um jantar de gala, o general esqueceu-se de desafivelar o cinturão de seu sabre cerimonial e, portanto, viu-se armado na área comum. Uma vez resolvida a emergência que o tirara do jantar, dirigiu-se, voluntariamente, à prisão da caserna.

Esse homem peculiar manifestou o desejo de me conhecer. Ao conversar, é entusiástico, sensato e muito sério. A despeito dessa seriedade, mantém, como os barões de antigamente, dois bufões, homens fisicamente deformados e de mente não muito estável.

Seguindo a sugestão de Charcot, prestei especial atenção neles. O que primeiro me surpreendeu foi o fato de ambos apresentarem não só deformidades, mas algo que só posso chamar de "antideformidades". Um deles, claramente um anão, dotado de torso, cabeça, braços e mãos diminutos, tinha canelas de quase três pés de comprimento; era como se os ossos abaixo do joelho tivessem sido substituídos por pernas de pau.

O outro, um corcunda, apresentava não só um volume exagerado nas costas, mas outro, diametralmente simétrico, no peito, com o efeito geral de que o pobre homem mantinha-se, em todos os momentos, perfeitamente ereto, com o torso pressionado entre as duas massas descomunais.

Ambos os bufões tinham um quê de dourado na pele, uma espécie de pátina ou verniz que só se revelava quando a luz incidia sobre eles no ângulo exato; ambos, também, tinham enormes apetites, e o general gargalhava – e vi-me obrigado a rir, também, para não desagradar a meu anfitrião, embora a emoção que se apossava de mim tivesse muito pouco de hilaridade em si – ao observar a forma com que consumiam suas refeições.

Tragavam-nas, devoravam-nas em desesperada histeria, como um árabe sedento ao encontrar um oásis: mergulhavam na carne de cavalo até que o nariz e a testa estivessem cobertos de gordura e sangue, escavavam as fibras com os dedos e depois mastigavam as próprias unhas, saturadas de matéria animal. Comiam como se uma só boca, um só orifício fosse insuficiente para sorver o nutriente de que precisavam.

Depois, Charcot explicou-me:

– O general permitiu que eu e Morel realizássemos alguns experimentos... Esses bufões têm estabilizadores em seus corpos. As máquinas que introduzimos tinham sido planejadas para corrigir-lhes as deformidades, mas vê-se que o resultado não foi muito bom.

– E a voracidade com que comem? – perguntei, já suspeitando de qual seria a resposta.

– Ao contrário das árvores, estes homens não podem ficar nus e imóveis sob a luz do Sol o dia todo, então os estabilizadores nunca acumulam *vis viva* suficiente para funcionar apenas com os elementos presentes no solo e no ar. Os autômatos precisam de matéria mais refinada, que os pobres diabos são compelidos a ingerir. Morel chegou a teorizar que seria possível mantê-los vivos sem jamais expô-los à luz do Sol, desde que recebessem quantidades abundantes de algum alimento rico o bastante em *vis viva*... Como o sangue de animais recém-abatidos, por exemplo. Ou, melhor ainda, sangue humano.

Perguntei-lhe se não seria possível remover os estabilizadores. Disse-me que os autômatos diminutos encontravam-se dispersos pelo sangue dos dois homens e que apenas uma filtragem do líquido vital poderia isolá-los – algo que não poderia ser feito enquanto os bufões estivessem vivos.

     ✦

Na manhã seguinte a meu jantar com o general Rosas, parti para Bahia Blanca, numa cavalgada que consumiu dois dias. Deixando o acampamento dos soldados regulares, passamos pelas barracas dos índios aliados ao general. São redondas como fornos, cobertas de peles; na entrada de cada uma, há um chuço enfiado no chão.

As barracas são divididas em grupos, que pertencem a diferentes caciques. Equidistante dos diversos aglomerados, vi um grande barracão negro – realmente negro, aparentemente pintado com alcatrão, sem janelas e com todas as portas fechadas. Seu interior deveria ser, ao mesmo tempo, insuportavelmente quente e terrivelmente escuro.

Perguntei-me a que propósito serviria, e a lembrança da última conversa que tivera com Charcot deixou meu coração pesado.

     ✦

Bahia Blanca mal faz jus ao nome de vilarejo. Umas poucas casas e o alojamento das tropas são cercados por um fosso profundo e um muro reforçado. Em vez de seguir o antigo rito dos colonizadores espanhóis, que compraram muito da terra ao longo do Rio Negro dos índios, o governo de Buenos Ayres optara por tomar esse assentamento à força, o que tornava necessários o fosso e a muralha.

Com isso, há pouca terra arada – apenas a que pode ser mantida dentro dos muros – e o gado, na planície externa, é vítima de ataques constantes. Bahia Blanca é uma comunidade sitiada por inimigos, e quando de minha chegada o comandante local deu a entender que esperava um cerco de fato a qualquer momento.

A parte da enseada onde o *Beagle* deveria baixar âncora ficava a 25 milhas dali, e graças à carta de recomendação escrita pelo general Rosas obtive, do comandante, um guia e cavalos, para ver se o navio havia chegado. Antes de sair perguntei ao comandante sobre Morel, mas ele se limitou a dizer que eu talvez encontrasse o filósofo no caminho.

Fiquei espantado em saber que um homem de ciência tão importante para o esforço de guerra vivia fora dos muros do povoado, à mercê dos índios. E, embora a surpresa certamente estivesse estampada com toda a clareza em meu rosto, o comandante não fez comentários, nem eu achei sábio pressioná-lo com o assunto.

Deixando a planície de relva, que se estendia ao longo de um pequeno riacho, meu guia e eu logo entramos numa área que se dividia em trechos de areia, pântanos salobros e lama. Algumas partes estavam cobertas por arbustos e cactos.

Em meio a uma pequena ilha de espinhos, galhos retorcidos e folhas verdes, avistei um barracão negro como que vira ao sair do acampamento do general Rosas. Mas este não estava cercado por tendas indígenas: em vez disso, a seu lado havia uma edificação alta, de pedra e madeira – certamente mais madeira que pedra –, uma estrutura com uma área muito maior nos andares superiores do que na base, o que me fez pensar nas ameias projetadas em ângulo oblíquo que se veem em alguns velhos bastiões medievais.

Perguntei ao guia o que eram aquelas edificações, e ele me respondeu com uma só palavra:

– Morel.

Como estávamos a caminho da enseada, não fiz menção de parar, mas decidi que, se o *Beagle* ainda não tivesse chegado, faria uma visita ao sábio, no retorno a Bahia Blanca. O guia deve ter intuído – e desaprovado – minha intenção, pois logo se lançou numa narrativa de como escapara, há menos de dois meses, de uma emboscada de índios hostis nessas paragens.

Determinamos que, de fato, o *Beagle* não estava na enseada e demos início à viagem de volta. Como os cavalos estavam muito cansados, tivemos de passar a noite ao relento. Pela manhã capturamos e comemos um tatu. Os cavalos ainda estavam muito fracos, principalmente pela falta de água, e fomos obrigados a caminhar.

Por volta do meio-dia, os cães que nos acompanhavam mataram um bode, que assamos. Comi um pouco, o que me deixou insuportavelmente sedento. Isso foi ainda mais irritante porque a estrada estava cheia de pequenas poças de água, acumuladas após uma chuva recente, mas o líquido nelas não era potável.

Eu estava há menos de vinte horas sem água, e tinha passado

apenas uma parte desse tempo sob o sol quente, mas ainda assim a sede me enfraqueceu sobremaneira. Devo confessar que meu guia não sofreu nada, e ficou atônito ao ver como um mero dia de privação vinha me afetando.

– Podemos parar na torre de Morel para pedir água – sugeri.

A sugestão fez o guia arregalar os olhos, e sinceramente imagino que, se fosse a vida dele em risco, teria preferido morrer de sede a se aproximar do complexo formado pelo barracão negro e pela torre branca. Mas ele estava ciente de que tinha uma responsabilidade para comigo, que meu bem-estar lhe havia sido confiado pelo comandante militar de Bahia Blanca e, indiretamente, pelo próprio general Rosas.

Não sei se o que o moveu, afinal, foi o senso de honra e hombridade que é tão forte entre os gaúchos, ou o medo da dura disciplina praticada pelo general, mas o fato é que o pobre argentino assustado concordou, persignando-se, em me conduzir até a propriedade de Morel.

✲✲✲

Professor Luís Adolfo Morel parece mais um urso que um homem. Escrevo essas palavras sem correr o risco de ofendê-lo, pois a inscrição "Caverna do Urso" aparecia, nitidamente, sobre a porta da torre branca.

O contraste entre Morel e Charcot não poderia ser maior: enquanto o discípulo era um homem frágil e de cabelos brancos, o mestre era um gigante, de cabelos e barba negros e abundantes, sobrancelhas com a largura de meu dedo indicador, braços e mãos hirsutos, uma voz tonitruante.

Recebeu-me como se já me esperasse: mantinha pombos-correio e um heliógrafo no alto da torre, e havia sido informado de minha chegada e de meus interesses por Charcot – e, desconfio, também pela rede de estudiosos de que me falara o Fabricante.

Depois de cuidar de minha saúde – oferecendo-me água e uma refeição leve – Morel convidou-me a passar alguns dias em sua companhia. Ao ouvir o convite, meu guia, que recusara, com educação, a oferta de água e alimento e que se mantivera, durante todo o tempo, a uma distância respeitosa do grande filósofo, estremeceu visivelmente. Temia, com certeza, ser obrigado a me aguardar ali.

Tranquilizei-o, dizendo que sabia que o comandante precisava dele em Bahia Blanca, e que ele poderia apenas voltar para me buscar dentro de...

– Três dias – trovejou, bem-humorado, Morel.

Depois que o guia partiu, desdobrando-se em desculpas e reverências, pusemo-nos a conversar. Morel disse-me que vivia sozinho, alimentando-se de suprimentos enviados do forte, complementados com o que conseguia caçar ou colher. Perguntei-lhe se os índios não o incomodavam, se não temia que um cerco ao forte o deixasse à míngua.

Disse-me:

– Tenho amplos estoques – afirmou, referindo-se ao risco de desabastecimento. – E, quanto a um possível ataque, esta estação de pesquisa – era assim que ele se referia às duas edificações sob sua guarda – é mais segura que o forte de Bahia Blanca.

Quando inquiri quanto ao motivo dessa afirmação, ele sorriu, mostrando uma ampla fileira de dentes, amarelados como marfim velho em meio ao negrume da barba, e respondeu:

– Os índios têm medo do barracão negro.

– Um medo supersticioso?

No que me pareceu uma abrupta mudança de assunto, Morel lançou uma pergunta:

– O senhor conhece a história do estudante de Waldman?

Precisei de alguns segundos para localizar a referência, mas em seguida disse-lhe que sim: havia um boato recorrente entre os naturalistas e estudiosos da filosofia natural, dando conta de que Waldman tivera um discípulo, um jovem de família nobre, que superara em muito o mestre, mas que desaparecera, sem deixar vestígios, logo após a morte do grande professor.

– "Superara muito", repetiu Morel. – Esta é a versão mais geralmente conhecida. Mais vaga, também. Mas o senhor sabe o que ele fez... o que se alega que ele tenha feito?

Confessei minha ignorância.

– Ele teria descoberto uma forma *segura* e *eficiente* de refinar a *vis viva* bruta em... O senhor está familiarizado com o trabalho de Posidônio de Rodes?

Mais uma vez, fui obrigado a manifestar ignorância.

– Não se preocupe – disse Morel, notando meu desconforto. – Ele talvez tenha sido o homem mais inteligente do mundo, por volta de

50 anos antes de Cristo, mas essa não foi uma boa época para um filósofo pagão construir sua obra. Os cristãos que vieram logo depois não queriam concorrentes próximos e apagaram quase tudo. *Quase*.

O sábio explicou-me, então, que Posidônio havia sugerido a hipótese de que a diferença entre o vivo e o não-vivo seria provocada por uma força vital que emanava do Sol.

– Mas essa não é exatamente a *vis viva* de Waldman-Ingolstadt? – perguntei.

– Não, não. O que chamamos de *vis viva* é algo grosseiro, sem direção ou propósito. Requer máquinas, autômatos, estabilizadores. Em contato direto com o tecido vivo, destrói. A "força vital" de Posidônio não precisa de nada disso. Não precisa ser estabilizada. De fato, *ela estabiliza*.

Lembrei-me de minha conversa com Charcot sobre o mesmo assunto e assenti com a cabeça, sinalizando que compreendia o conceito.

– Bem... – prosseguiu Morel – o estudante de Waldman descobriu como converter *vis viva* bruta em força vital... O que é quase como transformar água em vinho. E o que ele fez? O senhor não sabe o que ele fez! *Ele criou um homem*.

Com partes roubadas de cadáveres, disse o filósofo: com os braços mais fortes, as pernas mais poderosas, o coração mais robusto e o melhor cérebro que pôde encontrar.

– A violação do túmulo de Waldman... – murmurei. – A decapitação...

– Precisamente.

– E o que aconteceu?

Morel deu de ombros:

– A criatura enlouqueceu, o criador enlouqueceu, destruíram-se um ao outro. É por causa dessa história, desse mito, que todo o nosso grupo internacional de pesquisas debruça-se sobre autômatos, que a Europa se encanta com pavões de prata e rubi e borboletas de folha de ouro: o que o conto do aprendiz de Waldman nos diz é que *simular* vida é seguro, *criar* vida é perigoso.

– O senhor parece não concordar com isso – sugeri, minha atenção atraída pelo tom que pronunciara palavras como "mito", "conto", "aprendiz".

– Oh, eu concordo, concordo plenamente – riu Morel.

Nos dias seguintes, conversamos sobre vários assuntos – Morel parecia especialmente interessado nos últimos desenvolvimentos da literatura europeia ("conseguir livros novos aqui é quase impossível", queixou-se). Eu, de minha parte, tentei fazê-lo revelar o que havia no interior do galpão negro, mas o filósofo limitou-se a descrever o conteúdo como "armas e ferramentas".

Ele também me mostrou os andares superiores da torre, onde mantinha diversas invenções curiosas e alguns autômatos engenhosos. No terraço ficavam o pombal e o heliógrafo, e o andar imediatamente abaixo era um enorme espaço pintado de preto, com uma mesa alva ao centro e jogos de lentes pendendo de cordas, correntes e roldanas no teto: um misto de observatório e câmara escura.

Passamos uma madrugada ali, assistindo à projeção, sobre a grande mesa, da Via Láctea e dos planetas, numa procissão solene que me fez esquecer por completo o sono e o cansaço.

Meu guia retornou ao terceiro dia. Ele estava agitado: a área ao redor de Bahia Blanca não era mais segura, afirmou; ou, talvez fosse melhor dizer, estava ainda mais insegura. Notícias de patrulhas perdidas, de índios "mansos" que eram encontrados mortos com terríveis marcas de chuço no ventre e na garganta, acumulavam-se. O guia tinha instruções do comandante para que eu e Morel fôssemos levados o mais rapidamente possível para dentro das muralhas.

– Não há lugar mais seguro que esta torre – respondeu o filósofo.
– Se eu partir, aí sim a cidade estará perdida. Algo que seu comandante deveria saber, se realmente tem fé na sabedoria do general Rosas.

Com isso, o guia calou-se. Ele obviamente não se sentia à vontade para discutir a presença ou ausência de sabedoria em seus superiores; ao menos, não conosco.

– Avistei três homens a cavalo enquanto vinha para cá – disse ele, por fim. – Não cavalgavam como cristãos. Acho que são batedores dos índios bravos. Desde que os vi, ando com a pistola carregada – e, para enfatizar o que havia dito, brandiu a arma diante de nossos olhos.

– Não pretendo partir, e digo que nosso convidado inglês estará mais seguro se ficar aqui – insistiu Morel. Até hoje não sei se ele não estendeu o convite para permanecer na segurança (ou no que acreditava ser a segurança) da torre ao guia por algum tipo de preconceito ou de desprezo para com a raça gaúcha, ou se tinha certeza de que a cortesia não seria aceita.

O guia olhou para mim, um quê de desespero nos olhos – temendo, suponho, por si mesmo, o que aconteceria se retornasse sem mim, o que aconteceria se os índios o pegassem no caminho – e, ao perceber que eu havia decidido ficar, apenas cuspiu no chão e foi embora.

– Rápido! – disse Morel, pegando-me pelo braço. – Preciso ver o que vai acontecer. Vamos subir!

Enquanto corríamos para as escadas da torre, prosseguiu:

– Esta instalação deveria estar dentro da cidade, mas os malditos supersticiosos não queriam ceder de modo algum e até mesmo a autoridade de um tirano como Rosas tem seus limites...

Subimos rapidamente a escadaria espiral que era como um grande parafuso fixando a torre ao solo, e logo chegamos à câmara escura. Morel apressou-se em fechar todos os postigos, mergulhando o ambiente em trevas.

Eu sabia, no entanto, que ele contava com jogos de lentes e prismas que lhe permitiam enxergar o que se passava do lado de fora e que todo o aparato era controlado por alavancas e maçanetas, marcadas com um código que podia ser lido pelo tato.

Eu estava imóvel, no escuro, apenas ouvindo o som dos mecanismos ocultos da torre – o deslizar de tiras de couro, o tilintar das peças metálicas, o estalo ritmado das engrenagens de madeira – quando, repentinamente, a grande mesa se iluminou.

– Vejamos o que acontecerá com o seu guia – disse Morel.

A câmara escura projetava ali, em cores que pareciam mais reais que a do mundo lá fora – seria o contraste com a escuridão circundante? – a imagem do gaúcho, galopando com a maior velocidade que seu pobre cavalo podia lhe dar, passando em meio aos arbustos e espinheiros que margeavam a trilha. Ele puxava atrás de si um outro cavalo, sem cavaleiro, certamente o animal destinado a mim.

Eu observava a projeção como se fosse um deus olhando para o mundo a partir das nuvens; as cores – vermelhos e verdes que quase feriam os olhos, cinzas que brilhavam como prata – intensificavam essa ilusão de divindade. Mas a ausência de som, o cavalo que corria sem que seu tropel se fizesse ouvir, a respiração ofegante do homem assustado que não me chegava aos ouvidos, essa *mudez* insana era um indicador claro de impotência: sublinhava o fato de que não havia nada que eu pudesse fazer para interferir no drama multicolorido que se desenrolava diante de meus olhos.

– Isso parece mais do que somente pressa – a voz de Morel quebrou meu devaneio. – Parece fuga. Vejamos...

Subitamente, a imagem se abriu. Senti-me como se fosse arrebatado para uma altitude ainda maior, o mundo lá embaixo ganhando em área, as pessoas e objetos reduzidos em tamanho. Então pudemos ver que, de fato, o gaúcho fugia: três cavaleiros perseguiam-no.

– É uma emboscada – disse o filósofo, friamente. – Veja.

O chão projetado sobre a mesa deslizou de repente, enquanto o foco da câmara escura era ajustado para uma posição algumas centenas de metros adiante, uma curva ao redor de uma colina baixa. Ali vimos mais quatro cavaleiros, parados, chuços em riste.

– Não há nada que possamos fazer por ele – enquanto Morel falava, a imagem começava a mudar de novo. – São sete contra um, mas ele tem a pistola, e um cavalo a mais. Talvez escape para chegar a Bahia Blanca. Mas como *está* Bahia Blanca?

A cidade estava cercada.

O comandante de Bahia Blanca provavelmente não sabia disso, ainda; mas as imagens que se descortinavam na câmara escura não permitiam outra interpretação. Cada uma das patrulhas avançadas, cada trem de suprimentos vindo de Patagones – todos os que apareciam dentro do alcance do aparato de manipulação da luz montado por Morel – estavam sob ataque, emboscados, e a maioria lutava batalhas claramente perdidas.

Enquanto operava o equipamento, explicou-me que, além das lentes e prismas montados no terraço – e em mastros que se erguiam acima do terraço – também contava com uma rede de espelhos espalhada pelos arredores da cidade, disfarçada em meio às rochas e à vegetação (e a simulacros artificiais de rochas e vegetação, e em montes de terra ocultos pela relva alta), que transmitia imagens para a torre. Essas imagens eram depois recriadas e adicionadas ao produto da câmara escura por um processo que chamou de "interferogenia".

– Não vamos alertar a cidade? – perguntei, ao assistir aos ataques.

– Como?

– Os pombos. O heliógrafo.

– Ah, não – havia um humor... uma *sensualidade* na voz dele que me fez ganhar a consciência, um tanto quanto abrupta, de que minha garganta estava muito seca. – Isso só serviria para gerar pânico. A primeira onda de selvagens a partir para o ataque direto certamente vai se quebrar de encontro ao muro... E antes que eles consigam organizar a segunda, eu já terei liberado a arma.

– Arma?

– Liberada neste instante – disse ele. – E *agora* é melhor avisar Bahia Blanca. Não vou querer nenhum homem branco do lado de fora dos muros quando *eles* chegarem lá.

A esse comentário seguiu-se uma série de estalidos secos que, supus, eram produzidos pela operação remota dos espelhos do heliógrafo. Por sorte, estávamos num dia claro e ensolarado. Em minha mente, medo e curiosidade misturavam-se em proporções iguais, chegando a um ponto em que eu mesmo era incapaz de dizer se não conseguia formular as perguntas que desejava, ou se simplesmente temia fazê-lo.

Minutos depois, ouvi uma reverberação distante, como se alguém batesse na porta da torre. Depois de alguns instantes ela se intensificou, e imaginei se estaríamos sob o ataque de um aríete.

– Não se preocupe – trovejou Morel. – Eles só estão curiosos, enquanto passam por baixo de nós. Não têm como nos farejar aqui em cima...

– Farejar? – gritei. – É isso o que você tem no galpão? Cães de guerra?

– De certa forma – respondeu, rindo.

Perguntei-me que tipo de cão seria capaz de desferir golpes com malhos ou marretas – pois essa era a única explicação que me ocorria para o tipo de vibração que estávamos sentindo. Mas os impactos diminuíram aos poucos e, em seguida, cessaram de vez.

Morel estava com a câmara escura focada no portão principal da cidade e, assim, assistimos ao início do grande ataque: índios a cavalo, com escudos de madeira, davam proteção a uma grande carroça sobre a qual iam uma pesada prancha de madeira, que deveria servir de ponte sobre o fosso, e escadas para a escalada do muro de Bahia Blanca.

Salvas de tiros, disparadas da paliçada, logo interromperam a cavalgada. Escada e ponte ficaram abandonadas no descampado, em meio a corpos de homens e cavalos.

– Algum cacique precipitou-se – disse o filósofo. – É certo que os índios precisam tomar a cidade antes que Rosas chegue com reforços, mas não há tanta pressa assim.

O que não sabíamos, o que o espantoso silêncio do teatro da câmara escura não tinha como nos contar, era que investidas semelhantes ocorriam, ao mesmo tempo, em vários outros pontos do perímetro de defesa, grande demais para que houvesse soldados suficientes em todos os postos. Que cada carroça que avançava era uma distração que ajudava as demais a chegar um pouco mais perto.

Os selvagens estavam sacrificando suas vidas, deliberadamente, para que pelo menos um grupo conseguisse passar sobre a paliçada.

– Vamos ver como estão as coisas na vizinhança dos túneis... – Havia um sistema de túneis ligando a torre branca e o galpão negro a diversos pontos do terreno, principalmente aos arredores de Bahia Blanca, explicou ele. Tinham sido escavados por ordem do general Rosas, com o auxílio de máquinas capazes de usar os minerais do solo para criar cópias de si mesmas, à semelhança dos estabilizadores e, até certo ponto, das falsas árvores de Walleechu. Naturalmente, suas entradas estavam acompanhadas pelos olhos artificiais de Morel.

E então a imagem projetada sobre a mesa mudou radicalmente. Já não era mais uma visão multicolorida a partir do ponto de vista de algum condor imaginário, mas sim um panorama escurecido, tingido de verde e recortado por sombras alongadas. Era como o olhar de um animal que se esgueirasse em meio à relva. Havia ainda uma clara distorção no que víamos, algo que fazia com que as partes centrais da imagem parecessem muito mais próximas que as bordas. Olhávamos de baixo para cima.

– Lente esférica – disse Morel, adivinhando minha questão. – Estamos com sorte... Há um acampamento dos selvagens bem perto.

Era verdade: assim que meus olhos se acostumaram o suficiente para permitir uma interpretação mais sóbria das imagens, pude distinguir as tendas de couro, e a movimentação de homens armados.

Sem aviso, uma sombra ocultou por completo a lente, mergulhando todo o aposento da câmara escura em trevas. Confesso que a escuridão súbita me assustou – a ponto de eu me ver forçado a reprimir um grito – principalmente pelo *silêncio* abissal que acompanhava todas as transformações da imagem.

A sombra não durou muito, no entanto: o que quer que a projetasse, movia-se. O objeto escuro que se afastava pareceu, em princípio, dividir-se em duas colunas, abrindo um triângulo central para a passagem da luz solar. Assim que a distância aumentou um pouco, percebi que as "colunas" eram pernas humanas, e que um homem havia passado por ali.

– Eles já estão lá! – a voz tonitruante de Morel agora tinha uma vibração a mais, a da excitação. – Isso vai ser muito, muito interessante...

"Eles"? Seriam tropas do general Rosas? Uma força especial, portando as armas criadas pelo filósofo e guardadas no galpão negro?

Luz e escuridão alternaram-se várias vezes na câmara onde estávamos, enquanto mais pares de pernas obstruíam e liberavam a passagem de luz para a lente esférica. Quando a iluminação voltou a estabilizar-se, vi que os homens que se encaminhavam para o acampamento indígena não tentavam se esconder – nada, em seus movimentos, fazia lembrar a discrição instintiva do predador que se aproxima da presa. Também vi que não tinham pressa: aproximavam-se do inimigo abertamente, e devagar.

Em minha imaginação, ouvi os gritos dos índios; ouvi os disparos de pistolas e mosquetes. Não ouvi os ossos se partindo, mas vi o sangue jorrar do ombro e do ventre de dois dos guerreiros lentos atingidos. Um pouco desse sangue borrou um dos cantos da lente que gerava as imagens, criando manchas vermelhas que, ampliadas fora de toda proporção pela superfície esférica por onde escorriam, pareciam presságios, mensagens dos deuses escritas nas entranhas de algum animal desconhecido.

Mesmo atingidos, os homens não paravam. Um deles, baleado na perna, passou a coxear, mas não mudou o rumo geral de sua caminhada.

Foi então que notei que os homens que avançavam vestiam andrajos – restos de uniformes militares – e tinham corpos curiosamente deformados, deformações que não podiam ser atribuídas *apenas* ao efeito distorcedor da lente: ventres inchados; tórax por onde filtrava-se a luz, como se por entre costelas nuas; protuberâncias ósseas nas costas; tecidos que pendiam de braços e pernas e que eram grossos demais, pesados demais para serem retalhos de *pano*.

Eles também pareciam desarmados, mas quando um deles ergueu o braço, vi um brilho prateado – um sabre? Não exatamente. O antebraço – o antebraço esquerdo – havia sido substituído por uma lâmina de aço.

– Esses homens estão *mortos?* – perguntei, nossa conversa sobre o estudante de Waldman retornando à minha mente, isso e mais os experimentos realizados nos bufões do general.

– Não são *homens*, são *instrumentos* – disse Morel, sibilando. – Existe ferramenta melhor que o corpo humano? Mais precisa que os dedos de uma mão? Melhor articulada que um par de pernas? O estudante de Waldman errou ao criar *vida*, a criar *mente*. O que tem mente pode enlouquecer, pode rebelar-se... não é o que fazem os escravos, em toda parte? Já o corpo humano, morto, reanimado e desprovido de mente, reduz-se a uma mera ferramenta. E, como qualquer ferramenta, pode servir como *arma*.

Enquanto ele falava, suas criaturas alcançaram os índios. Algumas delas já em pedaços, trespassadas por balas, outras parecendo gigantescos porcos-espinhos, cravejadas de chuços, mas avançando, sempre.

– O que os motiva... não, o que os *impele*: apenas seres dotados de mentes têm motivos... é a fome – prosseguiu, respondendo a minha pergunta silenciosa. A pouca luz da mesa que se refletia em meu rosto não devia bastar para revelar meu olhar de horror. – Os corpos estão impregnados de estabilizadores, e foram mantidos privados da *vis viva* do Sol por tempo demais. Para executar sua função de preservar esses corpos, os autômatos precisam agora consumir grandes quantidades de material já refinado... E, claro, cada ferimento só aumenta a urgência disso.

O cadáver animado que tinha uma espada no lugar do braço – e que ainda se movia, mesmo trespassado por dois chuços na altura do peito – foi tomado por um súbito surto de agilidade e, com um movimento preciso da lâmina, fez saltar a cabeça de um dos índios, pegando o crânio solto com os dentes, em pleno ar, como um cão que captura um retalho de carne arremessado pelo dono.

Não era possível ouvir os gritos, ou o som de osso triturado. Minutos depois a cabeça, já descartada – a face direita mascada, o olho espremido e esvaziado como casca de uva, o nariz quebrado e o olho esquerdo aberto, vidrado, a pequena fração da boca que ainda tinha lábios, escancarada, num misto de incredulidade e pavor – rolou para bem diante da lente, bloqueando de vez a nossa visão.

❦

Os eventos acima, que extraí de meus diários, ocorreram há cerca de duas décadas. O livro que escrevi a respeito, *A Viagem do Beagle até a Guerra dos Mortos-Vivos*, foi muito bem recebido pelas sociedades científicas europeias, e tanto Morel quanto Charcot foram agraciados com as honras devidas, o que de certa forma desmentiu os temores dos dois sábios quanto à incompreensão de seu trabalho pelo mundo esclarecido.

Apenas a figura do Fabricante de Autômatos não havia sido mencionada naquela obra, mas a notícia recente da morte de meu amigo liberta-me da obrigação de manter sua existência em segredo.

Os efeitos benéficos dos autômatos-estabilizadores sobre a civilização humana são amplamente reconhecidos: permitiram, como sonhava o Fabricante de Autômatos, o fim do trabalho escravo, substituído por ferramentas mistas de carne morta e maquinário metálico; seu uso em processos médicos foi aperfeiçoado além dos sonhos mais delirantes do início deste século, e hoje rara é a criança de família de posses que não receba um influxo preventivo de estabilizadores logo depois de nascer.

Mesmo eu, ao ditar estas palavras, valho-me de uma formosa mão feminina mumificada que, ligada a um braço articulado de bronze, anota cada palavra que digo. Os estabilizadores que a animam e preservam, por sua vez, alimentam-se dos materiais presentes no ar – as fagulhas da lareira, a fuligem de nosso mundo industrializado.

Mencionei, acima, a morte do Fabricante. Foi ela, enfim, que me levou a redigir este novo relato. Em uma de suas últimas cartas, ele me fez a seguinte ponderação:

Morel acredita que, a excluir a mente do processo de reanimação, elimina os perigos que assombraram as primeiras tentativas de criação de seres humanos reanimados. Isso pode ser verdade, mas ele não parece ter atentado para outros perigos – nenhum de nós, na verdade, parece ter se dado conta. E já se passaram décadas, o que talvez signifique que é tarde demais.

Porque, em toda natureza, assistimos a uma luta renhida pela supremacia: machos enfrentam-se pelo privilégio de cobrir as melhores fêmeas, árvores disputam entre si as alturas, excluindo as menores do acesso à luz do Sol, presa e predador dançam um balé interminável de fome, morte e sofrimento.

Em nenhum desses processos existe mente para além do nível mais rudimentar – no caso das árvores, com certeza não há mente alguma – mas em todos existe vida e, havendo vida, conflito. Será que, ao recriar, em seus estabilizadores, dois processos fundamentais da vida – a reprodução com herança de características e o impulso de autopreservação – Morel não recriou, também, os perigos que uma forma de vida representa para outra?

Tomei conhecimento, pouco depois de receber a carta citada acima, da engenhosa teoria da evolução por seleção natural proposta pelo jovem Alfred Russell Wallace. Embora use uma linguagem florida e rica, o trabalho científico me parece sério e, até onde vão minhas luzes, impecável.

Mas a convergência dos dois argumentos me inquieta: se todo ser vivo realmente só pode existir em conflito com outros seres vivos e se esse conflito leva, como diz Wallace, à extinção de algumas variedades e ao surgimento de outras, com formas mais eficientes eliminando e sucedendo as menos capazes, sou forçado a me perguntar: quem é mais capaz de viver no mundo que a humanidade criou para si mesma? Nós ou nossos estabilizadores? Eles, afinal, alimentam-se de nós e de tudo o que produzimos. Da fuligem de nossas fábricas e das doenças de nossos corpos. Da luz do Sol. Em comparação, somos terrivelmente limitados.

"*Simular* vida é seguro, *criar* vida é perigoso", disse-me Morel, vinte anos atrás. E eu me pergunto, hoje: onde está a diferença?

O dia da besta
Eric Novello

Jardim Botânico do Rio de Janeiro. A mata densa e os ruídos noturnos alimentavam a imaginação dos soldados, já abalados pelo dia incomum. Há tempos os jardins não reuniam tantos homens de pernas bambas. Nenhum deles sabia ao certo o que a Guarda Imperial havia levado para o laboratório e a maioria torcia para não ter que descobrir, rezando por um final de turno tranquilo. As diversas histórias que corriam na cidade tinham em comum somente o teor de absurdo. Cada soldado, escravo ou comerciante mudava detalhes de modo a espelhar seus próprios temores. Estamos em guerra, uma guerra como nenhuma outra. Fomos atacados por criaturas de outro mundo, tão afastados que estamos da Santa Igreja. Só pode ser coisa da Argentina, uma nova tramoia daqueles invejosos. O que os bruxos uruguaios evocaram dessa vez? O medo exalava como o aroma das especiarias. O calor do alto verão não cedia há mais de um mês. Canelas, cravos e alecrins tão agradáveis separadamente enjoavam os homens já sem forças, o suor pingando-lhes da testa. A nota criativa dos pasquins de que os temperos disfarçavam o cheiro dos experimentos conduzidos no Centro de Pesquisa Pedro de Alcântara ganhara de repente uma estranha veracidade.

Ser segurança da área de pesquisa era um cargo de prestígio, porém ingrato. O soldado passava por um treinamento rigoroso e precisava jurar confidencialidade sobre as atividades conduzidas, sob pena de parar no fundo do oceano. Para os candidatos, a expressão "ter a vida revirada" ganhava um novo significado. Não podiam contar nem às esposas nem às amantes o que viam ou deixavam de ver. D. Pedro II levava a sério sua meta de transformar o país em potência tecnológica que fizesse inveja aos ingleses e deixasse os vizinhos se corroendo de raiva. Apesar de os ministros nem sempre concordarem com a gastança de dinheiro exigida pelos inventos, diziam em uníssono que acabar com os patrulheiros marítimos da Inglaterra era questão fundamental para a soberania do Brasil. Tinham vindo com a desculpa de impedir o tráfico negreiro e continuaram em águas brasileiras, mudando a cada ano as explicações de seus representantes.

Pedro, por outro lado, via apenas uma explicação: espionagem. Qualquer governante europeu, por mais que detestasse o Brasil, sabia que o país estava se destacando na corrida tecnológica e que desde 1850 o imperador vinha revertendo as dificuldades financeiras da Casa Imperial, apostando seus tostões em pesquisas. A corte do Brasil podia ser entediante aos olhos da Europa, mas foi exatamente por poupar em festas e regalias que Pedro havia conseguido montar o primeiro centro de pesquisa e reformar o porto de onde partiam suas expedições. Um ponto estratégico para uma nação que ainda engatinhava no balonismo e não dominava a tecnologia dos dirigíveis, calcanhar de Aquiles que mexia com os brios do imperador.

Para coordenar seu pequeno exército de vigilantes e proteger os segredos de Estado, Pedro contava com outro entusiasta das ciências, crescido no ambiente militar e muito bem servido culturalmente. Seu homem de confiança distribuía os soldados nos postos mais apropriados e escolhia os melhores para a Guarda Imperial, aqueles que não sujavam as calças quando um experimento saía errado e explodia diante dos seus olhos. Era a ele que os soldados esperavam ansiosamente nos portões do Jardim Botânico. Por mais acostumados que estivessem a ver de tudo nas instalações do centro de pesquisa, a passagem do Conde de Tunay sempre gerava espanto. Além de ser um verdadeiro experimento ambulante, ele só aparecia quando a situação fugia do controle, o que significava bastante naquela região.

※

A carruagem surgiu na última curva da trilha dos jambos, muito bonita em sua cor azul e dourada, mas ofuscada pelo cavalo que a puxava. Os seguranças identificaram de longe o som abafado do galope. Batia firme contra a terra, o único barulho que fazia. Não conseguiam afastar o olhar de seu corpo metálico, como se estivessem hipnotizados. A criação de Tunay refletia o brilho dos lampiões nos olhos vazios e na boca castigada pela ferrugem.

O cavalo parou em frente aos portões, esperando que os seguranças fechassem as bocas e retomassem o raciocínio. Ao contrário dos sons noturnos que arrepiam até aventureiros experientes, foi a falta de relincho que fez a alma dos soldados gelar. Somente quando o cavalo expeliu uma nuvem de vapor pelas narinas eles despertaram do transe e liberaram a passagem. O conde aproximou-se da janela, pensou em fazer as piadas rotineiras, mas mudou de ideia. O dia tinha sido longo demais.

– Andem logo, homens. Não tenho a noite inteira.

⁂

A carruagem sem cocheiro contornou o pátio do museu botânico e parou em frente à escadaria, como de costume. Tunay desceu espanando-se com as mãos e ajeitou a espada embaixo do traje preto. De seu bolso saiu um pequeno relógio de madeira provido de braços e pernas que escalou o tecido até o ombro e depois deslizou em busca da mão. Eram sete e oito. Estava atrasado. Mesmo assim, fez questão de falar com os soldados. Gostava de tratá-los pelos nomes, perguntar da família, demonstrar um conhecimento enciclopédico que ao mesmo tempo soasse amigável e intimidador, pelo menos para os que se importavam com os parentes.

Enquanto Tunay desfiava seu rosário e os soldados próximos admiravam a maquinaria do cavalo, Carenza desceu da carruagem, o brasão da guarda imperial brilhante no peito do uniforme. Os soldados se afastaram por reflexo. Ninguém ali o tinha visto em ação, mas a fama valia mais do que um tiro certeiro no meio da testa. Diziam que sua arma, mais longa que uma espingarda de caça, tinha próximo ao canhão uma mira giratória que praticamente zerava as chances de erro. O que era uma mira giratória, eles não sabiam muito bem. Menos ainda como podia ajudar em um tiro à distância, já que uma mira parada parece bem mais confiável, mas dito da boca do povo e publicado nos pasquins soava impressionante. E sempre havia um alguém, aquele um que tinha um primo, amigo de um amigo de infância que conhecia um vizinho de um comerciante que já tinha visto Carenza atirar. E a mira giratória não era nada comparada ao fogo que ardia em seus olhos. Se não era do outro mundo, só podia ser criação de Tunay.

Carenza pouco falava e em algum recanto de seu silêncio parecia se divertir com as lendas que cercavam seu nome. Geralmente lhe pediam para ver a espingarda e quando ele explicava que uma espingarda sacada exige sangue como recompensa, os soldados se contentavam em concordar com a cabeça e fazer um *ooh* em conjunto com uma tremenda cara de respeito para disfarçar a ignorância. Um pouco mais alto que Tunay, com ombros curtos e postura esguia, tinha o rosto limpo, sem barba ou bigode, e sobrancelhas finas que realçavam o negro dos olhos. A cada passo do conde, ele o seguia em prontidão. Um perfeito guarda-costas.

Antes de adentrar o museu botânico, Tunay lembrou-se de avisar que não era preciso dar água nem feno para o animal.

— E pelo amor de Deus, acostumem-se de uma vez! Nem parece que são da cidade.

※

O museu botânico havia nascido do hábito de Pedro e da imperatriz de coletarem plantas e animais que descobriam em suas viagens. Guardados ali estavam sementes das mais variadas espécies, amostras de insetos e coleções de cobras que sempre chamavam atenção dos visitantes, principalmente estrangeiros. Quando surgiu a necessidade de expandir as pesquisas e levar as mais arriscadas para longe dos palácios, o museu plantado no coração do Jardim Botânico pareceu um bom referencial.

Mesmo o mais desatento dos soldados percebia a movimentação atípica nas imediações. Havia histórias de um incidente no porto e a quantidade de convocados àquela noite parecia confirmá-las. Curiosamente, nenhum deles havia participado diretamente do acontecido. Tunay cumprimentou com um leve aceno os homens que estavam no corredor, buscando motivá-los. A tensão era tanta que nem sequer estranharam o relógio sentado em seu ombro.

— Você. Traga café para os demais. Não quero ninguém com cara de morto.

Quando o conde chegou à sala de sementes, a passagem para o subsolo já estava aberta. A desorganização das alas livres do museu parecia triplicar-se lá embaixo. Logo nos primeiros passos, viu faíscas azuladas bem diferentes dos lampiões a gás espalhados entre os jambeiros e no centro da cidade. Os raios iam e vinham de uma das engenhocas do laboratório, como se fossem escapar e acertar o primeiro incauto. Era a única fonte de luz do local, a bem da verdade mais do que suficiente. Doutor Peixoto deu um grunhido de felicidade ao vê-los chegar. Baixo e gordinho, mantinha uma imitação da barba do Imperador e o cabelo penteado para trás com cera. Limpava sem parar a testa com um lenço, pois o calor era infernal.

– Que bom que vieram, que bom que vieram – repetiu enquanto organizava os pensamentos. – O imperador enfurnado em Petrópolis e eu aqui sem saber como proceder. Logo ele, amante da ciência, distante da nossa descoberta.

– Fui eu quem recomendou o afastamento da cidade quando soube do incidente – disse Tunay de modo prático. – Se um desses bichos chegou até o porto pode chegar até o centro e não quero a vida de ninguém em risco, muito menos a dele.

O bicho em questão grunhiu em sua cela, atraindo as atenções para si. Estava parado sobre as patas traseiras se preparando para saltar contra as grades. Seguindo seus instintos, fez o que pretendia e lançou um barulho ensurdecedor. No instante do choque, o corpo foi repelido para trás e novas faíscas azuis iluminaram o centro de pesquisa. A fera caiu desacordada.

Tunay ficou impressionado com a visão, e deve-se ter em mente o quanto era preciso para que isso acontecesse. Colocou seu relógio sobre a mesa do doutor e se aproximou da jaula. O interesse do conde encheu Peixoto de orgulho.

– Toda vez é a mesma coisa. Ele desperta, emite um par de sons selvagens e furiosos, encosta na grade e termina desmaiado novamente.

– Não parece muito inteligente – interveio Carenza, sem conter a sorriso.

– Nem um pouco – retrucou o doutor. – Mas são os fatos.

— Pelo que sei, ele deu bastante trabalho no cais. Foram tantos disparos que não teve vento que dissipasse o cheiro de pólvora queimada. Só com nosso armamento especial ele caiu.

— E levantou. Um dos soldados deve estar correndo até agora com o susto que tomou. Talvez seja mais fácil matá-lo do que contê-lo. Tenho ânsias só de pensar no estrago que uma criatura como essas poderia fazer aqui embaixo. O conde sabe que nem só de botânica vive esse jardim.

— Pois é aqui que ele ficará, doutor, pelo menos por enquanto.

— Já descobriu qual a espécie? — interveio Carenza.

— Eu mal sei diferenciar moscas de mosquito. Além do mais, os catálogos que tínhamos foram levados por Isabel. Disse-me ela que obedecendo a um pedido do imperador.

Na cela o animal começou a esticar o corpo como quem se alonga depois de uma noite ruim. Tinha o pelo pardo e curto e lembrava um cachorro grande, exceto pelo desenho rajado do dorso que remetia a um tigre. Ele se sentou ainda tonto e escorregou, apoiando-se desajeitado no chão. Mas o efeito do choque estava passando visivelmente. Não tardou para que se colocasse de pé, atiçado pela presença dos visitantes, e emitisse um bramido desafiador. Os dentes afiados não deixavam dúvidas sobre sua preferência alimentar. Fosse de onde fosse, era o dono do território. Tunay não era um profundo conhecedor de biologia, mas sabia que um animal assim não devia ficar de pé em duas patas.

— Veja só, Carenza. Sem sinal das balas. Que tiros foram esses que nem deixaram marcas?

— Eu senti o cheiro da pólvora quando estive no porto. Vi a marca das balas nos deques, caixotes e até no casco de um saveiro.

— Então o motivo dos tiros foi outro. Deixamos passar algum detalhe.

— Ou...

Carenza tomou distância da cela e sacou a arma. Os soldados se espantariam em saber que ela nada tinha a ver com uma espingarda. Era composta por seis canos unidos a um cilindro giratório, com miras dobráveis em cada uma das pontas. Ele apontou-a para baixo conferindo suas entranhas de ferro. Assim que a ergueu os canos começaram a girar, parando somente com o apertar do gatilho. A fera grunhiu como se antecipasse o golpe, e uma bala atravessou as grades da cela de encontro ao seu peito, fazendo-a tombar novamente. Mais estranha que a falta de furos era a sua disposição, pensou Carenza. Mas ao menos dessa vez havia sangue escorrendo.

– Desligue a cela – disse ao doutor.

– Com essa coisa aqui dentro? Você deve estar louco – replicou Peixoto. – Tem ideia do trabalho que tivemos para colocá-lo aí?

– Ande logo, homem! Faça o que ele está dizendo. Ninguém veio aqui para brincar.

Peixoto obedeceu a contragosto, seguindo discretamente para detrás da bancada. O relógio de Tunay levantou-se da beira onde estava e repetiu os gestos do doutor, escondendo-se em uma pilha de relatórios. Quando o animal ficou de pé sem nenhum arranhão, a descrença tomou conta da sala. Os pelos ainda estavam manchados, mas a ferida não vertia mais nada. O furo tinha fechado e ele se preparava para um novo ataque.

Tunay correu na direção do pesquisador desprotegido e desembainhou a espada. O animal armou-se para um salto e acompanhou seu movimento de dentes arreganhados. Chegou a ensaiar uns passos, mas recuou assustado com as faíscas do globo elétrico que havia naquela direção. Carenza engatilhou a arma e deu um belo assovio, imediatamente correspondido com um grunhido demorado. O cilindro que unia canos e tambor girou novamente e dessa vez a bala disparada faiscou pelo ar. O projétil azulado atingiu o animal em cheio no ombro e a energia espalhou-se em seu corpo, levando-o a nocaute mais uma vez.

– Pode religar, mas ele não deve levantar tão cedo.

O conde embainhou a espada e deu uma carona ao relógio de volta para o bolso. Peixoto estava ofegante demais para pensar em se mexer. Precisou de um sacolejo para retomar o controle dos pensamentos e religar a cela. Se conseguisse ordenar as palavras, perguntaria o que tinha acabado de ver. Talvez fosse só impressão, mas a arma de Carenza havia criado uma descarga de energia tão forte quanto a maquinaria de seu laboratório era capaz.

Em passos lentos e sem pronunciar palavra, ele se aproximou de Carenza. Analisaram juntos o local de impacto. Os pelos estavam chamuscados, a pele um pouco arroxeada, e só.

– Parece que você arrumou trabalho para os próximos meses.

– E eu uma noite sem dormir.

– Não seja tão otimista, Carenza – respondeu Tunay que já previa tempos difíceis. – E é melhor reforçar a segurança, Peixoto. Escolha dois homens de sua confiança para ficar aqui embaixo e protegê-lo. Vinte e quatro horas. Se precisar sair, leve-os consigo. Isso inclui a sua casa. Sozinho, nem no banho. Nesse meio tempo, vá pensando em arranjar uma arma. Pelo visto, alguém está preparando uma surpresa para nós.

– E o que eu faço com essa coisa?

– Descubra o que é e depois mande para o zoológico.

Tunay sinalizou para que fossem embora. Se no corredor os homens estavam de pernas bambas, do lado de fora pareciam estar de folga em uma ilha. Os que tateavam o cavalo divertindo-se com suas placas ferruginosas se afastaram envergonhados quando o conde e o atirador apareceram nas escadas. Assim que se aproximaram, as portas da carruagem se abriram e o cavalo voltou a se mexer, expelindo uma nova nuvem de vapor. Era hora de visitar o porto.

⚙️

Durante o percurso, Tunay e Carenza decidiram qual seria a linha de investigação. Tinham que visitar Isabel no palácio para tentar identificar o animal e conseguir uma pista de sua origem, mas estava tarde demais para encontrar a princesa, que não parava quieta durante a noite. De qualquer modo, a resistência que testemunharam não era natural. De tarde, Tunay havia se certificado de que nenhum dos centros de pesquisa estava trabalhando com animais, o que eliminava a possibilidade de um projeto interno. Pelo menos oficial. Considerando que um bicho daquele porte não passa despercebido e a confusão tinha se desenrolado no porto, o mais provável é que tivesse escapado de uma das embarcações no atracadouro. A partir daí, ambos divergiam.

Tunay estava inclinado a culpar os ingleses. O representante da Inglaterra no Brasil, D.W. Christie, era um sujeitinho arrogante e sem escrúpulos, detestado até pelos comerciantes compatriotas instalados no país. Além disso, já tinha mostrado mais de uma vez seu caráter conspiratório. Desde que dois de seus marinheiros foram presos por desacato, falava abertamente de sua vontade de enfraquecer o imperador e já tinha solicitado à Inglaterra que enviasse nova frota para deixar claro seu poder. Suas intenções não eram nada boas.

Para Carenza o enviado inglês não passava de um bêbado falastrão. O perigo real vinha de um vizinho encrenqueiro: o Paraguai. Solano Lopez, líder do país, havia passado um bom tempo na Europa e voltado mais ousado nos discursos e nas políticas expansionistas. Uma carta recebida de um informante dizia que tamanha energia tinha como origem um encontro secreto com Napoleão III. Apesar da decadência financeira, Napoleão era um hábil estadista e poderia facilmente manipular uma mente fraca como a de Solano.

— Então foi o teste de uma arma, é essa a sua opinião?
— Primeiro enviam uma tropa daquela coisa. Dezenas de animais que não podem ser parados por balas. Depois, vêm atacar os feridos. Seria um jeito de compensar a parca condição de reunir um exército.
— Lopez é um covarde, Carenza. Do tipo que sequestra e conspira. Mas o Paraguai não tem acesso fácil ao nosso porto e aquela fera não parece domesticável. Se ele mal controla o próprio cavalo, como controlaria o animal?
— Hum. — foi a única resposta do contrariado Carenza.

O porto tinha nascido como uma ponte de madeira e ao longo dos anos outras pontes haviam se somado. O processo de carga e descarga no Brasil se divida entre vários estados costeiros, mas o porto do Rio de Janeiro tinha ganhado importância pela moradia da família real e preferência declarada do imperador. Ao receber os primeiros barcos a vapor no atracadouro, Pedro entendeu que mudanças seriam necessárias, investindo tanto na estrutura das docas quanto na frota do país. Orgulhava-se em dizer que os saveiros a motor eram produto legítimo brasileiro e ia-se o tempo em que navios de múltiplas velas enchiam os olhos dos estivadores. Infelizmente, os avanços na área não incluíam iluminação a gás ou eletricidade, deixando o porto extremamente sombrio no período noturno.

Carenza encarou por uns instantes o negrume do mar e seu marulho. Parecia ajustar os ouvidos de modo a filtrar o barulho das ondas, um homem de tocaia atento aos detalhes. Teve tempo de falar com os soldados de guarda, que para variar dormiam, e se inteirar dos fatos. A princípio, nada de novo no horizonte além da presença de pasquineiros em busca de uma boa notícia.

– Por onde começamos? – perguntou o atirador, visivelmente enjoado com o cheiro de maresia e peixe morto.

Tunay respondeu apontando para a casa redonda no alto de uma longa torre de pinos, vigas e madeira.

– Visitar o ninho.

Teodoro vivia enfurnado em seu observatório. Trabalhava como chefe de registros da zona do imperador, nome com o qual os jornais tinham batizado a face do porto utilizada por D. Pedro II. Ninguém sabia onde ele morava, se tinha vida pessoal ou se tomava banho com água que não fosse salgada. Por certo que também não perguntavam e até evitavam se aproximar da estranha figura, o que podia contribuir para a falta de informações e ajudar na privacidade.

Lá do alto, ele vigiava tudo. Tinha plena visão do mar, via parte da cidade e da mata que aos poucos cedia às ruas e construções. De um lado, o antigo porto, com entrada e saída de mercadorias. Do outro, a área de partida das expedições. Seus visitantes torceram para que também visse o elevador, pois não acharam nenhum botão dentro dele e a engenhoca cheia de correntes e roldanas não saía do lugar.

– E agora essa.

Os dois circundaram a torre em busca de uma alavanca ou pelo menos um sinal de luz dentro do observatório, mas não viram nada. Carenza indagou aos soldados se tinham visto Teodoro. Foram categóricos ao responder que ninguém tinha entrado nem saído de lá. As roldanas faziam tanto barulho que era impossível alguém usar o elevador sem chamar a atenção de meia cidade, inclusive nos horários de movimento. O balonismo era prática recém-iniciada no Brasil e os raros aeronautas do país não arriscariam um voo noturno. Não havia dúvidas, Teodoro estava lá em cima.

– É impressão minha ou ele está nos evitando? – perguntou Carenza, verificando a munição da arma.

– Ou morreu e ninguém notou.

O atirador apontou a arma para o alto, mas foi impedido por Tunay.

— Eu trouxe um sinalizador — disse, enquanto revirava os bolsos atrás da arma. — Melhor evitar acidentes e deixar a torre em pé.

O tiro vermelho passou rente a janela do observatório e sumiu de vista. Não demorou para que um facho de luz fraco surgisse na varanda da casa e iluminasse o cais. Sacolejos e ruídos depois, Tunay e Carenza estavam no ninho.

Teodoro tinha montes de papéis sobre os armários, em uma típica bagunça em que só o dono consegue encontrar o que quer. Seus dentes eram mais amarelados do que a média portuguesa e seu hálito fazia o cheiro de peixe morto parecer aroma de rosas. Tinha uma farta franja castanha que cruzava a testa e se embolava na tira de couro que prendia os óculos, enfeitada com os fios arrancados ao longo dos anos de uso. As lentes grossas lembravam um binóculo. A da esquerda movia-se para os lados como o olho de um caracol gigante e a da direita não saía do lugar. No meio delas, uma bola de vidro emitia um brilho quase imperceptível que Tunay não conseguia parar de encarar.

— Desculpem a demora, estava dormindo.

Tunay e Carenza se entreolharam, recriminando-se por descartarem a hipótese. Sem perguntar nada, Teodoro puxou uns canecos, encheu de água e ofereceu aos visitantes.

— É doce — disse, encarando-os. Seus olhos ampliados pelas lentes.

Carenza bebeu de um gole só. A cara que fez desencorajou Tunay.

Os três se conheciam de outros carnavais e dispensavam os melindres. Teodoro jogou um exemplar do jornal *Vida Fluminense* sobre a mesa. A capa estampava a caricatura de um lobo gigante montado por D. Pedro II. Embaixo, o escritor José de Alencar fazia um protesto veemente contra as práticas tecnológicas do imperador. Um entrevistado de nome não revelado dizia que o monstro tinha vindo da África, disfarçado no corpo de um escravo. José de Alencar afirmava que as ideias abolicionistas de D. Pedro estimulavam tais revides e que era melhor deixar a história seguir seu rumo natural.

— Um monte de asneiras para vender jornal, como sempre.

Teodoro esticou outra folha, dessa vez do prestigioso *Jornal do Commércio*. Com o título de "Licaonte em terras brasileiras", explicava a lenda grega do filho de Pelasgo, que ofereceu carne humana a Zeus e foi transformado em lobo. Um sopro de cultura. A reportagem era categórica ao afirmar que os experimentos conduzidos no meio da cidade colocavam a população em perigo enquanto D. Pedro II descansava em Petrópolis.

– Os malditos são rápidos! – esbravejou Tunay, jogando o jornal sobre a mesa.

– Seja o que for não é um lobo.

– Corpo listrado. Ouvi dizer.

Teodoro assentiu com a cabeça. Retirou os imensos óculos, revelando olhos avermelhados pelo excesso de leitura.

– Como posso ajudá-los afinal?

– Preciso saber quais barcos atracaram essa manhã.

– Estamos sem nenhuma expedição em mar, como vocês já devem ter investigado. O próximo partirá em um mês ou dois. Os ingleses... – Teodoro batia o indicador na ponta do nariz enquanto pensava. – ...não. Mas chegou hoje uma embarcação francesa. Ainda está no cais. Precisam ver que esplendor.

Teodoro pegou uma caixa de madeira com os registros de movimentação da semana em uma gaveta cheia de ferrolhos. A quantidade de papéis era desestimulante.

– Não. Nem pensar – falou Carenza. – Não vou passar a noite aqui olhando papéis. Quero ir lá para baixo. Podemos juntar trinta soldados e vasculhar os navios. Que se danem autorizações. Se houver algo suspeito, eu encontrarei.

Teodoro exibiu novamente o sorriso amarelado.

– Sei que os dois têm faro investigativo e longe de mim insinuar que posso saber mais do que estou dizendo, mas se me permitem um palpite, talvez fosse melhor esquecer o ninho e procurar diretamente pelos pássaros.

Carenza avançou no pescoço de Teodoro, batendo as costas dele contra a estante até que desmanchasse o sorriso irônico.

– Será que você pode controlar seu animal de estimação. – disse baixo, nos entremeios de um riso débil.

– Você conhece os modos do Carenza – disse Tunay, apontando uma arma para a cabeça de Teodoro. – É um legítimo cavalheiro com quem o trai.

Carenza largou o corpo no chão e se afastou. Tunay abaixou bem devagar até ficar na altura de Teodoro. Os dois se olharam sem dizer

palavra, levando Tunay a engatilhar a arma para estimular a conversa.
— Está bem. Está bem. Mas não posso falar nada. Vejam os papéis e entendam por si. Do que adianta um peixe fugir do tubarão e acabar na rede de um pesqueiro real? Eu sou apenas os olhos desse porto. Abdiquei de ser a boca e os ouvidos pela minha segurança.

Teodoro se levantou com a ajuda do conde e buscou os óculos sobre a mesa. Retirou do caminho um móvel caindo aos pedaços que escondia um cofre cor de cobre enfiado na parede. A face frontal lembrava um mosaico de rodas velhas sobrepostas. Era difícil saber o que Teodoro fazia para abri-lo. Seus olhos de caracol acompanhavam o movimento dos discos externos e do disco central nas pontas opostas dos aros, como uma roda que pudesse mover as partes de forma independente. Fez questão de reclinar o corpo nos momentos finais, escondendo o pulo do gato dos visitantes. Retirou do cofre fotos em preto e branco, com breves anotações. Entregou-as na mão do conde, que deu uma boa gargalhada.

— Surpreso?
— Em parte — respondeu Tunay, repassando-as.

Carenza analisou as imagens repetidamente e lançou um olhar furioso para Teodoro, que apenas sorriu.

— Em um país que ainda se esforça para ampliar seu contingente de aeronautas e pilota balões de desfiles ao invés de dirigíveis, a presença de um planador merece registro, não acha? Principalmente quando a dona é da família imperial.

Carenza guardou as fotos no interior da jaqueta e deixou o ninho em silêncio. Se Teodoro lhe tivesse apunhalado pelas costas, não teria revidado tão bem à agressão que sofrera. Tunay fez ainda algumas perguntas e se despediu, pedindo que ficasse à disposição para eventuais esclarecimentos sobre o caso. Pensou em aconselhar um banho para o antigo companheiro de expedições, mas a vontade de sair do ambiente claustrofóbico falou mais alto. Só queria sair dali e impedir que o amigo fizesse alguma bobagem.

⚙︎

Quando voltaram a se encontrar, o sol já estava a pino. Carenza mantinha a mesma cara emburrada, como se o houvessem congelado na noite anterior e só agora sob o sol o gelo derretesse. O mau humor tinha a ver com o passado e com o que esse passado provocaria no presente. A explicação para o olhar ranzinza vinha da primeira expedição de que fez parte, quando não tinha a fama, apenas a boa pontaria. Era um atirador profissional e D. Pedro II procurava o melhor para proteger sua filha, a Princesa Isabel, quinze anos de idade. Pedro pediu ao conde que escolhesse um guarda-costas competente e assim ele conheceu Carenza. Tunay, que não era dado a viagens pelo mar, aproveitou que utilizariam um expresso e os acompanhou nos estudos da região da tríplice fronteira. Iriam o mais distante dentro do território nacional e depois passariam a outro país, que só Pedro e Isabel sabiam qual era.

O expresso não esbanjava conforto, mas tinha o suficiente para que costas e pescoços se mantivessem funcionando. Pedro nunca levava consigo mais do que o necessário. Se nos palácios dispensava até a mobília, pode-se imaginar que na viagem lhe bastavam mala, chapéu, guarda-chuva e um resistente par de botas. Nessa época, Teodoro ajudava o imperador a registrar detalhes de flora, fauna, temperatura e umidade. Seus inventivos binóculos e fotomáquinas fascinavam D. Pedro e a princesa, que não desgrudava das janelas.

Carenza tinha a sensação de que Teodoro via demais. No dia em que rolou nu com Isabel no vagão dos cavalos, passou a ter certeza. Foi o primeiro contato que teve com a tal máquina de fotografar. Custou-lhe os olhos da cara comprar o pedaço de papel, um dinheiro que não tinha. Para juntar a soma pediu emprestado a Tunay, que salvou seu pescoço e o próprio. O atirador adquiriu sua centésima dívida e o primeiro grande amigo, vez por outra amante. Até onde sabia, Isabel desconhecia a chantagem de Teodoro. Pelo menos não havia comentado nada nos encontros esporádicos dos anos seguintes, interrompidos por decisão da própria Isabel. Em uma reunião com Tunay anos depois, D. Pedro deixou escapar que sabia da história e era grato a Carenza por ter dado à sua filha algo para pensar que não a igreja. A devoção de Isabel o tirava do sério.

Os portões do Palácio Imperial encontravam-se escancarados como de costume. Atravessaram o jardim sem ver vivalma e só no primeiro salão um jovem por volta dos vinte anos pediu que se identificassem. Seu nome era Santos, atual amante da princesa e membro mais recente da equipe de saqueadores que ela sustentava. Carenza não estava nos seus melhores dias e respondeu encostando o cano da arma na testa do garoto, que engoliu em seco ao perceber com quem falava.

— Não é hora para isso — interveio Tunay, pedindo a Carenza que baixasse a arma.

Santos respirou aliviado.

— É você o responsável pela segurança da princesa? Um moleque?

— Eu não preciso de ninguém para me defender, Carenza. Nem dele, nem de vocês.

Isabel chegou ao salão vinda do pátio de decolagem atrás do palácio. Vestia calças e jaqueta de couro marrom, camisa branca e tinha os pés descalços. Era difícil imaginá-la trajando os longos vestidos e com o cabelo preso das fotos oficiais. O cabelo, aliás, estava completamente desgrenhado. Talvez estivesse cavalgando, seu passatempo preferido depois da aviação.

— Desculpe incomodá-la tão cedo, princesa. O faço por questões de segurança nacional. Se pudermos conversar a sós, prometo não tomar muito do seu tempo.

Isabel e Santos trocaram olhares rápidos. O garoto acenou com a cabeça, muito contrariado, e seguiu para o jardim. Isabel pediu que os visitantes a acompanhassem até o pátio onde deixava o pequeno aeroplano, o único do país. Depois de se acomodarem, pedirem um chá e trocarem impressões sobre a vida, Tunay mostrou as fotografias. Nas primeiras fotos, tiradas um dia antes do incidente, o aeroplano de Isabel cruzava o céu em direção ao mar. Na seguinte, voltava à costa. Nas demais, o grupo de saqueadores que Isabel comandava e chamava educadamente de forças expedicionárias aparecia saindo com barcos vazios e retornando cheios de caixas na face do porto usada pelo imperador. Justamente no dia que o Licaonte brasileiro tinha dado as caras.

— Como deve estar ciente, tivemos um problema no porto com um cachorro listrado que teimou em não morrer com as armas de fogo. As fotos não têm data, nem horário, mas acredito que se perguntar às pessoas certas descobrirei que seus amigos piratas voltaram ao cais exatamente no momento em que o animal apareceu. Eu posso passar o dia levantando teorias ou você pode me ajudar a entender o que está acontecendo.

— Eu gostaria de ouvir alguma delas.

— Isabel! — gritou Carenza — Deixe de criancice.

— Deixei de ser criança faz tempo, como você bem sabe.

— O que não te impede de dormir com bebês, pelo visto.

— Ora, vocês dois. Enquanto estamos aqui de conversa mole, os pasquins estão fazendo a festa. A princesa sabe o quanto o governo está instável desde o começo da corrida tecnológica. Os barões do café não gostaram nada dos novos rumos da economia. Já soube de alguns deles se aliando aos republicanos. A sua batalha pelo fim da escravatura também não está facilitando as coisas. O movimento é incipiente, mas real. Qualquer problema externo pode alimentar essas intrigas. Com todo respeito, princesa, mas seu pai confia em gente demais. Meu papel é desconfiar em dobro.

Seguiram-se instantes de silêncio. Carenza mirava a paisagem e Isabel encarava Tunay, decidindo o que dizer. Devido à gritaria, Santos reapareceu, dessa vez com mais dois saqueadores. Um senhor por volta dos quarenta anos e um loiro forte com no máximo trinta.

Com D. Pedro em Petrópolis, Isabel tinha aproveitado para reunir seus piratas no próprio Palácio Imperial. Ou assim parecia.

— Façamos o seguinte. Você me diz com quem conseguiu as fotos e eu explico o que fui fazer.

— Não seria de bom tom entregar a minha fonte.

— Foi o Teodoro — interrompeu Carenza. — Provavelmente ia vender as fotos para o dono da carga que você roubou. Ou te chantagear diretamente.

— Outra vez esse desgraçado. Maldito seja.

Carenza arregalou os olhos. Isabel largou os visitantes e se juntou aos piratas. Espumava de raiva. Dois deles desapareceram pelos corredores do palácio. Pelas gargalhadas que ecoavam, a missão seria divertida.

— Ele não morrerá — respondeu se antecipando.

— Que pena — retrucou Carenza.

— Sua vez agora, princesa.

E a história não podia ter enervado mais o conde. Isabel estava envolvida até os cabelos com o grupo de saqueadores, sendo acusada inclusive de desviar recursos da coroa para bancar a compra de embarcações. Como isso não era verdade, já que o imperador só gastava em pesquisa e esmolas e não guardava um tostão para a família, Isabel tinha que encontrar suas próprias fontes, e os saques eram oportunidade de ouro em águas movimentadas, tomando apenas cuidado para evitar incidentes diplomáticos. Para tal, mantinha seus piratas em mar e fazia voos regulares. Foi em um deles que descobriu um naufrágio em águas brasileiras, um navio inglês pela bandeira. Por algum motivo, ao invés de pedir ajuda à coroa, o chatíssimo Christie, representante da Inglaterra no país, havia ocultado o fato. O que não impediu os piratas de Isabel de xeretarem as caixas que começaram a boiar espalhadas pelo oceano.

– Você roubou a carga de um navio da Inglaterra? – Carenza se descontrolou. – Você tem noção de que eles têm a maior frota do planeta?

– Não seja covarde. Em teoria, o Brasil nem sabe da existência desse navio. Como ele pode sequer ser saqueado?

– Mantenha o foco, por favor. Está faltando o mais importante.

– Um tigre da Tasmânia. Apesar do nome é um parente dos cangurus. Não me pergunte como foi parar lá. Se quiser pode conferir nos livros.

– A Tasmânia não é exatamente aqui do lado, Isabel – disse Carenza, debochando da seriedade da princesa.

– Sei disso. Não me provoque.

– E não somos ninguém para contestar seus estudos ou sua sinceridade, muito menos provocá-la. – Tunay olhou de soslaio para Carenza. – Mas entenda que a segurança do seu pai e a sua dependem disso. Sem compreender o que aconteceu não poderei ajudá-la a se livrar dessa encrenca. Preciso que me conte todos os detalhes sobre a carga e as coordenadas.

Isabel decidiu abrir o jogo e contou o que sabia. O navio estava repleto de caixas de azeite, vinho e porcelana, mercadorias de extrema valia. William, um dos saqueadores, disse ter visto o corpo de pelo menos dois marujos presos em pedaços de madeira. Tinham morrido tentando chegar à costa, o que indicava que o naufrágio não era tão recente. Para despistar, os piratas deixaram para trás as caixas com tecidos e fazendas. Assim que chegaram boiando à costa, foram pilhadas pela população local, como constataram mais tarde. A carga roubada foi levada para uma ilha próxima e vistoriada. Nenhuma embarcação surgiu para o resgate enquanto estiveram presentes. O mais estranho de tudo é que no segundo dia na ilha um homem chegou à margem, nu e com os punhos e tornozelos acorrentados. Impossível saber o que dizia, mas certamente precisava de ajuda.

– Santos achou que fosse uma armadilha, um assassino. A verdade é que não parecia nem índio nem negro, estávamos nervosos, esperávamos que os navios ingleses aparecessem a qualquer momento. A ideia geral era eliminar qualquer problema adicional. Santos e William decidiram matá-lo, mas eu os convenci a mantê-lo vivo. Se eu estivesse certa, aquele homem seria extremamente valioso para o Brasil.

Isabel respirava pesadamente, a atitude decidida mesclada ao comportamento de jovem da corte.

– Um escravo! – Tunay se exaltou. – A princesa achou que fosse um escravo, que ele estivesse no navio inglês. Seria uma prova contra o Christie, uma chance de apelar ao tribunal inglês e tirá-lo daqui de uma vez por todas.

– Exatamente.

– Mas deixe-me adivinhar: ele não era um escravo – disse Carenza, segurando as mãos de Isabel. Os olhos da princesa estavam marejados.

– O lobo. – disse Tunay, quase sussurrando.

– Lobo não. Tigre da Tasmânia.

O humor de Carenza não estava realmente dos melhores.

– No dia seguinte, William havia desaparecido. Xingamos seus pais, amaldiçoamos seu nome, traidor, desertor. Mas ele não havia roubado nada. Uma busca organizada e encontramos o cadáver, ou uma parte dele. Sem gritos, sem rastro, simplesmente estava no meio da mata, destroçado. Decidimos antecipar o retorno para o Rio. Eu vim na frente para dar o sinal. Sobrevoei o oceano verificando os navios ingleses. Eles tinham que estar lá. Tinham que estar procurando a carga. Mas não havia nenhuma movimentação fora do comum. Eu voltei para cá, disparei o sinalizador e o resto do grupo foi pegar as caixas. Assim que chegaram ao porto, ele se transformou.

Isabel encerrou a história e mais nenhuma palavra foi dita. Tunay precisava pensar, assimilar as informações. O movimento óbvio de Christie seria pedir uma indenização, fazer um de seus escândalos e acusar o imperador de não comandar o povo. Alguém que não perdia a oportunidade de bradar a inferioridade dos mestiços tinha simplesmente ficado calado. Se não estava ocultando o carregamento de vinho, azeite e tecidos, o que soa de fato improvável, seu silêncio só podia ter um motivo: o metamorfo.

– Princesa, me escute com atenção. Se a súbita educação de Christie se devia ao metamorfo que escapou, ele não tem mais motivos para o silêncio. Tenho que acusá-lo antes que nos acuse e farei o que estiver ao meu alcance para saber a verdade. Pouco me importa o que fará com a carga ou se soltou a criatura para distrair meus guardas e os ingleses enquanto seus homens fugiam. Seu grupo de piratas, curiosamente, é parte do problema e da solução. Peça para que se venham ao palácio. Preciso que me façam um favor.

– E eu posso saber o que é? – perguntou Isabel, com o olhar desconfiado.

– Sequestrar o representante inglês e levá-lo para o Centro de Pesquisa Pedro de Alcântara. – Tunay esticou o braço e o relógio surgiu no capote, deslizando pela manga no contorno de seu bíceps. – Em quanto tempo acha que é possível reuni-los?

Minutos depois, Santos deixava o palácio em seu barulhento triciclo.

✿❀✿

A carruagem chegou ao Jardim Botânico de madrugada, com o veículo dos piratas logo atrás. Christie estava amordaçado, o que significa imenso alívio para as pessoas ao seu redor. A mistura de português com inglês e sua voz efeminada não eram uma boa combinação. Como previsto por Tunay, o sequestro tinha sido tarefa fácil. Christie tinha por hábito visitar uma prostituta no Centro e só voltava a seu posto de manhã, geralmente trocando as pernas pelas ruas e gritando ofensas para as motonetas que passassem. Os soldados ingleses não dariam por falta dele até a hora do almoço e a prostituta havia recebido dinheiro suficiente para tirar a semana de folga.

Mas a noite ainda reservava surpresas. Dessa vez, ninguém veio abrir os portões, e o silêncio do cavalo mecânico de Tunay não gelou a alma dos soldados. Seu novo pesadelo tinha sangue quente, dentes afiados e o corpo peludo. Um pesadelo extremamente eficiente para caçar na mata fechada, descobriram durante a tarde, caindo um a um, enquanto o conde dava prosseguimento às investigações.

Carenza desceu da carruagem e disparou duas vezes na fechadura, liberando a passagem. Seguiam pela trilha dos jambos quando um animal saltou sobre o cavalo, estatelando-se. A mordida feroz nas chapas metálicas arrebentou parte dos dentes e o metamorfo desabou tonto no chão, pego de surpresa. Os veículos pararam imediatamente. Os piratas saíram armados e dispararam sem parar. O corpo ensanguentado recuperava-se no chão diante da surpresa dos piratas. Tunay, ciente do processo de cura, sacou sua espada e decapitou a criatura. O sangue esguichou escuro na terra batida.

– Droga.

– Não é ele – falou Carenza.

– Devem ter vindo buscá-lo.

– Entrem no veículo, se Peixoto ainda estiver vivo deve estar precisando...

Tunay não pôde terminar a frase. Um tigre da Tasmânia saltou sobre suas costas derrubando-o de cara no chão. As garras subiram para o ataque e Carenza disparou, fazendo o metamorfo rodar pelos ares. Tunay só teve tempo de erguer o rosto da terra e gritar:

– Cuidado!

A criatura saltou em direção à carruagem. Isabel disparou a arma elétrica, acertando-o ainda no ar. Tunay correu para o cavalo e soltou o animal.

– Não é um resgate. São os soldados. Ele transformou os soldados! – gritou – Entrem de uma vez! Temos que chegar ao centro de pesquisa.

Livre, o cavalo seguiu na frente em um trotar milimetricamente calculado. Tunay assumiu a posição do cocheiro e dessa vez ninguém se espantou ao ver a carruagem se mover sozinha, sem nenhum animal para puxá-la. Carenza posicionou-se na janela, a arma apontada para a escuridão que envolvia as árvores. Coices, lâminas e balas pincelaram o Jardim Botânico, manchando a terra com sangue dos metamorfos que se atravessaram no caminho. Enquanto manejava a espada, decepando membros e cabeças, Tunay teve uma epifania, revelando o óbvio. Fosse o que fosse, a criatura era muito mais inteligente do que havia imaginado no começo. Se jogar nas grades eletrificadas não passava de um truque de cachorro. Estava testando a potência das armas, entendendo que tecnologia o havia derrubado em solo brasileiro. Quando chegou como um náufrago à ilha onde estavam os piratas e Isabel, soube esperar o momento certo para se transformar e dar o bote, alimentando-se e eliminando um dos piratas mais fortes do grupo, aquele que queria a sua morte. A besta de tonta não tinha nada. Podia apostar um braço que Peixoto o tinha libertado sob a forma humana. Torcia para que tivesse sobrevivido, sem muitas esperanças.

O Centro de Pesquisa Pedro de Alcântara estava às escuras. Santos disparou um sinalizador construção adentro, produzindo um clarão vermelho. No mesmo instante, corpos se movimentaram sumindo pelo casarão e um deles atacou, sendo destroçado com os coices do cavalo mecânico.

– Onde estará nosso Licaonte? – perguntou Carenza, meio que para si mesmo.

– Maldita hora em que o deixei vivo.

– Foi um jogo de azar. Uma aposta alta. Ainda podemos colher os frutos.

Sob ordens, os piratas permaneceram nos jardins, tomando conta de um Christie incrédulo e desesperado. Tunay entrou na frente, o brilho de sua espada iluminando o caminho. Isabel e Carenza o seguiam de perto, passos sincronizados à espera do combate. A sala de sementes estava intacta, mas as mesas do laboratório estavam reviradas e parte do equipamento tinha sido destruída. Os livros de pesquisa estavam completamente despedaçados, papéis e capas espalhados pelo chão. Peixoto estava preso na cela, os riscos azuis eletrificados quebrando a negritude do ambiente.

Tunay correu para os controles das grandes. Dessa vez foi Carenza pediu que esperasse.

— Temos que ajudá-lo.
— E se ele já for um deles?
— Transformado? Claro que não...
— Foi o que aconteceu com todos os soldados, Tunay. Temos que encarar os fatos.
— Carenza tem razão – disse Isabel. – Não dá para arriscar.
— Vocês dois concordando, era só o que me faltava.
— Bem, só tem um jeito de saber.

Carenza se aproximou da cela. Peixoto o fitava do fundo, escondido nas sombras, amedrontado. Por um instante se encolheu, abraçando as pernas. As lágrimas haviam secado, mas as imagens do pesadelo permaneciam frescas na memória. Demorou a perceber quem tinha diante de si, que não era um dos metamorfos tentando destruir sua única proteção.

Com algum esforço, levantou-se apoiado nos joelhos, as pernas trêmulas escondidas no jaleco sujo de sangue. Pegou o controle no bolso para desarmar a grade e arriscou um aceno. Foi a oportunidade perfeita para Carenza atirar. A bala atravessou a mão de Peixoto que retraiu-se gritando de dor.

— Você enlouqueceu de vez! – gritou Tunay.
— Se ele parar de sangrar saberemos que foi transformado.
— E se não parar o que acontece?
— Desculpe, Peixoto. Mas foi por um bem maior – disse Isabel, sem saber se acreditava nas próprias palavras. – Preciso que você estique a mão para vermos...

Peixoto esticou a mão pouco antes de desfalecer. Um buraco no meio, seu sangue escorrendo sem parar pelo braço. Tunay colocou cuidadosamente o relógio andante dentro da cela para que achasse o controle e apertasse o botão. A eletricidade das grades desapareceu e as luzes do laboratório reacenderam fracas, no mesmo momento. Enquanto Carenza improvisava um curativo para estancar a hemorragia, o pesquisador contou o que tinha acontecido. Um aborígine de aspecto frágil pedindo piedade convenceu Peixoto a libertá-lo. Penalizado, solicitou que um dos soldados fosse pegar comida. O homem comeu sem pudores os pães e a sopa de batata que lhe trouxeram. Agradeceu se transformando e consumindo o prato principal. Carne fresca de soldados. No meio da confusão,

Peixoto foi arremessado para dentro da cela e conseguiu trancar-se lá dentro. Não tardou para que o centro de pesquisa fosse tomado por dezenas de animais idênticos ao prisioneiro.

– Que por algum motivo ainda estão aqui – concluiu Carenza.

– Talvez porque ele ainda esteja – disse Isabel, apontando suas armas para o homem que resgatara na ilha, parado na porta do laboratório.

✧

Sua imagem inspirava uma paz que não condizia com a carnificina produzida em sua passagem. Era difícil abastecer-se de raiva para atacar um velho desarmado e de aparência cansada, mas talvez as garras e o olhar homicida ajudassem a dissipar essa impressão.

– Estava esperando para agradecer, princesa Isabel.
– Pelo banquete gratuito?
– Por me salvar.

Seu sotaque português era surpreendente.

– De minha terra à França e depois a este continente, passei por mãos malditas que me trataram como um animal. Meus últimos captores cometeram um erro, permitindo a minha fuga, e as circunstâncias me trouxeram até aqui. Circunstâncias que em breve afetarão o seu país. Você teve a chance de me matar, mas preferiu contrariar seus próprios homens e me poupou a vida. Eu pretendia me vingar do meu captor ao chegar ao porto, mas meus planos tomaram rumos inesperados. Ainda não entendi a bruxaria que me derrubou, a energia que emana desse lugar. O desgaste contínuo me drenou as forças, não consegui manter meu corpo, meu disfarce. A fome veio avassaladora. Tive que me alimentar.

– Matando todos os meus soldados? – inquiriu Tunay.

– Eu matei apenas um, conde Tunay. Precisava do sangue para obter as memórias. Os demais considere um presente. Com o tempo aprenderão a dominar o dom que receberam e seu exército terá uma chance maior de vencer a guerra contra meus captores. Pelo menos aqueles que não forem mortos por seu capanga e você até o fim da noite. Pode ter certeza de que matou bem mais dos seus soldados do que eu.

Carenza apontou a arma para o alto. O tambor e os canos giraram refletidos nas pupilas do metamorfo que grunhiu com toda sua força. Por mais que confiasse nas habilidades do grupo, Tunay pediu ao amigo que parasse. Já tinha sido responsável por mortes demais para um ano inteiro.

— Eu quero algumas respostas. Se colaborar, deixarei você partir.

O metamorfo conteve o riso. Tinha que admirar a coragem do ser inferior.

— Seu prisioneiro sabe o que você precisa saber. Aproveite a vida que lhe resta antes que eu termine o serviço.

De nada adiantou o pedido de Tunay. Carenza descarregou a arma giratória, as balas de energia voando em direção ao inimigo. Dessa vez a criatura não estava enjaulada e tinha se alimentado, contava com sua agilidade e força em pleno potencial. O primeiro tiro apenas chamuscou seu braço, que no decorrer do salto transformou-se em pata, o corpo peludo lançando Tunay contra a parede, sua garra dilacerando a mão de Carenza, que largou a arma no chão. Quando aterrissou, estava diante de Isabel e Peixoto. O tigre da tasmânia de dimensões gigantescas voltou a ser homem e chutou a arma para longe, pisando na mão ensanguentada. Isabel mantinha os braços esticados, calada, tentando controlar a respiração ofegante.

— É hora de ir, Princesa. Nos reencontraremos.

E misturando-se à escuridão, o primeiro metamorfo visto no Brasil desapareceu.

⁂

Mesmo depois de tudo que tinha passado, Peixoto descobriu-se capaz de se surpreender. Carenza mexia a mão rasgada pelas garras como se nada tivesse acontecido. Podia estar delirando, não descartava essa possibilidade, o estresse elevado desnorteia o cérebro e ele, como pesquisador de impulsos elétricos, sabia disso mais do que ninguém, mas espiando com vontade, apertando bem os olhos, jurava ver um brilho metálico embaixo da pele e do pedaço de carne atingido. Carenza não se esforçou para fingir dor nem fez qualquer comentário. Explicaria um dia, não hoje. Não queria pifar os miolos de Peixoto, já em frangalhos.

— Desculpe pela mão — comentou, enquanto Tunay improvisava curativos e amarras para estancar o sangue dos dois.

– A mão... – respondeu o pesquisador. – Não é nada.
– Escolhi a menor bala.
Isabel voltou ao laboratório trazendo o prisioneiro.
Apesar da pose e suposta superioridade, Christie gaguejava como uma criança depois do choro. Ver sangue e pedaços humanos espalhados não ajudava no controle da histeria. Para evitar possíveis confrontos diretos entre ele e a princesa, Tunay pediu que todos se retirassem. Conversaria com Christie a sós. Chegou a ajeitar os bancos remanescentes e pediu ao inglês que se sentasse.
– Não temos chá, infelizmente.
– Tem noção do que fez? – Christie ensaiou as primeiras palavras.
– Salvei sua vida de um assassino que matou uma dúzia dos meus soldados e pretendia matar a sede no seu pescoço. O método pode não ter sido o melhor, só não diga que não foi eficiente. – respondeu Tunay, exercitando o máximo de sua lábia e cara de pau. – O mínimo que espero em troca é que sane minhas dúvidas. Como diplomata deve saber que ocultar fatos sobre uma possível conspiração contra o Brasil... – Tunay reconsiderou as palavras para evitar ameaças – Nem a Inglaterra compactuaria com essa atitude. Ou devo acreditar que eles sabem o que você andou armando por aqui quando só devia ajudar comerciantes e vigiar as águas para evitar o tráfico negreiro?
– Eu não sei do que você está falando.
– Tem certeza, Christie? Porque eu sei de alguém lá fora que está louco para te conhecer melhor e se você não abrir essa boca faço questão de ir pessoalmente convidá-lo para o jantar.

❧❧❧

D. Pedro alisou a barba, seus olhos azuis profundos encarando a expressão imutável de Tunay. Depois de tantos conflitos separatistas, não era pedir demais que tivesse três ou quatro anos de paz para poder conhecer a Europa e quem sabe os Estados Unidos da América, sua paixão republicana. Com um pouco de sorte encontraria Wagner e Victor Hugo. Isso sem falar na lista de livros que pretendia adquirir.
– Como mói essa crise de melancolia. Ainda não posso acreditar que Solano Lopez decidiu declarar guerra ao Brasil. E que diachos o homem tem na cabeça para dar ouvidos a Napoleão! Um novo

império na nossa América, enfrentar todos os vizinhos de uma vez? Uma tripa de terra como o Paraguai?

– Também não acredito que Argentina e Uruguai lutarão ao nosso lado, imperador, mas assim é a guerra, repleta de imprevistos. Anos atrás isso não aconteceria. Temos que agradecer pelos bons ventos. Acreditar que continuarão soprando. A sorte está do nosso lado. Se os espiões da Inglaterra não tivessem crescido o olho no presente não tão secreto de Napoleão e os homens de Christie não tivessem tentado roubá-lo, hoje Lopez teria o metamorfo ao lado deles. Nem quero imaginar o estrago que faria na mata.

– Nem quero pensar nisso, Tunay. Se ele é realmente capaz de transformar os outros, o que aconteceria no meio de uma guerra? Consegue prever as consequências? Não venceremos essa guerra com misticismo, mas com tecnologia. É questão de honra. – D. Pedro se pôs a divagar – Dezesseis mil soldados. Pode me explicar como um país desse tamanho tem um regimento tão pequeno e o Paraguai se aproxima dos cem mil homens?

– Não se preocupe, imperador. Daremos um jeito.

D. Pedro caminhou pela sala, o corpo ereto, as mãos cruzadas para trás. Seu pensamento ia longe, imaginava a viagem pela Alemanha, Áustria, tinha tanto para conhecer. Era um homem das letras e das ciências, quem dera não fosse imperador. Como assim tinha determinado o destino, defenderia o Brasil até que o povo o dispensasse. E já sabia o que fazer. Sairia ele em comando do exército, marchando pelo país, estimulando o alistamento voluntário, libertando os negros que a ele se juntassem. No final de sua marcha, os dezesseis já seriam uma centena.

Estava decidido. Antes de falar com os ministros e o exército, porém, tinha que resolver um pequeno assunto.

– Diga-me uma coisa, Tunay. Alguma notícia sobre o acidente no porto?

– Nada ainda, imperador, mas estamos investigando.

– Não consigo entender como a torre do observatório foi despencar justo em cima do navio em que Douglas Christie iria partir do Brasil.

– A maresia desgastou as articulações e vigas. O peso demasiado forçou as docas e o ninho cedeu.

– O ninho?

– É como o chamavam.
– O que faz de Teodoro um pássaro. Pobre Teodoro. Morrer de cara no mastro. E justo o de Christie.
– Uma pena, realmente.
– Mas voltemos a falar da guerra que se aproxima...[2] [3]

---

[2] Notas do Autor: O navio *Prince of Wales* afundou na costa brasileira a caminho de Buenos Aires. Douglas Christie chegou a sequestrar navios brasileiros para forçar o Brasil a pagar uma indenização pela carga roubada. A situação insustentável fez o Brasil romper relações diplomáticas com a Inglaterra. D. Pedro II decidiu não se curvar à imposição e foi apoiado pelo povo. Pouco tempo depois, o caso foi julgado pelo rei Leopoldo da Bélgica, que deu ganho de causa ao Brasil. Christie foi embora do país. O clima nacionalista que se instaurou com o caso e a marcha de D.Pedro II até o sul foram fundamentais para o país arregimentar o exército que se somou às forças argentinas e uruguaias na guerra contra o Paraguai.
[3] Nenhum tigre da tasmânia foi machucado durante a escrita desse conto.

O Sol é que alegra o dia...
João Ventura

Alvorecer

A CAMINHO DA AULA de Sagradas Escrituras, no Seminário de Braga, Manuel Gomes e Zé Maria percorriam o longo corredor, os passos ressoando no chão lajeado. Manuel ia roendo um pedaço de pão sobrante do pequeno-almoço.

Passaram por uma das amplas janelas rasgadas na parede granítica, virada à nascente. O disco brilhante do sol desprendia-se da linha do horizonte. Zé Maria olhou ao longe, inspirou fundo e começou a cantar a meia voz, numa toada arrastada, evocativa da planície alentejana onde tinha nascido:

– O Sol é que alegra o dia,
de manhã quando nasce.
Ai de nós, o que seria,
se um dia o Sol nos faltasse.

Os versos desta quadra popular foram para Manuel uma espécie de revelação. O grande motor do mundo é a energia do Sol. E será que estamos a aproveitá-la tanto quanto podemos?

– Isso é bonito, Zé Maria! É da tua autoria?

– Tás parvo? Já o meu pai cantava isto, e antes dele o meu avô! Ninguém sabe quem inventou esta quadra...

Chegaram à porta da sala de aula, entraram e sentaram-se, com os outros condiscípulos. Quando o Padre Nunes entrou, levantaram-se todos, e sentaram-se novamente à sua ordem.

O professor dirigiu-se à mesa, sentou-se e abriu a Bíblia. Começou a ler:

– *Livro do Gênesis*
1   No princípio criou Deus os céus e a terra.
2   E a terra era sem forma e vazia; e havia trevas sobre a face do abismo; e o Espírito de Deus se movia sobre a face das águas.
3   E disse Deus: Haja luz; e houve luz.
E foi por aí adiante, versículo após versículo.

A voz do Padre Nunes era um bocado monocórdica, e Manuel sentiu-se sonolento. E antes de começar a cabecear, resolveu intervir na aula:
– Senhor Padre Nunes, essas descrições no Gênesis têm que ser encaradas de uma forma poética, não é?
– A Bíblia é a palavra de Deus, Manuel. Acha que Deus é poeta?
– Mas essas descrições não estão de acordo com o que se conhece hoje sobre a forma como o Universo evoluiu. Por exemplo a criação de Adão e Eva não tem nada a ver com o que Darwin escreveu na *Origem das Espécies*.
Os olhos do Padre Nunes faiscaram.
– Como se atreve a comparar a palavra de Deus com um livro que a Santa Igreja colocou no *Index*?
– Peço desculpa por discordar, senhor Padre Nunes, mas a *Origem das Espécies* não está no *Index*.
– E posso perguntar-lhe como sabe?
– Ainda na semana passada fui à Biblioteca e estive a ler o *Index Librorum Prohibitorum* de uma ponta à outra, e não encontrei lá o livro de Darwin. Quer que lhe diga alguns títulos que lá encontrei?
– Basta, Manuel Gomes! Da próxima vez que for à confissão deve penitenciar-se por ter perturbado a aula. E agora vamos continuar com a lição!
Alguns dos alunos riam disfarçadamente. Eram frequentes estes desaguisados entre Manuel Gomes e o Padre Nunes, que normalmente saía a perder, e que tinha que recorrer à sua autoridade para terminar a discussão. Todos os alunos torciam pelo Himalaya – era como lhe chamavam devido à sua altura, mas Manuel Gomes viria a

apropriar-se dessa alcunha e a juntá-la ao nome – mas não de forma ostensiva, pois não queria ficar "marcado".

Toda a sua vida Manuel Gomes manteve a independência de juízo manifestada nessas aulas no seminário. Alguns anos mais tarde, escreveria numa carta ao seu irmão Gaspar, ele também padre:

– *(...) Não te deixes pois entusiasmar com o fundo científico da Escolástica (...). A verdadeira filosofia, como a verdadeira teologia racional devem ser consequência do conhecimento pessoal da obra do Criador em geral e da criatura humana em particular.*

Ignorar a física, a química, a botânica, a zoologia, a paleontologia, a geologia, a cosmografia, a astronomia, a antropologia, a embriologia, a anatomia etc., isto é, ignorar os fatos e as leis do mundo físico que se pode ver e apalpar e falar apenas do mundo metafísico arquitetado segundo a fantasia de qualquer escolástico, mesmo que ele seja um admirável santo, como S. Tomás de Aquino, é uma pura fantasmagoria.

A meu ver, os teólogos e os filósofos devem primeiro tratar de conhecer a fundo a natureza física, seus fatos e suas leis. E só depois, por analogia, é que poderão aventurar-se a formar alguns raciocínios sobre o mundo metafísico, ajudados pela Bíblia sabiamente interpretada.

Tudo o mais são castelos de cartas edificados... na lua. Por isso, meu caro Gaspar, aconselho-te a não dares demasiada importância a essas elucubrações de imaginação, seja ela de quem for. A santidade não supre a ciência.

❦

Naquela manhã, Manuel foi ouvindo as palavras do Padre Nunes cada vez mais ao longe. E começou a imaginar um mundo onde as chaminés fumarentas tivessem desaparecido, e as máquinas funcionassem com a energia do Sol. Tinha a certeza de que no futuro seria assim. Queria que fosse assim. E estava disposto a estudar e a trabalhar para que assim fosse.

Rumo ao Novo Mundo

O *Oceanic*, pertencente à companhia inglesa White Star Line, sulcava as águas do Atlântico em direção a Nova York. Tinha terminado o jantar, o centro do salão fora esvaziado de mesas, os membros da orquestra dispunham os instrumentos no palco e tudo se aprestava para o último baile da viagem, visto que a chegada estava prevista para a manhã do dia seguinte.

Manuel Himalaya saiu da sala de jantar para o exterior e caminhou até à amurada, respirando o ar frio da noite. Daquela zona do navio, pouco iluminada, a visão que se obtinha do céu noturno era esmagadora. Para o Padre Himalaya, aquele firmamento pontilhado de estrelas, milhões e milhões de outros sóis, era a maior demonstração da glória do Criador. Apenas o barulho das ondas cortadas pela quilha do navio e o ruído surdo das máquinas transmitido através da estrutura quebravam o silêncio da noite. Do salão começaram a chegar as notas de uma valsa tocada pela orquestra. O espírito de Himalaya tinha caído numa espécie de devaneio, pensando nos possíveis caminhos ao longo dos quais o Universo poderia ter evoluído até chegar à forma atual, quando foi despertado por um estampido e pelo som agressivo do choque de metal contra metal.

A Manuel Himalaya não eram estranhas as armas de fogo – costumava acompanhar um tio caçador pelos montes e vales em redor da sua aldeia natal – pelo que instintivamente se atirou ao chão, onde já estava quando soou o segundo tiro.

Conseguiu ouvir o som de passos pesados que se afastavam correndo, antes de ver chegar o imediato do navio e um marinheiro com uma lanterna.

– Estava no passadiço quando ouvi os tiros! Está bem? Não foi atingido? – perguntou-lhe o imediato, vendo-o levantar-se do chão e sacudir o pó da sobrecasaca.

– Parece que não, mas acho que tentaram – e dirigiu-se à amurada, onde os impactos das duas balas eram por demais evidentes.

Pouco tempo depois chegou ao local um indivíduo que Himalaya já tinha visto em diversos locais e por diversas vezes ao longo da viagem, e que o imediato apresentou como o detetive do navio, Mr. Tom Springer.

Este com um canivete recolheu as duas balas incrustadas no metal da amurada e introduziu-as num envelope, que guardou no bolso.

– Estou convencido que não vale a pena o esforço de fazer buscas para encontrar a arma. A esta hora deve estar a caminho do fundo do mar.

E dirigindo-se ao imediato: – Por favor, destaque um membro

da tripulação para acompanhar Mr. Himalaya até ao seu camarote. Eu preciso de lhe fazer algumas perguntas e irei daqui a pouco ter com ele, depois de telegrafar para a polícia de Nova York a relatar o sucedido.

Meia hora mais tarde, Tom Springer batia à porta do camarote de Manuel Himalaya.

— Terei que ter um relatório pronto amanhã quando a polícia vier a bordo, e preciso de lhe fazer algumas perguntas para elucidar alguns aspectos.

— Faz favor, Mr. Springer.

— Mr. Himalaya, o que vai fazer nos Estados Unidos?

— Vou participar na Exposição Universal de St. Louis, onde vou ter em exibição um invento meu, o Pyrheliophero...

— E esse invento em que consiste?

— Concentrando a energia solar, permite atingir temperaturas muito elevadas que podem ser usadas para fundir metais, produzir vapor, enfim, o que for preciso...

— É possível que o motivo para o que aconteceu seja esse. Deve haver no meu país quem não esteja interessado na difusão do seu invento.

— Mas por quê?

— Pense um pouco, Mr. Himalaya. Se o senhor tivesse feito, ou estivesse a fazer enormes investimentos para extrair carvão ou petróleo do subsolo, acha que gostaria que aparecesse alguém com uma máquina que funciona com um combustível gratuito?

— Bem, desse ponto de vista... Mas ir até ao ponto de tentar matar-me?

— Os negócios a esta escala são uma guerra, Mr. Himalaya. Definem-se inimigos e tenta-se eliminá-los. É o Wild West no seu pior.

— Percebo...

— Bem, já telegrafei à polícia de Nova York. Eles virão a bordo antes de o navio atracar, é o procedimento *standard*, e eu entrego-lhes o relatório com aquilo que consegui apurar. A partir daí, eles tomam conta do assunto.

Fez uma pausa, guardou o livrinho e o lápis e disse:

— Até lá, a minha principal preocupação é a sua segurança. Vou pedir ao imediato que mantenha um membro da tripulação de guarda ao seu camarote. Até amanhã e durma bem.

Manuel Himalaya adormeceu a pensar como, devido aos resultados de Marconi, Popov, Guarini e outros cientistas, foi possível equipar os navios com dispositivos de comunicação que permitem que situações como a ocorrida possam ser imediatamente relatadas às autoridades em terra.

A meio da noite, um pesadelo arrancou-o ao sono, fazendo-o acordar sobressaltado: nele viu-se perseguido por um bando ao longo dos corredores do seminário onde tinha estudado. Fugia correndo, mas era como se as pernas lhe pesassem toneladas e a distância entre ele e os perseguidores ia diminuindo. Quando finalmente o conseguiram encurralar verificou com terror que todos eles tinham a cara do Padre Nunes!

De madrugada, dois rebocadores e uma lancha vieram do porto ao encontro do navio. Foram passados cabos entre os rebocadores e o paquete afim de que este pudesse ser conduzido em segurança até ao cais onde iria ficar atracado. A lancha encostou ao navio, foi lançada uma escada e as autoridades sanitárias e policiais subiram a bordo.

As autoridades sanitárias reuniram com o médico de bordo e foram informadas de que nada de estranho ocorrera durante a viagem que pudesse obrigar a qualquer tipo de medida de controlo por parte do Departamento de Saúde americano.

Em paralelo, reuniram os representantes da Polícia de Nova York com o imediato e com Tom Springer. Este entregou-lhes o relatório que tinha escrito e resumiu de viva voz os acontecimentos da noite anterior. O relatório era puramente factual, mas no resumo oral ele apresentou as suas suspeitas sobre a motivação da tentativa de assassinato de Manuel Himalaya.

O tenente que comandava o grupo ouviu atentamente.

— Mr. Springer, agradeço o seu relatório e a sua descrição dos acontecimentos, e quero felicitá-lo porque tomou as medidas adequadas à situação. Gostaria de ter uma cópia da lista de passageiros, para o caso de vir a ser necessária no futuro. E creio que o meu superintendente gostaria de conversar pessoalmente com Mr. Himalaya. Peço-lhe que o acompanhe no desembarque e que o conduza num táxi à esquadra central. Discretamente, porque não queremos que o assassino frustrado fique a saber mais do que é necessário.

O superintendente Michael O'Hara, filho de imigrantes irlandeses, católico, conversou durante algum tempo com Himalaya, avaliando com cuidado o inventor português.

— Caro Padre Himalaya, vou falar-lhe de um assunto que preciso que considere tão secreto como se o ouvisse em confissão. Posso contar com a sua discrição?

— Tem a minha palavra.

— Muito bem. O governo federal anda preocupado com os crimes que são cometidos em diversos estados, e em relação aos quais as diversas polícias estaduais não conseguem coordenar esforços de forma a terem uma ação efetiva. O Presidente está particularmente interessado neste assunto e mantém negociações oficiosas com o Senado e com a Câmara de Representantes para a criação de uma agência federal com poder para investigar certos tipos de crimes graves em qualquer estado. Entretanto, muito discretamente, já começou a funcionar o que será o embrião dessa agência. Quando começamos a trabalhar informações com origem em diversos estados, surgiram indícios da existência de um cartel secreto envolvendo as grandes empresas ligadas ao carvão e ao petróleo, que articulam a sua atividade de uma forma que ainda não conseguimos penetrar. Foi o padrão geral que fez nascer as nossas suspeitas, não este ou aquele indício separadamente. Ora bem, nós temos nos EUA desde 1890 a lei Sherman, uma lei antitruste que se destina a impedir este género de práticas, mas para levarmos alguém à frente de um júri, precisamos de provas. Se o que aconteceu no navio se deve a eles, é a primeira vez que atacam de forma tão evidente e direta. Estamos a passar a pente fino a lista dos passageiros, mas é uma tarefa que nos vai levar algum tempo, e que pode não dar qualquer resultado. Daí que tenha surgido uma ideia que lhe quero apresentar e para a qual preciso naturalmente da sua concordância.

Fez uma pausa para beber um gole de café da caneca que tinha sobre a mesa. Manuel Himalaya não bebia café e tinha aceitado uma chávena de chá.

— Se a nossa interpretação dos fatos é correta, isto é, se eles consideram que o seu invento constitui uma ameaça tão grande para os negócios que justifica a eliminação física, então poderão tentá-lo outra vez. Nós poderíamos avisá-lo, Padre Himalaya, do risco que corre, e considerarmos que a nossa missão foi cumprida. Mas eu proponho-lhe o seguinte: temos um oficial na nossa *task force* que se formou em Física e que é muito interessado por assuntos ligados à ciência. Ele poderá acompanhá-lo como seu ajudante – o que constitui uma justificação ideal para estar sempre junto de si – e dar-lhe proteção em caso de nova tentativa. E nós poderemos vir a encontrar um fio para começar a desenrolar esta meada! Que me diz a isto?

– Quais são as minhas alternativas?

– Diria que são três, – afirmou o superintendente. – a) Aceitar a minha proposta, b) Continuar a sua viagem, sabendo o risco que corre e c) Regressar ao seu país no próximo vapor.

– Aceito a sua proposta. – Himalaya disse. – Onde está o meu ajudante?

– Esperava que a sua decisão fosse essa. – O superintendente respondeu com evidente alívio. Pegou no telefone, levantou o auscultador e disse: – Telefonista, diga ao tenente Berkeley para vir ao meu gabinete.

No dia seguinte, Manuel Himalaya e o tenente Tim Berkeley apanhavam o comboio em Nova York para iniciar a viagem que os iria levar a St. Louis. Tinham mais de vinte e quatro horas para se conhecerem, para o tenente ser informado sobre o Pyrheliophero e outros interesses científicos de Himalaya e para este aprender alguma coisa sobre técnicas de autoproteção...

O Sol ilumina a América

A chegada ao recinto da Exposição foi um deslumbramento para o Padre Himalaya.

Os pavilhões dos diversos países davam ao recinto um caráter cosmopolita. Havia ainda trabalho a ser completado um pouco por toda a parte, carpinteiros, pedreiros, pintores exercendo as suas artes, uma espécie de caos organizado naqueles 500 hectares que em 1901 tinham começado a ser preparados para este grande acontecimento.

Himalaya e Tim Berkeley deram uma volta rápida pelo recinto (iriam ter tempo de o ver com mais vagar) e dirigiram-se para o local onde já tinham sido colocados os caixotes contendo as peças componentes do Pyrheliophero. O visconde de Alte, embaixador de Portugal, já tinha providenciado a contratação de alguns homens para a realização dos trabalhos de montagem. O inventor começou imediatamente a dirigir as operações, orientando a abertura dos caixotes e listando cuidadosamente as peças que continham.

A montagem da máquina solar foi nas semanas seguintes um dos eventos que mais chamava a atenção dos visitantes da Exposição. À medida que a enorme estrutura ia crescendo, ia aumentando o número de pessoas que junto dela paravam, inquirindo sobre a finalidade daquela construção. Manuel Himalaya, alto, de barba, sempre de sobrecasaca preta, estava permanentemente no local orientando os trabalhos, acompanhado do tenente Berkeley e do capitão Pedro Xavier de Brito, engenheiro militar, entretanto enviado de Lisboa para o ajudar. Era Himalaya que muitas vezes explicava aos visitantes, num inglês que dia a dia ia ficando mais fluente, qual o objetivo da estrutura que crescia diante dos seus olhos.

No dia seguinte a terminar a montagem da estrutura do Pyrheliophero, o Padre Himalaya fez erigir um tapume à volta da máquina, e durante uma semana foram feitos os testes das diversas aplicações, enquanto a curiosidade sobre o que se passaria por trás do tapume ia crescendo.

Finalmente o tapume foi retirado, e teve lugar a entrada em funcionamento do Pyrheliophero, que contou com a presença de Sir David Francis, presidente da World Fair Exposition, bem como do visconde de Alte. O tapume foi substituído por uma vedação, destinada simplesmente a impedir a aproximação desordenada do público. Os visitantes formavam uma longa fila no exterior da vedação e eram admitidos grupos de 30 de cada vez junto do aparelho.

Na primeira experiência realizada, um suporte com um tronco foi aproximado do ponto onde eram focados os feixes refletidos pelos milhares de espelhos. O tronco atravessava repetidamente o foco e rapidamente se incendiava. Avançava e a zona que estava a arder era aspergida com água de forma a matar a combustão nascente. A facilidade de ignição provocava a admiração dos visitantes.

Em seguida, afastado o tronco, os ajudantes de Himalaya fizeram avançar uma mesa com uma chapa metálica. Quando o foco começou a incidir no bordo da chapa esta imediatamente se tornou incandescente. Os homens, munidos de luvas grossas e viseiras, foram movimentando a chapa lentamente e quando o foco atingiu a outra extremidade, separaram as duas metades da chapa que o Pyrheliophero tinha acabado de cortar. Fortes aplausos premiaram o sucesso da experiência.

Finalmente, um cadinho refratário foi colocado no foco do aparelho. A assistência viu Himalaya deitar lá para dentro pedaços de ferro, e alguns minutos depois, todos podiam ver as paredes do cadinho incandescentes. O inventor esperou um pouco e, usando uma viseira para proteger a face, espreitou o interior do cadinho. Nova espera e novo exame. Satisfeito desta vez com o que viu, mandou os ajudantes trazerem para junto do cadinho uma mesa metálica e acionarem em seguida o guincho montado sobre rodas que suspendeu o cadinho, deslocou-o para junto da mesa e o inclinou, de forma a vazar o metal fundido sobre a mesa, cujo tampo era na realidade um conjunto de moldes, onde o metal solidificou.

Alguns minutos depois, dois homens despejaram os objetos para uma tina com água, que soltou uma quantidade apreciável de vapor quando o metal quente mergulhou no líquido. Deixados algum tempo a arrefecer, um dos homens começou a tirá-los da tina, cortando os jitos de enchimento que os ligavam uns aos outros. Cada objeto era um sol estilizado, tendo em baixo-relevo as palavras "Sun" e "Portugal". Entregou os dois primeiros a Himalaya, que ofereceu um ao Presidente da Exposição e outro ao embaixador português. Os restantes começaram a ser oferecidos aos visitantes, constituindo uma recordação do primeiro dia de funcionamento do Pyrheliophero.

❧❀☙

Pouco antes do fim da Exposição, numa cerimônia simples, com a presença do Presidente Roosevelt, foi atribuído o Grand Prize da World Fair Exposition a M. A. Gomes Himalaya, pelo seu "Solar Apparatus".

Um passo atrás...

Manuel Himalaya ainda não digerira completamente o êxito estrondoso que foi a apresentação do Pyrheliophero na Exposição. Numa pasta tem religiosamente guardados exemplares da *Scientific American*, do *Saint Louis Republic*, do *New York Times*, do *New York Herald* e outros, com artigos sobre o seu invento. Dado o prestígio da revista, tem particular orgulho no artigo saído na *Scientific American*, em Outubro de 1904: "A Solar Reducing Furnace".

Desde os primeiros dias em St. Louis que o Padre Himalaya conhece John Broderick, de origem irlandesa, que lhe foi apresentado pelo visconde de Alte. Industrial de sucesso, membro da Câmara do Comércio, era de uma extrema simpatia para com a comitiva portuguesa. Com contatos na Marinha e no Exército, indica a Himalaya um *patent attorney* da sua confiança, que vai ajudá-lo a estruturar o pedido para dar entrada no US Patent Office.

A visita de estudo que se seguiu à Exposição, com mais inventores e jornalistas, permitiu-lhe enriquecer a visão que já tinha dos Estados Unidos. De comboio e de automóvel, visitaram os locais mais emblemáticos daquele país onde a palavra "progresso" fazia parte da ideologia dominante. Indústrias diversas, campos agrícolas com mecanização intensiva, barragens, a organização da viagem não se poupou a esforços para deixar uma impressão indelével nas mentes dos participantes. A visita chegou às cataratas do Niágara, e incluiu uma breve incursão ao Canadá, onde foi organizada pela Carnegie Institution uma observação do eclipse solar. Manuel Himalaya fez inúmeros contatos e desta extensa radiografia sobre a sociedade americana, um aspecto em particular lhe agradava, embora guardasse para si essa apreciação: o fato de não haver uma religião dominante, o que favorecia a separação entre a Igreja (neste caso as igrejas) e o Estado. Apenas o refere numa carta ao irmão Gaspar, comentando a situação portuguesa: "(...) *a época atual é má. É uma época de transição entre o feudalismo da Igreja e o triunfo da democracia. A época próxima será talvez a da independência absoluta do Estado e da Igreja, como sucede nos Estados Unidos.*"

Quando terminou a visita e regressou a St. Louis, uma desagradável surpresa aguardava o Padre Himalaya: o Pyrheliophero estava praticamente destruído!

O inventor começou a examinar os estragos. Todos os espelhos (mais de 6000!) tinham desaparecido. Também o complexo mecanismo de relojoaria, que mantinha o enorme refletor sincronizado com a posição do sol, tinha sido levado – ou quiçá destruído durante a remoção. Mesmo a enorme estrutura de suporte apresentava sinais de maus tratos, embora não suficientes para lhe terem causado danos sérios.

Enquanto Himalaya e Xavier de Brito faziam o inventário dos estragos causados pela ação de vandalismo, Berkeley deslocou-se ao escritório central da Exposição, para telefonar aos seus superiores. Quando regressou, vinha sorridente.

– Mr Himalaya, nem tudo são más notícias. Primeiro, a Exposição tem um seguro que cobre em grande parte os estragos causados. Segundo... – e aí baixou a voz, falando apenas para ser ouvido por Himalaya e Xavier de Brito – parece que temos pistas...

– Durante a nossa viagem o meu chefe contatou a polícia de St. Louis e pediu-lhes que ficassem de olho no seu aparelho. Era provável que fosse tentada alguma coisa após o fim da Exposição, quando o local ficasse praticamente vazio. Foi relativamente fácil para eles descobrir os autores deste vandalismo. Uns tipos já cadastrados, que devem ter recebido uma grossa maquia, porque os seus gastos aumentaram de um dia para o outro. Mas não os prenderam, porque eles são o peixe miúdo que nos vai levar ao peixe graúdo! Já sabem quem lhes pagou, e estão a descobrir quem pagou a esses.

"Soube também que a agência federal de que o meu chefe lhe falou está praticamente aprovada e vai chamar-se Federal Bureau of Investigation."

Manuel Himalaya foi em seguida visitar John Broderick, que já sabia o que tinha acontecido à máquina solar. Este informou-o que a concessão da patente estava bem encaminhada, e discutiram entre ambos a formação de uma empresa nos Estados Unidos, filial da empresa-mãe com sede em Lisboa. E em 22 de Agosto de 1905, é atribuída a Patente nº 797891, "Solar apparatus for producing high temperatures".

O inventor contatou também a família Garesché, em cuja casa tinha estado hospedado à chegada a St. Louis. Quando mais tarde regressar a Portugal, será Jules Garesché seu procurador nos Estados Unidos.

Em busca de um motor

Com a colaboração ativa de Jaime Batalha Reis, adido comercial da embaixada portuguesa em Londres, teve lugar uma reunião importante para o futuro desenvolvimento do trabalho do Padre Himalaya. Representantes de capitalistas portugueses – entre os quais a Condessa da Penha Longa – de um sindicato de investidores ingleses, e ainda Sir John Murray e Sir J. Buchanan, britânicos interessados no desenvolvimento da utilização da energia solar, acordam na assinatura de um protocolo de intenções para a criação de uma empresa destinada a explorar as aplicações da energia solar, baseadas no Pyrheliophoro e/ou outras máquinas a partir dele desenvolvidas.

Por proposta de Manuel Himalaya, a escritura de constituição da sociedade terá lugar após a formalização de contatos com o Governo Português, para que também o Estado Português participe como acionista. Terminada a reunião, Himalaya e Batalha Reis regressaram à residência deste último, onde o inventor se encontrava alojado durante a sua estada em Londres.

Ainda a pensar na forma como decorreu a reunião, Himalaya sentia-se eufórico: aceitou o convite do seu anfitrião para um cálice de Porto, e enquanto observava os cambiantes de luz no líquido vermelho escuro, comentava os resultados com Batalha Reis.

– Era disto que eu precisava, meu caro amigo. Do apoio de financeiros estrangeiros para convencer os portugueses que a minha invenção tem pernas para andar. Mas eu, apesar de tudo, gostaria que o Estado Português participasse neste empreendimento; vamos ver se conseguirei convencer as pessoas chave.

Acabou de beber o vinho e levantou-se:

– E agora, caro Dr. Batalha Reis, peço licença para me retirar. Amanhã cedo tenho de apanhar o comboio para Glasgow. Tenha uma boa noite.

– E eu vou também deitar-me, Padre. Boa noite também para si.

No dia seguinte, o sol nascente já apanhou o Padre Himalaya confortavelmente instalado numa carruagem Pullman, parte de uma composição saída da estação de St. Pancras e cujo destino final era a estação de St Enoch, em Glasgow.

Olhando os campos verdes atravessados pelo comboio, Himalaya pensava como seria bom que a agricultura em Portugal pudesse atingir um desenvolvimento semelhante. Claro que o clima úmido no Reino Unido era altamente favorável, mas Portugal precisava de construir um sistema de irrigação e produzir adubos que introduzissem nos terrenos as melhorias necessárias. E para produzir esses nitratos, o Pyrheliophero poderia ser uma contribuição valiosa.

Já tinha anoitecido quando o comboio finalmente se imobilizou na estação de Glasgow, a locomotiva envolvida por uma nuvem de fumo e vapor. O inventor pegou na maleta que constituía a sua bagagem e saiu da carruagem, procurando os dois netos de Robert Stirling com quem tinha trocado correspondência. Depressa os encontrou junto das bilheteiras, como tinha ficado combinado.

Joshua Stirling e Andrew Stirling cumprimentaram Himalaya e depois das perguntas de circunstância sobre a viagem, conduziram-no para o exterior da estação, onde tinham estacionado uma sege. Conduzida por Andrew, puseram-se a caminho e, após cerca de duas horas a trote largo, chegaram a Kilmarnock.

Depois de uma refeição ligeira oferecida ao visitante – chá e *scones* com doce de amora – os Stirling levaram Manuel Himalaya a visitar o escritório do avô que, excluindo uma limpeza semanal, era mantido intocado desde a morte de Robert Stirling. E foi com alguma emoção que ele observou o local de trabalho de um homem por quem a sua admiração tinha crescido nos últimos anos.

Desde o fato de ambos serem ministros do culto, embora de confissões diferentes, até à motivação que tinha levado Stirling a desenvolver o motor que ficara conhecido pelo seu nome – a compaixão pelos operários que morriam em acidentes causados pela explosão das caldeiras das máquinas a vapor – tudo na vida do inventor escocês levava Himalaya a sentir uma forte empatia com Robert Stirling.

A mesa de carvalho, polida por muitos anos de uso, o tinteiro de prata e as penas com que Stirling redigia os seus escritos, as várias versões dos desenhos e os modelos em escala reduzida do regenerador e do motor, tudo ele examinou minuciosamente, com a sensação de que observava um fragmento do passado, ali conservado pelo respeito da família ao seu patriarca.

Quando saíram do gabinete, em resposta ao agradecimento comovido de Manuel Himalaya, por lhe ter sido dado o privilégio de entrar no que chamou o *Sanctum Sanctorum* daquela mansão, Joshua Stirling disse-lhe:

— Amanhã cumpre-se o aniversário da morte do meu avô. Haverá pela manhã um serviço religioso, uma cerimônia simples para assinalar a data. Sei que o senhor é padre católico romano, mas se quiser acompanhar-nos nessa celebração, seria uma honra para nós.

— Eu é que me sinto honrado com o vosso convite. E embora sejamos de confissões diferentes, o nosso Deus é o mesmo.

No dia seguinte, após um pequeno-almoço retemperador de papas de aveia, Himalaya deslocou-se com os dois irmãos à igreja frequentada pela pequena comunidade de Kilmarnock.

O pastor que presidia ao serviço era outro dos netos de Robert Stirling. A igreja estava cheia, um indicador da elevada consideração da comunidade por aquele ilustre antepassado.

A cerimônia foi extremamente simples. O oficiante pegou no versículo 4:7 da segunda epístola de São Paulo a Timóteo – *Combati o bom combate, acabei a carreira, guardei a fé.* – e mostrou com palavras simples como a vida de Robert Stirling tinha sido uma ilustração daquelas palavras da Bíblia.

Enquanto decorria o serviço, o Padre Himalaya questionava-se sobre se estas igrejas despidas, estas celebrações fortemente centradas na Palavra não estariam muito mais próximas da forma como os cristãos primitivos celebravam, do que as cerimônias cheias de pompa e brilho da Igreja Católica...

Terminado o serviço, as pessoas reuniram-se no exterior da igreja, cumprimentando-se e pondo as novidades em dia.

O português regressou à casa da família com Joshua e Andrew para discutirem o assunto que o tinha levado à Escócia. Sentados à volta da mesa, com um bule de chá no centro, o fogo confortável a crepitar na lareira, Himalaya apresentou então a sua proposta.

— Como podem ver nestes documentos, — e passou-lhes uma cópia da patente inglesa que tinha submetido — desenvolvi uma máquina, a que chamei Pyrheliophero, para aproveitar de forma eficiente a energia do Sol. As temperaturas atingidas são muito elevadas, e há várias aplicações possíveis desta invenção, desde a fusão de metais à produção de nitratos. Este aparelho foi recentemente premiado na Exposição Universal em St. Louis.

Joshua e Andrew Stirling tinham ambos formação técnica. O primeiro era engenheiro ferroviário enquanto o segundo possuía uma oficina mecânica com uma pequena fundição. Examinaram cuidadosamente os desenhos e fizeram algumas perguntas pertinentes, que permitiram ao inventor português explicar mais detalhadamente alguns pormenores do Pyrheliophero. No final, pareceram satisfeitos com as respostas às suas questões. Himalaya continuou:

– Surgiu-me a ideia de aplicar a energia solar aos automóveis e aos navios. O Pyrheliophero terá que ser reduzido em tamanho, já tenho projetos quanto a esse aspecto, mas além disso, e sobretudo para os automóveis, o motor tem que ser mais leve do que a máquina a vapor. Aí pensei no motor inventado pelo vosso avô. Sei que ele perdeu importância quando o novo aço Bessemer passou a permitir fabricar caldeiras mais seguras, mas as considerações de peso reduzido poderiam dar nova relevância ao motor Stirling. A minha proposta é a seguinte: em paralelo com a companhia que vai ser formada brevemente para explorar as aplicações fixas da energia solar – está apenas pendente de alguns acertos finais com um potencial sócio – tenciono formar outra companhia para explorar a aplicação da energia solar aos transportes. É para participar nesta companhia que eu vos venho formular um convite, sendo a vossa quota de participação materializada pela patente do motor Stirling.

Os dois netos de Robert Stirling ouviram atentamente a exposição de Manuel Himalaya. Quando ele terminou, após breves momentos, Joshua disse:

– Agradecemos a sua proposta e tomamos boa nota. Nós representamos os herdeiros de Robert Stirling, mas para uma decisão desta importância necessitamos de consultar a família. Isto poderá levar algum tempo porque, como talvez saiba, dois dos nossos tios foram viver para a América do Sul. Ambos já faleceram, mas os seus filhos (e nossos primos) vivem no Peru. Mas vamos proceder rapidamente a essa consulta, e logo que tenhamos uma decisão, ela ser-lhe-á comunicada por carta.

Era o máximo que Himalaya podia esperar desta diligência. Continuaram a conversar durante mais algum tempo sobre diversos aspectos técnicos do Pyrheliophero até a mulher de Andrew vir chamá-los para o almoço.

À tarde os irmãos Stirling levaram o inventor a ver uma competição entre pastores, onde se analisava e classificava a mestria no controlo dos cães. A manhã tinha estado nublada mas no princípio da tarde o Sol apareceu pelo meio das nuvens. Nas colinas arredondadas a erva brilhava sempre que era iluminada pelo Sol.

Cada cão tinha que fazer um pequeno grupo de ovelhas seguir um percurso complicado, apenas guiado pelos fortes assobios modulados do seu dono. Himalaya ficou maravilhado com a inteligência daqueles animais, manifestada na forma como executavam sem falha as ordens assobiadas.

O ambiente rural trouxe-lhe à memória lembranças da sua infância em Cendufe, quando andava pelos campos pastoreando as poucas ovelhas do seu pai. O rafeiro que o acompanhava nessa altura não tinha a inteligência destes, embora desse uma boa ajuda para evitar que uma ovelha mais atrevida fosse aproveitar a seara de algum vizinho...

Quando terminou a competição e foram atribuídos os prêmios aos vencedores, dois homens avançaram com gaitas de foles e começaram a tocar melodias tradicionais, enquanto numas mesas improvisadas havia comida, cerveja e cidra. Himalaya aceitou um copo de cidra que lhe foi oferecido por um dos seus acompanhantes. Deu por si fascinado a observar os gaiteiros; qualquer coisa naqueles instrumentos atraía a sua atenção, mas não conseguia descobrir o quê.

No dia seguinte, no comboio de regresso a Londres, o Padre Himalaya vinha satisfeito com esta deslocação à Escócia. Parecia-lhe que a sua proposta tinha sido bem recebida pelos dois irmãos, que certamente iriam tentar que a família concordasse com ela. E de repente, como se num subterrâneo a sua mente tivesse continuado a pensar no problema, descobriu a razão do seu interesse da véspera pela gaita de foles: encher e esvaziar o fole não é em geral feito ao mesmo tempo. E esse é o problema que tem que ser resolvido para que a utilização da energia solar possa ser generalizada: o sol só brilha de dia, mas podemos precisar da energia a qualquer hora. É preciso arranjar um processo de armazenar a energia captada do sol. Puxou de um pequeno livro de apontamentos que sempre trazia no bolso da sobrecasaca e tomou nota para no dia seguinte ir pesquisar na biblioteca da Royal Society.

E embalado pela cadência do comboio, fechou os olhos lentamente e sonhou com uma Terra onde os fluxos de pessoas e mercadorias fossem alimentados pela energia do Sol, lá no alto, beneficiando toda a Humanidade...

A luz do Sol aumenta

Com a ajuda de alguns dos potenciais acionistas portugueses, Manuel Himalaya conseguiu uma entrevista com o Secretário de Estado do Exército, a quem apresentou a empresa que tinha em mente, que já contava com interessados nacionais e estrangeiros, e para a qual propunha que o Estado entrasse como acionista. As áreas de negócios iniciais seriam a produção de nitratos, usando o Pyrheliophoro, já patenteado, e de himalayite, a pólvora inventada por Himalaya e também já patenteada em diversos países. Acessoriamente, poderiam ser também comercializados modelos da máquina solar para aplicações específicas.

O Secretário de Estado viu o interesse da proposta e levou-a ao Ministro, que uns dias mais tarde convocou o inventor para uma reunião no Ministério.

Agradeceu-lhe a iniciativa, disse que poderia levar a proposta a Conselho de Ministros, mas que via um problema: a oposição do Ministro das Finanças para a entrada na Sociedade com dinheiro. Mas ele tinha uma solução: o Ministério do Exército dispunha de um extenso terreno na margem sul do Tejo, com vários edifícios devolutos, que facilmente poderiam ser adaptados a uma atividade fabril. Assim o Estado entraria como acionista através do Ministério do Exército e a sua contribuição para o capital social seriam o terreno e os edifícios referidos.

Obtida a concordância dos restantes investidores, o processo avançou e a "Machinas Solares & Explosivos" tornou-se uma realidade. Dois meses depois, a fábrica de pólvora estava em laboração. Mais um mês, terminada a construção de um novo Pyrheliophero, já com aperfeiçoamentos em relação ao que tinha sido premiado nos Estados Unidos, saíam da fábrica as primeiras sacas de nitrato. A qualidade da pólvora e o preço de venda do nitrato, bastante abaixo do fertilizante vindo do Chile, tornaram a empresa um enorme sucesso comercial. Uma vez a empresa a faturar em velocidade de cruzeiro, com todos os acionistas satisfeitos, Himalaya selecionou um engenheiro competente para diretor geral e concentrou-se na próxima ideia: o carro solar.

O Sol cria o movimento

Com a Machinas Solares & Explosivos a exportar uma parte crescente da sua produção, devido ao aumento da procura de nitrato e de himalayite, não tinha sido muito difícil convencer os acionistas a formar uma nova companhia: a "Helio Machinas". O sonho de Manuel Himalaya era ver as estradas cheias de carros a circular, como tinha visto na América, mas em vez de automóveis, queria que fossem "heliomóveis".

A nova empresa começou a funcionar num dos edifícios cedidos pelo Ministério do Exército, adaptado para o efeito. No piso térreo foram instaladas as máquinas-ferramentas necessárias; num dos topos do edifício, uma pequena fundição. Num espaço a meio da nave, tinha sido colocado um automóvel que estava a ser metodicamente desmontado. Himalaya queria analisá-lo peça por peça e verificar quais podiam ser objeto de melhorias.

O inventor estava no escritório localizado a um canto da oficina, num plano superior, o que lhe permitia, através das largas janelas, ter uma visão ampla dos trabalhos que se desenrolavam no rés-do-chão.

Terminava o projeto de um novo modelo de coletor solar, em que o refletor não tinha agora a forma do Pyrheliophero, mas era uma superfície cilíndrica parabólica, espelhada no lado de dentro. Na linha focal estava localizado um tubo dentro do qual circularia um fluido para ser aquecido. Tinha começado por um esboço à mão livre e estava agora a terminar um desenho cotado para ser construído o primeiro protótipo, quando bateram à porta do escritório.

Era um mensageiro dos Correios, que vinha entregar um sobrescrito grande, com selos e carimbos da Escócia. O inventor pegou num corta-papel e rapidamente abriu o sobrescrito. Era a prometida carta dos irmãos Stirling.

> *"Dear Mr. Himalaya:*
> *Em primeiro lugar, as nossas desculpas pelo atraso no envio desta carta, mas um dos nossos primos residente no Peru tinha mudado de endereço, o que fez levar mais tempo a contatá-lo.*
> *Assim, após consultarmos toda a família, temos o prazer de informá-lo que a sua proposta foi aceite, pelo que poderemos, quando entender conveniente, tornar oficial a nossa entrada como acionistas na sua Companhia."*

A carta era assinada por Joshua e Andrew Stirling, em representação dos herdeiros de Robert Stirling. No sobrescrito vinham também desenhos do motor, que Himalaya pôs de lado para mais tarde os estudar com a devida atenção.

– Graças a Deus! – pensou, com um suspiro de alívio. E saiu do escritório para comunicar a boa nova a Xavier de Brito, que tinha sido nomeado representante do Ministério do Exército na "Helio Machinas".

Foi encontrá-lo a dirigir dois operários que procediam à estanhagem de chapas metálicas de diferentes formas e tamanhos, com a finalidade de otimizar a produção do material refletor para os coletores solares. As chapas eram mergulhadas numa tina com estanho em fusão, com diversos tempos de imersão; após solidificação e arrefecimento do revestimento, os espécimes eram testados quanto à sua refletividade.

– Caro Xavier de Brito, o carro solar vai ser uma realidade! – gritou-lhe de longe Himalaya, acenando com a carta que tinha acabado de receber.

– Vamos começar a fabricar um motor para adaptar a um automóvel. Dentro de um ano teremos a circular pelas estradas do nosso país um carro movido a energia solar.

Regressou ao escritório, sentou-se à mesa, tomou uma folha de papel com o timbre da Helio Machinas e, pegando na caneta de tinta permanente Waterman que a família Broderick lhe havia oferecido nos Estados Unidos, começou a escrever a carta de resposta aos netos de Stirling, propondo a vinda de um deles a Portugal para formalizar a sua entrada na nova companhia.

O motor Stirling era a máquina adequada para a aplicação da energia solar aos transportes. Construídos os primeiros protótipos, o inventor mandou instalar dois bancos de ensaio no exterior, e o desenvolvimento do motor foi progredindo a par e passo dos ajustamentos que iam sendo feitos nos coletores solares.

Em simultâneo, noutro setor da fábrica, desenvolvia-se o processo de armazenar energia térmica para que o novo motor não tivesse o seu funcionamento limitado às horas em que o Sol brilhasse.

Na sua pesquisa na Biblioteca da Royal Society, Manuel Himalaya tinha encontrado o que lhe pareceu ser a solução para o seu problema do armazenamento de energia.

Alguns sais absorvem grandes quantidades de energia quando fundem, libertando essa energia na solidificação. No fluoreto de lítio essa mudança de fase tem lugar a cerca de 850 °C, que é uma ótima temperatura para "fonte quente" do motor Stirling. Por outro lado, estas novas "baterias térmicas" precisam do melhor isolamento que seja possível arranjar, mas que não seja pesado. A Helio Machinas contrata alguns engenheiros para desenvolver um novo material isolante baseado na cortiça, "o melhor isolante que a natureza conseguiu fabricar", no dizer do Padre Himalaya. Ao fim de oito meses de pesquisa, o grupo de investigação consegue produzir uma bateria térmica eficiente, capaz de recarga rápida – se feita eletricamente – apropriada para fazer funcionar o motor Stirling.

A corrida

Quando o comboio se imobilizou na gare de St. Louis, Manuel Himalaya desceu da carruagem, olhou em volta e logo avistou Tim Berkeley, que corria acenando na sua direção. Deram-se um abraço e começaram a andar em direção à saída da estação, seguidos pelo bagageiro que transportava as malas do português.

– E como vão as coisas por aqui, meu caro tenente?

– Não é que seja muito importante, mas já sou capitão, disse Berkeley com um sorriso, – mas para si sou Tim.

— Parabéns pela promoção, Tim!
— Os seus carros já chegaram e estão à nossa guarda, de forma discreta. Pessoalmente estou convencido de que irão tentar alguma coisa antes da corrida, mas estamos prevenidos. Mas verá os detalhes assim que chegarmos.

Saídos do edifício da gare, Berkeley levou o inventor até um automóvel estacionado na proximidade. Fez o carro sair do largo da estação e começou a conduzir em direção ao recinto da Exposição.

— Não vai reconhecer o local. A maior parte dos pavilhões foi desmantelada e o circuito automóvel serpenteia por todo o espaço onde estava a Exposição.

Berkeley parou o carro junto a um grande edifício. Entraram pelo portão e no hangar encontravam-se os dois heliomóveis enviados de Portugal algumas semanas antes. Himalaya andou lentamente em torno das viaturas, certificando-se de que tudo estava em ordem. No dia seguinte iriam fazer uma revisão minuciosa dos carros, depois seria o dia dos treinos em pista e finalmente o dia da grande corrida.

⚙︎

De manhã quando chegaram os mecânicos já encontraram Manuel Himalaya, um longo guarda-pó vestido, afadigado em volta de um dos carros. Desmontaram as baterias de fluoreto de lítio que foram verificadas uma a uma – ligadas à eletricidade, medido o tempo necessário para atingir a temperatura de fusão do sal e o valor dessa temperatura, e o tempo necessário para se dar a fusão completa. Desmontado depois o motor, foi instalado num banco de ensaios, onde foram feitos testes variando a velocidade de rotação e medindo o binário, até ser obtida a curva de funcionamento. Inspecionada a caixa de velocidades e a transmissão, todos os componentes foram novamente montados e a revisão dada por terminada. O segundo heliomóvel sofreu tratamento idêntico.

No dia seguinte os carros foram levados para o circuito. Cada concorrente podia livremente percorrer a pista, acelerando, travando, fazendo os testes que lhes parecessem apropriados. Os pilotos dos heliomóveis tinham ordens expressas de Himalaya para a) não conduzirem à velocidade limite e b) não entrarem em despique com outros concorrentes, ainda que provocados. O inventor, de cronômetro e bloco de notas nas mãos, tomava apontamentos.

Quando se considerou satisfeito, mandou os carros saírem do circuito e regressarem à base.

Quando entraram no enorme hangar, Tim Berkeley fez avançar os dois carros até à parede do fundo, colou sobre a carroçaria umas placas coloridas que lhes deram um aspecto completamente diferente, abriu um portão disfarçado nessa parede e depois de dizer aos condutores – Já sabem para onde têm de os levar? – e de estes acenarem que sim, os dois carros saíram e imediatamente a seguir entraram dois Ford T que foram "maquilhados" para parecerem os heliomóveis.

Finda a operação, Berkeley distribuiu os seus homens pelo edifício e disse para Himalaya: – Agora só nos resta esperar.

Tinha entretanto anoitecido. Com as luzes apagadas, Himalaya e Berkeley, sentados a um canto, conversavam em voz baixa. Próximo da meia-noite, um ruído metálico veio do lado da porta pequena embutida no portão de acesso ao hangar. Com os olhos habituados à escuridão, o português e o seu companheiro viram a porta abrir-se, dando passagem a dois vultos que, depois de fechar a porta, acenderam duas lanternas furta-fogo e varreram o hangar até encontrar os dois carros. Aproximaram-se dos supostos heliomóveis, um deles pousou no chão uma mochila que trazia às costas e de dentro tirou dois objetos, que foram colocados cada um debaixo de um dos carros. De cada um foi desenrolado um cabo até uma certa distância dos carros. Um dos homens fez lume e nessa altura o capitão Berkeley acionou a chave que ligava os potentes projetores do hangar, e uma voz soou através de um megafone: – Levantem os braços! Qualquer movimento em falso disparamos!

Os dois intrusos, vestidos de preto e com meias enfiadas na cabeça, ficaram paralisados quando se viram rodeados pelos agentes do FBI, até aí escondidos nas sombras, que se aproximaram e os algemaram. Um perito em explosivos surgiu para identificar os objetos que tinham sido colocados debaixo dos carros. – Bombas incendiárias, capitão. – Um fotógrafo veio e bateu algumas chapas dos homens, com e sem os capuzes e dos engenhos incendiários. Berkeley dirigiu-se a um dos seus subordinados e ordenou: – Leve estes dois para ser interrogados; até nova ordem ficam incomunicáveis.

Depois da saída de todo o pessoal não necessário, os engenhos explosivos foram colocados de novo debaixo dos carros, Berkeley acendeu os rastilhos e juntamente com Himalaya e os dois agentes que tinham ficado, saiu rapidamente do hangar.

Quando ouviram as explosões no interior e espreitaram pela porta, assegurando-se que os carros estavam a arder, um dos agentes correu ao edifício mais próximo a telefonar para os bombeiros.

Minutos depois chegavam os primeiros autotanques, as mangueiras foram desenroladas e o incêndio começou a ser combatido. Quase logo a seguir começaram a chegar os repórteres; os heliomóveis já tinham sido notícia nos jornais de maior tiragem e a oportunidade de uma entrevista com o seu inventor, ao lado dos carros envolvidos pelas chamas, era demasiado boa para perder. E na manhã seguinte, todos os jornais traziam na primeira página o grande incêndio que tinha consumido os carros solares. Alguns eram apenas fatuais, outros questionavam em letras gordas: "Acidente ou fogo posto?"

⚙⚙⚙

O dia da grande corrida amanheceu luminoso. A partida estava marcada para as três da tarde, mas desde manhã que estavam a chegar espectadores ao recinto, famílias inteiras com cestos de piquenique, muitos dos adultos folheavam os jornais da manhã e o assunto da maior parte das conversas era o incêndio que tinha afetado os carros solares.

A hora da partida aproximava-se e as pessoas começaram a posicionar-se para ver a corrida.

Na tribuna VIP estavam instalados os proprietários dos carros participantes e as principais figuras públicas de St. Louis, tanto da política como dos negócios. Empregados de casaco branco passavam com bandejas, servindo bebidas. O espaço estava mobilado com confortáveis poltronas e na parede do fundo alinhavam-se vários telefones, não fosse alguém ter necessidade de comunicar urgentemente. Afinal, o *motto* oficial da sociedade americana era *"Time is money"*.

Eram três menos vinte, os carros iam preenchendo a grelha de partida, quando um clamor começou a ouvir-se da zona mais próxima do portão de entrada no recinto. A natural curiosidade levou também os ocupantes da tribuna VIP a debruçar-se e olhar na direção de onde vinha o ruído. E a multidão falava cada vez mais alto, e muitos foram os que começaram a aplaudir quando os dois heliomóveis foram ocupar os seus lugares na grelha de partida.

Ao observar isto, Mr. Paul Schroeder, o conhecido industrial, com interesses em várias empresas petrolíferas e presidente da poderosa Associação Americana dos Produtores de Energia, levantou-se bruscamente, atirou ao chão o charuto que fumava e dirigiu-se para um dos telefones. Pediu um número à telefonista e, quando foi feita a ligação, falou rápido e seco:

— Acabo de ver chegar os dois carros solares. O que é que se passou? Alguém vai ter de pagar por esta falha!

Desligou e regressava ao seu lugar quando foi abordado por dois homens.

— Mr Schroeder? — Ao seu sinal afirmativo, um deles exibiu um distintivo e disse — FBI. O senhor está preso.

Foi algemado e conduzido para fora da tribuna, de forma tão discreta que ninguém se apercebeu do sucedido, excepto Himalaya e Berkeley, que observavam tudo de uma extremidade da tribuna.

— Conseguimos finalmente apanhá-lo! — Os olhos de Tim Berkeley brilhavam de excitação. — Temos a chamada gravada, a máquina de Edison é inestimável! Qualquer júri lhe vai dar uns bons anos de cadeia com as provas que vamos apresentar.

✿✿✿

Soou o tiro de partida e os carros, já com os motores a trabalhar, precipitaram-se em frente. Houve dois que pararam antes de completar a primeira volta ao circuito, envoltos numa nuvem de fumo. A corrida prosseguiu e os heliomóveis foram-se posicionando nos lugares da frente. Mais uma ou outra desistência por avaria mecânica, duas ou três derrapagens e, no fim da volta final, os carros solares cortaram a meta nos primeiro e terceiro lugares.

Pilotos a subir ao pódio, aplausos entusiásticos do público, e na tribuna VIP Manuel Himalaya a ser muito felicitado pelos resultados obtidos pelos heliomóveis.

✿✿✿

O julgamento de Paul Schroeder e dos seus cúmplices teve início dois meses depois. As provas acumuladas eram esmagadoras e foi condenado a 16 anos de prisão, além do pagamento de diversas indenizações a empresas que tinham sido prejudicadas pelas violações da legislação antitruste cometidas pelo grupo.

A grande visibilidade do julgamento nos meios de informação teve como efeito um aumento do interesse do público pela energia solar em todas as suas aplicações. Seis meses mais tarde foi constituída em St. Louis uma empresa filial da Helio Machinas. Mais quatro meses, os edifícios estavam acabados e as máquinas a ser instaladas. E três meses depois, os primeiros heliomóveis saíam da linha de montagem...

A Comuna da Luz

Os dois heliomóveis tinham partido de Lisboa ao romper do dia. No início do percurso, a energia de acionamento dos motores vinha das baterias de fluoreto de lítio. Quando o sol subiu um pouco, os concentradores solares puderam começar a trabalhar na recarga das baterias. Para quem já tinha viajado em automóvel, equipado com motor de explosão, a diferença mais evidente era o quase silêncio de funcionamento do motor Stirling. O Padre Himalaya tinha querido inicialmente levar apenas um veículo, mas a insistência de Xavier de Brito tinha feito com que mudasse de ideias. No caso de uma avaria, não ficariam encalhados à espera de alguém que passasse na estrada, necessariamente pouco movimentada.

Primeiro em estrada de macadame, mais tarde em terra batida, as duas viaturas lá seguiam em direção a Vale de Santiago, no concelho de Odemira, para visitar a Comuna da Luz.

Fundada por António Gonçalves Correia, inspirado nas ideias de Tolstoi e do pedagogo anarquista Francisco Ferrer, era a primeira comunidade anarquista/naturista a nascer em Portugal. A Manuel Himalaya, admirador ele próprio de Tolstoi – tinha proposto um voto de pesar pela sua morte na Academia de Sciências de Portugal – era-lhe simpática também a vivência vegetariana da nova comunidade.

Parados um pouco abaixo de Setúbal, para ajustar a posição dos concentradores solares, passaram por eles três automóveis, ruidosos e fumarentos, cujos ocupantes lhes acenaram sorridentes. Xavier de

Brito correspondeu às saudações e explicou a Himalaya, que apenas tinha levantado a cabeça do trabalho que realizava:

— São jornalistas que vão cobrir a visita que vamos fazer para os jornais de Lisboa.

— E como souberam que íamos fazer esta visita? — O inventor inquiriu.

— Fui eu que lhes disse, claro. — Brito esclareceu. — O senhor é agora uma figura pública, e as gazetas têm sempre interesse naquilo que faz.

Pelas duas da tarde estavam a chegar ao seu destino. *"A Comuna da Luz deseja boas vindas ao Padre Himalaya"*, podia ler-se numa faixa esticada sobre o portão da entrada. Os jornalistas tinham chegado antes e andavam por ali, de bloco de notas na mão fazendo perguntas, pois era grande a curiosidade sobre o funcionamento daquela comunidade.

Gonçalves Correia, com alguns elementos da equipa dinamizadora, veio receber o grupo do Padre Himalaya. Para grande surpresa deste, da equipa da comuna fazia parte Zé Maria, o seu maior amigo dos tempos do seminário.

Um grande abraço, e uma resposta ao: — Que fazes tu aqui?

— Da Comuna da Luz fazem parte pessoas de várias confissões e alguns sem nenhuma. Eu trabalho como todos os outros e além disso digo missa e presto assistência espiritual àqueles que acreditam no mesmo que eu.

Começaram a visita com uma sessão na sala grande do edifício principal, local de reunião habitual da comunidade, onde António Gonçalves Correia agradeceu a visita de Himalaya (*"...um homem que tem levado a ciência portuguesa a ombrear com o que de melhor se faz no resto do mundo..."*), dos representantes da Imprensa (*"...ou não fosse a escrita uma das formas mais eficazes de levar a cultura ao seio do povo..."*), e explicou, numa linguagem simples, a filosofia subjacente à Comuna da Luz e a maneira como ela influenciava a forma de fazer as coisas e o estilo de vida dos membros da Comuna.

Terminada a sessão, teve início uma visita guiada pelos membros da Comuna, que os fizeram passar por um dos edifícios de habitação, pela escola, onde eram ensinados os mais novos e à noite havia também palestras para os adultos que quisessem instruir-se, pela oficina de fabrico de calçado – principal fonte de rendimento da Comuna – e pelas estufas onde eram cultivados alguns dos vegetais consumidos pela comunidade e cuja produção, foi orgulhosamente anunciado, tinha recentemente excedido o consumo interno, pelo que tinham começado a vender esses excedentes, trazendo um acréscimo substancial de receita para a comunidade.

Mas o que encantou particularmente o inventor foi a infraestrutura energética da Comuna. Todos os recursos naturais tinham sido aproveitados na maior extensão possível. A oficina do calçado estava localizada junto a um ribeiro onde tinham construído uma represa e uma roda de pás fornecia energia mecânica a algumas máquinas-ferramentas que muito facilitavam o trabalho. No ponto mais alto do terreno, um moinho de vento acionava uma bomba que extraía água de um furo e a bombeava para um reservatório, de onde saía para a rede de distribuição que por gravidade alimentava todos os edifícios.

Nos telhados tinham sido instalados coletores solares para fornecer água quente às habitações. Himalaya notou que o modelo utilizado poderia ser melhorado e tomou nota no seu caderno para falar com o responsável pelo equipamento. Muitos compartimentos dos edifícios tinham também salamandras, onde no inverno eram queimados os resíduos da exploração florestal existente nos terrenos da Comuna.

Duas ou três vacas eram mantidas para fornecer leite à comunidade e dentro de um cercado duas dúzias de galinhas como fonte de ovos. Todo o estrume, juntamente com os resíduos agrícolas, era despejado num digestor dentro do qual a fermentação produzia gás natural, que passava a um insuflável, de onde era canalizado para a cozinha para ser queimado nos fogões.

Era verdadeiramente a utopia energética com que o Padre Himalaya sonhava havia muito!

A visita terminou com o regresso ao edifício principal. Na mesma sala por onde tinham começado, estava agora montada uma mesa com comidas e bebidas para obsequiar os visitantes. A refeição era estritamente vegetariana e as bebidas apenas leite e sumos de fruta, o que levou um dos jornalistas a gracejar discretamente com o colega do lado:

– Uma daquelas galinhas que passeava ali fora, morta, depenada e assada, uma garrafinha de tintol, e esta mesa ficaria muito mais bem composta...

No fim da refeição, os jornalistas pediram ao grupo do Padre Himalaya que se juntasse aos membros da Comuna da Luz para uma foto de grupo. Vários clarões de magnésio iluminaram a sala, após o que os membros da Imprensa se despediram e rumaram aos automóveis, para iniciar a viagem de regresso a Lisboa. O grupo de Himalaya pernoitou na Comuna da Luz, para no dia seguinte ter reuniões com o pessoal responsável pelas instalações técnicas da Comuna.

⚙︎

Os jornais de Lisboa trouxeram completas reportagens da visita do Padre Himalaya à Comuna da Luz. *Diário de Notícias*, *O Mundo*, *A Capital* traziam fotografias, entrevistas, descrições das instalações, *A Voz do Operário* uma peça sobre a organização do trabalho na Comuna, *O Despertar* trazia uma extensa biografia de Francisco Ferrer, o inspirador da Comuna, executado em Barcelona em 1909. À utilização das energias alternativas e em particular da energia solar era dado grande relevo. Nunca a Comuna da Luz e o seu modo de vida tinham sido tão divulgados.

O Sol conquista o ar

Há vários dias que Himalaya estudava atentamente a conhecida gravura da máquina voadora de Bartolomeu Lourenço de Gusmão. Poderiam as esferas representar geradores de hidrogênio? E aquela espécie de vela enrolada em cima, qual seria a finalidade? E as asas, teriam alguma função?

Quanto mais a olhava, mais a gravura lhe fazia lembrar aqueles desenhos de animais fantásticos com que os cartógrafos medievais decoravam os mapas que produziam.

E se o desenho fosse da autoria de algum inimigo de Bartolomeu para o ridicularizar? Himalaya já leu o soneto atribuído a Tomás Pinto Brandão, intitulado *Ao P.e Bartolomeu Lourenço de Gusmão*, que começa *"Veio na frota um duende Brasileiro / Em traje clerical, sotaina e coroa, / Faz crer que pelo ar navega, e voa / Num barco sem piloto, nem remeiro;"* e cujo terceto final diz *"Pois um milagre fez, que é mais que novo / Em manter tantas bocas só de vento / Fazendo um camaleão de tanto povo"*. A ironia agressiva do poema dá uma ideia de quanto a guerra aberta ao inventor era sem quartel.

Por outro lado, Himalaya não acredita que Bartolomeu de Gusmão fosse um intrujão, fazendo ao Rei promessas que não poderia cumprir. E embora a descrição da experiência realizada na presença da corte fique muito aquém dos objetivos descritos na petição a D. João V, Himalaya pensa que os trabalhos de Bartolomeu terão ido mais longe, é até possível que a famosa gravura da Passarola seja da autoria do próprio Bartolomeu de Gusmão, com o objetivo de desviar a atenção da verdadeira máquina que estaria a desenvolver.

"Um espírito à frente do seu tempo e uma alma torturada", pensa o Padre Himalaya, relembrando a descrição que leu no dia anterior da misteriosa (e trágica) última viagem de Bartolomeu, descrição feita pelo próprio irmão que o acompanhou, onde é patente o dilema entre cristianismo e judaísmo que o atormentou até ao fim, sob a ameaça onipresente da Inquisição.

Manuel Himalaya suspirou e o seu espírito prático regressou ao problema que o preocupava.

No início da investigação que conduziu à nova pólvora, a Himalayite, tinha utilizado como referência o poder explosivo de misturas de hidrogênio e ar. Conhecia pois, perfeitamente, o poder destrutivo de tais explosões, pelo que, embora reconhecendo a enorme vantagem do hidrogênio sobre o ar quente no respeitante ao poder ascensional, tinha resolvido prescindir da sua utilização, por razões de segurança.

É a energia do sol que leva o ar úmido a subir e a formar as nuvens, pensa Himalaya. Deve ser possível fazê-la aquecer o ar contido num reservatório e dar-lhe o poder ascensional necessário. E é um "combustível" sempre disponível durante o dia!

Dirige-se para a mesa grande onde habitualmente desenha e começa a esboçar. Tinha partido da forma geral dos últimos dirigíveis de Santos-Dumont, um balão elipsoidal, com cerca de 50 metros de eixo maior, mas entretanto resolveu adotar o desenho básico do *Santa-Cruz*, o dirigível de outro pioneiro brasileiro, José do Patrocínio, cuja barquinha, em vez de ir classicamente suspensa do balão, vai como que embutida no mesmo, numa cavidade que o invólucro do balão apresenta na parte inferior.

Os cálculos sobre o equilíbrio de forças já estão feitos, apontando para uma capacidade de transporte de 10 passageiros, 2 tripulantes e respectivas bagagens. A experiência ganha com os heliomóveis é agora utilizada. As baterias térmicas já estão suficientemente testadas, a única alteração é que os motores Stirling vão agora acionar hélices em vez das rodas de um carro.

O novo desafio de Manuel Himalaya vai tomando forma na folha de papel.

⚙⚙⚙

O dirigível ocupa a parte central do enorme hangar. O inventor olha para o enorme balão elipsoidal, que cobre parcialmente o habitáculo, com o olhar embevecido com que um pai olha para um filho. Pelo que ele é no momento e pelo seu potencial, tudo aquilo que pode vir a ser. Irá dentro em pouco ser batizado com o nome de *Portugal Voador*.

As baterias de fluoreto de lítio já foram carregadas e colocadas no seu lugar, os concentradores solares de um e outro lado do habitáculo estão também devidamente posicionados. Himalaya respira fundo e dá ordem para ligar o aquecimento de arranque.

A máquina começa a funcionar extraindo ar do balão, fazendo-o passar pelo regenerador onde circula vapor de água sobreaquecido e introduzindo-o novamente no balão. Lentamente, a temperatura do ar vai aumentando, o invólucro ficando mais tenso, o dirigível a mostrar os primeiros sinais da sua vontade de se libertar do solo. Os tirantes rangem do esforço acrescido a que são submetidos, a estrutura ajusta-se às alterações resultantes da variação da impulsão, até que a dado momento a aeronave perde o contato com o solo. Quando os cabos que ligam as extremidades do balão aos heliomóveis que o vão rebocar ficam tensos, Himalaya sabe que é o momento de avançar, manda abrir os portões do hangar e entra no habitáculo. As ligações da aeronave aos sistemas de suporte são desconectadas e o dirigível, puxado pelos dois heliomóveis, começa a mover-se em direção aos portões.

No exterior o ambiente é festivo. Na tribuna o Rei e a comitiva aguardam com alguma expectativa. Por detrás das cordas que foram colocadas para impedir o acesso indiscriminado à zona de decolagem acumula-se uma multidão, levados ali pela curiosidade suscitada por tudo o que as gazetas escreveram nos últimos dias.

Deslocando-se a cerca de um metro do solo, guiado pelos dois heliomóveis, o *Portugal Voador* faz lembrar um navio grande a sair do porto, conduzido por rebocadores. Chegado à parte central do recinto, os cabos são desligados, e Manuel Himalaya aciona as válvulas que começam a transferir energia térmica das baterias para o balão. E o *Portugal Voador* começa a subir, primeiro lentamente, depois acelerando, e começa também a deslocar-se na direção horizontal, quando os hélices dentro das tubeiras são postos em movimento pelos motores Stirling acoplados. A nave sobe no céu azul, dirigindo-se para leste, enquanto um vibrante aplauso rompe da multidão. Quase reduzida a um ponto, roda para sul e vai lentamente dando a volta, regressando ao local da decolagem. Desce de forma controlada e para a pouca distância do chão. Os ajudantes passam os cabos de amarração para imobilizar a aeronave.

Abre-se a porta do habitáculo e o Padre Himalaya salta para o chão, caminhando sorridente em direção à tribuna, ao encontro do Rei.

D. Carlos levantou-se, desceu os degraus até ao chão e veio cumprimentar Himalaya na base da tribuna, sob fortes aplausos dos convidados e da multidão aglomerada em volta do recinto. Depois o ajudante de campo de Sua Majestade trouxe uma garrafa de *champagne* e o Rei partiu-a contra uma esquina do habitáculo, assim procedendo ao batismo da aeronave. O Rei e o inventor conversaram durante alguns minutos e para surpresa e entusiasmo dos espectadores, o Rei entrou no habitáculo, Himalaya deu algumas instruções aos seus ajudantes e entrou atrás dele. Os homens desprenderam os cabos que seguravam o *Portugal Voador*, e a enorme máquina começou novamente a elevar-se no ar, descreveu lentamente uma longa trajetória circular na horizontal e tornou a aterrar. Novamente a máquina foi amarrada, os dois viajantes aéreos saíram para terra firme e, sob nova revoada de aplausos, dirigiram-se para a tribuna, onde Sua Majestade descreveu com entusiasmo a experiência por que tinha acabado de passar. Alguns dos homens na assistência atiravam os chapéus ao ar e ouviram-se vários gritos de "Viva El-Rei!"

No dia seguinte, o voo inaugural do *Portugal Voador* era a principal notícia em todos os jornais, com grande abundância de pormenores, dando relevo à confiança manifestada por Sua Majestade na capacidade e perícia do inventor.

A conferência

O grande salão da Academia de Sciências de Portugal, decorado com grinaldas verdes e vermelhas, está apinhado. A entrada do orador é acompanhada com uma grande salva de palmas. Manuel Himalaya, com a barba e o cabelo já brancos, é ainda uma figura imponente.

"Prezados membros da Academia, excelentíssimos convidados, minhas senhoras e meus senhores:

Pediram-me que falasse sobre o historial das minhas invenções e sobre a forma como elas estão (estarão?) a mudar o país.

Sobre o segundo tema pouco falarei; não gostaria de ser juiz em causa própria, e deixo aos outros a função de julgarem as consequências da minha obra. Sobre o primeiro, deixarei de lado, talvez para uma futura ocasião, a sequência de trabalhos que culminou na invenção da Himalayite. Apenas uma palavra para dizer que a origem desses trabalhos está naquilo que aprendi em Paris, nas aulas que frequentei no Collége de France dadas por esse insigne homem de ciência que foi Marcellin Berthelot. Quem ainda hoje quiser entrar no estudo da ciência das explosões, fará bem em começar por ler o seu livro Sur la force de la poudre et des matières explosives, *publicado em 1872.*

Dito isto, a minha exposição irá concentrar-se sobre a utilização da energia solar. E para começar a história no princípio, tenho de recuar até à minha infância em Cendufe. A consciência do Sol para um citadino é totalmente diferente da que do mesmo Sol tem um camponês. Na cidade, a iluminação artificial a gás e agora elétrica favorece um ritmo de vida que quase poderia prescindir do Sol. Mas para a minha infância rural, o Sol era efetivamente o metrônomo que regia toda a atividade. Levantávamo-nos quando ele nascia

– *quantas vezes antes do nascer! – e íamos dormir pouco depois de ele se pôr. Sabíamos – de uma forma intuitiva mas não deixa de ser saber – que era o Sol o motor que fazia mexer todo o mundo vivo. No Sol depois da chuva sentíamos a felicidade do mundo!*

No seminário tive um condiscípulo, natural do Alentejo, que gostava de cantar umas rimas que começavam "O Sol é que alegra o dia", e esta frase passou a ser uma espécie de lema motivador da minha atividade de cientista. A maior parte da energia que o Sol derrama sobre a Terra é desperdiçada, aquece as coisas que depois libertam esse calor para o ar à volta, sem qualquer aproveitamento. E assim, um dos grandes objetivos da minha vida passou a ser descobrir formas de aproveitar essa energia.

Principiando pelo Pyrheliophoro, comecei por estudar os trabalhos já realizados e introduzi os aperfeiçoamentos que me pareceram adequados, em particular o mecanismo de relojoaria que permite que ele siga o Sol no seu movimento, desta forma trabalhando sempre com o melhor rendimento. Como disse o grande Isaac Newton: Se consegui ver um pouco mais longe, foi por estar de pé nos ombros de gigantes.

A motivação primeira para me lançar no desenvolvimento deste aparelho vou novamente encontrá-la na infância e adolescência. Trabalhando na terra, quando tinha meus doze anos, impressionava-me ver meu pai sair de casa sempre que sobrevinham fortes trovoadas e ir captar os enxurros que vinham da montanha, para com eles regar os campos quando estava chovendo. Parecia-me aquilo uma espécie de mania e disse-lho uma vez. Meu pai respondeu-me que, por experiência, tinha sempre visto que as chuvas da trovoada engordam a terra e que mais tarde se conhece nos campos o lugar até onde elas chegaram, pela cor e desenvolvimento das culturas. Não esqueci a lição mas fiquei pensativo.

Estudando depois sciências físico-químicas no Seminário de Braga, vim a reconhecer que as chuvas das trovoadas tinham azotatos de amoníaco.

Como seria que se formavam esses azotatos de amoníaco?

Inquestionavelmente tais produtos derivavam de descargas elétricas através do ar saturado de umidade.

E não poderia a indústria humana reproduzir este fenômeno por uma maneira contínua e universal? Esta foi a pergunta cuja resposta se concretizou no Pyrheliophoro.

Uma vez otimizado o concentrador, concebi as instalações para as diversas aplicações do aparelho, a saber: produção de azotatos ou nitratos, como já falei, fundição de metais, corte de madeira e metal, geração de vapor.

Uma das causas de grande admiração em relação ao Pyrheliophero era o seu grande tamanho. Mas eu estava consciente que para generalizar e multiplicar as aplicações da energia solar seria necessário diminuir consideravelmente as dimensões do aparelho. Afinal de contas, o Sol tanto alimenta as plantas grandes como as pequenas.

Por outro lado, ver as estradas americanas com automóveis a circular em filas ininterruptas, levou-me a interrogar-me sobre se seria possível pôr a energia do Sol a acionar automóveis.

A hulha e mais espécies de carvão fóssil, o petróleo e outros combustíveis minerais, embora desempenhassem durante o último século e continuem a desempenhar um papel preponderante como produtores de calor, luz e movimento, não passam dum mero episódio na história da indústria humana.

Esses preciosos combustíveis, formados à custa do calor primitivo da terra, talvez antes que os raios pudessem penetrar até à sua superfície, estão em vias de esgotamento e não mais se reproduzirão naturalmente.

O problema essencial a resolver era o caráter não permanente do fornecimento de energia: só há Sol de dia e nos dias nublados há menos radiação. Portanto havia que descobrir um processo de armazenar essa energia que o Sol tão prodigamente derrama sobre a Terra.

Foi pesquisando na Biblioteca da Royal Society, em Londres, que encontrei a solução. O calor de fusão dos sais, isto é, a energia que é necessário fornecer a um sal para ele fundir, e que pode ser recuperada quando o mesmo sal solidifica, é uma das formas mais eficientes de armazenar energia térmica. No desenvolvimento das baterias térmicas, como lhes chamamos, criamos também um novo material isolante, fabricado a partir da cortiça, uma das nossas riquezas naturais.

E assim, juntando novos e melhores coletores solares, energia solar "armazenada" e o motor nascido da imaginação e da consciência social de Robert Stirling, nasceu o heliomóvel, e sobre o seu sucesso basta olhar as ruas e ver a quantidade crescente em circulação. Até nos Estados Unidos da América começa a impor a sua presença no mercado.

Passar dos veículos ligeiros para os caminhões foi apenas um pequeno aumento de escala. E hoje muitas das nossas mercadorias são distribuídas pela energia do Sol. E na linha férrea entre Lisboa e Carregado, que tem a carga simbólica, como sabem, de ter sido a primeira linha férrea em Portugal, estamos a fazer experiências para adaptação da energia solar à propulsão dos comboios.

E depois conquistamos os céus. O dirigível já existia, é certo, bem como os *balões de ar quente, mas conseguimos pôr o Sol a produzir a força ascensional, aquecendo o ar contido no invólucro, e a força propulsiva, fazendo novamente recurso ao motor Stirling para acionar os hélices.*

Tanto o heliomóvel quanto o dirigível solar não precisam transportar consigo o combustível; este chega-nos diretamente de cima, é só recolher aquele de que precisamos.

E dentro de algum tempo deixará de ser necessário queimar petróleo para nos deslocarmos; podemos reservá-lo para produzir lubrificantes e cosméticos.

A partir das primeiras aeronaves fomos evoluindo e aumentando a capacidade de transporte destes navios dos ares. Temos hoje linhas aéreas regulares para diversos países, o que nos vai tornando cada vez mais cidadãos do mundo.

O aumento das exportações dos materiais e equipamentos produzidos por este surto de desenvolvimento levou ao equilíbrio da balança comercial, o que fez com que o Estado pudesse começar a aplicar riqueza no desenvolvimento dos cidadãos, na educação, nas infraestruturas sanitárias, levando a uma melhoria do nível de vida e a uma pacificação social que há alguns anos seria impensável. Os projetos de irrigação concretizados e a fertilização dos terrenos permitem-nos hoje dispor de alimentos em quantidade e qualidade como nunca antes.

E enquanto Deus me der vida e saúde, tenciono continuar a trabalhar para o bem-estar dos Portugueses e de toda a Humanidade.

Tenho dito!

A assistência irrompeu em fortes aplausos, que se prolongaram durante vários minutos. Em seguida, um grupo de senhoras ofereceu um ramo de flores ao orador, que foi cumprimentado por muitas individualidades presentes na assistência.

Anoitecer...

O ano de 1933 aproximava-se do fim, e o mesmo acontecia à vida do homem que nos últimos anos mais tinha contribuído para mudar a face de Portugal. Era o dia 21 de Dezembro.

Acamado, no seu quarto modesto, Manuel Himalaya respira com dificuldade. Junto dele o seu antigo condiscípulo Zé Maria, que quando recebeu notícia de que o estado de saúde do amigo piorara, veio rapidamente da Comuna da Luz.

— Manuel, vou chamar o médico.

— Deixa-te estar aqui, — pediu Himalaya com voz fraca, — achas que se a medicina pudesse fazer alguma coisa eu não teria já feito? Eu sei reconhecer quando uma máquina chegou ao fim...

Fez uma pausa e continuou:

— Foi uma longa viagem, Zé Maria, com desapontamentos mas também com alegrias, mas tudo o que fiz foi para a glória de Deus e para o bem-estar da Humanidade.

Fechou os olhos e expirou.

O funeral, com honras de Estado, contou com a presença do próprio rei D. Manuel. No Mosteiro dos Jerónimos, perante a urna, adornada com as condecorações recebidas por Manuel Himalaya, foram proferidos discursos por representantes do Governo, das Forças Armadas e da Academia de Sciências. Podiam ver-se representantes da Maçonaria, do Partido Republicano, anarquistas, socialistas, católicos, gente de todos os credos e filiações, querendo prestar uma última homenagem a Manuel Himalaya.

A urna foi trazida para o exterior, onde a guarda de honra disparou uma salva, e foi colocada num heliomóvel que, à cabeça de um longo cortejo, iniciou a viagem para o Norte, em direção a Cendufe, em cujo cemitério o Padre Himalaya seria enterrado, por seu desejo expresso.

O *Portugal Voador*, tarjado de negro, cruzava lentamente sobre o cortejo fúnebre.

Por essa altura, um professor da Faculdade de Direito da Universidade de Coimbra, chamado António de Oliveira Salazar, ultimava a escrita do livro *A importância das parcerias público-privadas para o desenvolvimento das Nações: o caso Português*.

Em 1959, quando se jubilou, regressou a Santa Comba Dão, sua terra natal. Sem descendentes, nunca tendo casado, entretinha-se a cultivar uma pequena horta junto à casa que fora dos seus pais.

Aquele livro foi o único legado que deixou às gerações vindouras.[4]

---

[4] Nota do Autor: A principal fonte de informação fatual sobre a vida e obra do Padre Himalaya foi o livro de Jacinto Rodrigues *A Conspiração Solar do Padre Himalaya*, edição Árvore, Porto, 1999. Fica o meu reconhecimento ao autor pelo trabalho de pesquisa e compilação que realizou.

Organizadores
& Autores

Sr. Gerson Lodi-Ribeiro

Autor carioca de FC e história alternativa. Publicou *Alienígenas Mitológicos* e *A Ética da Traição* na edição brasileira da Asimov's. Autor do romance *Xochiquetzal - uma princesa asteca entre os incas* (2009), e participou das coletâneas *Outras Histórias...* (1997), *O Vampiro de Nova Holanda* (1998), *Outros Brasis* (2006), *Imaginários v. 1* (2009) e *Taikodom: Crônicas* (2009). Como editor, organizou as antologias *Phantastica Brasiliana* (2000) e *Como Era Gostosa a Minha Alienígena!* (2002). Trabalha desde 2004 como consultor da Hoplon Infotainment, sendo um dos criadores do universo ficcional do jogo *online* Taikodom.

Sr. Luís Filipe Silva

É autor de *O Futuro à Janela* (prêmio Caminho de Ficção Científica em 1991), dos romances *Cidade da Carne e Vinganças*, e, com João Barreiros, de *Terrarium*. Tem contos publicados no Brasil, *Imaginários v. 2* (2009), Espanha e Sérvia, na antologia luso-americana *Breaking Windows*, e na antologia representativa da FC europeia em 2007, *Creatures of Glass and Light*. O seu trabalho mais recente é *Aquele Que Repousa na Eternidade*, uma novela lovecraftiana. SITE TecnoFantasia.com.

Sr. Octavio Aragão

Doutor e mestre em Artes Visuais pela Escola de Belas Artes - EBA, UFRJ (2007 e 2002). É professor Adjunto Nível 1 da Escola de Comunicação - ECO/UFRJ. Autor do romance *A Mão que Cria* (2006) e editor da antologia de contos *Intempol* (2000). É co-autor do livro *Imaginário Brasileiro e Zonas Periféricas* (2005), com a professora doutora Rosza Vel Zoladz, e publicou artigos em revistas como *Arte e Ensaios* e *Nossa História*.

Sr. Yves Robert

É licenciado em informática, tem um mestrado em matemática e é professor assistente no IADE – Instituto Superior de Artes Visuais, Design e Marketing. Para além da sua actividade de docente e programador escreve textos publicitários estando especializado na área do marketing directo. Tem vários contos publicados em antologias brasileiras e portuguesas.

Sr. Flávio Medeiros Jr.

Nasceu e vive em Belo Horizonte. Escreveu durante toda a infância, por isso joga mal futebol. Um dia entendeu que poderia ser médico e escrever como hobby, ou ser escritor e exercer a medicina como hobby. Como a última opção dá cadeia, optou pela primeira. Formou-se em medicina na UFMG e tornou-se oftalmologista. Autor do romance policial de ficção científica *Quintessência* (2004). Tem contos publicados nas coletâneas *Paradigmas 2* (2009), *Imaginários v. 1* (2009) e *Steampunk* (2009).

Sr. Jorge Candeias

É português algarvio e tem desenvolvido nos últimos anos intensa atividade nos meios ligados à FC e ao fantástico dos dois lados do Atlântico (embora mais do lado de lá do que de cá, por óbvias razões logísticas). De momento ganha a vida como tradutor, e já tem no currículo um par de traduções de que se orgulha. Também tem no currículo um pequeno livro, *Sally*, (2002) e contos espalhados por publicações portuguesas, brasileiras, inglesas e argentinas, em papel e em *bits*.

Natural de Jundiaí (SP) é jornalista especializado em cobertura de temas científicos e escritor. Já publicou os volumes de contos *Medo, Mistério e Morte* (1996) e *Tempos de Fúria* (2005) e os romances *Nômade* (2010) e *Guerra Justa* (2010). Seus trabalhos de ficção aparecem em antologias como a *Imaginários v. 1* (2009), revistas e fanzines no Brasil e no exterior.

Sr. Carlos Orsi

É tradutor, escritor e roteirista. Publicou os romances *Dante, o Guardião da Morte* (2004), *Histórias da Noite Carioca* (2004) e *Neon Azul* (2010). Participou de várias coletâneas e co-organizou os primeiros dois volumes da coleção *Imaginários* e *Meu Amor é um vampiro* (2010).
SITE www.ericnovello.com.br

Sr. Eric Novello

Escreve ficção curta que pode ser lida na internet – *E-nigma, Tecnofantasia, Épica, Storm Magazine, Contos Fantásticos, Axxón, Quimicamente Impuro, Breves no tan Breves Bewildering Stories, AntipodeanSF*. Tem textos publicados também em fanzines e participou em várias antologias – *A Sombra sobre Lisboa* (2006), *Universe Pathways* (2006), *Grageas* (2007), *Contos de algibeira* (2007) *Brinca comigo! e outras estórias fantásticas com brinquedos* (2009), *Almanaque do Dr. Thackery T. Lambshead de Doenças Excêntricas e Desacreditadas* (2006). BLOGUE fromwords.blogspot.com

Sr. João Ventura

Este livro foi impresso na oficina tipográfica **IBEP** em agosto de 2010, sob o consentimento de Suas Majestades El-Rei de Portugal e o Imperador do Brasil